허즈번드

vol.1

허즈번드 vol.1

초판 1쇄 발행 2020년 04월 10일

지은이 | 황한영

발행인 | 김성룡
기획, 편집 | (주)스마트빅(쉼표)
교정 | 이수경
표지디자인 | 우물
출판등록 | 제2014-000017호 (2011년 6월 30일)

펴낸곳 | 도서출판 가연
주 소 | 서울시마포구 월드컵북로 4길 77, 3층 (동교동 ANT빌딩)
전 화 | 02-858-2217
팩 스 | 02-858-2219
ISBN | 978-89-6897-061-0 03810

vol. 1

허즈번드

황한영
장편 소설

차 례

Prologue

"오늘 오후 5시, P호텔 레스토랑이다."

사실 언젠가 이런 날이 오리라고 이미 예상하였다. 대한민국 재
계 톱 5 안에 드는 태한 그룹의 후계자 박신우로 태어난 순간부터
정해진 운명이나 다름없었다. 그는, 자신이 지금껏 남들이 상상하
는 그 이상으로 많이 누리고 살았음을 잘 알고 있었다. 그에 비하
면 이 정도의 의무는 당연히 받아들여야 하지 않을까.

그랬기에 결혼을 강행하는 아버지에게 반항할 생각조차 하지

않았다. 그저 덤덤한 얼굴로 비서의 입에서 흘러나오는 여자의 집안, 이름, 나이, 학벌. 그 모든 것을, 마치 남 일인 양 흘려들었을 뿐이었다. 딱히 문제가 생기지 않는다면 '부부'라는 이름으로 평생 함께할 상대였다. 하지만 그럼에도 불구하고 일말의 호기심조차 들지 않았다.

재벌가의 영애.

그것만으로도 여자에 대해서는 모든 게 설명되었으니까 말이다.

……아니, 그렇다고 생각했다.

그 여자를 마주하기 전까지는.

* * *

뭔가 잘못된 게 아닐까?

그는 당황한 기색을 미처 숨기지도 못한 채 맞은편에 앉은 여자를 빤히 바라보았다. 조막만 한 얼굴에 비해 커다란 눈망울, 솜털이 채 가시지 않아 보이는 뽀얀 피부. 그리고 가슴 언저리를 살짝 웃도는 가지런한 생머리까지. 화장기가 거의 없어서인지 여자는 교복을 입혀 놓으면 고등학생이라고 해도 믿을 수 있을 정도로 앳된 얼굴이었다. 많이 쳐줘 봐야 스무 살 정도?

그런데 이런 애송이가 내…….

"하……."

미간이 절로 그러모아진다. 신우가 뜨끈해진 이마를 느릿하게 문질렀다. 분명 틀림없이 뭔가 잘못되었다. 아무리 세운 그룹이 사돈댁으로 탐난다지만, 그래도 설마 서른둘의 아들을 미성년자랑 결혼을 시키려는 건 아닐 텐데. 그 순간이었다. 여자의 말간 눈동자와 시선이 딱 마주친 것은.

"……."

"……."

여자는 눈 하나 깜빡하지 않고 그를 빤히 바라보았다. 조금은 민망할 수 있는 상황이건만, 그녀는 먼저 시선을 피할 생각 따위는 없는 듯했다.

이거 봐라?

기가 막혀 실소가 터졌다. 비틀린 입가를 가만히 매만지던 그가 눈을 가늘게 뜨고 그녀를 빤히 마주 보았다. 그러면서 머릿속으로는 한 시간 전, 비서에게서 들었던 여자의 정보를 기억해내려 애썼다. 하지만 얼마나 생각 없이 흘려들었던 건지, 단 하나도 기억나지 않는다. 심지어 미성년자라고 했었는지 아니었는지까지도.

젠장. 이럴 줄 알았으면 조금은 관심을 두는 건데.

신우는 속으로 낮게 욕설을 읊조린 뒤, 이내 포기하듯 입을 열었다.

"이봐."

이름 대신 나온 호칭 때문이었을까. 여자의 시선이 다시금 그에게로 향했다.

"나이가 어떻게 돼?"

여자는 말간 눈동자로 그를 빤히 바라보더니, 이내 조그맣고 붉은 입술을 달싹였다.

"스물여섯이에요."

"스물여섯?"

저도 모르게 되묻는 목소리가 불쑥 튀어나왔다. 그도 그럴 것이, 제 앞의 여자는 도무지 스물여섯으로 보이지 않았다. 그런데 20대 초반도 아니고 스물여섯이라니. 의심스러운 시선을 보내자, 마치 이런 일이 익숙하다는 듯 여자가 덤덤하게 되물었다.

"보여드릴까요?"

"보여주다니. 뭘?"

"주민등록증이요."

주민등록증이라고? 그가 낮게 실소했다. 그러는 사이, 여자가 옆에 놓아두었던 핸드백을 집어 들었다. ……그러니까, 지금 정말로 주민등록증을 보여주기라도 하겠다는 건가?

"아니, 됐어!"

망설임 없이 핸드백을 열려는 여자의 행동에 신우가 눈썹을 찌푸린 채 손을 내저었다.

"네."

말이 끝나기가 무섭게 깔끔하게 대답한 여자가 핸드백을 제자리에 다시 놓아두었다. 그러고는 여전히 무덤덤한 얼굴로 앞에 놓인 찻잔을 입으로 가져갔다.

대체 뭐야, 이 여자?

태연하게 차를 마시는 여자와는 다르게 신우의 얼굴에 황당함이 서렸다. 맞선은 처음이었지만 지금까지 수많은 여자를 만나왔었다. 대학생, 연예인, 사업하는 사람 등 다양했다. 직업만큼이나 성격 역시도 가지각색이었다. 그러나 그들 중엔 이렇게까지 무표정한 시선으로 자신을 바라봤던 여자는 없었다. 단연코 처음이었다.

"……."

그는 다시 한번 찬찬히 여자의 얼굴을 뜯어보기 시작했다. 저와 고작 여섯 살밖에 차이 나지 않는다는 사실이 여전히 믿기지 않았다. 그래도 다시 보니 아무 생각 없이 마냥 천진난만해 보이지는 않는다. 첫눈에 요조숙녀 유형일 거라 확신했는데, 이제 보니 꼭 그렇지만도 않다. 지나치게 차분한 분위기는 그가 생각했던 요조숙녀와는 조금 다른 느낌이었다. 얌전하긴 하나 순종적이지만은 않아 보인다고 본능적으로 느꼈다.

여자를 살피던 그의 시선이 삐딱해졌다. 왠지 앞으로 귀찮아질 수도 있겠다는 불길한 예감이 등허리를 스친다. 귀찮은 건 딱 질색이었다. 하지만 그렇다고 이제 와 어떻게 할 수 있는 문제도 아니었다. 세운의 장녀는, 그에게 최고의 비즈니스 파트너이기 때문이다.

"나는 시간 낭비를 가장 싫어하는 사람이야."

제 앞에 앉은 여자에 대해서 대충 파악을 끝낸 신우가 먼저 운을 뗐다.

"단도직입적으로 말하지."

그녀는 손에 든 찻잔을 테이블 위에 반듯하게 내려놓으며, 그를 바라보았다.

"이 자리에 나왔다는 건. 당신도 이 결혼을 받아들이겠다는 뜻, 맞아?"

"네."

짧은 대답처럼 얼굴에는 아무 표정도 없었다. 목소리마저도 높낮이 없이 무미건조하기만 할 뿐. 긍정보다는 부정의 대답이 더 어울리는 얼굴로, 여자는 결혼하겠다고 말하고 있었다. 도대체 무슨 생각인 건지. 아니, 생각이 있기나 한 건지. 문득 앞에 앉은 여자의 머릿속이 궁금해졌지만, 그는 이내 생각을 접었다. 쓸데없는 호기심이었다. 이 세계에 있어서 결혼이란, 서로의 이익을 위해서 하는 집안 간의 거래, 그 이상도 이하도 아니었다. 그 말은 곧, 제 앞에 있는 여자의 처지 역시 별반 다르지 않다는 뜻이었다.

그나마 대화는 통하겠군. 신우는 건조하게 말을 이어갔다.

"결혼 전 확실히 해야 할 게 있어. 서로의 사생활은 일절 터치 말 것!"

"……."

"이것만 지켜진다면 이 결혼 생활은 더없이 평화로울 거야. 약속하지! 다만, 그럴 수 없다면 반대가 될 테고."

"……."

"그렇다면 이쪽이나 그쪽이나 피해가 막대하지 않겠어? 웬만하면 이 자리에서 합의하는 게 어때."

시니컬한 목소리에 여자는 긴 속눈썹을 느리게 한 번 깜빡했다. 하지만 더 이상 반응은 없었다. 신우의 미간이 그러모아졌다. 도대체가 이 여자의 생각을 읽을 수가 없다. 포커페이스라면 그도 자신 있었다. 그런데 아무래도 여자는 그보다도 한 수 위인 듯했다. 마치 정교하게 세공된 밀랍 인형과 마주하는 듯한 느낌이 들 정도였다.

"피차 사랑해서 하는 결혼은 아니잖아?"

좀처럼 떨어질 생각을 않는 여자의 입술에, 결국 이번에도 먼저 입을 연 건 그였다.

"나한테 '호적상의 남편' 그 이상은 바라지 말라는 얘기야."

여전히 여자의 얼굴에는 표정이 없었다.

"물론, 나 역시도 그쪽에게 '호적상의 아내' 그 이상으로 바라지 않을 테고."

신우는 아무 감정도 담고 있지 않은 연갈색 눈동자를 바라보며 말을 이어갔다.

"그쪽이 집에서 뭘 하든, 밖에서 뭘 하든. 동성을 만나든, 이성을 만나든."

"……."

"하지만 만에 하나 내 이미지에 먹칠한다면, 뒷감당은 각오해야할 거야. 허울뿐인 아내 때문에 내 꼴이, 더 나아가서 태한 그룹이 우스워지는 건 절대 용납 못 해."

"……."

"내 말이 무슨 뜻인지는 알겠지?"

1분가량을 혼자 떠들었는데, 돌아오는 건 1초도 되지 않을 덤덤한 한마디였다.

"네."

그의 반듯한 눈썹이 티 나게 일그러졌다. 이쯤 되니 의심이 든다. 이 여자가 제 말을 정말로 알아들은 게 맞기는 한 건지. 어딘가 모자라서, 혹은 될 대로 되란 식으로 그저 생각 없이 '네, 네.' 하는 건 아닌 건지.

"할 말은 그것뿐이야?"

신우는 다시 한번 되물었다. 지금 확실히 해야만 했다. 나중에 가서 이 여자가 '그런 약속을 했던가요?' 하는 태도로 나오면, 이쪽이 너무도 곤란해지니까.

"걱정하지 않으셔도 돼요."

다행히도 모자란 쪽은 아니었던 모양이다. 질문의 의도를 제대로 파악한 듯 여자는 깔끔하게 대답했다.

"저 역시도 정략결혼이 어떤지 충분히 인지하고 이 자리에 나왔으니까요."

나 역시 당신에게 '호적상의 남편' 그 이상을 바라지는 않는다고. 그녀의 말간 눈동자가 그리 말하는 듯했다. 완벽한 대답이었다. 자신이 원했던 대답이기도 했고. 하지만 그의 굳은 입매는 좀처럼 풀릴 생각을 하지 않았다.

인간이라는 건 원래 간사한 동물이라고 했던가. 막상 이 결혼에 대해 자신보다 여자가 더 무심한 듯 보이자, 자존심이 상하는 건 어쩔 수 없다.

아니, 조금 더 솔직히 말하자면 이런 대접은 처음이라 당황스럽기까지 했다. 그렇다고 따져 물을 수 있는 일도 아니지만.

"좋아. 완벽한 거래가 되겠군."

애써 복잡한 감정을 지우며 그는 찻잔을 들어 올렸다.

Chapter 1

그 여자의 사생활

쿵쿵쿵.

입구에서부터 울리던 음악 소리는 클럽 안으로 들어서자 더욱더 세게 귓가를 때려댔다. 그는 미간을 잔뜩 좁히며 신경질적으로 넥타이를 잡아끌었다. 번쩍거리는 사이키 조명과 고막을 괴롭히는 시끄러운 음악. 게다가 넓은 공간을 가득 채우고 있는 매캐한 담배 연기까지. 어느 것 하나도 그의 마음에 들지 않았다. 아니, 매우 불쾌했다.

도대체 그 녀석들은 이렇게 시끄럽고 공기 나쁜 장소에서 왜 그토록 열광한단 말인가. 이해할 수 없는 노릇이다. 열광하는 사람들 사이에서 굳은 표정은 신우 혼자였다. 중간중간 여자들이 그를 향해 노골적인 시선을 보냈지만, 그는 눈길 한 번 주지 않고 빠르게 VIP 룸을 향해 걸음을 옮겼다.

"오, 주인공 등장!"

룸 안으로 들어서자 오늘 모임을 주동한 장문규가 자리에서 벌떡 일어나 짝짝, 손뼉을 치며 그를 반겼다. 그러자 먼저 와 있던 녀석들 역시 따라서 손뼉을 쳤다.

"내가 주인공이야?"

"오늘 총각 파티잖아. 그러니까 당연히 곧 새신랑이 될 네가 주인공이지."

"총각 파티라고? 전혀 금시초문인데."

신우는 심드렁하니 대꾸한 후 빈자리에 앉았다. 말이 총각 파티지. 그저 본인들이 놀고 싶어서, 괜히 제 핑계를 대고 만든 자리임을 모를 리가 없다.

"그나저나 우리 중에 네가 제일 먼저 장가를 갈 줄이야. 여자를 길가에 굴러다니는 돌멩이만큼 하찮게 여기던 박신우가, 오는 여자 안 막고 가는 여자 안 잡던 박신우가, 한곳에 정착한다니! 결혼한다니! 유부남이 된다니!"

목청껏 소리치는 문규의 오버에 신우는 황당하다는 듯 인상을 찌푸렸다. 하지만 나머지는 모두 문규의 말에 동의한다는 듯 너도나도 고개를 끄덕여댄다.

제 이미지가 그 정도였던가.

새삼스럽게 생각하며 그는 제 앞에 놓인 빈 잔에 위스키를 가득 따랐다.

"그만 작작들 해. 고작 정략결혼 하나에 쓸데없이 의미 부여하지 말고."

"무슨 소리! 정략결혼이라도 결혼은 결혼이지. 총각이랑 유부남이랑 같냐? 총각 땐 막 즐겨도 욕만 먹으면 끝인데, 유부남이 막 즐기면 욕 플러스, 법적 책임까지 물어야 하잖아."

당연한 얘길 참으로 길게도 한다.

"그래서 하고 싶은 얘기가 뭔데? 괜히 남의 다리 긁지 말고 본론만 말해."

말대꾸하기도 귀찮다는 듯 신우가 날카롭게 되물었다. 그러자 속마음을 간파당한 게 민망한지 문규가 어색하게 웃으며 말한다.

"아니, 하고 싶은 얘기라기보단 궁금해서."

"뭐가 궁금한데?"

"윤예슬은…… 정리했냐?"

그럼 그렇지. 신우는 픽, 웃었다.

윤예슬.

현재 대한민국에서 가장 핫한 솔로 가수이자, 태한의 박신우 대표가 꽤 오랫동안 만나고 있는 여자였다. 여태껏 여자를 쉽게 갈아치워 대던 신우가 이처럼 오랫동안 한 여자와 관계를 맺은 건 처음이었다. 그 때문인지 주변에선 대체 윤예슬이 얼마나 엄청난 매력을 가지고 있기에 천하에 박신우를 사로잡았는지, 다들 궁금해하는 눈치였다.

그런 분위기를 잘 알고 있는 신우가 비웃듯 물었다.

"왜. 내가 버리면 네가 줍기라도 하게?"

"야! 넌 무슨 말을 그렇게 해. 내가 남이 버린 거나 주워 먹을 정도로 없어 보이냐?"

"그래서 아니라고?"

"아니, 뭐⋯⋯. 솔직히 윤예슬이라면 나쁠 것도 없긴 한데⋯⋯."

무심하게 되묻자 결국 문규의 입에서는 본심이 가득 담긴 뒷말이 흘러나왔다. 그와 동시에 여기저기서 킥킥거리는 웃음도 터져 나온다.

"웃지 마, 이것들아!"

민망한 듯 문규가 버럭 했다.

그의 시선에는 문규뿐만 아니라 재미있다며 껄껄거리며 웃는 녀석들도 모두 동급으로 보였다. 그들을 한심하다는 듯 바라보던 그는 시니컬하게 대꾸했다.

"정리 안 했어."

그의 얼굴에선 웃음기라고는 먼지 한 톨만큼도 찾아볼 수가 없었다.

"너 이제 곧 결혼이잖아. 대체 언제 하려고?"

"글쎄. 딱히 정리할 생각은 없는데?"

신우의 대답에 문규가 눈을 크게 떴다.

"뭐? 그럼 시작부터 아예 두 집 살림하려고? 상대가 다른 곳도 아니고, 무려 세운인데?"

두 집 살림이라⋯⋯.

신우는 속으로 문규의 말을 곱씹어 보았다.

사실 '두 집 살림'은 그의 상황과 전혀 어울리지 않는 표현이었다. '결혼'이 그저 형식적이라는 것도 그랬지만, 애초에 윤예슬과는 그들이 생각하는 그런 관계가 아니었다. 몇 년 전, 스폰서를 해달라며 당돌하게 얘기하던 예슬의 부탁을 그가 승낙하면서부터 시작된 관계였지만, 으레 생각하는 스폰서와 여가수의 관계와는 또 달랐다.

윤예슬은 정글 같은 연예계에서 제 백이 되어줄 박신우의 '이름'이 필요했고, 박신우는 귀찮게 들러붙는 수많은 여자를 차단할 '방패'가 필요했다. 서로의 이해관계가 맞아떨어져서 맺은, 철저하게 비즈니스 관계였다.

하지만 다른 이들이 이렇게 오해하도록 만드는 것이 그의 계획이었다. 이 안의 녀석들은 나름대로 가까운 사이였지만, 그렇다고 해서 제 사생활에 관해 귀찮게 설명할 정도는 아니었다.

신우는 대답을 기다리는 문규를 향해 가볍게 어깨를 으쓱해 보였다.

"……그래. 그렇구나."

긍정의 반응에 문규가 아쉽다는 듯 입맛을 쩝 다셨다.

"자, 자. 그 얘기는 이제 됐고!"

그러자 다른 녀석 하나가 얼른 화제를 돌리며 신우를 향해 묻는다.

"신부는 어때. 예쁘냐?"

"신부는 무슨. 아직 상견례도 제대로 안 했는데."

"세간에서는 이미 요란법석 난리가 났는데 상견례가 다 무슨 소용이야. 이미 장가간 거나 다름없지. 전 국민이 아는데."

틀린 말은 아니었다. 바쁜 어른들의 스케줄을 맞추느라 상견례만 차일피일 미뤄졌을 뿐, 결혼 날짜는 이미 잡힌 지 오래였다. 결혼 준비 역시도 이미 차례차례 진행 중이었다. 바쁘다는 핑계로 웨딩 촬영도 건너뛰고 곧바로 청첩장을 찍어냈다. 사실 남아 있는 스케줄인 상견례도 그저 형식적일 뿐. 그냥 넘어가도 무방할 정도였다.

"그러지 말고 신부. 아니, 예비 신부 얘기나 좀 해봐."

"그래. 다들 궁금해 죽으려고 해. 얼른 썰 좀 풀어봐. 응?"

저를 향한 부담스러울 정도로 초롱초롱한 눈빛에 신우는 얼굴을 찌푸렸다.

"남의 아내가 될 사람에게 뭘 그리 관심을 가져?"

"네 아내 될 사람이 보통 인물이어야 말이지. 무려 세운의 공주님이잖아. 세운 그룹 공주님 송은서!"

"또 오버한다. 공주님은 무슨."

"오버 아니거든!"

시니컬한 그의 대답에 친구들이 입을 모아 빽 소리를 내질렀다.

"금지옥엽 꽁꽁 숨겨 두고 언론에 노출 절대 안 시켜서 다들 얼마나 궁금해하는데. 전혀 알려진 게 없잖아. 얼마나 신비로워? 언론에 노출되는 것도 남동생 송재욱뿐이고."

하긴. 타인에 대해서는 전혀 관심이 없는 신우마저도, 세운의 장녀에 관해서는 은근히 궁금해하기는 했었다. 설마 제 결혼 상대가 될 줄은 꿈에도 몰랐지만.

"뭐가 그렇게 궁금한데?"

신우가 선심 쓰듯 질문을 던지자 여기저기서 기다렸다는 듯 목소리가 날아든다.

"얼굴!"

"몸매!"

"외모!"

유치해서 못 들어주겠네, 진짜.

노골적인 단어 선택에 신우의 얼굴이 다시금 찌푸려졌다.

"니들이 무슨 피 끓는 10대냐? 궁금한 게 뭐 이리 빤해. 좀 더 고급스럽고 교양 있는 질문을 할 순 없어?"

"교양 같은 소리 한다. 너 몰라? 세운 공주님에 대해 어떤 소문이 돌고 있는지."

"소문?"

"뭐야. 너 정말 몰랐어?"

정말 모르겠다는 듯한 신우의 표정에 친구는 고개를 절레절레 젓더니, 이내 친절하게 설명을 시작했다.

"얼굴이 못 봐줄 정도로 못생겼다느니, 전신 화상을 입어서 피부가 다 벗겨져 있다느니, 혹은 현대 의학 기술로도 어쩌지 못할 정도로 비만이라느니……."

"뭐?"

"야, 아직 안 끝났거든?"

"더 있다고?"

"더 있고말고. 아마 오늘 밤을 새워도 모자랄걸. 너무 노출이 없으니까 외모에 관한 소문만 한 트럭이 넘어, 아주."

친구의 말에 신우는 어이가 없다는 듯 인상을 찌푸렸다. 그 여자에 대해 그런 말도 안 되는 소문이 돌고 있는 줄은 미처 몰랐다. 워낙 타인의 일에 관해서는 관심이 없는 타입이었다.

그나저나, 못난이도 모자라서 전신 화상에다가 비만이라니…….

소문이라는 게 원래 근거 없이도 부풀어 오른다는 것을 알고는 있다. 그래도 이건 너무하지 않은가. 여자의 실물을 아는 그로서는 황당하기가 그지없다.

"……차라리 로봇설이나 밀랍 인형설이라면 또 모를까."

표정 없던 여자의 얼굴을 떠올린 신우는 피식, 웃으며 낮게 읊조렸다.

"어? 뭐라고?"

"아니, 그냥 혼잣말."

그는 별거 아니라는 듯 고개를 내저었다.

"아무튼, 그럼 저 소문들은 다 헛소문이라는 거지?"

"당연한 소릴."

"하긴. 네가 결혼한다고 했을 때부터 그런 하자가 있을리 없다고 생각하긴 했지. 네놈은 까다로워도 너무 까다로운 놈이니까."

친구들은 한마음 한뜻으로 고개를 끄덕였다. 그러고는 이번에도 역시 한마음 한뜻으로 되묻는다.

"그럼 어때. 예뻐?"

"몸매는?"

"목소리는?"

다시 제자리였다. 아무래도 본인들이 원하는 대답을 듣기 전까지는 결코 그를 편하게 둘 생각이 없어 보인다. 집요한 녀석들의 눈빛에 신우는 머릿속으로 다시금 그 여자를 떠올렸다.

글쎄. 예뻤던가……?

눈에 띄게 화려한 미인 느낌은 아니었지만, 아담하고 깨끗하게 생긴 얼굴이 제법 귀엽긴 했던 것 같다. 몸매도 온몸을 꽁꽁 싸맨

옷만 입어서 제대로 보진 못했지만 비만은 절대 아니었다. 오히려 가냘픈 몸이었지. 소맷자락 아래로 드러난 새하얀 손목은 앙상해 보이기까지 했다.

그리고 목소리는…….

"박신우 씨."

식사를 끝마치고 걸어둔 재킷을 집어 들 때였다. 여자가 그를 문득 불러 세웠다. 그는 시선을 틀어 여자를 바라보았다.

오롯이 자신만을 향해 있는 말간 두 눈.

그 눈에는 정말이지 아무것도 담겨 있지 않아 보였다. 저에 대한 호의도, 악의도, 그 어떤 것도 없었다. 그저 이 결혼 따위, 어떻게 되든 정말 아무 상관없다는 것처럼.

"할 말 있어서 부른 거 아니었나?"

먼저 부른 건 저쪽이면서 쉽사리 나오지 않는 뒷말에 신우가 재촉하듯 되물었다. 그제야 여자는 느릿하게 붉은 입술을 달싹였다.

"약속…… 꼭 지켜주세요."
"약속?"
"제 사생활에 간섭하지 않겠다는, 그 약속이요."

사생활이라…….

여자를 바라보는 그의 눈이 가늘어졌다.

엄밀히 말하자면 '그녀의 사생활'이 아니라 '서로의 사생활'을 보장하기로 한 것이었다. 그리고 그것에 대해 먼저 말을 꺼낸 것은 분명 자신이었다. 그런데 이 찝찝한 기분은 대체 뭘까.

한 입 가지고 두말하는 놈처럼 보였다는 게 기분 나빠서? 아니면, 허울뿐인 아내의 사생활 따위나 궁금해할 한심한 놈처럼 보였다는 게 기분 나빠서?

"왜. 진짜로 어디 숨겨둔 남자라도 있는 모양이지?"

삐딱하게 뱉어진 질문. 이번에는 녹음된 것처럼 뱉어내던 네, 라는 대답도 없었다.

마치 죽은 조개처럼 꽉 닫혀 열릴 줄 모르는 여자의 붉은 입술을 빤히 바라보던 신우는 픽, 제 입술을 비틀었다.

"그래. 뭐든 상관없겠지."

시선을 올려 여자의 두 눈을 바라보며 단호하게 말했다.

"당신만 잘하면 돼. 내가 먼저 약속을 어기는 일은 절대 없을 테니까."

여자와의 첫 만남을 떠올린 신우의 미간이 절로 좁아졌다. 그는 들고 있던 술잔의 가장자리를 툭툭 신경질적으로 건드리며 말했다.

"궁금하면 결혼식 날 와서 직접 확인해라, 다들."

그의 대답을 기대하던 친구들은 치사하다며 시끄럽게 야유를 보냈다. 하지만 신우는 일절 무시한 채 입을 다물었다. 그 여자에 대해 더 이상 깊게 생각하고 싶지 않았다. 사실 딱히 더 할 얘기가 없다고 하는 것이 맞는 말이리라.

여자와의 기억은 그게 끝이었다. 그날 이후 어른들의 압박에 두어 번 더 만나기는 했지만 각자 식사만 하고 헤어졌을 뿐이었다. 대화는커녕 인사 한마디 하지 않았다.

"에이, 재미없어!"

한 번 아닌 건 끝까지 아닌, 그의 고집스러운 성격을 잘 아는 친구들 역시 더 이상 집요하게 캐묻지 않았다. 대신 이제 그만 즐겨야겠다며 웨이터를 불러 괜찮은 여자들을 모셔와 달라고 요구했다.

"물론이죠! 책임지고 클럽 내에서 가장 예쁜 애들로만 모셔오겠습니다!"

녀석들이 건네는 5만 원권 지폐 몇 장을 야무지게 받아 챙긴 웨이터는 파이팅 넘치게 소리치며 룸을 나섰다. 그렇게 도대체 누구를 위한 것인지 모를 광란의 총각 파티가 시작되었다.

* * *

"너 이 꼴로는 클럽 절대 못 들어가."

친구 가현의 단호한 말에 은서는 고개를 숙여 제 차림을 훑었다. 헐렁한 면 티에 청바지. 그녀가 즐겨 입는 코디였다.

"왜 안 돼?"

"그걸 지금 말이라고 해? 너 설마 우리가 지금 독서실 간다고 생각하는 건 아니지? 이렇게 입으면 바로 입뺀이야."

"그게 뭔데?"

"입구뺀찌. 클럽 입구에서 쫓겨난다는 뜻이야."

"……그럼 어떡해?"

난감한 얼굴로 은서가 되묻자 가현이 제 옷장 문을 활짝 열며 기세등등하게 웃었다.

"마음껏 골라 봐. 너랑 나는 체형이 비슷하니까 아마 다 맞을 거야."

"……."

자신의 옷을 기꺼이 공유하겠다는 가현의 마음은 진심으로 고마웠다. 하지만 은서는 차마 선뜻 걸려 있는 옷을 향해 손을 뻗지 못했다. 그저 굳은 채 그것들을 바라보고 있을 뿐이었다.

그도 그럴 것이 가현의 옷장에 걸려 있는 화려한 옷들은 그녀의 취향이 전혀 아니었기 때문이다. 아니, 취향을 떠나 도저히 자신이 소화할 수 없는 옷들이었다.

"이거 어때?"

가현이 옷장 안에서 뭔가를 하나 꺼내 들었다. 친구의 검지 사이에서 흔들리는 건 손바닥만 한 옷이었다. 은서는 기겁했다.

"그건 속옷 아니야?!"

"하긴. 보수적인 너한테 이건 좀 무리겠지."

어깨를 으쓱한 가현은 다시 옷장에 손을 집어넣어 하나를 더 꺼내 들었다.

"그럼 이건?"

"……."

"왜. 이것도 아냐?"

이걸 도대체 어디서부터 어떻게 말해야 할까. 은서는 잠깐 망설이다 조심스레 물었다.

"좀 더 평범한 옷은 없어?"

"다 평범한 옷인데?"

"가현아, 제발……."

은서가 애원하듯 말하자 가현이 흐음, 하고 고민하더니 이내 어딘가를 향해 손을 척 뻗었다.

"그럼 저건 어때? 내 옷장에서 가장 얌전한 옷이야."

가현이 가리키는 옷을 본 은서는 한숨을 길게 내쉬었다. 이번에도 역시 절대 평범하진 않았다. 도저히 이건 아니다 싶다. 제 눈에는 난해하게만 보이는 옷과, 얼른 고르라며 압박하는 친구의 얼굴을 번갈아 보던 은서는 용기를 내서 말했다.

"……나, 그냥 안 가면 안 돼?"

"응. 안 돼."

가현의 음성은 마치 선처를 호소하는 피의자에게 처벌을 내리는 판사처럼 단호했다.

"오늘 내 생일이야. 1년에 두 번도 아니고 고작 한 번 오는 내 생일. 그러니까 오늘만큼은 내 소원 들어줘."

"다른 소원은 없어? 다른 거 들어줄게."

"됐네요. 미안하지만 다른 소원은 없어. 너랑 클럽 가서 놀아보는 게 오래된 내 소원이었으니까."

재고의 여지 따위 없다는 듯 딱 떨어지는 음성에 은서는 차마 다른 말을 할 수가 없었다. 그저 아랫입술만 잘근잘근 깨물 뿐. 오래됐다는 소원이 참으로 소박하기 그지없었지만, 친구가 왜 저렇게 말하는지 알고는 있었다.

고등학교부터 시작해서 대학교까지. 그리고 졸업 후에도 2년 더. 무려 함께한 세월이 9년인 친구였다. 26년 인생에서 3분의 1을 넘게 차지하는, 절대 짧지 않은 세월. 그러나 그 긴 시간 동안 가현과 함께 뭔가를 해본 기억은 없었다.

비단 클럽뿐만이 아니었다. 그 흔한 영화 한번 함께 본 적이 없었다.

그녀의 집안은 매우 엄한 편이었다. 정확하게 말하자면 그녀의 조모인 황 회장이 엄했다. 황 회장은 정해진 스케줄이 아닌 독단적인 행동을 하는 것을 절대 허락하지 않았다. 친구와의 만남도 마찬가지였다.

그런 그녀에게 처음으로 자유의 시간이 생겼다. 곧 있을 결혼을 앞두고 황 회장의 감시가 조금 느슨해졌다. 허나 언제 황 회장의 마음이 변해서 다시 갇히게 될지 모르는 일이었다. 게다가 오늘은, 본인의 말대로 1년에 고작 한 번뿐인 친구의 생일이기도 했다. 여러모로 도저히 뺄 수 없는 상황인 것이다.

"그럼 저걸로 줘……."

결국 은서는 가현이 마지막으로 추천했던 옷을 선택했다. 개중에선 그나마 가장 무난한 패션이었다.

* * *

고작 두 시간 동안 수없이 많은 여자가 룸을 들락날락했다. 전부 옷을 입었는지 벗었는지 헷갈릴 정도로 헐벗은 차림이었다. 옆자리의 여자가 바뀌는 횟수만큼 녀석들은 취했고 분위기는 한층 더 정신이 없어졌다.

잘들 논다.

마치 물에 뜬 기름처럼 그런 분위기에 섞이지 못하고 동떨어진 채 녀석들을 지켜보고 있던 그는 슬그머니 자리에서 일어났다. 이런 분위기는 그의 취향이 전혀 아니었다.

사업적으로 엮인 관계만 아니었어도, 이 녀석들과 어울리는 일은 결코 없었을 것이다.

"야, 너 어디 가!"

룸을 나서려는 순간, 문규가 신우의 바짓가랑이를 붙들었다. 조금 전까지만 해도 옆에 있는 여자에게 온 정신이 팔린 것 같더니 언제 자신을 발견한 건지. 저 깊고 넓은 오지랖은 아무리 겪어봐도 늘 놀라울 따름이다.

"화장실."

"진짜야?"

"그래."

"아냐. 널 못 믿겠어. 왠지 우리를 버리고 이대로 홀랑 내뺄 것 같아."

많이 취한 와중에도 촉 하나는 더럽게도 좋은 문규였다.

하긴. 굳이 문규가 아니더라도 이 방에 있는 녀석들 모두가 눈치 챌 만했다. 그는 상습범이었으니까 말이다. 워낙에 이러한 자리에 는 흥미가 없었다. 그 때문에 늘 이런 식으로 녀석들을 버리고 혼 자 귀가를 하곤 했다.

"화장실 간다니까?"

"가려면 휴대폰 놓고 가."

휴대폰 같은 소리 하고 있다. 신우는 실없는 농담을 진담처럼 하 는 문규를 향해 미친놈. 하고 나지막이 욕설을 읊조린 뒤 당당하 게 방을 나섰다.

"진짜 우리 버리고 가면 안 된다, 너!"

뒤에서 문규의 처절한 외침이 들렸지만, 신우는 뒤도 돌아보지 않고 문을 쾅 닫은 뒤 걸음을 빠르게 옮겼다. 역시나 그의 걸음은 화장실과는 전혀 반대편인 계단으로 향했다. 평소에도 급한 성격 때문에 남들보다 걸음이 빠른 편이었지만, 지금은 그 어느 때보다 도 빨랐다. 방음이 잘 되어 있던 룸을 빠져나오기가 무섭게 시끄 러운 음악과 비트 때문에 골이 울렸다.

무심하던 그의 얼굴이 와락 일그러졌다. 시끄러운 건 딱 질색 이다.

"앞으론 결혼 핑계를 대면서 자리를 빠져야겠군."

그렇게 오직 정면만 바라보며 계단을 빠르게 내려왔을 무렵이었 다. 문득 신우의 시선이 측면으로 향했다. 1층 화장실 입구 쪽 벽 에 등을 기댄 채 비스듬한 모양새로 서 있는 여자가 보였다. 그런 데 어쩐지 낯설지가 않다. 신우는 그 자리에 굳은 채로 눈을 느리게 깜빡였다. 변하는 건 없었다.

"설마……."

지금 제 머릿속에 떠오른 생각은 정말이지 말도 안 되는 일이었다. 하지만 신우는 마치 뭔가에 홀린 사람처럼 여자를 향해 자연스럽게 걸음을 옮겼다. 여자는 휴대폰에 집중한 탓인지, 아니면 주위가 시끄러운 탓인지, 그가 자신의 등 뒤에 바짝 다가설 때까지도 인기척을 전혀 느끼지 못한 듯했다.

"……송은서?"

시끄러운 음악 속에서도 그의 목소리가 여자에게 정확하게 전달된 모양이다. 흠칫, 여자의 가녀린 어깨가 작게 떨리는가 싶더니 이내 돌아본다. 이름을 부를 때까지만 해도 '설마'하는 마음이 짙었다. 그러나 가까이에서 마주한 동그란 얼굴은 그가 알고 있는 여자가 맞았다. 바로 자신의 아내가 될 여자, 송은서였다.

"하."

확인 사살과 동시에 신우의 입술을 비집고 서늘한 조소가 흐른다.

"……박신우 씨?"

갑작스러운 그의 등장에 놀란 듯 여자는 큰 두 눈을 깜빡였다.

"박신우 씨가 여긴 어떻게……."

"그건 내가 되묻고 싶은 말인데?"

신우의 날카로운 시선이 그녀의 전신을 쓱 훑었다.

몸매의 굴곡이 그대로 드러나는 흰 티, 발목까지 딱 달라붙는 스키니진, 자칫하면 흉기가 될 법한 뾰족한 킬 힐, 그리고 짙은 화장까지. 여자는 지금까지 그와 만날 때와는 180도 다른 모습이었다. 지를 똑바로 바라보는 동그란 두 눈만 아니라면, 정말 그녀를 쏙 빼닮은 사람이라고 해도 깜빡 속아 넘어갈 수 있을 정도였다.

"어울리지도 않는 그 차림새는 대체 다 뭐야?"

시선만큼이나 삐딱한 목소리였다. 기가 막혔다. 그럴 수밖에 없는 것이, 제 앞에서는 목소리조차 쉽게 들려주지 않고 비싸게 굴던 여자가 아니던가.

"이게 송은서의 진짜 모습인 건가?"

"네?"

"생긴 거랑 다르게 노는군."

"그게 무슨……."

"아, 그래서 첫 만남에 사생활 어쩌고 했던 건가?"

그녀의 말을 잘라먹으며 신우는 피식, 서늘한 실소를 뱉어냈다.

"그래, 이 정도면 왜 그 얘기를 굳이 꺼냈는지 알만 해. 세운 공주님의 밤 나들이라. 어디 가서 당당하게 말할 수 있는 취미 생활은 아니지, 확실히."

한쪽 입꼬리를 한껏 말아 올린 채 신랄하게 뱉어지는 신우의 대사에 뭔가를 얘기하려던 여자의 입이 딱 다물어졌다. 그리고 얼굴 역시 눈에 띄게 굳었다.

"제가 왜 여기서, 박신우 씨에게 그런 말을 들어야 하는지 모르겠네요."

"모르겠다고?"

뻔뻔하게 나오는 여자의 모습이 너무도 기가 막혀서 되묻는 신우의 눈썹이 삐뚤어졌다. 하지만 그녀는 여전히 한 치의 부끄러움도 없는 듯 당당한 얼굴로 그를 마주 보고 있을 뿐이었다.

"클럽에서 만났다고 제가 난잡한 사생활을 하고 있을 거라 장담하시는 모양인데, 그렇다면 이곳에서 만난 박신우 씨 역시 난잡한 거 아닌가요?"

"……뭐?"

"남이 하면 불륜, 내가 하면 로맨스. 그건 너무 지나친 모순인 것 같은데."

반듯한 눈빛으로 저를 응시하며 거침없이 뱉어지는 여자의 말에, 순간 신우는 말문이 턱 막혔다.

이봐, 지금 무슨 소릴 하는 거야? 나는 이딴 클럽 따위 좋아하지 않아! 어쩔 수 없이 억지로 온 거라고! 대체 나를 뭐로 보고……!

순간 우습게도 변명이라도 주절주절 뱉어야 하나 싶었다. 하지만 다행히도 그런 꼴사나운 일은 피할 수 있었다. 그가 입을 떼기도 전에 여자가 먼저 말을 덧붙였기 때문이다.

"그리고 설령 제 사생활이 난잡하더라도, 그게 박신우 씨와 대체 무슨 상관이죠?"

"뭐? 무슨 상관이냐고?"

"먼저 사생활에 대해 간섭하지 말자고 선을 그은 건, 제가 아니라 박신우 씨였어요. 아닌가요?"

"그런…….'

말문이 턱 막혔다. 그런 그를 대신해 여자가 말을 이었다.

"제가 지금 클럽에 있는 것이 박신우 씨의 이미지에 먹칠한다고는 생각 안 해요. 심지어 우린 아직 결혼 전이죠. 그러니 제가 박신우 씨에게 이런 얘기를 들을 이유는 하등 없다는 거예요."

"……."

"물론, 그건 결혼을 하고 나서도 마찬가지겠지만."

덧붙여지는 말이 꽤 신랄했다.

이 여자가…… 이렇게나 말을 잘하는 여자였던가?

신우는 저도 모르게 눈을 껌뻑였다. 전혀 예상치 못했던 여자의 반응이 너무도 당황스러웠다. 지금까지처럼 입을 꽉 다물고 침묵을 지킬 거라고 생각했었는데 말이다. 게다가 지금 또박또박 뱉어진 그녀의 말은, 짜증스럽게도 틀린 말이 하나도 없었다. 이 바닥에서 언변술이 뛰어나기로 유명한 박신우조차, 꿀 먹은 벙어리처럼 입을 다물 수밖에 없었다.

여자의 말대로 사생활에 간섭하지 말자고 선을 그은 것은, 바로 자신이었다. 그리고 그는 분명 그녀의 사생활이 뭐가 됐든 상관없다고 생각했었다. 애초에 자신이 원했던 건 좋은 아내가 아니라 그저 좋은 사업적 파트너였을 뿐이니까.

사실이 그랬다. 그녀의 사생활이 문란하건 난잡하건, 이번 결혼으로 태한과 세운이 얻게 될 이득과는 아무런 상관이 없었다. 그러니 그의 처지에서는 그녀가 요조숙녀이든, 그렇지 않든, 전혀 문제가 될 게 없는 것이다.

"송은서! 너 거기서 뭐해?"

마치 뒤통수라도 세게 얻어맞은 듯이 여자의 얼굴을 멍하니 바라보고 있을 때였다. 그들의 뒤편에서 누군가가 그녀를 부르는 소리가 들려왔다.

"할 얘기 더 있으신가요?"

일행의 부름에도 여자는 여전히 차분한 얼굴을 한 채 그를 향해 질문을 던졌다. 이 황당한 만남 앞에서도 전혀 동요를 보이지 않는 그녀의 무덤덤한 모습에 신우는 약이 바짝 올랐다. 하지만 차마 입이 떨어지지 않는다. 이 상황에서 대체 무슨 말을 더 할 수가 있겠는가.

"더는 없으신 것 같은데, 그럼 저는 이만 가볼게요. 보시다시피 일행이 있어서요."

"……."

"즐거운 시간 보내세요."

뭐? 즐거운 시간?

하, 누구 약 올리는 것도 아니고……!

신우의 한쪽 눈썹이 황당하다는 듯이 치켜 올라갔지만, 여자는 전혀 아랑곳하지 않고 그를 스쳐지나 제 갈 길을 갈 뿐이었다. 순간 장소와 어울리지 않게 청량한 향기가 코끝을 스쳤다. 그러나 아주 찰나였을 뿐이다. 곧 짙은 화장품 냄새에 묻혀버렸다.

신우는 얼른 몸을 틀어 뒤를 돌아보았다. 그녀는 제 또래로 보이는 일행들과 벌써 섞여 있었다. 대여섯 정도로 보이는 일행 중엔 남자도 몇 명 섞여 있었다. 왁자지껄 떠들어대던 무리는 스테이지 위로 걸음을 옮기기 시작했다. 곧 그녀의 모습은 수많은 사람 사이에 섞여 더 이상 보이지 않았다.

신우는 몸을 획 틀었다. 그리고 스테이지를 등지고 나서며 그의 비서인 정 실장에게 전화를 걸었다.

"지금 나가니까 바로 차 대기 시켜."

전화를 끊은 그는, 클럽을 나서기 직전 다시 한번 고개를 돌려 스테이지를 바라보았다.

화려한 조명 아래에서는 많은 사람이 마치 단체로 약에 취하기라도 한 듯 리듬에 몸을 맡긴 채 격렬하게 흔들어대고 있었다.
저 사이에 섞여 있을 송은서의 모습을 상상해 보니, 헛웃음이 절
로 나온다.

"요조숙녀는 개뿔."

아무래도 아주 황당하고 이상한 여자와 엮인 듯싶었다.

Chapter 2
계약 성립

택시가 멈춘 곳은 서울에서도 가장 높은 땅값을 자랑하는 부자 동네. 그중에서도 돌담이 가장 높게 쌓여 있는 거대한 저택 앞이었다. 높은 곳에서 보지 않으면 결코 한눈에 다 들어오지 않는 크기의 저택은 대문마저도 크고 높았다.

택시에서 내린 은서는 철옹성처럼 닫혀 있는 대문 앞에서 난감한 얼굴을 해보였다. 제 손바닥만 한 가방을 아무리 뒤져보아도 대문 열쇠가 보이지 않았다. 아무래도 아까 클럽에 가기 전 들렀던 친구 가현의 집에 두고 온 모양이었다. 완전히 바뀌어버린 차림에 메고 왔던 거다란 백팩을 코디할 순 없는 노릇이라, 옷에 어울리는 가방과 구두까지 빌렸다. 메이크업까지 직접 수정해 준 후에야 가현은 순순히 은서를 놓아주었다.

아무래도 그때 실수를 한 모양이다. 제가 멨던 백팩에 들어 있던 소지품들을 몇 개 꺼내어 핸드백에 옮겨 담았는데, 열쇠를 미처 꺼내지 못했던 것 같았다. 정말이지 멍청한 실수였다. 그 가방 속 물건 중에 가장 중요한 게 대문 열쇠였는데.

"큰일이네……."

휴대폰으로 시간을 확인한 은서는 짧게 한숨을 내쉬었다. 벌써 시간은 새벽 1시를 훌쩍 넘겨 있었다. 이 시간에 벨을 눌러 집안 사람들을 다 깨울 수는 없는 노릇이었다. 그렇다고 가현의 집에 도로 가서 가방을 가져올 수도 없었다. 조금 전 클럽을 나올 때 가현은 술에 절어 남자친구의 등에 업혀 갔다.

"……아주머니는 주무시겠지."

아마 그럴 거다. 크고 작은 집안일을 도맡아하는 진숙은, 아침 잠은 없지만 늘 일찍 잠드는 사람이었다. 자정이 넘었을 때까지 깨어 있는 모습을 단 한 번도 본 적이 없었다. 진숙 다음으로 떠오르는 얼굴은 정원을 가꾸고 집안의 이런저런 보수를 도맡아 하는 오 씨 아저씨였다. 하지만 그는 이미 퇴근을 했을 시간이었다.

은서는 한참 동안 새까만 철창 사이로 희미하게 보이는 돌계단을 물끄러미 바라보다가 이내 자리에 쪼그리고 앉았다. 동이 틀 때까지 기다릴 작정이었다. 그 외에는 별달리 뾰족한 방법이 없었다. 그저 남들보다 한참 이른 진숙의 기상을 기다릴 수밖에.

대문 바로 앞에 엉덩이를 붙이고 앉은 은서는 아예 신발까지 벗어버렸다. 굽이 12센티 정도 된다는 가현의 킬 힐은 사실 너무 불편해서 진작 벗어버리고 싶었었다. 꼭 참석해야 하는 집안 행사가 있을 때를 제외하고는 킬 힐은커녕 굽이 있는 구두를 신는 날도 손에 꼽았다. 보통은 가장 편한 운동화를 신었다. 그 외에 조금 신경을 써야 할 것 같은 날에는 플랫슈즈를 신곤 했다.

"다들 이 불편한 걸 대체 어떻게 매일 신고 다니는 거야."

신발을 벗자 상처 난 발뒤꿈치가 고스란히 드러났다. 살갗이 벗겨져 분홍빛 속살을 드러내고 있었다. 가지런히 놓여 있는 발가락들도 벌겋게 부어 있기는 마찬가지였다. 퉁퉁 부은 발을 내려다보며 은서는 세운 무릎에 턱을 괬다. 그때였다. 그녀의 앞으로 검은 그림자 하나가 드리운 것은.

"야옹-"

낮게 우는 소리에 은서는 내리깔고 있던 시선을 들었다. 저만치서 검은 고양이 한 마리가 그녀를 똑바로 바라보았다. 고양이의 샛노란 두 눈은 어둠 속에서도 날카롭게 반짝 빛이 났다. 문득, 조금 전 클럽에서 보았던 남자가 떠오른다. 또렷하고 날카로운 시선이 고양이의 그것과 어쩐지 닮은 느낌이다. 클럽 안의 화려한 조명보다 훨씬 더 빛나던 눈동자도 그렇고.

'이게 송은서의 진짜 모습인 건가?'

그리 말하며 제 전신을 쓱 훑던 시선은 냉랭하기 그지없었다. 한여름 날씨에도 등골에 소름이 쫙 돋을 정도였다. 그는 자신에 대해 오해를 한 게 분명했다. 요란한 옷을 입고 클럽이나 즐겨 다니는 한심한 여자쯤으로 생각하는 듯했다. 처음에는 그런 남자의 오해를 풀어줄 생각이었다. 하지만 변명 따위 듣지 않겠다는 듯 보이는 고집스러운 남자의 시선에 은서는 결국 입을 다물 수밖에 없었다. 제가 무슨 말을 한다 해도 믿어주지 않을 것 같았다. 은서는 남자의 목소리를 다시 떠올렸다.

'제가 왜 여기서 박신우 씨에게 이런 말을 듣고 있어야 하는지 모르겠네요.'

아까는 당당한 척 남자를 등지고 돌아서기는 했지만 내내 신경이 쓰였다. 혹시 그가 이제 와서 결혼하지 않겠다고 하면 어쩔까 싶어서.

태한 그룹의 박신우.

몇 번 만나본 결과 남자는 다혈질처럼 보였다. 말과 행동에 거침이 없었다. 날 때부터 부족함 없이 원하는 건 모두 가졌을 테니, 어쩌면 당연한 일인지도 모르겠다.

이미 결혼 준비는 다 끝났고 이번 주말 당장 상견례가 잡혀 있었다. 하지만 남자는 그런 것 따위 전혀 신경 쓰지 않고, 본인의 기분에 따라 이 결혼을 파탄 낼 수도 있어 보였다.

"그럼 안 되는데……."

입술을 비집고 걱정 섞인 한숨이 절로 흐른다. 역시 그 자리에서 오해를 푸는 게 좋았을까? 뒤늦게 후회가 슬그머니 치솟을 무렵이었다. 뒤에서 인기척이 들리는가 싶더니, 익숙한 목소리가 그녀를 불렀다.

"어머, 아가씨!"

진숙의 목소리였다.

은서가 반가운 마음에 고개를 휙 돌렸다. 창살 너머로 진숙이 달려오는 모습이 보였다.

"대체 거기서 뭐 하시는 거예요, 이 시간에?"

"대문 열쇠를 잃어버렸어요."

"아이고! 그렇다고 여기에 그러고 앉아 있으면 어떡해요. 이제 여름이라고 해도 아직 밤공기는 찬데, 감기 들면 어쩌려고."

걱정 어린 목소리에 은서는 멋쩍은 듯 작게 웃었다.

"아직 안 주무셨어요?"

"아가씨가 아직 안 들어왔는데 걱정이 돼서 잠이 와야 말이죠. 너무 소식이 없기에 혹시나 해서 나왔더니……. 아휴. 내가 안 나왔으면 어쩔 뻔했어요, 대체."

"그러게요. 아주머니 덕분에 살았네요, 저."

"지금 웃음이 나와요?"

대문을 열고 나온 진숙이 바닥에 주저앉은 채 속없는 사람처럼 말갛게 웃고 있는 은서를 밉지 않게 흘겼다.

"얼른 일어나지 않고 뭐하고 있어요."

"아무래도 다리에 쥐가 난 것 같아요. 죄송한데 저 좀 일으켜주시겠어요?"

"못 살아, 정말! 대체 얼마나 이러고 있었어요?"

진숙이 일어나려는 그녀를 얼른 부축했다.

"얼마 안 됐어요."

"얼마 안 되긴. 몸이 이렇게 찬데. 그리고 옷차림은 이게 또 뭐

예요? 큰 사모님이나 작은 사모님 보시면, 또 그 불벼락을 어떻
게 맞으려고."

"그래서 일부러 두 분 다 주무시는 시간에 들어왔잖아요. 열쇠
가 없어서 못 들어가고 있긴 했지만……."

중얼거리는 은서의 말에 진숙은 그녀가 안쓰럽다는 듯 제 가슴
을 퍽 내리쳤다.

"내가 아가씨 때문에 속이 상해서 제 명대로 못 살지 싶어요,
증말!"

올해 예순다섯의 나이가 된 진숙은 은서가 태어나기 전부터 지
금까지, 30년이 넘어가는 세월 동안 세운 그룹 송태수 사장의 집
안일을 봐주고 있었다. 그뿐만이 아니었다. 은서를 낳고 얼마 되
지 않아 병으로 세상을 떠난 어머니 대신 그녀를 업어 키우기까
지 했다. 호칭은 비록 '아가씨'와 '아주머니'였지만, 둘의 사이는
모녀지간과 거의 다름없었다.

"아줌마는 왜 결혼을 안 해요?"

언젠가 어린 그녀가 물었을 때, 진숙은 호호 웃으며 말했다.

"전 처음부터 남편은 필요 없고, 자식만 있으면 좋겠다고 생각
했었어요."

"남편 말고 자식만……?"

"시집간 친구들의 말이 남편은 귀찮기만 하대요. 비록 남편을 가
져본 적은 없지만, 나도 어느 정도는 동의하고. 그래서 결혼은 생

각도 안 하고 있었는데, 이렇게 떡하니 딸이 생겼잖아요. 이보다 더 완벽할 수가 없지. 안 그래요?"

진숙의 잔소리는 널따랗게 펼쳐진 정원을 가로지르는 동안에도 끊이질 않았다. 하지만 은서는 싫은 내색 전혀 없이 잔소리를 묵묵히 들을 뿐이었다. 아니, 진심으로 싫지 않았다. 애정이 가득 담긴 잔소리였으니까.

그렇게 기분 좋게 집 안으로 들어왔을 때였다. 마침 환하게 불이 켜진 주방에서 물을 마시고 있던 세운 그룹의 명예회장이자 그녀의 조모인 황은옥 회장과 은서의 시선이 마주쳤다.

"저…… 왔어요."

저도 모르게 가느다랗게 떨리는 목소리가 흘러나왔다. 그것은 은서가 지금 얼마나 긴장을 하고 있는지를 잘 알려주고 있었다. 황 회장이 하얗게 센 눈썹을 씰룩이며, 주방에서 걸어 나와 그녀의 앞에 섰다.

짜악-!

날카로운 마찰음이 허공을 갈랐다. 그와 동시에 은서의 고개가 옆으로 획 돌아갔다. 왼쪽 뺨이 얼얼했다.

"얌전히 결혼 준비나 하라고 했더니, 대체 이게 무슨 꼴이야?"

신경질적인 음성이 벌겋게 달아오른 왼쪽 뺨을 다시 한번 내리치는 듯했다. 은서는 이를 악다물며 고개를 바로 했다.

"……죄송해요. 제가 잘못했어요."

황 회장 앞에서 그녀가 해야 할 말은 늘 정해져 있었다. 그리고 언제나 그랬듯 그 말이 황 회장의 성에 찰 리가 없었다. 황 회장은 오히려 디 기세를 높여 소리쳤다.

"결혼을 앞두고 있으니 네가 자유의 몸이라도 된 것 같아? 그래서 아주 막 나가기로 작정을 한 게야? 비싼 값에 팔아주니 네가 값어치 있는 인간이라도 된 것 같은 착각이라도 드는 거냐 말이다!"

"……"

"어림도 없는 소리! 세운 그룹이 아니었으면 네가 언감생심 그자리를 얻을 수 있었을 것 같으냐? 세운 그룹에 빌붙은 기생충 주제에, 어디 제멋대로 굴고 있어!"

황 회장의 입에서는 필터를 전혀 거치지 않은 말들이 흘러나왔다. 그리고 그것들은 날카로운 파편이 되어 그녀의 가슴에 그대로 박혀왔다. 하지만 딱히 아프다는 생각은 들지 않았다. 종이에 손가락을 베이는 것보다도 훨씬 더 미미한 통증이었다. 이 정도는 참아낼 수 있었다.

"앞으로 외출 금지다. 결혼 준비에서도 손 떼고 얌전히 방에 처박혀서 외형이나 가꾸고 있어. 박 대표한테서 버림받고 이 집으로 돌아오고 싶은 게 아니라면!"

"……"

"알아먹었어?!"

묵묵히 듣고 있던 은서는 얌전히 대답했다.

"……네."

드디어 끝이 났나, 싶었지만 황 회장은 여전히 만족스럽지 못한 모양이었다. 그녀를 스쳐 지나가며 황 회장은 기어이 말을 더 보탰다.

"제 아비 얼굴에 먹칠을 해도 유분수지. 저 나이 먹고도 저리 생각이 없으니. 이래서 옛말에 씨도둑은 못 한다는 거야. 딱 그 어미에 그 딸년이지. 쯧!"

쾅!

거세게 닫히는 방문 소리에도 그녀를 향한 짜증은 가득 실려 있었다.

사방이 고요해졌다. 은서는 그제야 참고 있던 숨을 작게 터뜨렸다.

"……아이고, 정말 못 살아. 큰 사모님께서 웬일로 이 시간에 깨어 계셨대. 이럴 줄 알았으면 내가 조금 더 늦게 나가보는 건데……."

안절부절 어쩔 줄을 몰라 하며 숨죽인 채 상황을 지켜보고 있던 진숙이 벌겋게 달아오른 은서의 뺨에 손을 가져다 댔다.

"아가씨. 괜찮아요?"

"네. 괜찮아요."

괜찮다는 말에도 진숙의 눈가가 시뻘겋게 달아오른다. 그녀의 뺨에 닿아 있는 손도 덜덜 떨리고 있었다. 은서는 그런 진숙의 손 위로 제 손을 살포시 겹치며 한 번 더 말했다.

"정말이에요. 이번엔 고작 뺨 한 대로 끝났잖아요."

그녀는 부드럽게 웃어 보였지만 진숙은 끝내 따라 웃지 못했다.

* * *

풀썩.

방으로 들어온 은서는 옷도 갈아입지 않고 침대 위로 쓰러지듯 누웠다. 타이트한 옷이 너무도 불편했지만, 지금은 눈을 뜨고 있는 것조차 버거울 정도로 너무도 피곤했다. 물끄러미 천장을 바라보다가 열이 오르는 뺨에 손을 가져다 댔다. 퉁퉁 부은 뺨이 타오르듯 뜨거웠다. 게다가 손바닥에 닿는 살이 사포질하는 듯 따갑게 느껴지기까지 해서 금방 손을 떼어내야만 했다.

"그런데 웬일로 한 대로 끝났네."

평소 같았으면 결코 이렇게 가볍게 끝나지 않았을 일이었다. 아마도 곧 앞두고 있는 결혼 때문이리라. 비싸게 팔아치우려면 물건에 흠집이 나선 안 되는 법이었다.

"결혼이라는 거, 꽤 편리한 거였네."

은서는 피식, 낮게 조소했다.

'제 아비 얼굴에 먹칠을 해도 유분수지. 저 나이 먹고도 저리 생각이 없으니. 이래서 옛말에 씨도둑은 못한다는 거야. 딱 그 어미에 그 딸이지. 쯧!'

진숙에게서 들은 바로는, 조모인 황 회장은 여배우였던 그녀의 친모를 끝까지 반대했다고 했다. 하지만 아버지는 고집대로 밀어붙였고 결국 어쩔 수 없이 며느리로 받아들일 수밖에 없었다. 어머니가 겪은 시집살이는 말도 못 하게 심했다고 했다. 자식을 낳으면 좀 나아지지 않을까 싶었지만, 딸을 낳은 대가는 한층 더 심해진 시집살이뿐이었다.

그 때문이었을까. 원래도 몸이 약했던 어머니는 큰 병을 얻었고, 딸이 채 돌이 되기도 전에 급하게 세상을 떠나버렸다. 그녀가 5살이 되던 해, 황 회장은 자신의 마음에 쏙 드는 조건의 며느리를 얻었다. 그리고 이듬해 봄, 그렇게나 노래를 부르던 손자까지 얻게 됐다.

진짜 지옥은 그때부터였다. 남동생이 태어나자 황 회장의 차별은 더욱 심해졌다. 어린 동생이 신기해서 옆에 가서 구경이라도 할라치면, 황 회장은 그녀의 머리끄덩이를 잡아끌고서 떼어냈다.

'어디, 네깟 년이 우리 귀한 종손 옆에서 얼쩡거리는 게야! 얘, 새아가. 혹시 이것이 갓난쟁이한테 무슨 못된 짓을 할지 모르니, 잘 감시하렴.'

은서가 크면 클수록 집안의 분위기는 더욱 험악해졌다. 커갈수록 친모를 쏙 빼닮아 간다는 이유만으로도 황 회장은 그녀를 볼 때마다 재수 없다고 소리쳤다. 원래도 무뚝뚝했던 아버지는, 사랑했던 여자를 너무 닮아 볼 때마다 아픈 기억을 저절로 떠올리게 하는 은서를 어느 순간부터는 아예 외면하기 시작했다. 그리고 새어머니 역시 남편의 마음 깊숙한 곳에 아직도 남아 있는, 지긋지긋한 옛 여자를 닮은 그녀를 미워했다.

그게 내 잘못이야?

미칠 듯이 억울하고 원망스러울 때도 있었지만 그녀는 곧 그들을 이해하기로 했다. 그들을 위해서가 아니었다. 오직 자신을 위해서였다. 그래야 편하니까. 그래야 내가 숨을 쉴 수 있으니까. 내치지 않고 거둬서 키워준 것만으로도 감사하게 생각하기로 했다.

수도 없이 세뇌를 시키자 정말로 그런 것 같았고 들끓던 원망 역시 잦아드는 듯했다. 그래서 그녀는 너덜너덜해진 제 심장을 외면했다. 그래야만 살아갈 수 있었으니까. 그렇게 살아온 세월이 자그마치 26년이었다. 이 지옥 같은 집에서 버티려면 안 괜찮아도 괜찮다고 스스로를 속일 수밖에.

"……조금만 더 버티자. 금방이야."

저를 향한 위로였고, 또한 저를 위한 다짐이었다.

눈꺼풀을 내리깔며 그녀는 기도했다.

부디 그 남자의 마음이 변하지 않았기를…….

* * *

화창한 주말이었지만 그의 기분은 날씨와는 정반대로 바닥을 찍고 있었다. 오늘 아침 아버지에게서 걸려온 한 통의 전화 때문이었다.

"오늘 그 자리에 집사람과 함께 가기로 했으니 그런 줄 알아라."

날짜를 봤을 때 '그 자리'라는 건 상견례를 일컫는 게 분명했다. 그리고 '집사람'이라는 건 친모와 함께했던 그의 유년시절 추억이 가득 담긴 집에 어느 날 불쑥 둥지를 튼 아버지의 여자, 미경을 일컫는 것이겠고. 그와는 고작 8살밖에 차이 나지 않는 젊은 여자였다.

"이러다 조만간 청첩장도 찍고 호적에도 올리겠다, 하시겠습니다."

"약속한 건 지킬 테니 걱정 말아라."

한껏 비꼬는 신우의 말에 박건욱 회장은 칼같이 대답했다.

호적만큼은 깨끗하게 비워둘 것.

누나뻘 되는 여자를 '새어머니'감으로 데려오며 그를 달래기 위해 박 회장이 했던 약속이었다.

"그저 사돈 집안도 피차 서로의 사정을 아니까 굳이 숨길 필요가 없다고 생각해서 데려가려는 게다. 자리를 비우는 것보다야 채우는 게 낫지 않겠나 싶어서. 그게 예의인 것도 같고."

공석인 자리니까 당연히 비워야 하는 게 아니냐고. 그런 공식적인 자리에 첩을 데려가는 게 더 예의에 어긋나는 일이 아닌 거냐고. 따져 물으려던 신우는 그냥 알겠다는 말을 끝으로 전화를 끊었다.

물론 아버지의 여자를 어머니 대신으로 인정해서 그런 건 결코 아니었다. 그저 미경이 아니면 세운의 명예회장과 아들 내외 부부까지. 3대 1로 상대를 해야 하는 아버지의 모습을 떠올리자, 별로 중요하게 생각지 않는 결혼이었고 상견례이니 그냥 아무래도 좋겠단 생각이 들어서였다.

결혼도 아버지의 뜻대로 하는 마당에 그 정도 소원이야 못 들어드릴까. 까짓것 한 번 더 참지 뭐.

그런데 아무래도 실수를 한 것 같았다. 막상 상견례 자리에 도착해 구색을 갖추고 앉아 있는 미경을 보고 있자니 은근히 부아가 치밀어 오르는 것이다.

괜한 짓을 한 건가.

뒤늦게 후회가 들었지만 이미 엎질러진 물이었다. 그저 빨리 이 형식뿐인 자리가 끝나기를 바랄 뿐.

"그럼 신혼집은 박 대표가 지금 사는 아파트로 결정한 건가요?"

"네. 새 아파트고 이사 간 지도 1년이 채 안 됐거든요. 신혼집으로도 괜찮을 것 같아서 은서 양에게 물어봤는데, 본인도 괜찮다고 하더라고요."

"그래요. 굳이 일을 만들 필요는 없죠. 다들 바쁜 사람들인데."

대화의 지분 중 8할 이상이 가장 연장자인 세운 그룹 명예회장 황은옥 여사와 미경이었다. 두 사람은 예물이며 예단이며, 듣고 있어도 도무지 알아들을 수가 없는 복잡한 이야기를 나눴다.

대화의 내용은 모르겠지만 꼬장꼬장한 노인네가 뭔가 많은 것을 요구하는 느낌이 들기는 했다. 그러나 미경 역시도 맹해 보이는 겉모습과는 달리 은근히 눈치껏 노인네의 비위를 맞추며 요리조리 잘 빠져나가고 있었다.

오가는 복잡한 이야기 중 그가 알아들을 수 있는 게 딱 하나 있기는 했다. 세운 쪽은 이번 결혼식을 조용하게 올리기를 원하고 있다는 것이었다. 황 회장은 언론에 공개되지 않도록 철저하게 비공개로 식을 올렸으면 좋겠다고 했다. 대단한 것도 아니고 워낙 시끄러운 것을 싫어하기도 하는 성향이었기에 그의 처지에서도 나쁠 것 없는 이야기였다.

그러나 그것과는 별개로 한 가지 의문이 들기는 한다. 도대체 저 집안에서는 왜 이렇게 송은서를 꽁꽁 숨겨 두려는 건가, 하는.

그 때문에 그녀에 대해서 얼마나 황당무계한 소문들이 떠도는지는 알고 있는 걸까. 좁디좁은 바닥이었다. 황 회장이 그것에 대해 전혀 모른다고 하는 것은 이상했다. 물론 알면서 지금처럼 방치하고 있다는 것 역시 이상하긴 하지만.

"흐음."

신우는 재미없는 얘기에 관심을 두는 대신 맞은편에 앉아 있는 여자에게로 시선을 옮겼다. 머리를 완전히 틀어 올리고서 단정한 옷을 갖춰 입은 채 자리에 얌전히 앉아 있는 그녀는 요조숙녀, 그 자체로 보였다. 며칠 전 클럽에서 만났던 모습은 전혀 찾아볼 수 없었다.

신우는 픽, 입술을 비틀었다. 여기 앉은 사람들 중 그 누가 상상이나 할 수 있겠는가. 저렇게 얌전한 얼굴 뒤에 밤 나들이를 몰래 즐기는 엉큼한 모습이 있다는 사실을. 아마 그녀의 집안사람들도 전혀 모를 것이다. 이 바닥에서 어느 집안보다 보수적인 집안이 바로 황 회장이 있는 세운이었으니까.

"아무것도 모르는 부족한 자식을 보내려니, 영 신경이 쓰여서……."

"어머, 무슨 말씀이세요. 이렇게 잘 키워서 보내주셔서 감사한걸요. 며느리가 아니라 딸이 생겼다고 생각하고 잘 데리고 살겠습니다. 그러니 걱정 마세요, 어르신."

황 회장이 운을 떼자 미경이 가식적인 미소를 날리며 웃었다.

"은서 양. 내가 딸이라고 생각해도 되겠지?"

"그럼요, 어머님. 편하게 대해주세요."

"호호호. 팔자에 없는 딸이 생긴 것 같아 참 기분이 좋네."

여자들이란 정말 놀라운 동물이 아닐 수 없다. 속에도 없는 겸손을 뻔하게 떨고 있는 황 회장과 진짜 태한의 안주인이라도 된 듯 오버하는 미경은 놀라울 정도로 가식적이었다. 하지만 그래도 역시 가장 놀라운 것은 바로 제 아내가 될 여자, 송은서였다.

마치 얼굴 근육을 사용할 수 없는 사람인 것처럼 늘 무표정하던 그녀는, 어색하기는 했지만 그래도 자리에 앉아 있는 내내 작게나마 미소를 짓고 있었다. 누군가가 뭔가를 물어오면 대답도 곧잘 했다. 제 앞에서는 되바라지게 제 할 말만 쏘아대던가, 혹은 죽은 조개처럼 입을 꽉 다물고 있던가. 아주 극과 극을 달리더니 말이다.

어른들 사이에 섞여 기다란 속눈썹을 차분히 내리깐 채 조신한 척 웃고 있는 여자를 보며 신우는 생각했다.

참으로 가증스럽다고.

* * *

쏴아아-

쏟아지는 물줄기에 손을 넣었다. 차가운 물이 들어가자 멍하던 정신이 조금은 돌아오는 기분이었다. 도대체 무슨 정신으로 지금까지 버텼는지 기억도 나질 않는다.

사실 지난 며칠간 혹시나 상대 쪽에서 파혼 얘기가 나오는 건 아닐까 노심초사했었다. 클럽에서 마주쳤던 날 들었던 싸늘한 목소리와 눈빛이 두고두고 마음에 걸렸다. 걱정과는 달리 오늘 다시 만난 그는 못마땅한 시선으로 자신을 보기는 했지만, 군말 없이 자리를 지켰다. 아무래도 결혼은 예정대로 흘러가려는 모양이었다. 정말이지 천만다행이었다.

수도꼭지를 잠그고 고개를 들어 거울을 바라보았다. 거울 속 여자는 창백해 보였다. 실제로 상태가 안 좋기는 했다. 주먹을 말아 쥐고 가슴께를 툭툭 쳤다. 머리가 무겁고 속이 메스꺼웠다. 불편한 자리에서 억지로 음식을 꾸역꾸역 밀어 넣었더니 체한 모양이었다.

'미련하긴.'

억지로 밥 한 공기를 다 비워냈을 때 맞은편에서 들려오는 무심한 목소리에 은서는 고개를 들었다. 남자가 한심하다는 듯 그녀를 보고 있었다.

"……그래. 미련하긴 했지."

낮게 중얼거린 은서는 심호흡을 크게 한번 했다. 아에이오우. 입술을 오물거리며 입가 근육도 풀었다. 이제 다시 그 불편한 자리로 돌아가서 억지 미소를 지어야만 했다. 마치 전쟁터로 향하는 장수처럼 각오를 단단히 하고 화장실을 나섰다. 복도 끝에 삐딱하게 기대선 남자의 모습이 보인다.

"그 날, 잘 들어갔나 봐?"

스쳐 지나가려는데 남자의 목소리가 발목을 붙들었다.

뚝. 걸음을 멈추고 남자를 바라보았다.

"왜 이런 차림이야?"

머리부터 발끝까지 그녀를 가볍게 훑은 남자의 입매가 슬쩍 비틀린다.

"그때 입었던 옷이 더 잘 어울리는 것 같은데. 오늘도 그렇게 입고 오지 그랬어."

"……."

"아, 참고로 말하자면 그쪽이 더 내 취향이야."

남자는 싱긋 웃어 보였다. 눈이 부실 듯 예쁜 미소였지만, 따라 웃을 수는 없었다.

노골적인 조롱이었다. 그 날 일에 대한.

은서는 아랫입술을 질끈 깨물었다.

"그러니까 앞으로는……."

"박신우 씨."

참다못해 말을 끊고 남자를 바라보았다.

도대체 원하는 게 뭐예요?

되묻는 눈빛에 남자는 가볍게 어깨를 으쓱여 보였다.

"그렇게 긴장할 거 없어. 나 역시 이제 와서 이 결혼을 엎을 생각은 없으니까."

그는 벽에 기대 있던 자세를 바로 하며 그녀의 앞에 마주 섰다. 그러고는 살짝 허리를 숙여 귓가에 속삭이듯 말을 덧붙인다.

"계약 성립이야."

건조한 음성이 목을 옥죄어오는 듯했다. 숨이 턱 막혀왔다.

* * *

상견례는 별거 없었다. 식장에만 들어가면 될 정도로 결혼에 대한 모든 것이 준비된 상태였기에 이야기는 금방 끝났다.

집으로 돌아오는 길. 어둠보다 더 짙은 고요가 머무는 차 안에서 은서는 하도 억지로 웃고 있느라 뻐근해진 턱을 연신 매만졌다. 그리고 집으로 들어오자마자 제 방으로 올라가 소화제 두 알을 생수와 함께 삼켰다.

"하아, 피곤해 죽겠네."

은서는 길게 한숨을 뱉어내며 그대로 침대 위로 엎어졌다. 두 눈을 꼬옥 감았다. 그러자 아까 마주했던 남자의 얼굴이, 목소리가 절로 떠오른다.

'그렇게 긴장할 거 없어. 나 역시 이제 와서 이 결혼을 엎을 생각은 없으니까.'

본인 말대로 남자는 결혼을 엎을 생각 따위 없어 보였다. 그 증거로 상견례가 무사히 끝났다. 하지만 여전히 찝찝한 마음은 떨쳐낼 수가 없다.

그 남자와 정말로 결혼이라는 것을 할 수 있을까……?

진짜 부부처럼 생활하지는 않겠지만 그래도 한집에서 살긴 해야 할 것이다. 그 생각을 하자 벌써부터 마음이 불편해지는 느낌이다.

'서로의 사생활에 일절 터치 말 것.'
'피차 사랑해서 하는 결혼 아니잖아?'

'나한테 '호적상의 남편' 그 이상은 바라지 잃는 게 좋을 거란 얘기야.'

그가 요구했던 대로 살아갈 자신은 있었다. 아니, 오히려 결혼에 대한 가치관이 자신의 것과 완벽하게 일치해서 놀라울 정도였다. 하지만 까칠해 보이는 그 성격이 마음에 걸린다. 저에 대한 오해 역시도.

'당신만 잘하면 돼. 내가 먼저 약속을 어기는 일은 절대 없을 테니까.'

정말 그런 걸까. 나만 잘하면, 평화로운 결혼 생활이 유지될 수 있을까……?
기대와 우려가 딱 반반 섞인 생각을 하는 사이 별안간 밖이 소란스러워짐을 느꼈다. 손님이 온 걸까. 일말의 호기심도 들지 않았다. 누가 됐든 저와는 상관없는 일이라고, 무심하게 생각한 순간이었다. 예고도 없이 그녀의 방문이 벌컥, 열리더니 익숙한 목소리가 날아들었다.
"누나!"
누나?
은서는 감았던 눈을 번쩍 뜨고는 몸을 일으켰다. 익숙한 호칭에 설마 했는데, 문지방을 떡하니 밟고 서 있는 건 정말로 그녀의 동생 재욱이었다.
"네가 여긴 어떻게 왔어?"

"어떻게 오긴. 비행기 타고 왔지. 설마 헤엄쳐서 왔을까 봐."

"그게 아니라…… 너 귀국한다는 얘기 없었잖아."

은서가 두 눈을 크게 깜빡였다. 지구 반대편에 있어야 할 녀석이 왜 여기에 있는 걸까. 조금 전 밖이 소란스러웠던 이유도 녀석의 뜬금없는 등장 때문이었던 모양이다.

"누나도 결혼한다는 얘긴 없었지."

재욱이 방을 가로질러 들어와 아주 자연스럽게 소파에 털썩 주저앉으며 말했다. 가벼운 어투였지만 서운함이 가득 서려 있었다.

"어떻게 알았어?"

"지금 내가 어떻게 알게 됐는지가 중요해?"

"……."

"와. 송은서, 진짜 너무하다. 하나밖에 없는 동생한테 얘기도 안 해주고 홀라당 시집가려고 했어?"

"미안해. 너무 정신이 없어서……."

"당연히 그러셨겠지. 번갯불에 콩 구워 먹듯 결혼하려니까 정신이 있을 턱이 없지. 왜 안 그랬겠어?"

잔뜩 비꼬는 재욱의 말에 은서는 어색한 미소를 지어 보였다.

"오늘 상견례까지 했다며?"

"응."

"미쳤어, 진짜! 정말로 이 결혼, 할 생각이야?"

재욱이 짐짓 심각해진 얼굴로 그녀를 바라보았다.

"내가 누나 결혼 소식 듣고 얼마나 놀란 줄 알아?"

"그랬어?"

"어, 그랬어. 완전 그랬어!"

재욱이 소리쳤다.

"요즘 세상이 어떤 세상인데 얼굴도 몇 번 안 본 남자랑 정략결혼이야. 웃기지도 않아, 진짜. 누나가 공양미 삼백 석에 팔려 가는 심청이도 아니고, 이게 말이나 되는 얘기냐고."

"……."

"그리고 알아보니까 그 남자 소문도 별로 안 좋아. 만나는 여자도 있다더라. 알 만한 사람은 다 알고 있을 정도로 오래 만났고 깊은 관계라던데. 알고 있어?"

　결혼할 상대에게 깊은 관계의 여자가 있다는 소리를 들었음에도 은서의 표정은 조금도 변하지 않았다. 사실 전혀 놀랍지 않았다. 아마도 그렇지 않을까 예상했었다. 그도 그럴 것이 첫 만남부터 사생활을 유독 강조했던 남자였으니까. 역시 그랬던 거구나. 그저 고개가 끄덕여질 뿐.

"뭐야, 설마 알고 있었어?"

　은서의 반응에 재욱이 인상을 팩 찌푸린다.

"대충. 예상은 했었어."

"그 여자랑 정리하겠대?"

"……."

"거봐, 아니잖아! 그런데도 정말 이 결혼을 하겠다고?!"

　재욱은 기가 찬다는 듯 허, 숨을 내뱉었다. 그러나 은서는 여전히 무덤덤할 뿐이었다. 이미 확고하게 마음을 정한 느낌이었다. 지금 저가 그 어떤 말을 한다 해도 도통 들어 먹을 것 같지가 않다.

"미치겠네, 진짜……."

　답답한 마음에 재욱은 한숨을 내쉬었다. 그러고는 아예 방법을 바꿔서 이번엔 달래듯 말을 잇는다.

"태한이 아니어도 우리 세운 망할 일 없으니까, 이딴 말도 안 되는 결혼 하지 마. 응? 어른들께는 내가 말씀 잘 드릴게. 나, 그러려고 이번에 멋대로 한국에 들어온 거야."

자신을 걱정하는 마음에 주절주절 이야기를 늘어놓는 재욱을 보며, 계속 굳어 있던 은서가 처음으로 부드럽게 미소를 지어 보였다. 황 회장은 이런 상황을 매우 마뜩잖아했지만, 두 사람은 이복남매임에도 보통 남매 못지않게 우애가 돈독했다.

황 회장에게 혼쭐이 나고 혼자 방에 틀어박혀 울고 있는 날이면, 다섯 살이나 어린 동생은 어떻게 알았는지 아장아장 걸어와 그녀의 앞에서 재롱을 떨곤 했다. 제 몸 하나도 제대로 못 가누는 3등신 녀석의 어설픈 재롱을 보다 보면 저도 모르게 눈물이 쏙 들어갔다.

재욱은 은서를 좋아하고 잘 따랐다. 그리고 은서 역시 그런 동생이 밉지 않았다. 이 집에서 그녀를 가족처럼 대해주는 사람은 고작 반쪽짜리 피를 나눠 가진 재욱만이 유일했으니까. 사실 그녀가 지금까지 이 집에서 버틸 수 있었던 건, 8할이 누구보다 저를 생각해주는 기특한 동생 덕분이기도 했다.

"오구, 기특한 내 동생. 지구 반대편에서도 누나 걱정을 그렇게나 많이 했어요?"

그녀답지 않은 장난 섞인 목소리에도 재욱은 좀처럼 굳은 표정을 풀지 않았다.

"나 농담하는 거 아니야."

사뭇 진지한 동생의 반응에 은서 역시 억지로 짓고 있던 거짓

미소를 지워냈다.

"그럼 진심으로 하는 말이야? 나 결혼하지 말라고?"

"그래."

"식장도 다 예약됐고 청첩장까지 나온 마당에?"

"그게 뭐가 중요해? 오늘이 결혼식 당일이라 해도 나는 웨딩드레스 입고 있는 누나 손잡아 끌고 식장을 뛰쳐나왔을 거야."

"유학 보내놨더니 하라는 공부는 안 하고 영화만 봤나 보구나, 너?"

그런 동생이 귀여워서 은서가 풋, 웃자 재욱이 미간을 좁혔다.

"왜 자꾸 말을 돌려? 하지 말라니까, 이 결혼?"

"네 맘은 고마운데. 할 거야, 이 결혼."

"누나!"

재욱이 소리를 꽥 내질렀다. 그러나 은서는 시종일관 차분한 음성으로 대꾸했다.

"네가 오해하는 거야."

"대체 뭐가 오해라는 건데?"

"나, 팔려 가는 것도 아니고. 억지로 하는 것도 아니야."

"그럼 누나가 이 결혼을 하고 싶어 하기라도 한다는 거야?"

"응. 맞아."

"……뭐?"

"네 말대로 태한 그룹이 아니어도 세운 안 망해. 그 말은, 이 결혼을 굳이 강요할 사람이 없단 얘기이기도 해. 그저 내가 하고 싶어서 하는 거라고."

흔들림 없는 은서의 단호한 눈빛에 재욱은 후, 짧게 한숨을 내쉬었다.

"어째서?"

"하고 싶으니까."

"결혼이?"

"그래."

말장난 같은 대화 끝에 재욱은 황당하다는 얼굴로 되물었다.

"설마 태한의 박신우 대표를 사랑하기라도 한다는 거야?"

"뭐? 사랑?"

느닷없는 질문에 은서는 피식, 웃었다. 그 남자와 사랑이라니. 너무 어울리지 않는 조합이라 마치 세상에 없는 단어를 듣고 있는 것처럼 기묘한 느낌이 들었다.

"거봐. 아니잖아."

"아니지, 그럼."

"근데 왜 그러는데? 사랑 없는 결혼을 어떻게 해? 대체 어느 누가 사랑 없는 결혼을 하고 싶어 하느냔 말이야!"

재욱은 답답하다는 듯 씩씩거렸다. 하지만 은서는 여전히 차분한 얼굴을 하고 있을 뿐이다.

"사랑이 별거니?"

"그럼 사랑이 아무것도 아니야?"

동생은 감성적인 녀석이었다. 눈물이 많고 마음이 여린. 하지만 자라난 환경이 달라서일까. 피가 반쪽밖에 섞이지 않아서일까. 그녀는 그런 동생과 정반대였다.

"그래. 나는 아무것도 아니라고 생각해. 적어도 결혼 앞에서만큼은."

대한민국에서 알아주는 세운 그룹의 유일한 후계자였던 아버지는 당시 이제 갓 데뷔한 신인 여배우와 우연한 만남으로 사랑에 빠졌다고 했다.

재벌가 남자와 아무것도 가진 게 없는 여배우.

전혀 어울리지 않는 서로의 조건 때문에 주변의 반대는 당연히 극심했다. 그럼에도 두 사람은 오직 사랑 하나만을 고집하며 결국 결혼에 성공했다. 언론은 그런 두 사람의 사랑을 세기의 로맨스라 칭했다. 그러나 그 화려했던 사랑의 말로는 처참하기만 할 뿐이었다.

꺾은 꽃은 더 이상 아름다움을 유지할 수 없는 법. 데뷔와 동시에 많은 사람에게 관심과 사랑을 한 몸에 받았던 사랑스러운 여배우는 날이 갈수록 시들어갔다. 그러던 어느 날, 더 이상 버티지 못하고 완전히 말라버렸다.

사랑하는 아내를 잃은 아버지는 죄책감에 시달리며 매우 힘겨워했다. 하지만 결국 조건에 맞는 다른 여자를 만나 결혼을 했고, 지금은 아무 일 없었다는 듯 아주 잘 살고 있다. 그렇게 절실했다던 사랑 끝에 남은 건, 한순간에 누구에게도 사랑받지 못하는 존재로 추락해버린 갓난아이 하나였다.

낳아준 어머니를 원망하고. 외면하는 아버지를 원망하고. 미워하는 가족들을 원망하고. 그렇게 이 세상에 존재하는 모든 것을 원망하다 결국 제풀에 지쳐 나가떨어져 버린 불쌍한 존재.

결혼이라는 건 집안끼리 조건을 따져 사업적인 관계를 이어가는 것이고, 사랑이라는 건 결국 부질없는 감정 낭비일 뿐. 그게 그녀가 내린 사랑과 결혼에 대한 정의였다.

"그리고 아주 다행인 건, 그 남자도 나와 생각이 같다는 거야."

"아무리 그래도 그렇지. 결혼이라는 게 장난도 아니고……."

단호한 그녀의 모습에 살짝 혼란스러운 듯 미간을 좁힌 채 중얼거리던 재욱은, 문득 뭔가가 떠올랐다는 듯 조심스럽게 물었다.

"누나. 혹시…… 우리 엄마랑 할머니 때문에 그래?"

"……."

"더 이상 못 견뎌서 도망치려는 거야? 그래서 사랑 없는 결혼이라도 하고 싶어진 거야?"

정곡을 찌르는 질문이었다. 하지만 차마 그 어떤 대답도 할 수가 없었다. 은서는 동생의 흔들리는 두 눈을 물끄러미 바라만 보았다.

"……역시 그거구나. 결혼은 현실이니 뭐니 했어도, 역시 이유는 그거였어."

그녀의 침묵에서 답을 읽어낸 재욱이 아픈 얼굴을 한 채 아랫입술을 질끈 깨물었다. 그리고 그녀 앞으로 성큼 다가와 작은 손을 붙들었다.

"누나. 그런 거면 조금만 기다려줘."

"재욱아."

"지금은 내가 힘이 없어서 아무도 내 말을 안 들어주지만, 공부 끝내고 귀국해서 회사 실무 맡게 되면 나도 힘이 생길 거야. 그때가 되면 할머니도, 엄마도 내 말 무시 못 할 거야."

"……."

"그러니까, 제발 조금만 더 참아주라. 응? 이렇게 말도 안 되는 결혼을 하면서까지 도망치기엔, 지금까지 버틴 게 너무 아깝잖아."

말을 하다 복받쳤는지 재욱은 눈물까지 글썽였다.

우리 누나 불쌍해서 어떡해. 불쌍해서…….

속마음을 얼굴에 그대로 드러낸 채로.

녀석은 어렸을 때부터 그랬다. 제 잘못이 아닌데도 어른들의 차별에 자신이 더 미안해했었다. 축축이 젖은 동생의 두 눈과 똑바로 마주하는 순간, 문득 지금껏 참고 지나간 26년, 지독했던 그 시간이 파노라마처럼 뇌리를 스쳐 지나갔다. 코끝이 따가워졌다. 눈물을 글썽이는 동생을 따라 그녀 역시 울고 싶어졌다.

정말 울고 싶은 건 바로 나야.

하지만 은서는 아랫입술을 질끈 깨물며 눈물을 애써 참아냈다. 나는 불쌍하지 않아. 그저 자유를 찾아, 이 철창 없는 감옥을 떠나려는 것뿐이야. 이 결혼을 하겠다고 결심했던 순간부터 지금까지 수십 번도 넘게 속으로 되뇌었던 말을 다시금 떠올리며, 은서는 저를 안쓰럽게 바라보는 동생을 향해 활짝 웃어 보였다.

"괜찮아, 재욱아."

"……누나."

"그러니까 너무 걱정하지 마."

단 일분일초라도 이곳을 빨리 벗어나고 싶다는 말을. 숨 쉬는 것조차도 버거울 정도로 힘들었다는 말을. 그래서 정략결혼이라는 게 세상에 둘도 없는 기회로 느껴졌다는 말을. 미안해 죽겠다는 얼굴로 날 바라보는 네 앞에서 어찌 할 수 있을까. 그런데 그 미소 속에 담긴 그녀의 속뜻을 알아차린 건지, 그래서 미안한 감정이 터져버린 건지, 결국 재욱의 눈에서는 눈물이 툭 떨어졌다.

"미안해, 누나⋯⋯. 내가 정말 미안해⋯⋯."

착하고 마음 여린 동생은 그리 말하며 울고 있었다. 은서는 천천히 손을 뻗어 동생의 뺨을 타고 흐르는 눈물 줄기를 닦아내 주었다. 끝까지 미소는 거두지 않은 채로.

"울지 마. 나는 정말 괜찮으니까."

괜찮고 싶어서 평생을 되뇌었던 주문이었다.

Chapter *3*

비밀번호 *0613*

호텔 객실 문에 붙은 호수를 확인한 신우는 삐딱하게 선 채로 벨을 눌렀다. 잠시 후. 누군지 확인하는 물음도 없이 철컥, 문이 열렸다.

"정말로 왔네?"

반쯤 열린 문틈으로 샤워가운 차림의 예슬이 태닝이 된 매끈한 다리를 훤히 드러내며 그를 반겼다.

"안 올지도 모른다고 생각했는데."

신우는 그녀를 지나쳐 널따란 스위트룸 안으로 성큼성큼 들어가며 대답했다.

"부른 게 누군데."

"오란다고 오고 가란다고 가는, 그런 쉬운 남자 아니잖아. 오빠."

"쉬운 남자는 아니지만, 여자가 먼저 호텔로 부르는데 튕기는 멍청한 남자도 아니라고 생각하는데?"

문을 닫으며 예슬이 피식, 헛웃음을 흘렸다.

"누가 들으면 우리가 호텔에서 정말 무슨 짓이라도 하는 줄 알겠네."

"그래야지. 그게 우리 목적인데."

"하긴. 그건 그러네."

예슬은 동의한다는 듯 고개를 끄덕였다.

"그보다, 갑자기 부른 이유가 뭐야?"

자연스럽게 소파에 앉은 신우가 갑갑했던 넥타이를 풀어내며 물었다.

"목소리가 평소랑 다르던데."

"신기해. 내 목소리가 평소랑 다른 걸 용케도 눈치챘네?"

"티가 워낙 났으니까."

"섬세한 척하면서 감동 주지 마. 다른 건 전혀 모르면서."

그의 앞에 마주 앉으며 예슬이 입술을 샐쭉 내밀었다.

"내가 뭘 모르는데?"

"최근에 윤예슬이 박신우한테 버림받았다는 소문이 쫙 돌고 있는데. 알고 있었어?"

"버림받았다고?"

"거봐. 전혀 모르고 있었지?"

"무슨 소문이 사실 확인도 안 하고 나."

"사실 확인을 하고 나면, 그게 소문이야? 말 그대로 사실이지."

예슬은 어이없다는 듯 혀를 쯧 찼다.

"그런가."

마치 남 일인 양 무심하게 대꾸하는 신우를 보며 예슬은 말을 이어갔다.

"최근에 오빠가 바빠서 좀처럼 못 만났었잖아. 그런 데다가 오빠가 곧 결혼까지 하게 됐으니까. 당연히 사람들은 내가 버려졌나 보다, 싶은가 봐. 아니, 그랬으면 좋겠다고 생각하는 거겠지. 남의 불행이 곧 그들의 기쁨일 테니까."

말을 끝낸 예슬이 기다란 다리를 옆으로 휙 꼬았다. 샤워가운이 살짝 흐트러지며 속옷까지 훤히 드러났다. 현재 대한민국 최고의 섹시 여가수라는 칭호에 걸맞게 아찔한 자태였다. 허나 신우의 시선을 사로잡지는 못했다. 그는 눈길 한 번 주지 않고 그저 무심한 얼굴로 예슬의 말을 경청하고 있을 뿐이었다.

"다들 나더러 불쌍하다더라?"

예슬은 곁눈질로 그런 그를 바라보며 툭 내뱉듯 말했다.

"몸 주고, 맘 주고, 용을 쓰면 뭐 하냐고. 결국엔 첩도 못 될 팔자인데."

신우는 그제야 아, 하고 고개를 끄덕였다.

"그래서 오늘은 레스토랑이 아니라 호텔 방이었나 보군."

"레스토랑 정도로 잠재워질 소문이 아니야. 호텔 방 정도는 돼야 잠잠해지는 시늉이라도 할걸."

"확실히 그렇겠네. 결혼식을 보름 앞둔 남자가 호텔 방으로 달려왔으니.”

이번에도 역시 그는 마치 남 일 얘기하듯 가볍게 대꾸했다. 눈을 가늘게 뜬 채 그런 신우를 빤히 바라보던 예슬이 대뜸 물었다.

“근데 오빠. 정말 괜찮은 거 맞아?”

“뭐가?”

“이 관계 말이야. 정리 안 해도 되는 거 맞냐고. 솔직히 지금까지는 서로 윈윈(win-win)이었지만, 이젠 아니잖아.”

예슬의 말이 맞았다. 결혼하게 되면, 지금까지처럼 다가오는 여자들 때문에 귀찮아질 일은 없을 것이다. 그 말은 곧, 그가 예슬과 이런 관계를 굳이 유지할 필요가 없다는 뜻이기도 했다.

“빨리도 묻는다. 이미 호텔 방으로 불러놓고.”

“내가 너무 속 보였나?”

씨익, 한쪽 입꼬리를 말아 올리며 웃는 예슬을 보며 신우 역시 피식, 낮게 웃음을 흘렸다.

“됐어. 그냥 이대로 지내. 한동안은 더 이용당해 줄 테니까.”

예슬은 지금까지 만나왔던 다른 여자들과는 전혀 달랐다. 계산이 빠른 여자였다. 가져봐야 득 될 것 없는 사랑 타령 대신 오롯이 그의 껍데기만을 원했다. 그 이상을 욕심내는 법도 없었다. 그랬기에 지금껏 예슬과의 만남을 귀찮다고 생각하지 않았다. 굳이 이 관계를 유지할 필요는 없지만, 굳이 이 관계를 끝내야 할 이유 역시도 없는 것이다. 어쩌면 차후에 또 이 관계를 이용해야 할 상황이 생길지도 모르는 일이었다. 그러니 그로서도 보험을 들어두는 것이 나쁘진 않았다.

“정말 그래도 되는 거지? 그럼 나 다른 건 신경 안 쓴다?”

"그래."

예슬의 얼굴이 환하게 밝아졌다. 그녀는 엄청난 근심을 겨우 덜어냈다는 듯이 한결 편안해진 모습으로 그를 바라보았다.

"어떤 여자야?"

"누가."

"오빠 결혼 상대 말이야."

그는 미간을 찌푸렸다. 어째서 제 주변엔 그 여자에 대해 궁금해하는 사람이 이다지도 많은 건지 모르겠다.

"이상한 여자야."

"뭐?"

"아주 이상한 여자라고."

그의 대답에 예슬이 푸핫, 웃음을 뱉어냈다.

"아니. 도대체 어떤 여자기에 설명이 그래?"

"대체 몇 번을 말해? 이상한 여자라니까."

짜증스레 대꾸하자 예슬이 고개를 절레절레 내저었다.

"하여튼. 오빠는 정말 나쁜 남자의 표본이야."

"내가 뭘 어쨌다고."

"상대방이 오빠 성에 안 찬 건 알겠는데, 그래도 좀 다정하게 대해주는 게 좋지 않겠어? 그래도 오빠랑 결혼할 여잔데."

다정? 하, 코웃음이 절로 나온다.

다정하게 대해주면 그녀는 이 남자가 뭘 잘못 먹었나, 하는 표정으로 저를 볼 것이다. 자신보다도 이 결혼에 대해 훨씬 더 별생각이 없는 게 바로 송은서였으니까. 그뿐이랴. 딱히 저에게 호감을 갖고 있는 것 같지도 않았다. 아니, 오히려 비호감 쪽인 걸지도.

무표정한 얼굴로 저를 경계하던 여자의 얼굴을 떠올리자 괜스레 기분이 나빠졌다. 신우는 살짝 눈썹을 구기며 자리에서 일어났다.

"어디 가?"

"샴페인 가지러. 너도 한잔할래?"

"좋지."

신우는 곧장 바(bar)로 걸음을 옮겼다. 객실에 구비된 와인 냉장고에서 샴페인 하나를 꺼내 들었을 때였다. 익숙한 벨소리가 들려왔다.

"오빠! 전화 오는데?"

"그냥 둬."

"안 받아도 돼?"

"괜찮아. 어차피 이 시간에 올 전화야 뻔하지, 뭐."

신우는 대수롭지 않게 대꾸하며 샴페인을 따는 데 집중했다. 이 시간에 연락할 사람은 정 실장밖에 없었다. 업무와 관련된 전화일 게 뻔했다. 만약 정말로 당장 처리해야 할 아주 급한 일이라면 곧이어 한 통 더 전화를 걸 것이다. 그런데 테이블 위에 놓여 있는 그의 휴대폰 액정을 확인한 예슬이 고개를 갸웃한다.

"정 실장님이 아닌데?"

"그래?"

여전히 별 관심 없다는 듯한 신우를 대신해서 예슬이 그의 휴대폰을 들고 이쪽으로 다가왔다.

"오빠."

여전히 울리는 휴대폰을 손에 쥔 채 장난기 가득한 눈웃음을 지으며 묻는다.

"송은서가 누구야?"

멈칫.

순간 샴페인 병을 든 그의 손이 허공에서 멈추었다.

* * *

아파트 입구에 막 들어서자 낯설지 않은 뒷모습 하나가 보였다. 멀리서 뒷모습만 봐도 한눈에 알아볼 정도로 친한 사이는 결코 아니었다. 그러나 이 시간에 아파트 앞에서 캐리어를 들고 수상쩍게 서성이고 있는 여자가, 자신이 알고 있는 그 여자 말고 또 누가 있을까. 그는 자신의 전용 주차 자리에 차를 세우고는 여자에게 다가갔다.

"여기서 뭘 하는 거야?"

불쑥 나온 음성에 그녀가 깜짝 놀라며 뒤를 돌아보았다.

"아, 안녕하세요."

이 와중에 안녕하세요. 라니. 신우는 황당하단 얼굴로 그녀를 내려다보았다. 만날 때마다 딱딱한 얼굴로 안녕하세요. 인사하는 게 그녀의 습관인 모양이었다. 아니면 저를 보고는 할 말이 그것밖에 없는 걸지도.

"인사는 됐고. 어떻게 된 상황인지 제대로 설명해봐."

아까 통화로 대충 듣긴 했지만, 지나치게 호기심 어린 예슬의 시선이 신경 쓰여 제대로 귀를 기울이지 못했다. 그저 저 지금 박신우 씨 집 앞이에요. 라는 말만 기억에 남아 있다.

"……짐 정리를 해야 할 것 같아서요."

"짐 정리?"

"……."

"고작 짐 정리를 하겠다고 예고도 없이 무턱대고 찾아왔다는 말이야? 이 시간에?"

"……죄송해요. 집에 계실 줄 알았어요."

내가 그렇게 한가한 놈으로 보여? 되물으려던 신우는 잇새로 한숨을 내쉬었다. 지금 그런 얘길 해봐야 무슨 의미가 있으랴.

"짐은?"

턱짓으로 여자의 옆에 덜렁 세워져 있는 캐리어를 가리켰다.

"그게 끝이야?"

"나머지는 택배로 미리 다 보냈어요."

그는 며칠 전 퇴근길, 집 앞에서 저를 반기고 있던 상자 몇 개를 떠올렸다. 수신인에는 자신의 이름이 아닌 '송은서'가 적혀 있었다. 어느 여유로운 주말 아침. 덩치가 큰 가구들이 도착했을 때도 그랬다.

"송은서 님 계시나요?"

"누구라고요?"

"송·은·서 님이요. 주문하셨던 가구 배달 왔습니다."

스타카토처럼 끊어지는 배송기사의 목소리가 귀에 쏙쏙 박히는 순간, 그는 머리에 찬물이라도 끼얹은 듯 잠이 화들짝 달아났다. 아마도 그때부터였으리라. 그 짐들을 집에 들인 그 이후부터, 그는 내내 여자가 자신의 집에서 지내고 있는 듯한 느낌을 받았다.

며칠 빨리 왔다는 건 딱히 별문제가 되지 않았다.

"이리 줘."

캐리어를 향해 손을 뻗었다. 그런데 곧바로 여자의 손에 막혔다.

"괜찮아요. 제가 들게요."

답지 않게 선뜻 내비친 호의에 돌아오는 건 칼 같은 거절이었다. 어찌나 단호한지, 내민 손이 민망하게 느껴질 정도였다.

"그래, 그럼."

그는 얼른 손을 거둬들였다. 그러곤 여자를 지나쳐 바삐 걸음을 옮기기 시작했다. 앞서 걸으며 그는 생각했다. 이래서 사람은 안 하던 짓을 하지 말아야 한다고.

* * *

사실 급할 건 없었다. 며칠 전 가구점에서 직접 골랐던 가구들은 이미 배송이 완료되었고, 그 외에 필요한 짐들도 택배로 미리 보내두었다. 그마저도 사용하던 짐 대부분은 처분하기로 했기에 얼마 되지 않았다. 자잘한 짐 정리는 식을 올리고 난 뒤에 느긋하게 해도 될 일이었다. 그럼에도 괜히 서두른 것은 황 회장 때문이었다.

"당장 외출 준비해라."

저녁을 먹고 일어나는데, 황 회장이 그녀를 향해 말했다.

"에스테틱 예약해 놨다."

에스테틱이라는 말에 은서의 어깨가 흠칫, 떨렸다.

결혼을 앞두고 최근 황 회장은 그녀의 외형을 가꾸는 것에 신경을 쓰기 시작했다. 정말로 그녀가 제 남편을 사로잡지 못해 소박이라도 맞을까 봐 염려하는 것 같았다. 가진 건 몸뚱이뿐이니, 그거라도 잘 가꿔야 하지 않겠냐는 말에도 은서는 그저 네, 하고 대답할 수밖에 없었다.

물론 그 말이 상처가 되는 건 아니었다. 황 회장의 폭언에는 이미 이골이 나 있는 터였다. 에스테틱이 싫은 것도 아니었다. 다만 문제는, 에스테틱을 갈 때 혼자 갈 수 있는 게 아니라 꼭 황 회장과 동행을 해야 한다는 것이었다.

며칠 전 클럽에 다녀온 것을 들킨 후로 황 회장의 감시가 삼엄해졌다. 원래도 그랬지만 최근엔 그 정도가 더 심했다. 밖에선 혼자 화장실을 가는 것조차 눈치를 봐야 했다. 그런데 오늘 또 황 회장과 함께 외출을 해야 한다니. 생각만으로도 숨이 막혔다.

피할 수 있다면 최대한 피하고 싶었다. 방법이 없을까. 고민하는데 하필이면 그때 떠오른 게 남자의 얼굴이었던 것이다. 은서는 잠깐 망설이다가 이내 조심스럽게 입술을 달싹였다.

"죄송해요. 오늘은 박신우 씨와 선약이 있어요."

황 회장이 눈썹을 추켜세웠다.

"박 대표를 만나기로 했다고?"

"……결혼 전에 짐 정리를 해야 할 것 같아서요."

말도 안 되는 핑계에 거짓말을 들킬까 걱정했는데, 다행히도 황 회장은 의심스러운 눈총을 보냈지만 반대하지는 않았다. 태한 그룹이, 그리고 그 남자와의 결혼이 얼마나 대단한 건지. 또다시 새삼스럽게 와 닿았다.

방으로 돌아간 은서는 곧장 짐을 싸기 시작했다. 혹시라도 황 회장의 마음이 바뀔세라 캐리어 하나를 달랑 들고 재빠르게 집을 나섰다. 그런데 마음이 급해서였을까. 미리 연락해야겠다는 생각도 하지 못하고 여기까지 와버렸다. 아파트 앞에 도착했을 때서야 뒤늦게 연락도 없이 무턱대고 찾아왔다는 것을 깨달았다.

그냥 돌아갈까. 보안이 철저한 건물 앞에 서서 한참을 고민했다. 그러다 결심했다. 기왕 왔는데 혹시 모르니까 연락이라도 해보자고. 사실 고민을 했다는 것부터가 이미 마음이 기울었다는 뜻이었다. 평소 같았으면 그냥 돌아갔을 것이다. 아니, 이런 실수 자체를 하지 않았겠지.

"……저 지금 박신우 씨 집 앞이에요."

말을 뱉자마자 곧장 후회했다. 그냥 돌아갈 걸 괜히 전화를 걸었다고. 그가 자신을 반길 리가 없는데 말이다.

"어디라고?"

역시나 되묻는 남자의 목소리엔 황당함이 묻어나왔다. 숨길 생각이 전혀 없다는 듯 짙은 짜증도 서려 있었다. 고작 한마디를 들었을 뿐인데 본능적으로 깨달았다. 아무래도 그는 집이 아닌 모양이라고. 어째서 그가 당연히 집에 있을 거라고 생각했던 걸까. 그는 나와 달리 바쁜 사람인데. 왠지 부끄러웠다. 민망함에 얼굴이 화끈거렸다. 뱉은 말을 주워 담고 싶었다. 타임머신이 있다면 전화를 걸기 전으로 돌아가고 싶다고 생각했다.

"죄송해요."

황급히 사과했다. 실례했다고, 당장 돌아가겠다고, 신경 쓰지 말라는 말도 덧붙이려고 했다. 그런데 말을 채 끝내기도 전에 수화기 너머에서 남자의 말이 들려왔다.

"기다려."
"네?"
"지금 갈 테니까 기다리라고."

그럴 필요 없다고 하고 싶었지만, 이 말 역시 할 수 없었다. 자신의 할 말을 끝낸 그는 일방적으로 통화를 끝냈다. 검게 변한 액정을 내려다보며 은서는 느리게 눈을 깜빡였다. 이 상황이 당황스러웠다. 솔직히 말하자면, 집에 있었더라도 약속 없이 왔으니 당장 돌아가라며 문전박대를 당할지도 모른다고 생각했었는데 말이다. 물론, 그가 저를 반기지 않는 건 확실했지만.
"이거 받아."

엘리베이터를 기다리는데 남자가 불쑥 뭔가를 건넸다.

"이게 뭐예요?"

"아파트 보안카드야. 혹시 또 오늘처럼 집에 오게 될 일이 생기면 이걸 사용해. 나한테 보고할 필요 없어. 어차피 며칠 후면 당신도 살게 될 집이니까."

"저한테 이걸 주면 박신우 씨는……."

"여분이 있으니까 괜찮아."

은서는 카드를 쥔 손에 힘을 줬다.

"고마워요."

그때, 엘리베이터가 도착했다. 먼저 움직이는 그를 따라 은서 역시 엘리베이터에 올라탔다.

"여기에 대면 돼."

31층 버튼을 누른 그가 번호판 위를 가리켰다. 정사각형의 표식이 그려져 있었다. 팔을 뻗어 쥐고 있던 카드를 그곳에 가져다 댔다. 그러자 엘리베이터가 움직이기 시작했다. 팔을 바로 한 은서는 멍하니 숫자가 바뀌는 LED판을 바라보았다. 왠지 기분이 묘했다. 마치 태어나서 처음으로 엘리베이터라는 걸 타는 듯 생경했다.

"참."

그가 문득 생각났다는 듯 그녀를 바라보았다.

"비밀번호도 모르지?"

"비밀번호요?"

"현관 도어 록 말이야."

"아, 네."

"보안카드로는 현관을 열 수 없으니 비밀번호는 외우도록 해."

고개를 끄덕이자 남자가 무심한 투로 숫자 네 자리를 뱉어냈다.

"0613."

"……0613이요?"

은서는 저도 모르게 반문했다. 어쩐지 낯설지 않게 느껴지는 숫자 조합이었다.

"둘 다 기억하기 쉬울 것 같아서 결혼 날짜로 설정했어."

남자는 마치 그녀의 속마음을 읽기라도 한 듯 대답했다.

6월 13일.

정확하게 일주일 뒤에 있을 그들의 결혼식 날짜였다. 의외였다. 그가 저를 배려해서 현관 비밀번호를 바꾸었다는 것도 그랬지만, 그 번호가 자신들의 결혼 날짜라는 것이 더 그랬다. 지금껏 그는 이 결혼을 억지로 하는 것이라는 티를 가감 없이 드러냈다. 결혼 준비를 하는 모든 과정에서 무심한 태도로 일관했었다.

은서는 당연히 그가 결혼 날짜조차 기억하지 못하리라 생각했다. 그런데 결혼 날짜를 알고 있다는 것으로도 모자라 비밀번호까지 그걸로 정했다니. 놀랍지 않을 수가 없었다. 물론, 본인의 말 그대로 다른 의미 따위는 없이 '기억하기 쉬울 것 같아서'였을 뿐. 별다른 의미는 없겠지만 말이다.

"마음에 안 들면 바꿔도 돼. 난 아무래도 상관없으니까."

대답 없이 멍하니 서 있는 모습에 뭔가 오해를 한 모양이었다.

"아니에요."

은서는 얼른 고개를 내저었다.

"좋아요, 0613."

빠르게 뱉어진 대답에 그는 잠깐 동안 은서를 빤히 바라보았다. 그러다 이내 시선을 돌리며 대답했다.

"그래, 그럼."

띵.

31층에 도착한 엘리베이터의 문이 열렸다. 이 아파트에서 가장 높은 층수였다. 엘리베이터에서 내리자마자 곧바로 현관 입구가 나타났다. 호수가 적혀 있지 않았지만 헷갈릴 일은 없었다. 31층엔 펜트하우스, 단 한 가구뿐이었으니까.

0613.

숫자 네 자리를 입력하자 도어 록이 해제되는 기계음이 들려왔다. 그는 망설임 없이 현관문을 열고 집 안으로 들어섰다. 하지만 은서는 선뜻 그의 뒤를 따르지 못했다. 왠지 어색했던 탓이었다.

괜히 찾아온 건가…….

멋대로 들이닥친 주제에 활짝 열린 현관문을 바라보며 머뭇거릴 때였다.

"안 들어오고 뭐해?"

성격이 급한 남자가 더는 기다리지 못하겠다는 듯 재촉의 말을 던졌다. 그제야 은서는 캐리어를 끌고 조심스럽게 집 안으로 들어섰다. 현관을 벗어나자 곧바로 제법 기다란 복도가 나타났다. 앞서 걷는 그의 뒤를 따르며 은서는 흘긋거리며 집 안을 살폈다. 복층 구조의 집은 언뜻 봐도 가늠이 안 될 정도로 엄청난 평수였다.

게다가 바닥이며 벽이 밝은 대리석으로 꾸며져 있어서 훨씬 더넓어 보이는 것 같았다. 높은 천장과 잡다한 장식품들 없이 필요한 것만 딱딱 구비되어 있는 인테리어도 한몫했다. 티끌 한 점 허락지 않겠다는 듯 모든 것이 각 잡혀 정리되어 있는 집 안. 은서는 깔끔하다 못해 썰렁하게 느껴지는 분위기가 어쩐지 집주인과 닮은 것 같다고 생각했다.

"내가 전에 이미 얘기했었지만, 앞으로 당신이 사용할 공간은 2층이야."

앞장서서 걷던 그가 걸음을 멈추었다. 은서 역시 덩달아 걸음을 멈추며 정면을 바라보았다. 통유리로 된 거실 창 바로 옆 2층으로 향하는 나선형 계단이 보였다.

"내가 멋대로 2층으로 올라가는 일은 없을 테니 편하게 사용하면 돼. 대신 당신도 웬만하면 내가 집에 있는 시간 동안엔 1층 출입을 삼가주길 바라. 2층에 웬만한 건 다 있으니까 그리 불편하진 않을 거야."

듣던 중 반가운 소리였다. 안 그래도 단둘이 한집에서 생활해야 한다는 게 못내 걱정되던 차였다. 그의 말대로 1층, 2층으로 아예 공간을 나눠서 생활하게 되면 부딪힐 일도 거의 없을 것이다.

"네. 그럴게요."

은서는 고개를 끄덕였다.

"당신 짐은 전부 2층 거실에 뒀어."

"고마워요."

그가 몸을 돌렸다. 은서는 다시금 계단을 바라보았다. 나선형 계단은 예쁜 모양을 하고 있었지만 커다란 캐리어를 끌고 올라가기엔 조금 불편해 보였다. 캐리어를 무사히 들고 올라갈 수 있을까. 그냥 여기서 캐리어를 열고 짐을 꺼내 하나씩 들고 올라가는 게 더 나을까. 머릿속으로 최선의 방법을 고민하고 있을 때였다.

"송은서."

바로 뒤에서 들려오는 부름에 은서는 고개를 획 틀었다. 벌써 본인 갈 길을 떠났을 거라 생각했던 남자가 걸음을 멈춘 채 이쪽을 보고 있었다. 뭔가 할 말이 더 남은 걸까. 은서는 얌전히 서서 그의 뒷말을 기다렸다.

"……아니야. 아무것도."

뭔가를 말하려는 듯 입술을 달싹이던 남자는 이내 고개를 내저었다. 그러곤 몸을 틀어 걸음을 옮기기 시작했다. 성큼성큼. 긴 다리로 빠르게 1층 거실을 가로지른 남자의 뒷모습을 바라보며 은서는 고개를 갸웃했다.

* * *

팔랑-

서류를 한 장 넘기던 그는 문득 시선을 들어 천장을 바라봤다.

워낙 방음이 잘되는 집이라 층간 소음 따위 없는데도 불구하고, 이상하게 자꾸만 2층이 신경 쓰인다. 짐만 들여다 놨을 때와는 또 다른 느낌이었다.

일주일에 한 번 찾아와 집안일을 돕는 도우미를 제외하고는, 그의 집에 오는 손님은 없었다.

함께 일한 세월이 꽤 되는 정 실장마저도 집 안까지 들어온 적은 없었다. 그건 비단 이 집에서 뿐만이 아니었다. 스무 살이 되던 해 독립을 한 이후 쭉 그래 왔다.

그러니 그 여자의 존재가 신경 쓰이는 게 어쩌면 당연한 일인지도 몰랐다.

"앞으로가 걱정이군."

그는 후, 낮게 한숨을 쉬며 살짝 흐트러진 앞머리를 쓸어 넘겼다.

* * *

웬만한 건 거의 다 있다던 그의 말은 사실이었다. 1층과 마찬가지로 2층 역시 어마어마하게 넓은 공간을 자랑했다. 안방으로 쓸 큰 방과, 3면이 붙박이장으로 된 드레스 룸을 제외하고도 남은 방이 두 개나 더 있었다. 나선형 계단을 올라오자마자 보이는 거실도 1층만큼이나 넓었고, 복도 끝에 연결된 테라스에는 잔디로 만들어진 공간과 작은 풀장도 있었다.

"너무 넓네. 여길 다 사용할 수나 있을까……."

2층 구경을 대충 끝낸 은서는 짐 정리를 위해 곧장 안방으로 향했다. 짐이라고 해봐야 입던 옷가지 몇 개와 화장품, 그리고 책이 전부였다. 그러나 이삿짐은 많든 적든 만만히 볼 게 아니라고 했던가. 은서는 이번에 그 말을 뼈저리게 느낄 수 있었다. 생각했던 것보다 시간이 꽤 걸렸다. 대충 정리를 끝내고 휴대폰으로 시간을 확인했다. 10시가 넘어가고 있었다. 분명히 이 집에 들어왔을 땐 8시가 조금 넘은 시간이었는데 말이다.

"다 됐다!"

마지막으로 캐리어에 소중하게 챙겨온 DVD 몇 개를 책장 가장 위 칸에 세워 놓은 은서는 뿌듯한 얼굴로 방을 한 번 크게 훑었다. 이 방 중 가장 만족스러운 곳이 이 공간이었다. 쪼르르 줄을 지어 서 있는 DVD는 모두 그녀의 친모가 찍은 영화였다. 주연으로 나오는 것뿐만 아니라 단역과 조연으로 나오는 것까지 모두 다섯 장이나 됐다.

스무 살이 되던 해, 친모에 대해 궁금해져서 하나둘 사 모은 것들이었다. 하도 오래전 영화들이라 구하기도 힘들었다. 몇 개는 웃돈을 많이 주고 사기도 했다. 평창동 집에서 지낼 때는 아무리 제 방이라도 이것들을 당당하게 꺼내 둘 순 없었다. 진숙과 재욱을 제외하고는 그녀의 방에 찾아오는 이는 없었지만, 그래도 혹시나 들키면 큰 소란이 일어날 게 분명했으므로 조심했었다.

다행히도 이제는 완벽한 자신만의 공간이 생겼으므로 더 이상 조심할 필요가 없어졌다. 남편이 될 사람은 걱정할 필요가 없었다. 절대로 제 방에 들어올 일은 없을 테니까.

"방이 아니라 2층엔 아예 안 올라올 기세였지, 아마."

조금 까칠한 것만 빼면 결혼 상대로는 나쁠 것 없는 남자였다. 사실 까칠한 것도 문제가 될 건 없었다. 부딪힐 일이 없을 테니 그 성격 때문에 제가 피해를 볼 일도 없을 것이다.

독립만세!

속으로 외치며 은서는 침대에 발라당 누웠다. 폭신한 이불 감촉이 등에 닿자 가슴이 몽글거렸다. 생전 처음 와 보는 낯선 곳이었지만 이상하게도 평생을 살아왔던 평창동 집보다 훨씬 편하게 느껴졌다.

"앗, 내가 이렇게 여유를 부릴 때가 아니지!"

은서는 상체를 벌떡 일으켰다. 귀가가 더 늦어지면 분명 황 회장에게서 불벼락이 날아들 것이다. 얼마 전 클럽 사건 때문에 다시 그녀를 향한 감시가 빡빡해져 버렸다. 빈 캐리어를 방 한구석에 놓아둔 뒤 떠날 채비를 했다. 2층 전체를 소등하고 빠르게 계단을 내려갔다. 1층에 발을 내딛는 그 순간이었다. 문득 떠오르는 생각에 은서는 걸음을 뚝 멈추었다.

"주방……!"

사실 이 집에 오면서 가장 기대를 했던 것이 바로 주방이었다. 유일한 취미가 요리였다. 자신의 방이 생겼다는 것만큼이나 자신이 사용할 수 있는 주방이 생겼다는 사실이 기뻤다. 평창동 집에 있을 땐 진숙이 모든 주방 일을 도맡아 해서 들어갈 일이 별로 없었다. 가끔 제가 뭔가를 만들고 싶어서 주방에 들어갈 때면, 시키지도 않은 괜한 짓을 한다며 황 회장에게 야단을 맞곤 했다.

"제가 주방을 써도 될까요?"

결혼이 결정 나고 그녀가 제일 처음 남편이 될 남자에게 한 질문이었다. 혹시나 허튼짓 말고 얌전히 방에만 처박혀 있으라는 말을 들을까 봐 걱정했는데, 그는 의외로 쉽게 수락을 해주었다.

"주방?"
"네. 주방이요."
"마음대로 해."

그렇게 대답하는 그는 조금 황당하다는 얼굴이었다. 별 영양가 없는 말을 다 듣는다는 듯.

"2층엔 없었던 것 같은데……."

낮게 중얼거리며 은서는 1층을 슬쩍 둘러보았다. 그때였다. 계단 바로 옆으로 나 있는 공간에서 남자가 불쑥 모습을 드러냈다. 한 손에는 물이 가득 담긴 긴 유리컵을 들고 있었다.

"이제 가는 건가?"

일상복 차림의 그는 여태까지 봤던 모습과 느낌이 조금 달랐다. 샤워를 하고 머리를 대충 말린 모양이었다. 한 치의 흐트러짐도 허락하지 않는 것처럼 반듯하던 올림머리가 편하게 흐트러져 있었다. 이마를 살짝 덮은 앞머리 때문에 인상이 조금 부드럽게 보이는 듯했다. 물론 그렇다고 해도 결코 만만해 보이는 인상은 아니었다. 어디까지나 평소보다 아주 조금 유하게 보이는 것뿐.

"기사는 도착했나?"

"기사요? 아뇨."

별도로 집에 딸린 기사가 있기는 했지만 은서는 개인적으로 그 차량을 이용해본 적이 없었다. 은서에겐 황 회장이 정해준 스케줄을 따를 때만 허용되었다.

"운전도 하나 보지?"

그가 의외라는 듯 물었다.

"아니요."

은서는 고개를 내저었다. 운전은커녕 면허도 없었다.

"그럼?"

늘 직접 운전을 하거나 혹은 기사가 딸린 차만 이용했을 남자는, 그녀가 대체 무슨 소리를 하고 있는지 모르겠다는 듯한 얼굴이었다.

"택시 타고 가려고요. 올 때도 택시 타고 왔어요."

'택시'라는 말에 남자의 시선이 흘긋 벽에 붙어 있는 시계로 향했다. 시간을 확인한 그의 눈썹이 살짝 치켜 올라갔다.

"이 시간에 택시를 타겠다고?"

은서는 잠깐 고개를 갸웃했다. 남자가 하는 질문의 의도를 쉽게 파악할 수가 없었던 탓이다. 늦은 시간이라 택시가 잘 잡히지 않을까 봐 걱정이라도 해주는 걸까.

"콜택시 부르면 돼요."

고민 끝에 대꾸했다. 그러자 남자의 눈이 별안간 가늘어진다.

"하긴. 당신에겐 별로 늦은 시간이 아닐지도 모르겠군."

어쩐지 비아냥거리는 듯한 어투였다. 하지만 그 말에 담겨 있는 뜻이 무엇인지 파악할 시간은 없었다. 그는 이미 그녀를 지나치고 있었다.

"저기요, 박신우 씨."

은서는 다급하게 그를 불러 세웠다.

"왜. 할 말 있어?"

그리 묻는 남자의 눈빛이 영 삐딱했다. 조금 화가 난 것처럼 보이기도 했다.

갑자기 왜? 내가 뭘 잘못했나?

은서는 제가 뭔가 말실수를 한 건 아닌지 재빠르게 조금 전의 대화를 되짚어봤다. 하지만 딱히 걸리는 부분은 찾을 수 없었다.

"……주방이요."

결국 답을 찾지 못하고 조심스레 할 말을 꺼냈다.

"주방?"

"2층엔 주방이 없는 것 같아서요."

"아."

그제야 그녀가 무슨 말을 하는 건지 눈치를 챈 듯했다. 그는 그 부분에 대해 미처 생각하지 못했다는 듯 미간을 살짝 좁혔다.

"주방은 1층에만 있어."

설마 했는데 역시나. 은서의 얼굴이 시무룩해졌다.

'앞으로 당신이 사용할 공간은 2층이야.'

몇 시간 전, 너무도 단호하게 선을 긋던 남자의 목소리가 떠올랐다. 한껏 기대를 했었는데, 김이 다 빠져나가는 느낌이다.

"이쪽이야."

은서가 체념한 얼굴로 고개를 들었다. 네? 하는 얼굴로 바라보자 그가 자신의 뒤편을 가리키며 다시 한 번 말했다.

"주방, 이쪽이라고."

은서의 눈이 동그랗게 커졌다.

"······제가 주방을 써도 돼요?"

"쓰고 싶어서 얘기한 거 아니었어? 저번에도 그렇고. 지금도. 계속 주방 타령을 하기에 그런 줄 알았는데."

"맞아요."

"그런데?"

"그런데, 주방은 1층이니까······."

머뭇거리며 대답하자 남자의 얼굴이 와락 일그러졌다.

"이봐. 대체 나를 어떻게 본 거야?"

"······."

"당신 눈엔 내가 이 집에선 식사도 하지 말고 2층에만 처박혀 있으라고 할 폭군으로 보여?"

따지는 듯 묻는 그에게 아니라는 말은 차마 할 수가 없었다. 대답 대신 침묵을 지키자 그가 허, 하고 헛웃음을 흘렸다.

눈은 전혀 웃고 있지 않은데 입꼬리만 올라간 것이 서늘하게 보였다. 조금이나마 부드럽게 보이던 인상이 도로 일그러졌다. 오히려 평소보다도 훨씬 더 무섭게 느껴진다.

"······미안해요."

"됐어. 사과하지 마."

뒤늦게 제가 무례했다는 것을 깨닫고 사과했지만 그는 차갑게 일갈했다.

"어차피 당신이 날 어떻게 생각하든 상관없으니까."

상관없다는 본인의 말과 달리 감정이 퍽이나 상한 듯한 눈치였다. 하지만 은서는 알은 체 않기로 했다. 왠지 그래야만 할 것 같았다.

Chapter 4

가족의 탄생

6월 13일.

두 사람의 결혼식은 황 회장이 원하는 대로 아주 조용하게 시작됐다. 청담동의 고급 웨딩홀을 아예 통째로 빌렸다. 밖엔 경호원들이 쫙 깔려 있어서 청첩장이 없는 이는 참석이 절대 불가능했다. 제아무리 얼굴이 알려진 인물이라도 철저하게 제지했다.

소문을 듣고 찾아온 기자들은 밖에 진을 치고 앉아 화려한 라인업의 하객들만 찍어댈 수밖에 없었다. 그러한 사정은 웨딩홀 내부도 마찬가지였다. 카메라나 휴대폰으로 결혼식을 찍는 건 금지였다. 결혼이 아니라, 마치 국정원에서 진행하는 극비 작전과도 맞먹을 정도로 비밀스러운 분위기였다. 덕분에 송은서는 여전히 비밀스러운 존재로 남아 있을 수 있었다.

단 하나, 소문과 관련된 부분만 제외하고. 결혼식에 초대된 하객들이 그녀의 실물을 보고 항간에 떠돌던 소문이 모두 그저 '루머'일 뿐이었음을 알게 되었다.

"뭐야! 네 신부 완전 예쁘잖아."

호기심을 참지 못하고 신부 대기실부터 급습한 문규네 패거리가 신우를 보자마자 한 말이었다. 그가 직접 떠도는 루머를 부정했음에도 믿지 않았던 건지 그들의 얼굴엔 경악이 서려 있었다. 그중에서도 특히나 문규가 엄청난 충격을 받은 듯했다.

"소문의 여자는 도대체 어디 간 거야? 어? 진짜 저 멀쩡하다 못해 미인이기까지 한 여자가 세운의 공주님이라고?"

확실히 웨딩드레스를 입은 송은서는 꽤 괜찮았다. 앳된 얼굴을 신부 화장으로 가리고 나니 말 그대로 우아한 요조숙녀, 그 자체였다. 클럽에서 만났던 모습은 정말이지 눈을 씻고 찾아봐도 보이지 않았다. 꾸미는 스타일에 따라 확확 달라지는 도화지 같은 얼굴이 있다더니. 아무래도 그녀가 그런 타입인 듯싶었다.

"윤예슬보다 더 나은 것 같은데?"

"에이. 그건 좀 오버다. 내 눈엔 그 정도는 아닌 것 같은데."

"비교가 안 되지 않나? 과가 완전히 다른데. 윤예슬은 섹시과! 세운 공주님은 청순과!"

"당연히 청순과가 압승 아니냐?"

"님들아. 제발 개취존중 좀 해주시죠?"

녀석들은 한참이나 의미 없는 논쟁을 시끌벅적하게 이어갔다. 곧 결혼식이 시작된다는 안내 말에 그제야 자리로 돌아갔다. '청순이냐, 섹시냐'에 대한 결론은 내리지 못한 채였다. 그런 녀석들을 못마땅한 시선으로 바라보며 신우는 다짐했다. 이제 정말 저 모임은 결혼을 핑계 대고서라도 꼭 피하고 말겠노라고.

"신랑, 신부. 동시 입장이 있겠습니다!"

사회자의 우렁찬 목소리와 함께 바뀐 음악이 흘러나왔다. 실내를 밝히고 있던 조명이 다 꺼지더니 나란히 서 있는 두 사람을 향해 조명이 집중되었다.

"신랑님, 신부님 손 잡아주세요."

멀뚱히 서 있는 그의 귓가에 대고 웨딩 업체 직원이 속삭였다. 그제야 그는 제 옆에 서 있는 여자를 향해 느릿하게 손을 뻗었다. 여자는 망설임 없이 그의 손을 잡았다. 그의 예상과 달리 여자의 손은 따뜻했다. 새삼 로봇이나 인형이 아닌 진짜 사람이었구나, 생각이 든다.

두 사람은 손을 맞잡은 채 나란히 버진로드를 걸었다. 그는 뒤늦게 이게 여자와의 첫 스킨십이라는 것을 깨달았다. 손도 한번 안 잡아본 주제에 결혼이라니. 그 사실을 인지하자 왠지 헛웃음이 나왔다. 길 끝에서 여자와 잡았던 손을 망설임 없이 놓으며 그는 생각했다. 고작 손을 맞잡는 정도의 이 스킨십이 아마도 이 여자와의 마지막 스킨십이 되지 않을까, 하고.

식은 일사천리로 진행됐다.

시간이 없어서 리허설은 생략했지만 어려울 건 없었다. 웨딩 업체에서 데려온 베테랑 사회자가 정해져 있는 식순을 차근차근 읊었고, 그와 여자는 그저 시키는 대로 움직이면 그만이었다. 적당히 지루한 주례와 감동 없는 축가까지, 모든 식순이 끝나고 결혼식이 막바지에 접어들었다고 생각하는 순간이었다.

"자, 이렇게 끝낼 순 없죠?"

사회자의 목소리가 미묘하게 한 톤 높아졌다.

"신랑, 신부. 마주 봐주세요."

왠지 불안한 느낌이 등허리를 스치고 지나갔지만 시키는 대로 여자와 마주 설 수밖에 없었다. 그러자 사회자의 말이 이어진다.

"서약의 입맞춤이 있겠습니다!"

시종일관 무심하던 그의 눈이 늘어졌다.

서약의 입맞춤이라니?!

그가 황당하다는 듯 고개를 들어 사회자를 노려봤다. 그러나 사회자는 당연히 해야 할 일을 진행했다는 듯 당당한 얼굴이었다.

젠장할.

낮게 욕설을 읊으며 고개를 바로 했다. 리허설을 생략한 탓에 이런 순서가 있으리라고는 예상하지 못했었다. 진작 알았으면 가장 먼저 생략했을 순서였다.

"키스해! 키스해! 키스해!"

하객들 틈바구니에서 짓궂은 음성이 터져 나왔다. 확인할 필요도 없이 문규네 패거리의 짓이리라. 당장이라도 녀석들의 입을 틀어막고 싶었지만, 이미 늦은 상황이었다. 초대된 많은 하객이 호기심 어린 눈으로 이쪽을 지켜보고 있었다.

일반적인 결혼식이 아니었다. 태한과 세운의 결탁이 이루어지는 자리였다. 하객들 역시 마찬가지였다. 그들의 결탁에 대한 증인이었다. 그런 사람들 앞에서 우린 쇼윈도 부부입니다. 이런 거 안 합니다. 대놓고 말할 순 없었다. 그는 턱을 악다물고 여자를 바라보았다. 혼란스러운 저와 달리 여자는 덤덤한 얼굴이었다. 이번에도 역시 뭐가 됐든 상관없다는 듯이.

그렇단 말이지……?

그런 여자의 얼굴을 마주하고 있자니, 괜스레 비틀린 마음이 들었다. 이 여자가 언제까지 그 덤덤한 표정을 유지할 수 있을지 궁금해졌다. 당장이라도 그 표정을 깨트리고 싶어졌다.

"송은서."

그의 부름에 여자가 눈을 깜빡였다. 그는 살짝 입꼬리를 말아 올리며 팔을 뻗어 여자의 잘록한 허리를 감고 바짝 끌어당겼다. 그의 의도대로 여자와 몸이 맞붙었다. 고개를 들어 저를 올려다본다. 여자의 눈이 살짝 늘어난 걸 확인한 그는, 곧바로 그녀의 입술에 자신의 입술을 내렸다. 요란한 환호성이 귓속을 아프게 파고들었다.

* * *

차창 밖으로 스쳐 지나가는 풍경들에 시선을 고정한 채, 그는 미간을 잔뜩 그러모았다. 아까부터 계속 입술이 뜨거웠다. 무시하려고 했지만 자꾸만 신경이 그쪽으로만 쏠리는 건 어쩔 수 없다. 아랫입술을 혀로 살짝 핥았다. 달았다.

그와 동시에 아까 여자와 입을 맞추던 장면이 생생하게 떠오른다. 관객석에서 터져 나오던 환호성 소리도 함께. 그는 두 눈을 질끈 감았다가 떴다. 창밖을 향해 있던 고개를 바로 하고 운을 뗐다.

"이봐. 혹시라도 오해할까 봐 하는 말인데, 아깐……."

말을 채 끝내기도 전에 여자가 답했다.

"오해 안 해요."

기다렸다는 듯이 나온 대답에 그의 눈썹이 치켜 올라갔다.

"뭐?"

"오해 안 한다고요. 아까 그 일."

그는 여자를 빤히 바라보았다. 역시나 얼굴엔 표정이 없었다. 그의 미간이 한층 더 좁아졌다.사실 아까도 그랬다. 제가 입을 맞추던 그 순간에도, 여자의 얼굴엔 일말의 동요 따위 나타나지 않았다. 하긴. 결혼도 저런 얼굴로 하는 여잔데, 보여주기식 입맞춤 따위에 눈 하나 깜빡하겠는가. 제가 어리석었다.

"다행이군."

무뚝뚝하게 대답한 그는 고개를 획 틀어 창밖으로 시선을 뒀다. 다시금 차 안에는 고요가 깔렸다.

요란한 장식 대신 깔끔한 흰색의 웨딩 카가 향하는 곳은 그들의 신혼집인, 그의 집이었다. 신혼여행은 일이 바쁘다는 핑계로 여자의 동의를 얻어 미뤘다. 사실 말이 미뤘다는 거지, 영영 가지 않을 가능성이 컸다.

물론 신혼여행을 못 갈 정도로 회사 일이 바쁘지는 않았다. 그저 형식적인 부부일 뿐인데, 단둘이 해외로 여행을 가는 건 영 내키지 않아서였다. 다행히도 그녀 역시 같은 생각인지 당신은 어때, 하고 의사를 묻는 질문이 채 끝나기도 전에 칼같이 대답했다.

좋아요, 라고.

송은서와는 이런 부분에서는 죽이 참 잘 맞는다고 생각했다. 대체 이 결혼을 잘한 건지, 잘못한 건지 헷갈릴 정도로.

"수고했어."

"박신우 씨도요."

이제 막 결혼식을 올린 신혼부부가 나눈 대화는 그게 끝이었다. 삭막한 인사를 주고받은 두 사람은 마치 약속이라도 한 듯 뒤도 돌아보지 않고 각자 자신의 방으로 향했다. 이미 한 번 와봤다고, 2층으로 향하는 그녀의 행동은 제법 자연스러워 보였다. 그래서일까. 그 역시도 마치 그녀가 원래부터 이 집에 살았던 것처럼 느껴졌다.

"하, 진짜 죽겠네……."

제 방으로 들어온 신우는 그대로 침대에 쓰러졌다. 되짚어보면 별로 한 것도 없는 듯싶은데, 이상하게 온몸의 힘이 다 빠졌다.

아마, 그 여자는 더 피곤하겠지…….

보기에도 불편해 보이는 드레스에 가녀린 목을 부러트릴 듯 얹어진 머리 장식에, 높은 구두까지. 결혼식이 진행되는 내내 그 꼴을 하고 있었으니, 아무리 못해도 저가 느끼는 피곤도의 두 배는 될 것이다. 아니, 잠깐…….

"내가 지금 누구 걱정을 하는 거야?"

저도 모르게 여자를 떠올렸다는 것을 인지한 신우는 허, 헛웃음을 흘렸다.

"설마, 같이 고생 좀 했다고 얄팍한 전우애라도 생긴 건가."

낮게 중얼거리다 얼른 고개를 내저었다. 그래도 첫 입맞춤이었건만 오해 안 해요, 너무도 담담하게 대꾸하던 그 로봇 같은 여자에겐 전우애조차 아까웠다. 여자를 떠올리자 절로 미간이 찌푸려진다. 그는 두 눈을 질끈 감았다. 그 여자에게는 그 어떤 감정도 가져선 안 될 일이었다. 그 여자가 제게 그러고 있는 것처럼.

* * *

달칵.

욕실 문이 열리며 뽀얀 수증기가 흩어졌다. 가벼운 면 원피스 차림의 은서가 젖은 머리를 수건으로 꾹꾹 누르며 욕실을 벗어났다. 화장대 앞에 앉아 스킨케어를 하고 드라이어로 머리를 말리려는 순간이었다. 화장대 위에 올려두었던 휴대폰이 울렸다. 재욱의 전화였다. 은서는 반가운 얼굴로 얼른 휴대폰을 들었다.

－누나. 결혼식은 잘 끝났어?

전화를 받자마자 호기심과 걱정, 그리고 미안함이 섞여 있는 목소리가 날아들었다. 재욱은 일이 있어서 오늘 결혼식에 참석하지 못했다.

"응. 잘 끝났어."

－못 가서 미안해. 하필이면 뺄 수 없는 시험이 있어서…….

"당연히 빼면 안 되지. 네가 뭐 때문에 지구 반대편에 가서 그 고생을 하고 있는데."

－그래도……. 누나 웨딩드레스 입은 모습은 꼭 보고 싶었는데…….

수화기 너머에서 재욱의 속에서 울컥, 하고 울음이 치솟는 게 고스란히 전달됐다. 이러다가는 동생이 또 펑펑 울어버릴 것 같아 은서는 얼른 화제를 돌렸다.

"나중에 결혼사진 나오면 보내줄게. 그보다, 넌 어때? 시험은 잘 봤어?"

—아니⋯⋯. 완전히 망쳤어.

"뭐? 왜?"

—왜겠어? 당연히 누나 때문이지.

짐짓 새침하게 대꾸한 재욱이 후우, 한숨을 길게 내쉬었다.

—너무 걱정이 돼서 종이에 적힌 글자가 하나도 눈에 안 들어오더라.

난 또 뭐라고. 은서는 혀를 쯧 찼다.

"핑계도 좋다. 내 걱정 안 해줘도 되니까, 넌 쓸데없는 데 신경 쓰지 말고 남은 시험이나 잘 봐. 알겠어?"

애정 어린 타박에 재욱은 풀죽은 목소리로 응, 했다. 그러다 이내 조심스럽게 부른다.

—누나.

"왜."

—당장 내일이라도⋯⋯ 아니, 몇 시간 뒤라도 괜찮으니까 아니다 싶으면 말해. 괜히 미련하게 참지 말고.

"⋯⋯."

—알겠지?

제법 든든하게 들리는 말에 괜스레 코가 시큰해졌다. 은서는 검지로 코끝을 툭 치고는 대꾸했다.

"응. 알겠어."

그녀의 대답에도 재욱은 걱정이 가시질 않는지 몇 번이나 더 당부를 했다. 결국 지친 은서의 입에서 제발 그만 좀 해, 하는 말이 나왔을 때서야 전화를 끊었다.

"하여튼. 은근히 잔소리가 심한 편이라니까."

피식, 웃으며 꺼진 휴대폰을 화장대 위에 내려놓았다. 그 순간이었다. 문득 시야에 자신의 왼손이 들어왔다.

반짝—

형광등 불빛을 받아 제법 커다란 다이아몬드 알이 빛을 냈다. 미경이 직접 골라준 반지였다. 부담스러운 크기에 거절했지만, 미경은 결혼반지가 이 정도는 돼야 한다며 밀어붙였다. 은서는 왼손의 네 번째 손가락에 자리한 반지를 반대편 손으로 부드럽게 쓸며 낮게 중얼거렸다.

"왠지 꿈꾸는 것 같네……."

아직도 결혼했다는 것이, 유부녀가 됐다는 것이, 좀처럼 실감이 나질 않았다. 조금 더 정확하게 말하자면, 드디어 평창동 집을 벗어났다는 사실이 꿈만 같았다. 앞으로 진숙을 보지 못한다는 건 조금 아쉬웠지만, 그 외의 얼굴들은 더 이상 보지 않아도 된다는 것이 뛸 듯이 기뻤다.

씨익, 자연스럽게 입꼬리가 말려 올라갔다. 하지만 활짝 웃을 수는 없었다. 입꼬리에서 느껴지는 짜릿한 통증에 저도 모르게 인상이 찌푸려졌다. 손바닥으로 입가를 부드럽게 문질렀다. 뭉친 근육이 미세하게 느껴지는 듯했다. 하긴. 꼭두새벽부터 온종일 억지 미소를 짓고 있었으니 당연한 일인지도 몰랐다.

사실 아픈 건 얼굴 근육뿐만이 아니었다. 멀쩡한 곳을 찾는 게 더 어려울 정도로 온몸이 뻐근했다. 마치 등에 커다란 곰 한 마리를 짊어지고 있는 느낌이다.

"그래도 어찌 된 게 입이 제일 아픈 것 같아……."

중얼거리는데 손바닥이 입술에 닿았다. 그와 동시에 문득 눈앞에 남자와 입을 맞추던 장면이 떠오른다. 멈칫, 손을 멈췄다. 그러나 이내 은서는 재빠르게 고개를 내저었다. 형식적인 입맞춤일 뿐이었다. 그의 말대로 의미를 둘 필요는 없었다.

"잊자, 잊어."

스스로에게 다짐하듯 중얼거리곤 다시 드라이어를 켜 젖은 머리를 말렸다. 따뜻한 바람이 목덜미에 닿자 몸이 축 늘어진다. 따뜻한 물로 샤워까지 했더니 긴장 때문에 잔뜩 경직돼 있던 근육이 풀어지며 노곤함이 찾아온 탓이다. 당장이라도 푹신한 침대에 몸을 누이고 싶었다.

하지만 은서는 무겁게 내려앉는 눈꺼풀에 힘을 줬다. 아직 잠들고 싶지 않았다. 겁이 나는 탓이었다. 혹시라도 자고 일어나면 이 모든 게 꿈이었을까 봐……. 거울 속으로 비치는 제 모습을 물끄러미 바라보던 은서는 이내 씩씩하게 자리에서 일어났다.

"자아. 그럼 주방 정리나 해 볼까!"

한순간에 바뀌어버린 이 꿈같은 현실을 온몸으로 부딪혀봐야 마음이 조금 놓일 것 같았다.

* * *

1층으로 내려가기 직전, 은서는 마지막 계단에서 멈칫했다. 저도 모르게 시선이 꽉 닫혀 있는 남자의 침실 문으로 향했다. 분명 주방 사용은 허락을 받았음에도 불구하고, 왠지 하면 안 될 짓을 하는 듯한 느낌이었다.

"2층에도 주방이 있었으면 좋았을걸. 집도 이렇게 넓은데."

작게 꿍얼거린 은서는 혹시나 싶은 마음에 까치발을 들고 아주 조심조심 주방으로 걸음을 옮겼다. 주방에 도착한 그녀를 맞이한 건 택배 상자들이었다. 예쁜 모양의 접시를 비롯해서 칼과 도마, 냄비까지. 모두 그녀가 며칠 전 구입했던 주방 집기들이었다. 그에게 주방 사용을 허락받은 그다음 날, 정말로 내 주방이 생겼다는 기쁨에 곧장 백화점으로 달려갔었다.

"너무 많이 샀나……."

살 땐 몰랐는데 모아 놓고 보니 엄청난 양이었다. 너무 신이 났던 것 같다. 그나마 주방이 넓어서 다행이었다. 구매한 물건들을 확인한 은서는 서랍이며 찬장까지 모두 활짝 열었다. 원래 자리하고 있던 주방 집기들을 모두 빼내어 상자 속에 차곡차곡 집어넣었다. 그의 집에 구비되어 있던 집기들은 생각했던 것보다 더욱 새것들이었다. 이대로 버리기엔 조금 아깝다는 생각이 들 정도였다.

하지만 남의 손을 탄 것보다는 새것을 쓰고 싶어서 과감하게 정리를 이어갔다. 조금 전까지 결혼이라는 큰일을 치른 당사자답지 않게 은서는 빠릿빠릿하게 움직였다. 널따란 주방은 금세 그녀의 취향으로 바뀌었다. 마지막으로 정리를 할 곳은 냉장고였다. 가장 고생스러울 공간이라 제일 마지막으로 미뤄둔 것이다. 냉장고 청소는 주부 9단들도 꺼린다는 얘기를 주워들었었다. 은서 역시 마음속으로 각오를 단단히 한 뒤 빌트인 냉장고 문을 활짝 열었다.

"······어?"

순간, 각오에 사로잡혀 있던 두 눈이 동그랗게 커졌다. 널찍한 냉장실 안엔 생수와 캔 맥주 몇 개가 덩그러니 놓여 있었다. 혹시나 싶어 확인한 냉동실도 마찬가지였다. 텅 비어 있었다.

마치 가정집 냉장고가 아니라 가전 매장에 디피되어 있는 그것을 보는 것 같았다. 음식 냄새는커녕 새 가전제품 냄새가 물씬 났다. 냉장고는 빌트인이었다. 그가 이 집으로 이사를 온 지 1년이 조금 안 되었다고 했으니, 새것이 아니라 그만큼의 시간을 보낸 냉장고라는 뜻이었다.

"정말 사람 사는 집 맞나······?"

그러고 보니 방금 전 정리했던 주방 집기들도 모두 새것에 가깝다고 생각했었다. 그런데 이제 보니 어쩌면 '새것에 가까운' 것이 아니라 정말로 새것이었을지도 모르겠다.

일주일에 한 번, 월요일마다 가사 도우미 아주머니가 온다고 했었다. 당연히 식사도 담당하겠거니 생각했는데, 아무래도 청소만 맡아주시는 모양이었다. 대체 이 집주인은 그동안 뭘 먹고 살았던 걸까. 사 먹는 것도 하루 이틀일 텐데.

"······."

은서는 조금 복잡한 얼굴로 텅 빈 냉장고를 물끄러미 바라보았다. 처음으로 자신의 남편이 된 남자에 대해 궁금해졌다.

* * *

그가 눈을 떴을 땐 이미 창밖이 어둑해져 있었다.

"오래도 잤네."

겨우 잠든 것치고는 푹 잤다. 오랜만에 꿈도 한 번 꾸지 않고 아주 푹 잤더니 상쾌한 느낌마저 들었다. 잠에서 완전히 깬 신우는 기지개를 크게 켜며 방을 나섰다. 목이 말라서 물을 마시러 주방에 갈 생각이었다.

방을 나왔을 때, 복도 끝에서 희미한 빛이 새어 나오는 게 보였다. 탁탁탁, 하고 알 수 없는 마찰음이 귓가를 울렸다. 곧이어 집 안에 은은하게 퍼져 있던 구수한 냄새가 코끝을 찔렀다. 시각과 청각, 후각이 동시에 자극되었다. 신우는 당황해서 잠깐 그 자리에 굳은 듯 멈춰 섰다.

늘 서늘한 공기만 감돌던 집 안에 여러 가지 냄새와 온기가 감도는 게 낯설었다. 꼭 자신의 집이 아닌 것 같은 느낌.

"……대체 뭘 하는 거야."

곧장 이 모든 것의 근원지로 예상되는 주방으로 향했다. 가장 먼저 그의 시야에 들어오는 건 앞치마를 두르고 있는 여자의 뒷모습이었다. 그녀는 가스레인지와 도마 사이에서 분주하게 움직이고 있었다. 이미 식탁 위에는 예쁜 접시에 담긴 여러 가지 밑반찬들이 한 상 가득 차려져 있었다.

신우는 눈을 가늘게 뜨고 여자와 주방의 풍경을 찬찬히 살폈다. 의아했다. 요리를 할 재료들은 물론이거니와 그녀가 지금 입고 있는 레이스가 달린 흰색 앞치마가 자신의 집에 있었을 리가 없는데 말이다. 주방 입구에 선 채로 한참을 지켜봤지만, 여자는 요리를 하느라 정신이 없는 모양이었다. 그가 왔다는 사실을 전혀 눈치채지 못하는 듯했다.

결국 먼저 인기척을 낸 건 신우였다.

"이게 다 뭐야?"

갑작스러운 목소리에 놀란 듯 그녀가 몸을 돌려 그를 바라보았다.

"일어났어요?"

지극히 일반적인 질문이었다. 하지만 신우는 생소한 느낌에 잠깐 굳었다. 누군가에게 이런 질문을 받는 게 참으로 오랜만이었다. 독립을 한 지 오래되었고, 제집에서 타인과 마주한다는 것 자체가 불편해서 일주일에 한 번 오는 도우미 아주머니도 그가 없는 시간에만 다녀갔다.

"배고프죠?"

뭐라고 대답을 해야 할지 몰라 잠깐 머뭇거리는 사이, 그녀가 말을 덧붙였다.

"조금만 기다려줘요. 거의 다 돼가요."

여자는 식탁을 한 번 가리키고는 다시금 요리에 집중을 하기 시작했다. 아내가 될 여자에게 밥상을 받을 거란 기대는 꿈에서도 한 적이 없었던 신우는 얼떨떨한 얼굴로 그녀가 눈짓했던 자리에 엉덩이를 붙였다. 당황스러운 마음에 그는 목이 말라서 주방에 왔다는 것도 깜빡 잊은 채 여자의 뒷모습만 물끄러미 바라보았다. 그녀는 짧은 동선을 반복해서 왔다 갔다 바쁘게 움직여댔다.

잠시 후, 보글거리는 된장찌개가 담긴 뚝배기가 식탁 정중앙에 올라왔다. 비주얼뿐만 아니라 냄새도 기가 막혔다. 이것만으로도 충분히 상이 가득 찼는데, 그녀는 오븐에서 막 꺼낸 생선구이도 가져왔다. 마지막으로 모락모락 김이 나는 흰 쌀밥을 그의 앞에 놓아주며 여자가 말했다.

"박신우 씨 입에 맞을지는 모르겠어요. 한번 먹어보세요."

신우는 선뜻 수저를 들지 못하고 그녀를 바라보았다.

"집에 재료가 없었을 텐데?"

"정말 아무것도 없더라고요. 집에선 밥 안 해 먹었나 봐요."

"집에 있는 시간이 별로 없었으니까."

간단한 대답에 여자는 아, 그렇구나. 고개를 가볍게 끄덕이며 말했다.

"좀 전에 장을 봐왔어요."

"장을?"

"근처에 큰 마트가 있어서 좋더라고요. 설탕이며, 소금이며……. 진짜 있는 게 아무것도 없어서 꽤 오래 걸리긴 했지만요."

그녀의 대답에 신우는 황당한 얼굴을 했다. 자신은 결혼식을 끝내고 완전히 방전되어버렸는데, 혼자 장을 보고 와서 요리까지 했단다. 강철 체력이라도 된다는 말인가.

이 여자, 진짜 로봇 아니야……?

"안 먹어요?"

아직 손도 대지 않은 수저를 보며 여자가 고개를 갸웃했다. 그제야 신우는 쓸데없는 생각을 지우고는 숟가락을 들었다. 잘 차려진 음식들을 보자 잊고 있던 허기가 몰려왔다. 밥을 한 숟가락 푹 퍼서 입에 집어넣고 된장찌개를 한 숟가락 입으로 퍼 날랐다. 입안에서 적절하게 섞이는 밥과 된장찌개의 조화가 가히 예술이었다.

"어때요?"

마치 시험을 치고 채점을 기다리는 학생처럼 여자가 눈을 깜빡이며 물었다. 그리 묻는 얼굴이 꽤 순순했기에 그 역시 순순히 대답했다.

"맛있어."

"정말요? 다행이다."

맛있다는 대답이 퍽이나 기쁜 모양이었다. 여자가 눈을 반달로 접으며 예쁘게 웃어 보였다. 순간, 신우의 어깨가 흠칫했다. 마주한 여자의 얼굴이 오늘 하루 종일 가식적으로 웃던 얼굴과는 판이하게 달랐다. 해사하게 웃는 얼굴은, 말 그대로 정말로 예뻤다.

지금까지 연예인, 모델 등 다양한 여자들을 만나봤지만 예쁘다고 생각한 적은 단 한 번도 없었다. 지금까지 만났던 여자들에 비하면 그녀는 그저 수수하기만 한 외모였다. 그런데, 난생처음 예쁘다고 생각한 여자가 이 로봇 같은 여자라니.

미쳤군.

그래. 미친 게 아니라면 설명이 되지 않는다. 아직 피곤이 가시지 않아서 제정신이 아닌 모양이다. 신우는 저도 모르게 든 생각을 애써 부정하며, 그녀에게서 시선을 떼고 밥을 먹는 데 집중하기 시작했다.

* * *

손이 가는 모든 반찬이 하나같이 다 그의 입에 맞았다. 주관적으로 보나 객관적으로 보나 꽤 까다로운 입맛을 가지고 있는 편임에도 불구하고 전혀 짜거나, 싱겁거나 하지 않고 딱 적당했다. 멸치볶음 하나까지도 어느 식당에서 사 먹는 것보다 훨씬 맛이 좋았다.

그러나 밥을 먹는 내내 저를 빤히 바라보는 그녀의 부담스러운 시선에 식사에만 완전히 집중을 하는 건 불가능이었다.

"잘 먹었어."

식사를 끝마친 신우가 수저를 내려놓으며 간단하게 인사를 전했다. 그녀가 또다시 방긋 웃었다. 아니, '방긋'이라고 표현하기엔 매우 옅은 미소였다. 하지만 매번 무표정만 봤던 탓일까. 그저 입꼬리가 살짝 올라간 것뿐임에도 마치 활짝 웃는 것처럼 크게 느껴진다.

웃는 방법 자체를 모르는 줄 알았는데, 웃는 얼굴이 제법 잘 어울린다. 저도 모르게 또 빤히 바라본 모양이었다. 여자와 눈이 마주쳤다. 얼른 시선을 내렸다. 그러다 문득 여자의 새하얀 손이 시야에 들어왔다. 그 흔한 매니큐어의 흔적도 없이 바짝 다듬은 손톱이 반듯했다.

"아, 이건……."

그의 시선을 느낀 듯, 여자가 자신의 왼손을 가렸다. 정확하게는 텅 비어 있는 왼손의 네 번째 손가락이었다.

"변명할 필요 없어."

그는 그럴 필요 없다는 듯 가볍게 대꾸했다.

"나야 보는 눈이 많아서 어쩔 수 없지만, 당신은 안 껴도 돼. 아니, 그편이 좋겠군. 반지 알이 꽤 커서 거슬릴 테니까."

"……."

뭔가 할 말이 있는 듯 여자의 입술이 달싹였다. 하지만 이내 다물어졌다. 그가 자신의 빈 그릇을 들고 자리에서 일어났을 때였다. 됐어요, 그냥 둬요. 저지한 여자가 질문했다.

"출근은 보통 몇 시에 해요?"

사생활에 대해서는 일절 관여하지 않기로 약속했건만, 질문하는 여자는 너무도 자연스러웠다. 그 덕에 신우 역시 이 질문이 얼마나 사적인 질문인지를 잊고 아주 자연스럽게 대답했다.

"8시 반."

"집에서 출발을 그때 한다는 건가요?"

"그래."

"생각보다 늦네요."

"대표의 수많은 특권 중 하나지."

여자는 알겠다는 듯 고개를 끄덕였다. 그러곤 잠깐 뭔가를 생각하는가 싶더니 이내 묻는다.

"음. 그럼 아침 식사는 여유롭게 7시 30분까지 차리면 될까요?"

신우가 눈을 크게 떴다.

"아침 식사?"

"혹시 아침은 안 먹는 타입이에요?"

"딱히 그런 건 아닌데……."

굳이 따지자면 아침을 꼬박 챙겨 먹는 쪽에 속했다. 아침을 먹지 않으면 점심시간이 되기 전에 허기가 심하게 지기 때문에 간단하게나마 챙겨 먹는 편이었다. 보통은 정 실장이 사 오는 도시락을 먹었다.

물론 평범한 도시락은 아니었다. TV에도 나오는 유명 셰프 몇몇이 그의 입맛에 맞춰 만드는 특별한 도시락이었다. 가끔은 김밥이나 샌드위치 같은 간편식을 먹기도 했다. 이른 아침마다 매번 다른 음식을 챙기는 정 실장의 노고는 고마웠지만, 사 먹는 음식에 질리는 건 어쩔 수 없었다. 그저 굶는 것보다야 나으니까 억지로 먹는 것이었다.

하지만 그것과 이것은 별개의 문제였다. 출근하는 남편의 아침을 차려주는 아내라니. 그건 너무도 평범한, 진짜 부부 같지 않은가.

"괜히 수고스럽게 그럴 필요 없어."

신우는 단호하게 말했다.

"내가 처음부터 말하지 않았던가? 당신에게 아내로서의 의무를 바랄 생각은 없다고. 그러니까 신경 쓰지 않아도 돼."

"전혀 수고스럽지 않아요."

의외의 대답이었다. 신우가 무슨 말이냐는 듯 바라보자, 그녀는 깔끔하게 말했다.

"저 요리하는 거 좋아해요."

하지만 그럼에도 그가 전혀 알아듣지 못하는 듯 보이자 말을 덧붙였다.

"박신우 씨를 위해서 아침을 차린다는 게 아니라 저를 위해서 아침을 차리겠다는 얘기예요. 그러니까, 혹시라도 제가 이걸 빌미로 박신우 씨의 사생활에 관여할까 사양하시는 거라면, 안 그러셔도 된다고요."

"……"

"저도 박신우 씨에게 바라는 거 없어요. 그냥 오늘처럼 맛있게만 먹어주세요."

담백한 그녀의 표정이 백 퍼센트 진심이라는 것을 드러내주고 있었다. 자신에게 아침을 차려주는 것이 본인을 위해서라니. 조금 황당하다는 생각이 들었지만, 신우는 별다른 말을 하지 않았다. 사실 지금까지 송은서를 보면서 황당하다고 생각했던 게 어디 한두 번도 아니었고 말이다.

그러고 보니 결혼 얘기가 한창 오가던 중, 신혼집은 물론이거니와 웨딩드레스에서까지 단 한 번도 의견을 피력하지 않았던 그녀가 처음으로 제게 했던 질문이 주방을 써도 되겠냐는 것이긴 했다. 그땐 뭐 저런 쓸데없는 질문을 다 하는 건지. 장난하는 건가, 싶었는데 아무래도 그녀는 진지했던 모양이다.

신우는 새삼스러운 시선으로 제 앞에 앉아 있는 여자를 빤히 바라보았다. 지금껏 그의 안에 새겨져 있던 '송은서'라는 이미지에 살짝 금이 간 것이다. 송은서는 분명 클럽에서 만났던 그 날을 제외하고는 네, 라는 말밖에 못 했었다. 그런데 그랬던 로봇 인간은 대체 어딜 가고 멀쩡한 인간이 지금 제 앞에 앉아 있단 말인가. 게다가 제법 다양한 표정도 지을 줄 안다.

대체 어떤 게 송은서의 진짜 모습인 걸까?

뚫어져라 그녀의 두 눈을 살펴봤지만 딱히 답은 나오지 않았다. 당연한 일이었다. 독심술 따위엔 재능이 없었으니까. 뭐가 어찌 됐건, 좋든 싫든 앞으로 한집에서 얼굴 부딪히며 살아야 하는 사이였다. 그래. 로봇이나 인형인 것보다야 인간인 편이 더 낫겠지. 간단하게 결론을 내린 신우는 여전히 제 대답을 기다리고 있는 여자를 향해 말했다.

"그럼 그렇게 해."

사실 그로서는 거절할 하등의 이유가 없었다.

* * *

황 회장은 그녀가 무언가를 하는 것 자체를 싫어했다. 사회생활은 물론이거니와 대학을 다니는 것조차도 영 못마땅해했었다. 가끔 보면 자신이 그냥 숨을 쉬고 있는 것조차도 못마땅해하는 것 같았다. 아니, 그건 기분 탓이 아니라 진실이었는지도 모르겠다.

어쨌든, 그런 황 회장이 그녀에게 허락하는 건 딱 하나였다. 신부 수업을 받는 것. 대학을 졸업 후 취업을 준비하는 친구들과 달리 은서는 결혼을 준비해야 했다. 황 회장이 정해준 스케줄은 다양했다. 요리. 꽃꽂이. 바느질. 그림. 등등.

졸업 후 결혼을 하기 전까지 무려 2년이라는 시간 동안 매일 같은 스케줄을 반복해야만 했다.

그중에서 은서의 취미에 맞는 것은 딱 하나, 요리밖에 없었다. 요리를 하는 것은 참 즐거운 일이었다. 재료를 싹 다듬고, 맛을 생각하며 양념을 넣고, 알맞은 방식으로 조리를 하고. 양념이 비슷해도 들어가는 메인 재료에 따라, 또는 조리법에 따라 맛이 바뀌는 것도 재밌었다.

하지만 학원에서 열심히 배워 와도 실전에서는 전혀 써먹을 수 없는 상황이었다. 기껏 실습한 요리들을 집에 가져와 봐야 집에는 먹어줄 이가 없었던 탓이다. 식어 빠진 음식은 늘 쓰레기통으로 직행했다. 그날 배운 요리를 집에서 복습할 수도 없었다. 재욱이 있었다면 좋았겠지만 아쉽게도 그는 그녀가 요리를 배우던 지난 2년 동안 쭉 유학 중이었다.

"솔직히 요리할 때는 귀찮은데, 가족들이 맛있게 먹어주면 뿌듯하지 않아요?"

"맞아요, 맞아. 나도 설거지가 너무 귀찮긴 한데, 그거 보는 맛에 요리해요."

그녀와 함께 요리를 배우는 사람들은, 요리를 할 때보다 누군가가 자신이 만든 요리를 맛있게 먹어줄 때가 더 즐겁다고 했다. 그때마다 전혀 동감을 할 수 없었던 은서는 늘 생각했다. 이다음에 누구와 결혼하게 될지는 모르겠지만, 상대가 밥을 맛있게 먹어주는 남자였으면 좋겠다고. 요리하는 것보다 더 큰 즐거움을 나도 한번 느껴보고 싶다고…….

그런 의미에서 보면 은서는 최근 꿈을 이뤘다고 할 수도 있었다.

결혼 생활을 시작한 지 이제 한 달째.

아침이라 속이 불편할 법도 한데 그녀의 '호적상 남편'은 항상 가득 채운 밥 한 공기를 깨끗하게 비워냈다. 다 먹고 나면 잘 먹었어. 라는 인사도 절대 잊지 않았다. 요리하는 것보다 누군가가 요리를 맛있게 먹어줄 때가 훨씬 더 즐겁던 사람들의 말을 은서는 그제야 이해할 수 있었다.

자신이 한 음식을 잘 먹어 치우는 남자의 모습을 보는 게 즐거웠다. 그래서 요즘엔 장을 볼 때부터 일부러 그가 좋아하는 음식을 떠올리며 재료를 고르곤 했다. 저녁은 퇴근 시간이 일정치가 않아 꼬박꼬박 차려주기 어려웠지만, 일찍 들어오는 날은 그에게서 먼저 연락이 왔다.

『나 오늘 일찍 퇴근해.』

언젠가 도착한 앞뒤 없는 문자 한 통. 처음에는 그게 무슨 뜻인지 몰랐다. 그런데 그날, 그는 문자 내용처럼 정말로 일찍 퇴근해 집으로 왔다. 그러고는 저녁 준비가 되어 있지 않은 휑한 식탁을 보며 실망한 얼굴로 그녀를 향해 말했다.

'밥은? 배고픈데.'

그제야 은서는 그 문자의 뜻을 깨달을 수 있었다. 그 뒤부터 그 문자를 받은 날은 꼭 정성 들여 저녁을 준비했다.
"다녀올게."
식기세척기로 옮기기 전에 초벌 설거지를 하려고 싱크대 앞에 섰을 때였다. 뒤에서 남자의 목소리가 들려왔다.
"……?"
은서는 깜짝 놀라서 뒤를 돌아보았다. 그는 벌써 주방을 지나쳐 복도를 가로지르고 있는 중이었다. 빠르게 멀어지는 그의 뒷모습을 보며 은서는 조금 얼떨떨했다. 다녀올게. 라는 인사는 처음이었다. 잘 먹었어. 하는 인사가 늘 두 사람 대화의 끝이었는데 말이다.
이럴 땐 뭐라고 반응을 해야 하는 걸까. 예상치 못한 상황에 당황해 대답을 망설이는 사이 남자는 집을 나섰다. 대답을 바라고 한 인사는 아니었던 모양이다. 현관이 닫히는 소리에 이어서 띠

릭, 도어 록이 잠기는 기계음이 들린다.

'다녀올게.'

참 오랜만에 들어보는 말이었다. 가족들은 그녀에게 단 한 번도 다녀올게, 라는 인사를 한 적이 없었다. 그나마 재욱이 유일했지만, 유학길에 오른 뒤부터는 완전히 사라진 단어였다. 별말이 아님에도 괜히 가슴이 간질거린다. 분명 무심하기 짝이 없는 말투에 감정 없는 목소리였음에도, 텅 빈 그 말이 어쩐지 따뜻하게 느껴진다. 그가 꼭 자신을 이 집의 한 일원으로 인정해주는 것 같아서 왠지 모르게 먹먹한 기분이었다.

비록 평범한 부부 사이는 아니었지만, 그래도 역시 그와 내가 가족이 되긴 한 걸까.

"……가족이라."

낮게 읊조렸다. '가족'이라는 낯선 단어가 입안에서 느릿하게 뭉개졌다. 그렇게 한참 동안 휑한 거실을 물끄러미 바라보던 은서는 이내 몸을 틀어 싱크대의 수도꼭지를 틀었다.

쏴아아–

물이 시원하게 흘러나오는 것과 동시에 고무장갑을 야무지게 끼며 그녀는 생각했다. 혹시라도 다음번에 그가 또 다녀올게. 얘기한다면 자신도 다녀오세요. 대답을 해줘야겠다고.

Chapter 5

첫 키스

『나 오늘 일찍 퇴근해.』

그는 물끄러미 자신의 휴대폰에 찍힌 문자 내역을 바라보았다. 문자를 보낸 지 5분이 지나도록 그녀에게선 답장이 없다. 보통은 빠른 시간 안에 네, 알겠어요. 하고 짧더라도 꼭 답장은 했었는데 말이다.

바쁜 건가? 아니면 자는 걸까?

그것도 아니면, 혹시 무슨 일이라도 생겼나……?

고작 문자에 답장 하나 없을 뿐인데. 심지어 고작 5분이 지났을 뿐인데. 저도 모르게 머릿속에 별생각이 다 든다.

"혹시 모르니까……."

전화를 해볼까.

여자의 전화번호 열한 자리를 찍었다. 하지만 망설이다가 통화 버튼을 누르기 직전 휴대폰 액정을 꺼버렸다. 결혼 전에 각자의 사생활에 대해 일절 관여하지 않기로 분명히 약속하지 않았던가. 그리고 그녀는 특별히 그 부분에 대해 꼭 약속을 지켜 달라 다시 한번 강조까지 했고.

"그래. 답지 않게 오버하지 말자, 박신우."

확실히 오버였다. 그것도 매우 과한 오버.

그는 다짐하듯 중얼거리며 휴대폰을 책상 위에 엎어두었다.

한 달간 함께 지내본 결과. 송은서는 그가 늘 바래 왔던, 아주 완벽한 결혼 상대였다. 그의 사생활에 대해 일절 궁금해하지 않았으며, 딱히 그의 눈에 거슬리는 행동도 하지 않았다. 함께 밥을 먹을 때를 제외하고는 1층에 내려오는 법이 없었다. 덕분에 한집에서 생활하면서도 마주치는 일 자체가 거의 드물었다.

여자는 정말로 있는 듯 없는 듯, 공기처럼 그렇게 지내고 있었다. 타인과 한 공간에 있는 것이 불편해서 그 어떤 누구도 집에 데려온 적이 없을 정도인 그에게는 정말이지 맞춤 정장만큼이나 딱 알맞은 상대였다.

게다가 꼬박꼬박 맛있는 식사까지 챙겨주고 있지 않은가. 이보다 더 완벽할 순 없었다.

"흐음."

그래. 자신은 분명 완벽한 생활을 유지하는 중이었다. 그런데 왜 이렇게 찝찝한 느낌이 드는 것인지 모르겠다. 신우는 검지로 톡톡 테이블 위를 두드렸다. 쉽게 풀리지 않는 문제에 직면했을 때마다 나오는 그의 오랜 습관이었다.

띵동.

문자 소리에 신우는 빠른 속도로 휴대폰을 확인했다. 예상했던 대로 그녀에게서 온 문자였다.

『타이밍이 좋네요. 이제 막 마트에 도착했거든요. 혹시 먹고 싶은 거 있어요?』

아무래도 문자가 없던 시간 동안 마트에 가는 길이었던 모양이다. 신우는 그녀가 보낸 메시지를 다시 한 번 읽어 내려갔다.

"먹고 싶은 거라……."

순간 머리에 번뜩 떠오르는 음식이 있었다. 오늘 아침부터 이상하게 당기던 메뉴였다. 점심시간에 먹으려고 했지만 오늘따라 일이 바빠서 패스할 수밖에 없었던. 신우는 망설임 없이 곧장 답장을 써내려갔다.

『시원한 해물탕이 좋겠군.』

이번에는 금방 답장이 날아왔다.

『네, 알겠어요.』

　장을 보러 가는 날이면, 그의 아내는 이렇게 종종 그에게 의견을 묻곤 했다. 처음에는 선뜻 대답하기가 망설여졌었다. 그녀가 무슨 요술램프도 아니고, 그렇다고 식당 주인도 아니고. 먹고 싶은 걸 말한다고 뚝딱뚝딱 내놓을 수 있을 리가 없다고 생각했기 때문이다.

　하지만 신기하게도 여자는 그가 얘기한 음식을 정말로 늘 쉽게 만들어냈다. 그것도 그 어느 식당보다 맛있게 말이다. 알고 보니 한식, 일식, 양식, 중식 자격증을 두루 가지고 있는 능력자였다. 그 사실을 알게 된 후로는 오늘처럼 부담 없이 먹고 싶은 음식을 얘기하곤 했다.

　　『그럼 집에서 봐.』

　신혼부부의 문자는 여기까지였다. 문자뿐만 아니라 통화도 그랬고, 심지어는 얼굴을 마주하고 대화를 나눌 때도 그랬다.

　용건만 간단히. 보이지 않는 두 사람의 룰이었다.

　마지막 문자를 보낸 후, 신우는 책상 위에 산더미처럼 쌓여 있는 서류 중 하나를 집어 들었다. 그러나 좀처럼 집중하지 못했다. 점심을 부실하게 먹은 탓인지, 일하는 내내 해물탕이 머릿속을 둥둥 떠다니는 것이다. 급기야는 꼬르륵- 하는 민망한 소리까지 흘러나왔다.

"오늘따라 왜 이렇게 시간이 안 가는 거야."

　보고 있던 서류를 내팽개치며 탁상시계를 노려보았다. 이상하게 초침마저 느리게 움직이는 느낌이었다. 산더미 같은 업무에 치여 퇴근은 꿈도 못 꿨던 지난 며칠에 비하면 오늘은 퇴근 시간도 명확한데 말이다.

마치 시계에 구멍을 내기라도 하려는 듯 뜨겁게 노려보고 있을 때였다. 문득 그의 휴대폰이 울렸다. 액정을 확인했다. 익숙한 이름 세 글자가 액정에 깜빡이고 있었다. 예슬의 전화였다. 한 달 정도 미국 스케줄이 있다더니 한국으로 들어온 모양이다.

―윤예슬, 컴백!

전화를 받자마자 특유의 까랑까랑한 목소리가 귓가를 울렸다.

"한국이야?"

―응. 이제 막 도착했어.

"고생했네. 피곤하겠다."

―괜찮아. 비행기에서 내내 잤거든.

가볍게 대꾸한 예슬이 곧바로 용건을 말했다.

―그보다, 우리 어디서 볼까?

"음……?"

―뭐야. 오늘 보기로 한 거, 설마 잊었어?

그제야 신우는 마지막으로 예슬을 만났을 때 했던 약속을 떠올렸다. 여자의 전화를 받고 호텔을 나서면서 예슬이 미국에서 돌아오면 다시 만나기로 했던 것이다.

―어머. 반응 보니 정말 잊은 거 맞구나?

"깜빡했어."

순순한 대답에 예슬이 매우 놀랍다는 듯 대꾸했다.

―웬일이야? 완벽주의자인 오빠가 약속을 다 잊고.

스스로도 조금 당황스러웠다. 예슬의 말대로 그는 완벽주의자였다. 스스로에게 특히 냉정해 한 치의 실수도 용납하지 않았다. 다행히도 머리가 워낙 좋은 편이라 한번 한 약속은 결코 잊는 법이 없었다. 그게 공적이든, 사적이든 간에. 그런데 이번에는 완전히 잊고 있었다. 아니, 조금 더 솔직히 말하자면 예슬의 존재 자체를 까맣게 잊고 있었던 것 같다.

─그동안 많이 바빴나 보네.

신우는 입을 딱 다물었다. 그동안 바빴던 건 사실이었다. 하지만 그게 이유가 될 수 없다는 사실은 누구보다 스스로가 더 잘 알고 있었다.

─오빠?

"듣고 있어. 말해."

─아니, 지금 말해야 할 사람은 내가 아니라 오빠거든?

동문서답에 예슬이 어이가 없다는 듯 허, 하고 코웃음을 쳤다.

─그래서 어떡하자는 건데? 오늘 보는 거야, 마는 거야?

되묻는 목소리가 조급했다. 그럴 수밖에 없는 것이, 현재 예슬에게 불리한 소문이 돌고 있는 상황이었다. 그 소문을 잠재우기 위해 한 달 전 호텔에서 만남을 가졌었다. 그런데 본의 아니게 바람을 맞고 가버리는 바람에, 잠재우기는커녕 오히려 그들의 관계에 대한 소문이 더 증폭되는 계기가 되어버린 듯했다.

며칠 전, 문규네 패거리에게서도 정말로 그 소문이 사실이냐는 질문을 받았었다. 아니라고 대답하긴 했지만, 그를 향한 의심의 눈초리는 쉽사리 거둬지지 않았다.

"오늘……."

선약을 잊은 건 분명 제 실수였다. 예슬의 상황을 모르는 것도
아니고. 그러니 당연히 자신은 약속을 지켜야 하는 처지였다. 그
런데 어쩐지 쉽사리 입술이 떨어지질 않는다. 지금쯤 자신의 아내
는 해물탕거리를 열심히 골라 담고 있을 것이다. 전용 기사를 두
는 것이 불편하다며 한사코 거절하던 그녀는, 마트에서 나와 끙
끙거리며 짐을 들고 택시에 올라타겠지. 그 모습이 눈앞에 훤하
게 펼쳐지는 듯했다.

그때였다. 저도 모르게 입술이 절로 움직였다.

"다른 약속이 잡혔어."

─다른 약속?

"그래."

그것도 '약속'이라면 '약속'이었다.

─중요한 일이야?

"……."

순간, 신우는 멈칫했다. 고작 저녁밥을 먹으러 집에 가야 한다
는 말을, 그래서 너와의 약속을 지키지 못하겠다는 말을, 어찌 할
수가 있겠는가.

─하긴. 오빠 스케줄 중에 안 중요한 게 어디 있겠어. 오빠로서
는 나 만나는 게 가장 영양가 없는 일일 텐데. 선뜻 대답을 하지
못하고 있는데, 다행히도 질척거리는 것과는 거리가 먼 성격의 예
슬은 더 이상 따져 묻지 않고 쿨하게 말했다.

─난 한동안 스케줄 없으니까, 오빠 시간 날 때 연락 줘. 지금 이
순간에도 걷잡을 수 없이 소문이 부풀어 올라 내 주가가 하락하
고 있다는 것도 알아주고.

곧 연락하겠다는 그의 대답을 끝으로 통화는 끝이 났다. 액정이 검게 변한 휴대폰을 내려다보며, 신우는 작게 중얼거렸다.

"해물탕이라……."

이 상황에서 저도 모르게 해물탕을 떠올린 건, 황당해도 너무 황당한 일이었다. 선약과 고작 밥 한 끼를 놓고 저울질을 했다니. 게다가 심지어 결국 '밥'이 이기기까지 했다.

"미쳤다고 해도 할 말이 없겠군."

스스로 생각해도 어이가 없어서 신우는 실소를 뱉어냈다. 지금 제가 배가 많이 고프긴 한 모양이었다.

* * *

뚝.

전화는 미련 없다는 듯 단호하게 끊어졌다. 예슬은 귀에서 떼어 낸 휴대폰을 내려다봤다. 검게 변한 액정에는 그녀의 얼굴이 비치고 있었다. 커다란 선글라스가 얼굴의 반을 가렸지만, 일그러져 있는 표정을 완전히 숨기지는 못했다.

"중요한 일이라……."

정말로 갑작스럽게 도저히 미루지 못할 중요한 일이 생겼을지도 모른다. 그는 한창 바쁜 활동 시즌의 제 스케줄과 비교해 봐도 뒤처지지 않을 정도로 1년 365일이 바쁜 사람이었다. 그가 만나는 사람들 역시 다르지 않았다. 게다가 그 만남에는 억 단위의 숫자들이 예사롭게 오간다. 자신과의 영양가 없는 약속보다는 그러한 약속이 우선시되는 건, 길 가는 초등학생을 붙잡고 물어도 답이

나올 정도로 너무도 당연한 일이었다.

"그래. 분명 당연한 일인데, 어째서 이렇게 찝찝한 기분이 드느냐 말이야……."

예슬은 휴대폰을 꽈악 그러쥔 채 낮게 읊조렸다. 촉이 유달리 발달한 편이었다. 특히나 안 좋은 예감은 백발백중이었다. 온몸을 사로잡은 찝찝함을 쉽게 떨쳐내지 못하고 있을 때였다.

빠앙-

클랙슨 소리가 울렸다. 저를 향한 것처럼 들리는 소리에 예슬은 고개를 들었다. 역시나 익숙한 흰색의 밴이 보인다. 휴대폰에서 시선을 떼고 차로 향했다. 그녀가 가까워지자 자동문이 열린다. 예슬은 자연스럽게 차에 올라탔다.

"어디로 가면 돼?"

운전석의 매니저가 내비게이션을 켜놓은 채 질문을 던졌다.

"집으로."

"집? 누구 집? 너희 집?"

"그럼 우리 집이지. 내가 누구 집으로 가겠어?"

예슬이 끼고 있던 선글라스를 벗으며 짜증스레 되물었다. 그러자 내비게이션에만 시선을 두고 있던 매니저가 몸을 틀어 그녀를 바라본다.

"곧바로 박신우 대표 만나러 갈 거라고 하지 않았어?"

"……."

"어머! 설마, 너희 집에서 보기로 한 거야?!"

늘 졸린 듯 반쯤 풀어져 있던 매니저의 작은 눈이 반짝였다.

일할 때나 저럴 것이지.

속으로 낮게 욕설을 뇌까린 예슬은 후, 하고 낮게 한숨을 내쉬었다.

"언니."

"응?"

"나랑 같이 일한 지 얼마나 됐지?"

　뜬금없는 질문에 매니저가 고개를 갸웃했다.

"한 5년 정도 됐을걸. 왜?"

　예슬은 싱긋, 예쁘게 눈웃음을 지으며 대답했다.

"아니. 문득 생각했던 것보다 내가 꽤 인내심이 많은 편이었구나, 싶어서."

　온화한 표정, 상냥한 목소리였지만 말속엔 장미 가시보다도 더 뾰족한 가시가 박혀 있었다. 그런데 매니저는 전혀 알아듣지 못한 모양이었다. 고개를 갸웃하며 다시금 되묻는다.

"갑자기 웬 인내심?"

　예슬의 얼굴에서 억지로 짓고 있던 미소가 싹 사라졌다. 내가 대체 어쩌다가 이런 멍청한 여자랑 엮인 걸까. 하루 이틀도 아니고 벌써 5년째 이 상황을 반복하고 있다고 생각하니 기가 막혔다.

　'새침할 것 같은 외모와 달리 털털한 의리파'라는 콘셉트만 아니었다면 지금 당장이라도 갈아치웠을 것이다. 아니, 진작 갈아치워서 오늘날 이 꼴을 안 당했겠지. 도대체 왜 그런 말도 안 되는 콘셉트를 잡아서는……. 데뷔 당시 분명히 먹힐 거라며 이따위 콘셉트를 들이밀었던 기획사 대표를 원망하며 예슬은 손을 휘휘 내저었다.

"……됐으니까 출발이나 해. 피곤해 죽겠어."

더 이상 영양가 없는 대화로 에너지 소모를 하고 싶진 않았다. 장시간의 비행으로 피로가 쌓인 데다 생각지 못하게 바람까지 맞은 덕에 컨디션이 바닥이었다.

"으응. 알겠어."

대답과 동시에 덩치가 큰 밴이 부드럽게 출발했다. 눈치가 없어서 하루에 열두 번도 더 사람 속을 뒤집는 매니저의 유일한 장점은, 시키는 말은 곧잘 듣는다는 것이다. 그마저도 없었다면 당장 아웃이었을 텐데. 매니저의 뒤통수를 보며 쯧, 혀를 찬 예슬은 등받이를 뒤로 젖혀서 몸을 기댔다. 다시금 휴대폰을 꺼내 들었다. 비행시간 동안 도착했을 연락들을 확인하기 위해서였다. 대부분 영양가 없는 연락들이었다. 획획, 빠르게 메시지들을 넘기던 예슬의 손이 문득 멈췄다. 임 작가에게서 온 연락이었다.

『예슬 씨. 연락이 안 돼서 메시지 남겨. 저번에 얘기했던 〈오프 더 레코드〉 말이야. 기획 단계에서 엎어졌어. 사정이 좀 복잡해. 자세한 건 다음에 만나서 얘기하자. 미안해.』

문자를 읽어 내려가는 예슬의 얼굴이 일그러졌다.

"비행기 타고 있는 거 뻔히 알면서. 뭐? 연락이 안 돼서 메시지를 남긴다고?"

그녀는 코웃음을 쳤다. 너무나도 뻔한 핑계였다. 전화로 얘기하기 곤란하니 이렇게 문자 통보로 '땡'하고 싶은 거겠지.

"왜 그래? 무슨 일 있어?"

"알 거 없어. 언니는 운전에나 집중해."

불똥이 엄한 데 튀었다. 매니저를 향해 뾰족하게 말을 뱉은 예슬은 휴대폰에 구멍이라도 뚫을 듯 노려보았다. 마음 같아서는 당장이라도 전화를 걸어 따지고 싶었지만 참을 수밖에 없었다. 현재 자신의 위치가 아무래도 '갑'이 아니라 '을'이기 때문이다. 복잡하다는 그 '사정'이라는 게 뭔지 알 듯싶었다. 필시 항간에 떠도는 소문 때문이리라. 윤예슬이 결국 박신우에게서 버림받았다는, 바로 그 소문!

"하여튼 방송국 놈들은 어쩜 이렇게 약삭빠른 건지……."

예슬은 씹어뱉듯 낮게 뇌까렸다. 〈오프 더 레코드〉는 당대 최고의 연예인들만 섭외하기로 유명한 프로그램이었다. 하고 싶다고 할 수 있는 게 아니라 더욱더 가치가 있는 프로그램. 그런 프로그램에 출연해달라고 먼저 부탁한 건 분명 임 작가였다.

그런데 고작 소문 하나 때문에 이렇게 손바닥 뒤집듯 말을 바꾸다니. 달면 삼키고 쓰면 가차 없이 뱉어내는 곳이 이 바닥이라는 걸 너무도 잘 알고 있었지만, 그래도 이런 꼴을 당할 때마다 환멸이 나는 건 어쩔 수 없다. 아니지. 이 바닥에 벌써 몇 년째 몸을 담고 있는 내가 할 말은 아닌가. 나 역시 약삭빠르긴 마찬가지니까……..

예슬은 쓴 미소를 지으며 휴대폰을 꽈악 그러쥐었다.

박신우.

난 아직 당신이 필요해.

* * *

그의 시선은 몇 분 전부터 한곳을 향해 있었다. 바로 탁상 위에 놓여 있는 시계였다.

째깍째깍─

오늘따라 초침 움직이는 소리가 유독 크게 들리는 느낌이다. 우스운 일이었다. 평소엔 시계에서 소리가 난다는 것도 인지하지 못하고 살았는데 말이다. 미세한 소리와 함께 시계의 시침이 숫자 '6'을 가리켰다. 그와 동시에 자리에서 벌떡 일어났다. 옷걸이에 걸려 있던 재킷을 집어 들고는 곧바로 방을 나섰다.

벌컥─

"대표님!"

대표실의 문이 열리자 모니터를 보고 있던 정 실장이 화들짝 놀라며 자리에서 벌떡 일어났다.

"어디 가세요?"

"저녁 먹으러."

"네? 저녁이요? 오늘 저녁 식사 스케줄이 있었던가요?"

놀란 정 실장이 허둥지둥 스케줄 표를 확인했다. 그 모습을 무심한 시선으로 바라보며 신우가 한마디 했다.

"스케줄이 아니라 퇴근하겠다는 말이야."

멈칫.

스케줄 표를 넘기던 정 실장의 행동이 뚝 멈췄다. 정 실장은 흔들리는 시선으로 그를 바라보며 느릿하게 되물었다.

"퇴근……이요?"

"퇴근 시간에 퇴근하겠다는데. 뭐 잘못됐나?"

물론 잘못된 건 없었다. 퇴근 시간에 퇴근을 하는 건 너무도 당연한 일이었으니까. 그러나 정 실장은 당황할 수밖에 없었다. 그럴 수밖에 없는 것이, 지금까지 자신의 상사를 모시면서 이렇게 '칼퇴근'하는 모습을 본 적은 단 한 번도 없었다.

서류 더미에 파묻혀 있는 그에게 다가가 조심스럽게 퇴근 시간입니다, 대표님. 하고 알려주면 그제야 고개를 들어 그랬나? 하는 남자였다. 그 덕분에 그를 상사로 모시고 있는 비서실 직원들 역시 '칼퇴근'이라는 단어를 포기한 지 오래였다.

"나 먼저 들어갈 테니까, 정 실장도 얼른 퇴근해."

혹시 오늘 해는 서쪽에서 뜬 게 아닐까……?

여전히 당황한 얼굴로 멍하게 저를 바라보는 정 실장을 뒤로하고 그는 걸음을 옮겼다. 엘리베이터를 기다리는데 벨소리가 울렸다. 휴대폰을 꺼내 들고 액정을 확인했다. 신우의 눈이 살짝 커졌다. 발신인이 아주 의외의 인물이었다.

아버지의 여자, 미경이었다.

느슨하던 입가가 딱딱하게 굳었다. 그는 잠깐 휴대폰을 바라보다 느릿하게 전화를 받았다.

"어쩐 일이십니까."

굳은 표정과 마찬가지로 입 밖으로 나오는 목소리 역시 딱딱하기 그지없었다.

-곧 퇴근이지?

그가 언짢음을 굳이 숨기지 않은 것처럼 미경 역시 예의상의 인사 따위는 집어치우고 곧바로 본론을 얘기했다.

"그런데요."

-퇴근하고 집에 잠깐 들르렴.

오늘따라 보자는 사람이 왜 이렇게 많은지 모르겠다. 게다가 아버지도 아니고 미경이 자신을 오라 가라 하다니. 결혼식에서 혼주석에 잠깐 앉았다고, 본인이 정말로 그 위치가 됐다고 착각이라도 하는 건지.

"무슨 일입니까."

신우는 조금 짜증스럽다는 듯 눈썹을 찌푸렸다.

ㅡ할 얘기가 있어.

"오늘은 바쁩니다. 다음에⋯⋯."

ㅡ정말로 중요한 얘기야. 네가 꼭 들어야 할.

그의 말까지 끊어가며 미경은 전에 없이 단호한 목소리로 말했다.

ㅡ그러니 꼭 오늘 와줬으면 좋겠어.

* * *

식재료 중 가장 까다로운 게 해산물이었다. 조개를 해감하고, 전복의 내장을 제거하고, 꽃게의 껍데기를 닦아내는 등. 정작 음식을 하는 시간보다 손질하는 시간이 몇 배는 더 걸렸다. 식탁에 앉아 칫솔로 전복을 박박 문지르고 있을 때였다. 남자에게서 전화가 걸려왔다.

ㅡ오늘 조금 늦을 것 같아.

대뜸 뱉어지는 말에 은서는 칫솔질을 뚝 멈췄다.

왜요?

하마터면 저도 모르게 되물을 뻔했다. 입술을 살짝 깨물고 대답했다.

"네. 알겠어요."

─그래, 그럼.

용건이 끝난 전화는 끊어졌다. 액정에 통화시간이 떴다. 5초.

"이럴 거면 그냥 문자로 얘기했어도 됐을 텐데."

휴대폰을 식탁 위에 내려놓은 은서는 주방을 크게 한번 훑었다. 싱크대와 식탁 위에 가지각색의 해산물들이 널브러져 있는 게 보인다. 왠지 힘이 쭉 빠진다.

"신선할 때 먹는 게 좋은데……."

아쉬운 마음에 중얼거리는 순간이었다. 문득 뇌리를 스치는 생각에 눈이 둥그렇게 커졌다. 그러고 보니 정작 중요한 얘기를 전혀 듣지 못했다. '조금' 늦는다는 게 어느 정도를 얘기하는 건지. 저녁을 먹고 온다는 건지, 아니라는 건지.

다시 전화해야 할까?

휴대폰을 빤히 바라보며 잠깐 망설이던 은서는 이내 고개를 내저었다. 방금 전 들은 그의 목소리가 별로 좋지 않았다. 유쾌한 일 때문에 늦는 건 아닐 것이다. 저까지 괜히 번거롭게 만들고 싶지 않았다. 내려놓았던 칫솔을 집어 들며 은서는 진지하게 고민했다. 그가 말했던 '조금'이라는 게 얼마의 시간일지에 대해서.

* * *

"하."

검게 변한 액정을 내려다보며 그는 헛웃음을 흘렸다. 제가 늦든 말든 신경 쓰지 않을 거라 예상했지만 이렇게까지 깔끔할 줄이 야. 갑자기 늦는다고 말하면 무엇 때문인지 궁금할 법도 한데, 참 으로 담백하기 그지없는 대답이었다.

사생활에 대해 일절 관여하지 않고, 아무것도 묻지도 관심도 없 는 여자. 아무리 봐도 분명 자신이 원하는 아내상에서 한 치도 벗 어남이 없는 완벽한 사람이었다. 어딜 가서 이런 여자를 또 만날 수 있을까 싶을 정도로. 하지만 그럼에도 어쩐지 기분이 썩 유쾌 하지만은 않다. 대체 왜 이런 기분이 드는 건지는 도무지 모르겠 지만.

"……정말 모르겠단 말이지."

휴대폰을 바지 주머니에 꽂은 그는 초인종을 눌렀다. 인터폰 으로 얼굴을 확인했는지 곧바로 철옹성 같던 대문이 활짝 열렸 다. 열린 대문 안으로 들어서며 그는 넥타이를 잡아풀었다. 이곳 이 집인지, 성인지 분간이 가지 않을 정도로 엄청난 대저택이었 다. 하지만 마치 손바닥만 한 원룸에 들어온 것처럼 마음은 답답 하기만 했다.

어머니가 아닌 다른 여자가 이 집의 안주인 자리를 꿰차고 나서 부터는 계속 그랬다. 그래서 그가 본가에 들르는 날은 손에 꼽을 정도였다. 평소였다면 집에 들르라는 미경의 부탁 따위 가볍게 무 시했을 것이다. 하지만 미경의 목소리가 심상치 않아서 이번엔 그 럴 수 없었다. 대체 무슨 일인 건지. 널따란 정원을 가로지르며 생 각해봤지만 딱히 짚이는 것은 없었다.

"적어도 해물탕보단 영양가 있는 얘기여야 할 텐데."

만약 그렇지 않으면 꽤 신경질이 날 것 같으니까.

"저 왔습니다."

집 안으로 들어서자 마침 거실 소파에 앉아 신문을 펼쳐 들고 있는 박 회장이 보였다. 신우가 고개를 꾸벅 숙이자, 신문을 내려놓는 박 회장의 눈이 조금 커진다.

"네가 어쩐 일이냐? 네 발로 집에를 다 오고."

"부르셨잖습니까."

자주 찾지 않는 제 태도를 빈정거리는 거라 생각했다. 하지만 박 회장은 정말로 금시초문이라는 듯한 얼굴로 되물었다.

"널 불렀다고?"

연락을 준 건 미경이었지만 그래도 박 회장의 뜻이었으리라 생각했다. 하지만 지금 보니 아니었던 모양이다. 그렇다는 건, 미경이 저를 불렀다는 건…….

대체 그 여자가 자신에게 무슨 할 말이 있다는 건지. 의아해하고 있는데 뒤에서 장본인이 나타났다.

"신우, 제가 불렀어요. 회장님."

쟁반에 커피 두 잔을 내온 미경이 거실을 가로질러 두 사람 앞에 섰다.

"자네가 왜?"

"아무래도 신우에게 얘기해야 될 것 같아서요."

미경의 의미심장한 대답에 박 회장의 안색이 삽시간에 굳어졌다.

"이 사람아, 그 얘긴 나랑 끝내기로 했지 않나."

"회장님과 대화가 통하질 않는데, 뭐가 끝났다는 말씀이세요."

"어허!"

"더는 말리지 마세요. 이번만큼은 회장님 의견대로 따를 수 없어요, 전.”

두 사람이 대립하는 모습은 처음 보았다. 나이 차 때문인지, 그놈의 재력 때문인지, 늘 박 회장의 말에 제 생각은 없는 사람처럼 고분고분 따르던 미경이었다. 그런데 이런 모습이라니. 아무래도 정말 중대한 문제가 생긴 모양이었다.

두 사람을 가만 바라보고 있던 신우가 운을 뗐다.

“무슨 일입니까, 대체.”

그러자 두 사람의 대답이 동시에 날아든다.

“넌 알 거 없다.”

“신우 네게 동생이 생겼어.”

정말 1초도 어긋나지 않고 동시에 뱉어진 두 사람의 대답이었다. 하지만 우습게도 흥분한 박 회장의 목소리보다는 차갑게 내려앉은 미경의 목소리가 더 또렷하게 그의 귀를 파고들었다.

“……지금, 동생이라고 하셨습니까?”

잘못 들은 거겠지. 신우가 말이 되냐는 듯 되물었지만, 미경은 차분한 얼굴로 고개를 끄덕였다.

“3개월이야.”

“하.”

입술을 비집고 뜨거운 숨이 절로 터져 나왔다. 마치 뒤통수를 망치로 후려 맞은 기분이다.

“참으로 대단하십니다, 회장님.”

신우의 서늘한 눈이 박 회장을 향했다.

“그 연세에 늦둥이라니, 아주 뿌듯하시겠습니다.”

비꼬는 기색이 역력한 그의 말에 박 회장은 할 말이 없다는 듯

두 눈을 질끈 감았다.

"그래서."

신우의 서늘한 시선이 박 회장을 지나쳐 미경에게로 향했다.

"저한테 이 얘기를 하시는 이유가 뭡니까?"

"……."

"설마 축하 인사를 바라는 건 아닐 테고."

그의 입가에 매달린 뚜렷한 조소에 미경이 주먹을 꽈악 그러쥐며 조심스럽게 대답했다.

"……우리 아이, 회장님 호적에 올릴 수 있게 해줘."

호적이라니. 이건 제게 동생이 생겼다는 얘기를 들었을 때보다 더욱 기가 막힌 얘기였다.

"농담이겠죠?"

서늘한 신우의 눈빛을 그대로 받은 미경이 몸을 흠칫 떨었다. 그러나 떨리는 목소리를 애써 감추려는 듯 그녀는 담담하게 말을 이어갔다.

"회장님은 호적에 죽어도 못 올려 주시겠대. 너랑 한 약속 때문에……."

더 듣지 않아도 어찌 된 상황인지 알 것 같았다. 냉정하기 짝이 없는 박 회장이 칼같이 미경의 부탁을 거절했던 것이다. 본인의 자식을 품고 있는 여자임에도 불구하고. 하지만 신우는 미경이 전혀 안쓰럽게 느껴지지 않았다. 제 어머니 역시 세상을 떠나던 날까지, 그런 아버지의 냉정함에 눈물을 흘리셨다. 그걸 다 알면서도 박 회장의 곁에 남기로 한 건, 바로 미경 자신의 선택이었다. 그러니 손톱만큼도 동정할 필요가 없었다.

"회장님 호적에 당신의 자리는 없다는 거, 모르고 계셨던 거 아니지 않습니까. 그쪽도."

"나도 알아. 그 조건 때문에 내가 이 집에 들어올 수 있었다는 거……. 그래서 지금까지 이렇게 군말 없이 살고 있었잖니."

미경의 눈가가 시뻘겋게 달아올랐다. 그녀는 아랫입술을 질끈 깨물었다.

"난 정말로 괜찮아. 호적에 오르지 못해도. 네게 인정받지 못해도. 그런데……."

"그런데요?"

"그런데, 이 아이는 다르잖니. 지금 내 배 속에 든 아이는, 의심할 것도 없이 회장님의 아이고 네 동생이야."

"……."

"아무것도 모르는 이 생명이 무슨 잘못이니. 응? 신우야, 제발."

결국 뜨거운 눈물을 흘리며, 미경은 신우의 팔을 붙들었다. 썩은 동아줄이라는 걸 알면서도 마치 저를 구해줄 마지막 동아줄이라도 되는 것처럼 간절하게. 그 모습이 너무도 처량맞아 보여 미간이 절로 구겨진다. 유쾌한 광경은 결코 아니었다.

"이거 놓으시죠."

신우는 냉정하게 그녀의 손을 뿌리쳤다. 그러자 미경이 바닥으로 힘없이 풀썩 쓰러진다.

"제 어머니의 자리를 뺏은 걸로도 모자라서 이젠 제 자리까지 뺏고 싶으신 모양입니다."

"……."

"하지만 이거 어쩌죠. 전 제 어머니처럼 나약한 인간이 아닌데."

일말의 동정도 담기지 않은 서늘한 눈으로 미경을 내려다보며, 신우는 한겨울의 찬바람처럼 서늘한 목소리를 뱉어냈다.

"그리고 누구보다 회장님을 쏙 빼닮았죠."

"신우야……."

"그러니까 이런 꼴 보기 싫었으면, 피임을 확실하게 하셨어야죠."

"신우야, 제발……."

"이만 가보겠습니다."

"……신우야, 신우야, 신우야!"

뒤에서 애달프게 저를 부르는 미경의 목소리가 들려왔지만, 신우는 걸음을 멈추지 않았다.

* * *

탁.

테이블 위에 빈 글라스가 놓였다. 그와 동시에 그는 또다시 글라스에 양주를 콸콸 쏟아부었다. 얼음으로 희석도 하지 않고 스트레이트로 마신 지 벌써 한 병째였다. 게다가 안주로 나온 과일은 건드리지도 않았다. 말 그대로 술만 퍼붓는 중이었다.

원래도 술이 센 편이긴 했지만 오늘따라 더 취하지 않는 느낌이었다. 마지막 잔을 끝으로 완전히 양주 한 병을 깨끗하게 비운 신우는 손을 들어 바텐더에게 양주 한 병을 더 주문했다.

"같은 걸로."

잠시 후 바텐더는 가득 찬 양주를 다시 세팅해주었고, 신우는 망설임 없이 술잔을 채웠다. 그것은 곧바로 입안으로 들어갔다. 미지근한 액체였지만 목을 타고 들어가는 느낌은 마치 불에 타는 듯 뜨거웠다. 그러나 그 독한 것을 마시면서도 그는 눈 하나 깜짝하지 않았다.

그의 친모는 누가 봐도 곱게 자란, 딱 온실 속의 화초 같은 분이었다. 몸이 약해서 사회생활이라고는 단 한 번도 해본 적 없는, 세상 돌아가는 것에는 전혀 관심이 없고 남편과 아들만 바라보는. 오직 가정밖에 모르는 그런 분이었다.

그래서 견디지 못한 것이다. 자신의 남편에게 다른 여자가 있다는 사실을.

솔직히 말하자면, 그는 아버지의 외도를 알게 됐을 때도 별로 놀랍다는 생각을 하지는 않았다. 이 세계에서 본처 외에 따로 애인을 두는 건, 길을 걷다 발에 채는 돌멩이만큼이나 흔한 일이었다. 아니. 조금 더 솔직해져 보자면, 충분히 예상했던 일이었다. 아버지는 평소 몸이 약한 탓에 우울하고 예민하던 어머니를 못 견뎌했었다. 그리고 그는 그런 아버지를 어느 정도는 이해했다.

우울은 사람을 좀먹는다. 당사자가 아닌 주변 사람까지도.

어머니에게 지치고 질린 아버지가 다른 안식처를 찾는 건, 어쩌면 당연한 일이었을지도 모른다고 생각했다. 단지 그를 조금 당황스럽게 하는 게 있었다면, 아버지의 여자가 자신보다 고작 여덟 살이 많다는 것뿐이었다. 하지만 어머니는 달랐다. 아버지에게 여자가 있다는 사실을 알게 된 날부터 속이 썩어가기 시작했다.

안 그래도 예민하던 어머니는 극도로 예민해져 갔고, 집착과 상처로 얼룩진 히스테리컬한 사람이 되어버렸다. 그 불똥은 금세 그에게로 튀었다. 아버지의 외도를 진작 알아챘으면서도 지금껏 묵인했다는 것을 어머니가 알게 된 것이었다.

"신우, 네가 어쩜 그럴 수가 있니!"

어느 날, 어머니는 경멸이 가득 담긴 눈으로 신우를 보며 소리쳤다.

"너는 외모도 성격도, 네 아버지랑 똑같구나! 이런 너를 내 속으로 낳았다니……. 정말이지 징그럽고 소름 끼쳐. 너무도 끔찍해."

고작 열일곱이었던 그는 배신당했다는 분노에 가득 찬 어머니를 달랠 수가 없었다. 아니. 달래기는커녕 점점 더 그런 어머니를 피하기 바빴다. 그리고 그해 겨울. 어머니는 안방 욕실에서 싸늘한 주검으로 발견되었다. 사인은 극심한 우울증으로 인한 자살이었다.

어머니의 죽음은 그에게 엄청난 충격이었다. 원인은 아버지의 외도에서 비롯된 것이었지만 자신의 책임도 없지 않다는 걸 알고 있었다. 상처받은 어머니를 달래주지 못하고 오히려 더 외롭게 만들었다. 저를 향한 비난의 말이 본심이 아니라는 걸 알면서도 핑계를 대고 피했다.

어머니가 진정으로 원하는 게 뭔지 알면서도 외면했다. 아버지와는 달랐어야 했는데 아버지와 같은 행동을 했던 것이다. 결국 어머니를 죽음으로 몰아간 것은 자신이었던 게 아닐까. 아버지보다 내가 더한 상처를 준 게 아닐까. 뒤늦게 밀려오는 죄책감에 그는 꽤 오랫동안 시달려야만 했다.

오랜 시간 아버지의 곁을 지켜온 미경을 철저하게 외면하고, 호적에 올리지 못하도록 막는 것만이 그가 유일하게 할 수 있는 어머니를 위한 일이었다. 첩은 죽을 때까지 평생 첩으로만 남도록. 아버지가 남길 막대한 유산을 나누기 싫어서가 아니었다. 그렇게라도 당신의 자리만큼은 끝까지 지켜드리고 싶었던 것이다.

그런데, 동생이라니⋯⋯.

우스웠다. 당신을 죽음으로까지 몰고 갔던 여자의 핏줄을, 어머니의 호적에 올리다니. 결코 있을 수 없는 일이었다. 죽은 어머니가 살아 돌아와서 허락을 한다면 또 모를까.

"그런데, 이 아이는 다르잖니. 지금 내 배 속에 든 아이는, 의심할 것도 없이 회장님의 아이고 네 동생이야."

"아무것도 모르는 이 생명이 무슨 잘못이니. 응? 신우야, 제발."

그러게. 아무것도 모르는 그 생명은 대체 무슨 잘못일까. 이 모든 게 지독하게 이기적이었던 어른들의 잘못인 것을.

"후."

신우는 비릿한 웃음을 흘리며 술잔을 비웠다. 하지만 아무리 뜨거운 것을 속에 퍼부어도 시린 속은 여전했다. 마치 어머니가 돌아가셨던 한겨울인 것처럼 추웠다. 이럴 때면 어린 시절 늘 따뜻하게 저를 안아주던 어머니의 품이 미친 듯이 그리워진다. 제 손으로 버려버린 그 따뜻한 품이⋯⋯.

* * *

차갑게 식은 냄비를 물끄러미 내려다보던 은서는 다시 한 번 시계를 확인했다. 벌써 자정이 넘어가고 있었다. 조금 늦을 거라던 그는 아직도 나타나지 않았다. 이렇게까지 늦을 줄 알았다면 해물탕은 내일 끓일 걸 그랬다. 이게 다 '조금'이라는 말을 멋대로 해석한 제 잘못이었다.

"냉장고에 들어갔다 나오면 맛없을 텐데……."

작게 중얼거린 은서는 해물탕이 가득 담긴 냄비를 들고 냉장고로 향했다. 분명 맛은 지금보다 덜하겠지만 어쩔 수 없었다. 최근 워낙 날이 더워 밖에 두면 상할 게 뻔했다.

딩동–

두 번째 칸에 자리를 만들어 냄비를 집어넣고 냉장고 문을 막 닫았을 때였다. 현관 벨이 울렸다. 그녀의 남편은 늘 비밀번호를 누르고 집으로 들어왔다. 벨을 누른 것은 이번이 처음이었다. 그렇다고 그가 아닐 거란 의심은 들지 않았다. 이 아파트의 보안이 얼마나 완벽한지는 이미 직접 경험해봐서 너무도 잘 알고 있었다.

"……웬일이지?"

은서는 의아함에 고개를 갸웃거리며 인터폰을 켰다. 그러자 네모난 화면에 의외의 인물의 얼굴이 가득 들어찼다. 그의 비서인 정 실장이었다.

"정 실장님?"

–사모님. 안녕하세요. 정 실장입니다.

"네. 안녕하세요. 이 시간에 어쩐 일이세요?"

─들어가서 설명드리겠습니다. 우선 문부터 좀 열어주세요. 저 지금 죽을 것 같아요.

정 실장은 정말로 당장이라도 죽을 것 같은 얼굴이었다. 그의 절박함에 당황한 은서는 얼른 현관문으로 달려가 문을 열었다. 문이 열리자마자 지독한 술 냄새가 훅 끼쳤다. 은서는 저도 모르게 뒤로 주춤 물러났다. 그녀의 남편이 정 실장의 부축을 받으며 들어오고 있었다. 그 모습이 꼭 시체 같았다. 술에 절어 정신을 차리지 못하는 듯했다.

"밤늦게 죄송합니다, 사모님."

이 와중에도 정 실장은 그녀를 향해 정중하게 고개를 꾸벅 숙였다.

"아니에요."

은서는 손을 내저었다.

"그런데 이게 어떻게 된 일이에요?"

"저도 사실 이게 어떻게 된 일인지 정확하게는 모르겠습니다. 술을 좀 과하게 드신 것 같아요. 연락을 받고 모시러 갔을 땐 이미 이 상태셨고요."

"자주 있는 일인가요?"

"아니요. 전혀요. 원래 술을 잘 드시기도 하지만, 성격상 절대 이렇게 될 때까지 드실 분이 아닌데……."

그녀만큼이나 이 사태가 당황스러운 건 정 실장 역시 마찬가지인 듯했다.

"……저어, 사모님. 그런데 대표님은 어디로 모시면 될까요?"

"아! 이쪽으로요."

땀을 삐질 흘리는 정 실장의 질문에 은서는 앞장서서 그의 침실 문을 열었다. 정 실장은 자신보다 한 뼘 더 큰 남자를 질질 끌며 힘겹게 방으로 입성했다.

"사모님. 죄송한데 조금만 도와주시면 안 될까요?"

침대에 눕히는 게 영 힘든 모양이었다. 방 안에서 들려오는 정 실장의 말에 은서는 조심스럽게 방 안으로 들어갔다. 그의 방은 처음이었다. 사실 1층에서 부엌을 제외하고는 그 어떤 공간도 본 적이 없었다. 워낙에 사생활에 예민한 사람인 것 같아서 일말의 호기심도 느끼지 못했다.

방은 주인의 성격을 닮은 듯 깔끔하다 못해 휑했다. 침대와 작은 협탁, TV, 붙박이 옷장이 전부였다. 하긴. 워낙 바쁜 사람이라 집에서는 잠만 자니까 이 정도면 충분할지도 모르겠다. 힘을 합쳐 185센티가 넘는 커다란 남자를 침대에 곱게 눕힌 뒤 두 사람은 방을 나왔다. 은서가 주방에서 냉수를 한 잔 떠와 정 실장에게 건넸다.

"감사합니다."

목이 말랐던지 정 실장은 한 번에 물을 모두 들이켰다. 은서가 빈 컵을 받아들자 정 실장이 그녀를 향해 꾸벅 고개를 숙였다.

"그럼 전 이만 가보겠습니다. 저희 대표님 좀 잘 부탁드립니다."

"수고하셨어요. 조심해서 가세요."

"아 참, 그리고 대표님께 내일은 11시까지만 출근하시면 된다는 말씀 좀 전해주시겠어요? 제가 스케줄 조정해놓겠다고요. 지금 상태를 보니 내일 아침에 숙취로 꽤 고생하실 것 같아서요."

정 실장의 눈엔 남자를 향한 걱정이 가득했다. 은서는 엷게 웃으며 고개를 끄덕였다.

"네. 그렇게 전할게요."

현관 앞에서 정 실장을 배웅해주고 돌아선 은서는 주방으로 가 싱크대에 빈 컵을 내려놓았다. 그러고는 곧장 2층으로 올라가려다 말고 꽉 닫혀 있는 그의 방문 앞에서 멈춰 섰다. 아무래도 넥타이까지 매고 있던 그의 반듯한 정장 차림이 신경 쓰인다. 조금 망설이던 은서는 결국 남자의 방에 다시 발을 들였다. 괜한 오지랖을 부린다고 그가 화를 낼 수도 있지만, 지금은 완전히 술에 취해 뻗어 있으니 기억하지 못하리라.

"잠깐 실례 좀 할게요."

전해지지 않을 말을 내뱉으며 조심스레 침대 머리맡에 다가섰다. 남자는 깊게 잠들어 있었다.은서는 물끄러미 잠든 남자의 얼굴을 내려다보았다. 잔뜩 찌푸려진 미간이 눈에 들어온다. 나쁜 꿈을 꾸기라도 하는 걸까. 매일 보던 얼굴인데 어쩐지 낯설게 느껴졌다. 좀처럼 흐트러지는 법이라곤 없는 남자였다. 그런 남자가 어째서 저토록 엉망이 된 모습으로 타인에게 부축당해 집으로 온 걸까.

"무슨 일이 있었나……."

저도 모르게 낮게 중얼거리던 은서는 이내 고개를 내저었다.

불필요한 관심이었다. 제가 신경 쓸 일이 아니었다.

남자의 얼굴에서 시선을 떼고 그의 넥타이를 향해 손을 뻗었다. 조심스럽게 넥타이를 풀어내자 남자가 으음, 하고 고개를 살짝 튼다. 깜짝 놀란 은서가 손길을 거두어들였다. 다행히도 남자는 눈을 뜨지 않았다. 아무래도 잠결에 한 행동인 모양이었다.

"후우."

안도의 한숨을 내뱉은 은서는 잠깐 숨죽이고 그를 지켜보다 다시금 셔츠 단추를 향해 손을 뻗었다. 셔츠를 다 벗길 생각은 아니었다. 그저 보는 것만으로도 답답해 보이는, 목 끝까지 잠겨 있는 단추만 두어 개 풀어줄 생각이었다.

첫 번째 단추를 무사히 풀어내고 두 번째 단추에 손을 가져갔을 때였다. 순간 남자의 손이 턱, 하고 그녀의 손을 잡았다.

"지금…… 뭐 하는 거야?"

가늘게 눈을 뜬 그가 꽉 잠긴 목소리를 뱉어냈다. 은서는 얼른 숙이고 있던 상체를 들어 올렸다.

"답답할 것 같아서요. 죄송해요."

"……."

남자의 짙은 시선이 그녀를 빤히 응시했다. 얼굴이 다 화끈거렸다. 마치 죄를 짓다가 들킨 기분이었다.

"저, 그럼……."

제 방으로 돌아가기 위해 잡힌 손목을 조심스럽게 빼내려고 했지만 그럴 수 없었다. 느슨해지는 듯한 것도 잠시, 다시금 그녀의 손을 꽉 쥔 그가 힘을 줘 당겼다.

"앗!"

그녀의 상체가 남자를 향해 꼬꾸라졌다. 반사적으로 뻗은 손이 남자의 단단한 가슴팍에 닿았다. 마주한 남자의 얼굴이 너무도 가까웠다. 숨결이 느껴질 정도였다. 절로 숨이 참아졌다. 맞닿은 손바닥을 타고 남자의 온기가 고스란히 전해졌다.

"저어, 박신우 씨, 이것 좀……."

잡힌 손을 빼내려고 했지만 남자는 요지부동이었다. 그녀를 놓아줄 생각이 전혀 없어 보였다. 그저 빤히 그녀를 바라볼 뿐.

허공에서 두 개의 시선이 얽혀든다.

"……."

"……."

은서는 피할 생각도 않고 마주한 남자의 눈을 바라보았다. 낮게 가라앉은 남자의 새카만 눈동자 속에 자신의 모습이 담겨 있었다. 마치 뭔가에 홀린 듯 멍하니 남자의 눈 속을 들여다보고 있던 그때였다. 남자가 손을 뻗어 그녀의 턱을 감싸 쥔 것은.

엄지가 입가를 뭉근하게 누르는가 싶더니 이내 아랫입술 전체를 느릿하게 훑어낸다.

"아……."

찌릿, 하고 전기가 통하는 느낌에 입술이 절로 벌어졌다. 동시에 아랫배가 뻐근해져 온다.

술에 취해 제 입술을 매만지는 남자.

그런 남자의 손길을 뿌리치지 못하는 자신.

이상한 상황이 분명했다. 잘 알면서도 어쩐지 옴짝달싹할 수가 없었다. 마치 보이지 않는 거미줄에 팔다리가 포박되기라도 한 듯이.

여전히 시선을 떼지 않은 채로 천천히 남자의 입술이 열렸다.

"……송은서."

흘러나온 음습한 목소리가 귓바퀴를 뱀처럼 휘감는다. 등줄기를 타고 소름이 쫙 돋아났다. 한층 더 짙어진 남자의 새카만 눈동자가 크게 일렁였다. 그 속에 갇힌 그녀의 모습이 덩달아 흐릿해진다.

……안 돼.

본능적으로 위험을 감지한 은서가 뒤로 주춤 물러나려 했지만 이미 한발 늦어버렸다. 곧바로 남자가 그녀의 턱을 끌어당기며 자신의 입술을 부딪쳐 왔다.

"……!"

입술에 낯선 촉감이 닿았다.

미처 피할 새도 없이 그의 커다란 손이 자연스레 그녀의 허리를 단단하게 휘감는다. 맞닿은 입술이 은근하게 뭉개지며 틈이 벌어졌다. 그 사이로 뜨거운 숨결이 전해지는가 싶더니, 이내 말랑한 것이 그 틈을 비집고 안으로 들어왔다.

뜨거운 열기를 머금은 혀가 그녀의 입안을 훑기 시작했다. 세포 하나하나가 자극되는 느낌이었다. 그러다 이내 말캉한 혀가 숨어 있던 그녀의 혀를 찾아 옭아맸을 땐, 솜털까지 쭈뼛 서는 느낌이었다. 타액이 자연스럽게 섞여 들어갔다. 그의 입안에 아직 남아 있던 독한 알코올 향이 그녀에게까지 고스란히 전해진다.

은서는 두 눈을 질끈 감았다. 결혼식 날 했던 입맞춤과는 전혀 달랐다. 몰아붙이는 키스에 도무지 정신을 차릴 수가 없었다. 시간이 지날수록 호흡이 가빠져 왔다. 숨을 어떤 타이밍에서 어떻게 쉬어야 하는 건지 알 수가 없었다.

"으읍. 읍……!"

점점 참기가 힘들어졌다. 감았던 눈을 번쩍 떴다. 하지만 그는 여전히 저를 놓아줄 생각이 전혀 없어 보였다. 백지처럼 텅 비어 있던 머릿속에서 별안간 경고음이 울리기 시작했다.

이러다가는 정말 죽을지도 몰라. 아니, 분명 죽을 거야!

은서는 남자의 품에서 벗어나기 위해 바동거리기 시작했다. 고개를 옆으로 돌려 겨우 맞붙은 입술을 떼어내며 그의 단단한 가슴팍을 필사적으로 밀어냈다. 뒤늦은 반항이 먹힌 걸까. 그제야 가느다란 허리를 감고 있던 그의 손에서 스륵, 힘이 풀렸다.

"하아, 하아……."

입술이 떨어지자마자 은서는 거친 숨을 몰아쉬며 몸을 벌떡 일으켰다. 신선한 공기가 폐부로 들어가자 조금 살 것 같았다. 그러나 그것도 잠시일 뿐이었다. 별안간 남자의 몸이 그녀를 덮쳤다. 다시금 숨이 턱 막혀왔다.

"박신우 씨……! 정신 좀 차려 봐요, 제발!"

그녀의 다급한 외침에도 그는 조금 더 강하게 그녀의 몸을 끌어안았다. 이번에는 손바닥이 아닌 그녀의 볼이 단단한 가슴 위로 뭉근히 눌러졌다. 얇은 셔츠 너머로 단단하게 자리한 그의 근육이 고스란히 느껴진다. 쿵쿵쿵, 뛰는 심장 소리와 함께.

"하. 미치겠네, 정말……."

남자와 여자는 당연히 힘의 차이가 날 수밖에 없다는 것을 알고 있었지만, 막상 피부로 느끼니 단연 압도적이었다. 공포감이 들 정도였다. 제힘으로는 도저히 벗어날 수 있을 것 같지 않았다. 그럼에도 포기 않고 바윗돌 같은 남자의 가슴팍을 열심히 밀어내는데, 문득 꽉 닫혀 있던 남자의 입술이 열렸다.

"……추워."

"네?"

"······너무 추워. 추워서······ 죽을 것 같아······."

낑낑거리며 남자의 품을 밀어내던 은서의 손길이 뚝 멈췄다.

정말로 춥다는 듯 그의 목소리는 바들바들 떨리고 있었다. 그러고 보니 닿아 있는 그의 몸에서도 떨림이 느껴졌다. 은서는 조금 의아했다. 7월, 열대야 때문에 다들 밤잠을 설친다는 한여름이었다. 그런데 춥다니. 상식적으로 이해되는 상황은 아니었다.

혹시 감기에라도 걸린 건가?

조심스럽게 손을 뻗어 그의 매끈한 이마를 짚었다. 확실히 짙은 열감이 느껴졌다. 키스가 뜨겁게 느껴졌던 이유는 이 때문이었을까.

"박신우 씨. 괜찮아요?"

대답 대신 남자는 그녀의 목덜미에 얼굴을 깊게 파묻었다. 간질거리는 촉감에 몸서리가 쳐졌지만, 마치 어미 품을 찾는 새끼처럼 바들바들 떨면서 제 품을 파고드는 남자를 차마 밀어낼 수 없어 은서는 가만히 숨을 죽였다. 목덜미에 뜨거운 그의 숨결이 와 닿는다. 춥다는 그와는 달리 은서는 오히려 조금 더워졌다.

Chapter 6

그 밤의 기억

뜨거운 햇살이 얼굴로 쏟아져 내렸다. 미간을 찌푸리며 힘겹게 눈을 떴다. 커튼이 제대로 쳐져 있지 않은 유리창 너머로 파란 하늘이 보인다.

젠장.

그는 낮게 욕을 뇌까렸다. 굳이 시간을 확인하지 않아도 이미 지각이라는 걸 알 수 있었지만 굳이 손을 뻗어 휴대폰을 집어 들었다.

시간은 9시. 완벽한 지각이었다.

"지각이라니, 미쳤군."

완벽주의자 성향이 짙은 그는 모든 일에 철저했다. 사생활에서도 그랬지만, 특히나 회사 일에 있어서는 더욱더 그랬다. 날 때부터 '금수저'보다 더하다는 '다이아몬드 수저'를 물고 태어났다. 그럼에도 그것에 안주할 생각은 하지 않았다.

오히려 남들보다 더 일찍 출근하고, 늦게 퇴근하고. 그저 '부모 잘 만나 얻은 자리'가 아닌 '이 정도는 누릴 자격이 충분한 능력자'라는 인정을 받기 위해 일생 동안 무던히도 노력했다. 그런데 그런 그가 난생처음 늦잠을 자고, 지각까지 하게 되었다. 어젯밤 얼마나 과음을 했는지 잘 알려주는 대목이었다.

하긴. 집에 혼자 올 자신이 없어 그 시간에 정 실장에게까지 전화를 했으니 말 다했다. 눈을 뜬 장소가 그나마 자신의 침실이라 다행이라고 해야 하는 걸까.

"그래. 이 방이 아니라 길바닥이었어도 할 말이 없긴 하지."

그렇다고 해도 늦잠이라니. 조금 의아하긴 했다. 평소에 불면증이 심해서 술을 먹은 날이면 오히려 더 잠을 설치곤 했었는데 말이다. 술 때문에 반감이 되기는 했지만 오랜만에 숙면을 취한 것 같았다. 이런 기분은 결혼식 날 이후 딱 한 달만이었다.

"으. 죽겠네, 진짜……."

더는 침대에서 미적거리고 있을 수 없어서 상체를 일으킨 신우는 몰려오는 두통에 한쪽 눈을 찌푸렸다. 두통뿐이 아니었다. 속도 좋지 않았다.

한동안 술은 입에도 대지 말아야지.

부질없는 다짐을 하며 자리에서 일어나는 순간이었다. 신우는 그 자리에서 그만 굳어버렸다. 엉망으로 구겨져 있는 침대 시트를 보는 순간, 문득 어젯밤의 한 장면이 뇌리에 떠올랐기 때문이다.

"……말도 안 돼."

신우는 뒤통수라도 한 대 세게 얻어맞은 것처럼 입을 쩍 벌렸다. 지금 제 뇌리에 떠오르는 어제의 영상이 혹시 꿈은 아닐까. 하지만 그러기엔 포근한 품의 온기가 너무도 생생했다. 그렇게 한참을 멍하니 서 있다가 이내 터벅터벅 욕실로 향했다. 정신을 차리기 위해 차가운 물줄기 아래에 섰지만 여전히 당혹감은 가시지 않았다.

키스를 퍼부었을 때 송은서의 얼굴이 어땠더라……. 기억을 곱씹어 보았지만 그녀의 표정까지는 떠오르지 않는다. 그저 새빨간 그 입술만 떠오를 뿐이었다.

"미친놈."

서늘하게 자조하며 거울 속 남자를 주먹으로 퍽, 내리쳤다. 얼얼한 통증이 전해졌지만 지금 정신적인 충격에 비하면 미미했다. 지금 이 순간 확신할 수 있는 건 단 하나뿐이었다. 여자는 분명 화가 많이 났으리라는 것.

어젠 술에 취한 놈이 하는 짓이라 그냥 넘어갔을지언정 오늘은 얼굴을 보자마자 뺨을 한 대 얻어맞을지도 모를 일이었다. 순진해 보이는 얼굴 너머에 할 말은 또박또박 뱉어내는 그 되바라진 성격이 숨어 있음을, 이미 겪어봐서 잘 알고 있었다. 결코 그냥 넘어가진 않을 것이다.

재빠르게 출근 준비를 끝낸 후 그는 방문 앞에 섰다. 문고리를 붙든 채 생각했다. 뺨 한 대 정도는 기꺼이 내어줘야겠다고. 각오를 단단히 한 후에야 문고리를 잡아 돌렸다. 그가 복도로 한 발을 내디뎠을 때였다. 이제 막 주방으로 향하고 있던 여자가 그를 발견하곤 뚝 걸음을 멈추었다.

"벌써 일어났어요?"

뭘까. 저 평범한 인사는.

신우는 빠르게 여자를 살폈다. 얼굴 표정이며, 목소리며, 저를 바라보는 눈빛이며. 평소와 다른 느낌은 전혀 찾아볼 수가 없다.

진짜 꿈이었나……?

"정 실장님이 오늘은 11시까지만 출근하면 된다고 해서 굳이 안 깨웠어요."

"정 실장이?"

"네. 어제 스케줄 조정하겠다고 전달해달라고 하셨어요."

차분하게 대답하는 여자는 아무 생각이 없어 보였다. 그게 더 그를 혼란스럽게 만들었다. 속을 알 수 없는 저 태연한 얼굴을 보고 있자니, 속이 답답해져 온다.

"아직 시간이 넉넉하게 남았으니 식사하고 가세요. 술을 꽤 많이 먹은 것 같던데, 빈속으로 가면 속 쓰릴 거예요."

이 와중에 아침밥이라니. 혹시 제 아내에겐 정말로 밥 못 차려줘서 죽은 귀신이라도 붙은 건 아닐까. 신우는 황당하다는 듯 그녀를 빤히 바라보았다.

정말 할 말이 그거뿐이야? 다른 말은 없어?

그의 마음의 소리 따위 전혀 들리지 않는다는 듯, 여자는 무심한 얼굴로 그를 스쳐 부엌으로 쏙 들어갔다. 결국 질문할 타이밍을 찾지 못하고 식탁에 앉아야만 했다. 메뉴는 어제 자신이 부탁했던 해물탕이었다.

* * *

커피숍에는 잔잔한 클래식이 끊임없이 이어졌다. 덥지도 춥지도 않은, 딱 적당한 온도. 코끝을 적시는 은은한 커피 향까지. 결혼 후 오랜만의 외출이라 그런지 모든 게 색다르게 느껴졌다.

"그래서 결혼 생활은 어때. 할 만해?"

커피를 홀짝이던 가현이 눈을 반짝이며 물어왔다. 뭔가 대단한 대답을 기대하는 것 같은 친구의 반응에 은서는 어색하게 웃었다.

"그냥 그렇지, 뭐."

"대답이 뭐 그래? 결혼이 어디 보통 일이야? 어떻게 그냥 그럴 수가 있어?"

가현은 쉽게 넘어가주지 않겠다는 듯 눈을 부릅뜨고서 그녀를 재촉했다.

"송은서, 너 제대로 얘기 안 할래?"

스물여섯. 결혼을 생각하기엔 아직 이른 나이였다. 또래 친구들 중에서는 은서가 가장 먼저 시집을 갔다. 그러니 가현으로서는 그 미지의 생활에 대해 궁금할 수밖에. 하지만 은서는 정말로 해줄 말이 없었다. 지금까지 한 달간 이어진 결혼 생활에서 특별한 건 딱히 없었으니까. 그저 황 회장에게서 자유로워졌다는 것밖에는. 아, 그러고 보니 한 가지가 더 있기는 했다. 제가 한 음식을 먹어 줄 사람이 생겼다는 사실이다.

"너도 알잖아. 일반적인 결혼이랑은 다르다는 거."

두 사람 사이엔 비밀이 없었다. 친구가 어떤 마음으로 이 결혼을 결심했는지, 가현은 누구보다 잘 알고 있었다.

"근데 반지는 어디 갔어? 결혼식 때 보니까 아주 반짝반짝 눈부신 거 끼고 있더니."

"집에 있어."

"안 끼고 왜? 알이 좀 큰 게 부담스럽긴 한데, 그래도 디자인이 심플해서 너랑 잘 어울리던데."

결혼식 당일, 식사를 준비하기 위해 반지를 잠깐 빼놨었다. 그런데 남자는 그녀가 끼기 싫어서 빼고 있는 거라 오해를 한 모양이었다.

"변명할 필요 없어."

"나야 보는 눈이 많아서 어쩔 수 없지만, 당신은 안 껴도 돼. 아니, 그편이 좋겠군. 반지 알이 꽤 커서 거슬릴 테니까."

그런 게 아니라고 말하고 싶었지만 입이 떨어지질 않았다. 어쩌면 반지 알이 커서 거슬리는 게 아니라, 결혼반지를 끼고 있는 저를 보는 게 그로서는 거슬렸는지도 몰랐다. 차라리 잘됐다고 생각했다. 안 그래도 반지가 너무 부담스러웠던 참이었으니까.

"그냥. 그렇게 알 큰 거 끼고 다니다가 강도라도 당할까 봐 무서워서."

은서가 장난스레 대꾸하자 가현은 어이가 없다는 듯 웃었다.

"그나저나. 생판 모르는 남이랑 같이 한집에서 사는 거, 불편하지는 않아?"

"그 사람이 바빠서 집에 있는 시간이 별로 없어. 아침이랑 저녁 시간 잠깐 말고는 딱히 부딪힐 일도 별로 없고."

"하긴. 네 남편이 어디 보통 사람이어야지. 무려 태한 그룹 대표인데. 엄청 바쁘긴 하겠다."

"응. 그래서 그런지 불편한 점은 아직 없는 것 같아. 1층, 2층. 나눠서 생활하고 있기도 하고."

은서의 대답에 가현은 수긍이 된다는 듯 고개를 끄덕였다. 하지만 곧 날카로운 눈빛으로 되묻는다.

"그럼, 스킨십은?"

"……스킨십?"

"아무리 정략결혼이라고 해도 법적으로는 부부잖아. 게다가 단둘이 한집에서 살고 있고. 오며 가며 우연찮게, 은근슬쩍, 오묘한 스킨십이 생겨도 하등 이상할 게 없는 상황 아니야?"

다시금 호기심에 차올라 부담스럽게 반짝이는 가현의 두 눈을 은서는 저도 모르게 피하고 말았다. 스킨십이라는 말을 듣자마자 어젯밤에 있었던 낯 뜨거운 장면이 그녀의 뇌리를 휙 스쳐 지나갔다.

"어? 뭐야?"

눈치 빠른 가현이 찰나를 놓치지 않고 묻는다.

"반응 보니까 뭐가 있나 본데?"

"아냐, 그런 거."

은서가 재빠르게 고개를 내저었다. 하지만 그런 어설픈 거짓말이 먹힐 리가 없다. 가현은 다 안다는 얼굴로 크게 웃었다.

"아니긴 뭐가 아니야. 너, 지금 얼굴 엄청 빨개졌어."

은서는 얼른 손을 올려 양 뺨을 감싸 쥐었다. 정말 열이 오르긴 한 모양이었다. 손바닥에 미열이 전해진다.

"이봐요. 송은서 양. 지금 딱 걸리셨거든요?"

"……."

"솔직하게 말해보시죠. 네 남편이랑 어디까지 갔어?"

가현은 호기심이 많았으며, 또한 집요하기까지 한 친구였다. 제대로 된 대답을 듣기 전까지는 결코 그냥 물러나지 않을 것이다. 애초에 비밀을 만드는 사이도 아니었을뿐더러, 더 나아가 그녀는 거짓말에 능숙하지 못했다.

결국 은서는 한숨을 살짝 내쉬며 솔직하게 대답했다.

"……키스."

"뭐어?!"

마치 못 들을 걸 들었다는 듯 가현의 입이 쩍 벌어진다. 찰나였지만 의자에 붙어 있던 엉덩이까지 들썩했다.

"아, 혹시 결혼식장에서 했던 그거 얘기하는 거야? 그건 키스가 아니라 그냥 입맞춤……."

"……."

"진짜로 키스를 했다고?!"

어디까지 갔냐고 먼저 물은 건 본인이면서, 가현은 믿을 수 없다는 듯 호들갑을 떨었다. 그도 그럴 것이 은서는 지금까지 연애 한 번. 아니, 남자랑 손 한 번 잡은 적이 없는 천연기념물이었다. 다 건너뛰고 곧바로 결혼이라는 엄청난 걸 해버렸지만, 그건 어쩔 수 없는 사정이 있었으니 그렇다 치고.

어쨌든, 그래서 스킨십이라고 해봤자 당연히 손등이나 어깨를 스친 정도를 얘기할 줄 알았다. 그런데 갑자기 키스라니. 이번에도 단계를 너무 건너뛰지 않는가. 놀라지 않을 수가 없었다.

"뭐야, 송은서! 너 유부녀가 되더니 갑자기 너무 과감해진 거 아니야? 사랑 없는 정략결혼이니 뭐니 해놓고, 고새 키스까지 했다고?"

"아니, 그게 아니라……."

"역시 옛말 틀린 거 하나 없다니까. 얌전한 고양이가 부뚜막 먼저 올라간다더니!"

"……."

"하긴. 없던 맘도 생길 외모긴 해. 네 남편 미모 미쳤잖아."

고개까지 끄덕이며 가현은 그녀가 말을 할 틈도 주지 않고 혼자서 북도 치고 장구도 쳤다. 마치 언젠가 이런 사달이 날 줄 예상했다는 듯한 태도였다.

"그런 거 아니야."

"아니긴 뭐가 아니야. 남녀 사이에 키스했으면 이미 게임 끝이거든? 내숭 떨지 마, 이 기집애야."

능글맞게 웃으며 옆구리를 쿡 찌르는 가현의 손길에 은서는 고개를 내저었다.

"그냥, 사고였어."

"사고?"

"술에 잔뜩 취해서……."

"술?"

"아마 그 사람은 기억도 못 할 거야."

오늘 아침 은서는 혹시나 어젯밤의 그 일에 대해서 자신의 남편이 먼저 얘기를 꺼내면 어떡하나, 그럼 저는 뭐라고 말을 해야 하나, 걱정했었다. 하지만 그런 걱정과 달리 남자는 평소처럼 밥을 먹었고 출근을 할 때까지 그 어떤 말도 하지 않았다. 한편으론 왠지 모를 씁쓸한 마음이 들기는 했지만, 그래도 어쨌거나 다행이라고 생각했다.

"그러니까……."

느릿하게 운을 떼며 가현이 두 눈을 깜빡였다.

"네 남편이 술에 잔뜩 취해서 너한테 키스를 했다는 말이야?"

"응."

"단지 술주정으로?"

"그래."

"헐!"

가현의 얼굴에 경악이 서렸다.

"와, 나 진짜 그 사람 그렇게 안 봤는데! 껍데기는 멀쩡하다 못해 완벽하게 생겨놓고 완전 진상이었네, 그 인간! 어떻게 애 첫 키스를 그런 식으로 뺏어갈 수가 있어?!"

당사자인 그녀보다 더 화가 난다는 듯 가현이 인상을 한껏 쓴 채 바락바락 소리쳤다. 처음 은서가 사랑 없는 결혼을 해야 한다는 사실을 알게 됐을 때, 가현은 오히려 은서보다도 더 안타까워하고 화를 내주었다.

요즘이 무슨 조선 시대도 아니고, 이 정도면 인권 유린이 아니겠느냐며. 황 회장을 만나 직접 담판을 짓겠다는 친구를 말리느라 은서는 꽤 곤욕을 치르기도 했다. 하지만 그녀의 결혼 상대가 태한의 박신우라는 것을 듣자마자 가현은 언제 그랬냐는 듯 180도 다른 반응을 보였다.

'송은서! 넌 대체 전생에 무슨 덕을 얼마나 쌓았기에 남편이 박신우니?!'

그도 그럴 것이, 그는 기업인으로서는 유일무이하게 패션 잡지의 메인을 장식한 적도 있는 남자였다. 심지어 웬만큼 인기가 있는 연예인이 아니라면 생기지 않는다던 팬카페까지 보유하고 있었다. 물론 연예인들의 팬카페처럼 회원 수가 많은 건 아니었지만, 어쨌든 다른 기업인들과는 확연히 다른 행보가 아닐 수 없었다.

결혼 때문에 지금은 인기가 조금 시들긴 했지만, 그래도 여전히 그를 멀리서나마 연모하는 여자들은 셀 수가 없을 지경이다. 물론 그 복을 거머쥔 당사자인 은서는 전혀 감흥이 없었지만 말이다.

"그래서 어쨌는데?"

"응?"

"술주정으로 키스했다며. 설마 그걸 가만히 둔 건 아니지?"

"그럼?"

"그럼은 무슨! 당연히 뺨이라도 한 대 날려줬어야지! 아니다, 첫 키스였으니까 못해도 열 대는 때려야 수지타산이 맞지!"

글쎄. 뺨을 때려줬어야 했나……?

흥분한 가현의 반응에 은서는 속으로 어제 일을 곱씹어 봤다. 물론 어젯밤 일은 워낙 갑작스러웠던지라 무척이나 당황스럽긴 했었다. 저를 옴짝달싹할 수 없게 가두던 남자의 힘이 새삼 무섭게 느껴지기도 했다.

그러나 애초부터 '첫 키스'라는 것에 별로 크게 의미를 두지 않아서였을까. 그 순간에도, 지나고 난 후에도, 남자의 뺨을 때려주고 싶다는 생각은 단 한 번도 해본 적이 없었다. 어젯밤 남지는 제 몸도 못 가눌 정도로 술에 취해 있었다. 일부러 저를 괴롭히려고 그런 짓을 했다고는 생각하지 않는다.

분명 실수였겠지. 혹은 상대를 착각했다던가…….

그와의 결혼 생활은 애초에 걱정했던 것과는 달리 너무도 평화로웠다. 괜한 이슈로 이 평화를 깨고 싶지는 않았다. 게다가 그는 어제의 일에 대해 전혀 기억조차 하지 못하는 눈치였다. 그러니 저만 없던 일이라고 생각하면 될 일이었다.

그래. 그러면 돼. 별것도 아니잖아.

다시금 속으로 다짐하는 것과 동시에 왠지 모르게 속에서 쓴맛이 올라왔지만, 은서는 애써 외면하며 재빨리 화제를 돌렸다.

"근데 내가 부탁한 건 어떻게 됐어?"

너무도 티가 나는 화제 전환이었다. 가현은 대답 대신 눈을 가늘게 뜨고 은서를 바라보았다. 꼴을 보아하니 뺨을 날리기는커녕 말 한마디도 제대로 못 붙인 눈치였다. 아니, 애초에 이 일 자체를 별로 대수롭지 않게 여기는 게 분명했다. 제3자인 제가 다 화가 날 지경인데, 정작 당사자인 친구는 어쩜 저렇게 무심할 수가 있는 걸까. 가현은 도저히 이해가 되질 않았다.

다른 것도 아니고 첫 키스였다. 무려 첫 키스!

순진한 것도 정도가 있지. 아무리 그래도 첫 키스인데. 그 소중한 걸 허망하게 날려놓고 저렇게 덤덤한 얼굴을 하고 있다니. 이 꼴을 보고 있자니 기가 막히다 못해 너무도 답답해서 당장이라도 친구의 멱살을 붙들고서 정신 차리라고 앞뒤로 흔들고 싶은 심정이다. 물론, 은서가 이처럼 답답하게 구는 것은 하루 이틀 있는 일이 아니기는 했다. 오죽했으면 학창시절 별명이 '움직이는 인형'과 '인공지능 로봇'이었겠는가.

두 사람이 처음 만난 건 열일곱, 고등학교 1학년 때였다. 입학과 동시에 은서는 유명인이 되었다. 눈에 띄게 예쁜 얼굴 탓이었다. 다른 반 학생들은 물론이고 3학년 선배들마저 그녀를 한 번 보겠다며 반으로 찾아오곤 했었다. 덕분에 쉬는 시간마다 그녀의 반은 많은 사람으로 문전성시였다. 가끔은 타 학교 학생들까지 찾아오는 지경에 이르렀다.

그러던 어느 날이었다. 교내에서 연예인급으로 인기가 많았던 남자 선배가 은서에게 고백을 했다. 무려 전교생이 다 보는 앞에서 꽃다발까지 건네며.

"송은서. 나 너한테 관심 있어. 우리 한번 만나보지 않을래?"

그 선배는 전혀 예상하지 못했던 모양이지만, 결과는 당연히 거절이었다. 은서는 눈 하나 깜빡하지 않고 꽃다발을 되돌려주며 죄송합니다, 사과했다. 그 일로 충격을 받은 건 고백을 한 당사자뿐만이 아니었다. 그녀를 남몰래 흠모하고 있던 많은 남학생이 실의에 빠졌다. 교내 최고 인기남이 단칼에 거절을 당했으니, 자신들에게는 더 기회가 없을 거라며 우울해했다.

상황이 이렇게 되다 보니 자연스럽게 그녀를 시기 질투하는 무리가 생겨났다. 주축은 같은 반 여학생들이었다. 질투에 눈이 먼 그들은 말도 안 되는 헛소문을 날조해 여기저기에 퍼 나르기 시작했다.

송은서가 돈 많은 아저씨에게 몸을 판다. 송은서는 걸레다.

나름대로 근거가 있기는 했다. 그녀가 들고 걸치고 사용하는 모든 것이 값비싼 명품인 까닭이었다. 은서가 자신의 집안에 대해 철저하게 숨겼기 때문에 더욱더 의심을 살 수밖에 없었다. 발 없는 말이 천 리 간다고. 소문은 삽시간에 교내에 퍼져나갔다. 당사자의 귀에도 들어갈 수밖에 없었다. 하지만 은서는 마치 아무것도 모르는 듯 덤덤했다. 전혀 흔들림이 없었다.

그럴수록 괴롭힘은 점점 더 노골적으로 변해갔다. 책을 찢거나 물건을 숨기거나 발을 걸어 넘어뜨리는 짓도 서슴없이 했다. 완전히 왕따로 자리를 잡아버린 것이다. 처음엔 은서의 편을 들던 남학생들도 포기해버리는 지경에 이르렀다.

그 날도 은서는 괴롭힘을 당하고 있었다. 체육 시간을 앞두고 체육복이 찢어진 채로 발견됐다. 수업 시작을 알리는 종소리에 아이들은 낄낄거리며 운동장으로 나갔다. 텅 빈 교실엔 은서만이 덩그러니 남아 엉망으로 찢어진 체육복을 정리하고 있었다. 그 모습을 보고 있자니 가현의 속에서 울컥, 숨어 있던 정의감이 치솟았다. 더 이상은 방관할 수가 없다고 생각했다. 옆 반 친구에게서 체육복을 빌려와 은서에게 건넸다.

척, 내밀어진 체육복을 내려다보며 은서가 기다란 속눈썹을 느리게 깜빡였다.

"옆 반 친구한테 빌렸어."

"……."

"걔네도 오늘 오후에 체육수업 있다고 하니까 깨끗하게 입고
돌려줘."

"……고마워."

필요 없다고 거절하면 어쩌나 했는데, 은서는 의외로 순순히 체
육복을 받아들었다.

"근데, 너 괜찮아?"

가현이 불쑥 물었다. 은서는 1초도 망설이지 않고 대답했다.

"괜찮아."

꼭 프로그래밍이 되어 있는 말을 내뱉는 것처럼 덤덤한 목소리
였다. 그리 말하는 얼굴에는 그 어떤 표정도 없었다. 왜 다들 그
녀를 '움직이는 인형' 혹은 '인공지능 로봇'이라고 부르는지 알 것
도 같았다.

"송은서. 네가 이렇게 독하게 구니까 애들이 더 그러는 거잖아."

정의감 다음엔 오지랖이었다. 가현은 은서를 향해 충고하듯 말
했다.

"괜찮은 척 그만하고 그냥 울어. 억울하다고. 속상하다고. 힘들

다고. 그래야 쟤들이 눈이라도 깜빡할 거 아니야."

"그럼 뭐가 달라지는데?"

"뭐?"

"운다고 해결될 일이었으면 진작 울었을 거야."

여전히 무미건조한 목소리에 가현은 눈을 둥그렇게 떴다. 마치 뒤통수라도 한 대 세게 얻어맞은 기분이었다. 그녀의 말이 맞았다. 그녀가 운다고 한들 해결될 일은 없었다. 소름 끼칠 정도로 냉철한 상황 판단이었다. 그래도 그렇지. 어떻게 저렇게 덤덤할 수가 있을까. 다른 사람 일도 아니고 본인의 일인데 어떻게 저렇게 이성적일 수가 있지.

"……너 정말 독한 기집애구나?"

"고마워."

"뭐가 또 고마워? 이거 칭찬 아니거든?"

"그랬어? 근데 왜지 욕처럼은 안 느껴져서."

정말로 이상한 애.

두 사람이 친구가 되던 그 날, 가현은 속으로 은서에 대해 그렇게 정의 내렸다. 하지만 함께 지내는 시간이 늘어나면서 자연스럽게 알게 됐다. 송은서는 결코 독하지 않다는 사실을. 그저 참는 것뿐이라는 걸. 얼마나 오래 참아왔는지 은서는 자신이 참는다는 것 자체를 인지하지 못했다. 상처를 받으면서도 받는 줄 몰랐다. 뻔히 아픈 게 눈에 보이는데도 좀처럼 본인이 아픈 줄을 몰랐다.

이미 속이 해질 대로 해져 있는 상태라서 이후에 겪게 되는 통증에 대해서 무감각해져버렸다는 것을. 괜찮다는 말로 타인뿐만 아니라 자신까지 속이고 있다는 것을. 그 모진 곳에서 견디려면 제 감정을 완전히 죽이고 살 수밖에 없었다는 것을. 이제는 너무도 잘 알고 있다.

어쩌면 결혼이 친구를 바꿀 수 있을지도 모른다고 생각했다. 정략결혼이기는 했지만 그래도 지내다 보면 달라질 수 있지 않을까, 하고 기대를 걸었다. 어쩌면 그 남자가 진짜 은서의 가족이 되어줄지도 모른다고. 그녀가 본능적으로 부정하는 사랑이라는 감정을 깨닫게 해줄지도 모른다고. 사랑이란, 그녀가 생각하는 것보다는 꽤 괜찮은 감정이었으니까…….

그런데 역시 헛된 기대였던 걸까.

"가현아?"

상념에 잠긴 가현을 깨운 건 은서의 목소리였다. 제발 넘어가자. 응? 친구의 속마음이 들리는 것 같았다. 가현은 끝까지 못마땅한 표정으로 쯧, 혀를 차고는 대답했다.

"삼촌한테 말은 해뒀어."

"정말 고마워."

"너무 좋아하지 마. 아직 확정된 건 아니니까."

괜히 심통이 나서 불퉁하게 내뱉자 은서의 얼굴에 실망한 기색이 비쳤다. 그걸 보고 있자니 또 마음이 좋지 않아 가현은 한층 누그러진 목소리로 말을 덧붙였다.

"네가 경험이 아예 없잖아. 하루 정도는 일하는 거 보고 결정하겠대."

"아, 정말? 그럼 나 일할 수 있는 거야?"

"하루는 할 수 있겠지."

"내가 잘하면 그 이상도 할 수 있다는 거잖아."

"……뭐, 그렇긴 하지."

가현이 대충 대꾸하자 은서의 표정이 해사하게 밝아졌다.

"정말로 고마워, 가현아."

"됐어. 고맙긴. 번듯한 직장도 아니고 고작 아르바이트 자리 하나 소개시켜주는 게, 뭐 그리 어려운 일이라고."

가현은 찌푸리고 있던 표정을 풀고는 앞에 놓여 있던 커피를 홀짝였다. 저토록 밝게 웃는 친구를 보고 있자니, 더 이상 심술을 부리는 건 무의미하다는 생각이 들었기 때문이다.

"근데 대체 왜 갑자기 아르바이트를 하겠다는 거야? 설마, 네 남편이 생활비를 한 푼도 안 주는 건 아니지?"

순간 가현의 눈빛이 번뜩, 매섭게 빛났다. 남자를 향한 불쾌감이 그대로 드러나 있었다. 은서는 얼른 고개를 내저었다.

"아니야. 카드 받았어."

결혼식 날, 남자는 저녁 식사를 끝낸 후 은서에게 블랙 카드 하나를 내밀었다. 앞으로 장을 보거나 뭔가 필요한 게 있을 땐 이 카드를 이용하라고. 한도가 없을뿐더러 본인은 그녀의 씀씀이에 대해 간섭할 생각도 없으니 걱정 말고 편하게 쓰라는 말도 했다.

사실 그가 준 카드가 아니어도 돈은 충분했다. 일하지 않아도 그녀의 명의로 된 통장에는 아버지의 이름으로 달마다 꼬박꼬박 엄청난 액수의 용돈이 들어오고 있었다. 심지어는 제 통장에 찍히는 돈이, 재욱의 통장에 찍히는 돈보다 훨씬 많을 정도였다.

그 사실을 알게 된 날 은서는 깨달았다. 아버지는 이런 식으로 제게 사죄를 하고 계셨던 걸지도 모르겠다고. 물론 그게 그리 큰 감동은 아니었지만, 아버지를 향한 응어리가 아주 조금은 풀리는 듯했었다.

어쨌든 그가 준 카드며, 아버지가 주는 용돈이며. 돈은 이미 차고 넘칠 정도로 많았다.

"그래. 돈 때문은 아니겠지, 당연히. 이젠 무려 태한 그룹의 안주인인데."

가현은 가볍게 어깨를 으쓱했다.

"근데 그럼 왜?"

"그냥. 꼭 해보고 싶어서."

"뭘? 아르바이트를?"

황당하다는 듯 되묻는 가현을 보며 은서는 고개를 끄덕였다.

"그게 전부야? 다른 이유는 없고?"

"응. 없어. 그게 전부야."

그녀에게 필요한 건 '돈'이 아니라 '평범한 삶'이었다. 제 손으로 돈을 버느라 고생도 해보고, 사람들과 부딪히며 웃거나 때론 울기도 하는……. 다른 사람들에겐 너무도 당연하지만 그녀에겐 결코 허락되지 않았던 그런 삶.

그래서 사실 남자의 입에서 사생활에 대해 터치하지 말자는 말이 나왔을 땐 기뻐서 눈물이 날 뻔했었다. 정말로 이제부터 제가 꿈꾸던 삶을 살 수 있을 듯싶어서.

"너무 간단해서 허무하네."

"오해는 하지 마. 그렇다고 그 일을 가볍게 생각하거나, 심심풀이로 생각해서 그런 건 절대 아니니까."

"나야 너무 잘 알지. 근데 너에 관해 모르는 다른 사람이 들었으면 분명 널 욕했을 거야. 호강에 겨워서 요강에 똥 싸는 소리 하고 있다고."

가현은 고개를 절레절레 내저었다.

"근데 너 정말 괜찮겠어? 서빙일이 보기엔 별거 아닌 듯싶어도 사실 절대 쉬운 게 아니거든. 바쁠 땐 정신도 없고, 몸도 힘들 거고. 또 서비스업이라 손님들도 상대해야 하는데……"

집안에서 은서가 가족들과 어울리지 못하고 어떤 대접을 받고 살았는지에 대해서는 대충 알고 있었다. 자신의 사생활에 대해 조잘거리는 타입은 절대 아니었지만, 그저 옆에서 지켜보기만 해도 눈치챌 수 있을 정도로 그녀의 집안은 정도가 심했으니까 말이다. 그래서 은서를 더 완전하게 이해할 수 있었다.

하지만 그것과 별개로 손에 물 한 방울 묻혀본 일 없이 곱게 자란 건 사실이었다. 어떤 마음인 건지는 너무도 잘 알고 있지만, 그래도 갑자기 아르바이트를 하겠다는 친구가 걱정인 건 어쩔 수 없다.

"걱정하지 마. 나 잘할 수 있어."

가현이 무엇을 걱정하는지 대충 눈치를 챈 은서가 양 주먹까지 꽉 그러쥐며 씩씩하게 대답했다.

"정말 자신 있어?"

"응. 정말로 자신 있어."

은서는 세차게 고개를 끄덕였다. 양 주먹까지 단단하게 말아 쥐고서.

"그러니까 딱 한 번만 나 믿어줘. 중간에서 네가 곤란해지는 일 없도록 최선을 다할게."

왠지 모르게 늘 텅 비어 있는 것처럼 보이던 친구의 두 눈이 새로운 삶에 대한 설렘으로 반짝이고 있었다. 그런데 어찌 더 말릴 수가 있겠는가.

"나한테 민폐 끼치면 가만 안 둘 거야. 알겠지?"

"당연하지!"

기다렸다는 듯 튀어나오는 친구의 대답에 가현은 픽 웃고 말았다.

* * *

【아침을 먹고 회사로 출근을 한다.

업무를 본다.

일찍 퇴근하는 날엔 저녁을 먹고 곧장 서재로 들어가서 남은 업무를 마저 본다.

자정이 넘어서야 잠자리에 든다.】

그의 하루 일과였다.

가끔 특별한 날을 제외하고는 무한 반복되는, 단조롭기 그지없는 루틴.

그리고 오늘은, 아주 가끔 있는 그 '특별한 날' 중 하나였다. 그는 저녁을 먹은 뒤 곧장 방으로 향하지 않고 거실 소파에 앉았다. 그리고는 평소엔 잘 보지도 않던 TV를 켰다. 일일 드라마가 하고 있었다. 무심한 시선으로 배우들의 열연을 응시하고 있을 때였다. 뒷정리를 끝낸 여자가 주방을 나왔다. 인기척에 그가 고개를 돌려 여자를 바라보았다. 시선이 마주치자 안 그래도 큰 눈이 더 커진다. 평소와 다른 그의 행동에 조금 당황한 듯한 눈치였다.

"집에 혹시 과일도 있어?"

뜬금없는 그의 질문에 여자는 고개를 갸웃했다.

"과일이요?"

"밥은 배부르게 먹었는데, 왠지 입이 좀 심심하네."

잠깐 그의 얼굴을 빤히 들여다보던 여자는 이내 대꾸했다.

"포도랑 사과 있어요."

"사과가 좋겠군."

혹시라도 과일이 먹고 싶으면 네 손으로 깎아 먹지 그래? 라는 반응이 나오지는 않을까 걱정했는데, 다행히도 그녀는 별다른 말 없이 주방으로 들어갔다. 여자가 사라지고 신우는 다시금 리모컨을 집어 들었다. 괜스레 이리저리 채널을 옮기다가 대충 리모컨을 내려놓았다.

마침 TV 화면에 개그맨들이 나와서 볼썽사납게 몸 개그를 하는 장면이 나왔다. 저게 대체 왜 재미있는지 모르겠지만, 빵 터진 게스트들과 시청자의 웃음소리를 들으며 신우는 저도 모르게 헛웃음을 흘렸다.

"대체 지금 뭘 하는 거냐, 박신우……."

스스로가 생각해도 어이가 없는데, 그녀는 지금 얼마나 황당할까. 그냥 방으로 들어갈까, 하고 생각하는 무렵 여자가 잘 깎은 과일을 접시에 담아들고 주방에서 나왔다. 그는 마치 엉덩이를 들썩였던 적이 없던 것처럼 자연스럽게 긴 다리를 꼬았다.

"같이 먹지 그래?"

"네?"

"혼자 먹기엔 많은 것 같은데."

소파 테이블에 과일을 내려놓고 방으로 들어가려는 여자를 붙잡았다. 그녀는 잠깐 망설이는가 싶더니 이내 그와 조금 떨어진 곳에 자리를 잡고 앉았다. 제 몫으로 꽂혀 있던 포크 하나를 여자에게 건네고 그는 손으로 사과를 집어 먹었다. 상큼하면서도 달콤한 과즙이 입안에서 폭 터졌다.

그는 살짝 인상을 찌푸렸다. 단 걸 별로 좋아하지 않는 편이었다. 과일의 단맛도 마찬가지였다. 차라리 포도로 할 걸 그랬나. 그것도 단맛이 나는 건 마찬가지겠지만, 그래도 사과보단 덜 할 텐데. 그가 뒤늦은 후회를 하는 사이, 마찬가지로 사과를 한입 베어 문 여자가 말했다.

"그냥 해요."

툭, 내뱉어진 말에 신우가 옆을 바라보았다. 여자의 말간 두 눈이 그를 빤히 바라보고 있었다.

"나한테 하고 싶은 말 있는 거 아니에요?"

"……."

"할 말 있으면 그냥 해요. 그렇게 힐끔힐끔 쳐다만 보지 말고."

나름대로 포커페이스를 유지한다고 했는데, 그 속이 뻔히 다 보였나 보다. 하긴. 이토록 대놓고 안 하던 짓을 하는데 어찌 모를 수가 있을까.

"며칠 전에 말이야."

이렇게 된 마당에 질질 끌면 오히려 더 우스워질 것 같아 그는 꽉 닫혀 있던 입을 열었다.

"그러니까, 내가 술에 많이 취해서 들어왔던 날 밤."

말을 하면서 그는 은근슬쩍 여자의 표정을 살폈다. 하지만 그녀의 표정은 평소와 다름이 없었다.

진짜 꿈이었나……?

그는 미간을 그러모았다. 머릿속이 조금 전보다 훨씬 더 혼란스러워졌다. 최근 며칠 동안 그게 헷갈려서 일에 좀처럼 집중을 할수가 없었다. 꿈과 현실의 미묘한 경계에 서 있는 것 같은 낯선 느낌. 현실이었다면 큰일이고, 꿈이었다고 해도 그런 꿈을 꿨다는게 황당할 따름이었다. 도무지 찝찝하지 않을 수가 없었다.

"우리……."

키스하지 않았어?

하루에도 수십 번 뱉어내고 싶던 질문이었다. 하지만 이번에도 차마 밖으로 나오지 않고 입안에서만 맴돌 뿐이었다. 키스를 했다고 하면 어떡할 건데? 반대로 무슨 헛소리냐고 하면?

뭐가 됐든 간에 그의 처지에서는 썩 유쾌한 상황이 아니었다. 아니, 두 가지 경우 모두 그에겐 매우 불리한 상황이었다. 그렇다면굳이 확인 사살을 할 필요가 있는 걸까. 꿈이 아니었다고 해도, 정작 상대방은 전혀 개의치 않아 하는 것 같은데.

잠깐 동안 고민하던 그는 이내 고개를 내저었다.

"아니야. 아무것도."

역시나 여자는 이번에도 되묻지 않았다. 그저 그래요, 하고 고개를 끄덕였을 뿐이다.

Chapter 7

송은서 남편

"야!"

별안간 들려온 뾰족한 목소리에 물컵을 나르고 있던 은서가 걸음을 뚝 멈췄다. 혹시나 저를 향한 물음인가 싶어 옆을 바라보았다. 중년의 여성 손님과 눈이 마주쳤다. 손님은 그녀를 향해 손가락을 까딱해 보였다.

'손님이 왕이다.'

아르바이트를 시작하던 첫날, 귀에 딱지가 앉을 정도로 들었던 말이다. 은서는 얼른 들고 있던 컵을 빈 테이블에 내려놓은 뒤 부리나케 손님의 테이블로 달려갔다.

"니들 일 똑바로 안 할래?!"

손님은 통통한 손가락에 끼워져 있는 금가락지들을 과시하듯 들어 보이며 목소리 톤을 높였다.

"주문한 지가 언젠데 아직까지 음식이 안 나와?"

신경질적인 목소리에 은서는 얼른 고개를 푹 숙였다. 그러고는 컴플레인이 들어올 시 응대 매뉴얼로 정해져 있는 문장을 차분하게 읊기 시작했다.

"불편하게 해드려서 죄송합니다, 손님. 지금 바로 확인해보고 신속하게 조치를 취하도록 하겠습니다."

"무슨 조치를 어떻게 취할 건데?"

"네?"

"네까짓 게 무슨 힘이 있다고 어떤 조치를 어떻게 취할 거냐고. 응?!"

아르바이트를 시작한 지 오늘로써 딱 일주일째였다. 보통은 이렇게 얘기하면 손님들도 알겠다고 기다리겠다는 반응을 보였다. 조금 까칠한 사람들은 서둘러줘요! 하고 짜증 섞인 한마디를 덧붙이거나. 그런데 이렇게까지 따지고 드는 손님은 처음이었다. 물론 모든 사람이 다 같을 순 없다는 걸 알고는 있지만, 초짜인 은서는 당황할 수밖에 없었다.

"저어, 그러니까……."

"빨리빨리 대답 못 해? 나 숨넘어가는 꼴 보고 싶어?"

손님 역시 그녀가 초짜라는 걸 눈치챈 모양이었다. 만만하다 싶었는지 언성을 계속해서 높여갔다. 은서는 다시금 고개를 90도로 꾸벅 숙였다.

"죄송합니다."

하지만 그녀의 사과가 영 성에 차지 않았는지, 손님은 다시 한 번 소리쳤다.

"내가 앵무새나 뱉을 법한 소리 듣자고 널 부른 줄 알아? 진심 어린 사과를 하란 말이야. 진심 어린 사과를!"

진심 어린 사과는 대체 어떤 사과란 말인가.

은서는 도대체 제가 뭘 잘못했는지 알지도 못하면서 앵무새처럼 죄송합니다, 라는 사과를 반복했다. 그럼에도 손님의 기분은 풀어질 기미를 보이지 않았다. 숙이고 있는 그녀의 머리 위로 폭언이 비수처럼 쏟아졌다. 은서는 속절없이 맨몸으로 비수를 받아낼 수밖에 없었다.

"손님! 정말 죄송합니다. 이 친구가 일을 시작한 지 얼마 되지 않아서……."

결국 매니저가 자리로 찾아와 수습을 한 후에야 한바탕 소란은 종료가 되었다.

"송은서 씨. 아무래도 저 손님이 나갈 때까지 홀에는 안 나오는 게 좋겠어. 부딪혀봤자 좋을 건 없을 테니까."

"죄송합니다. 매니저님."

저 때문에 괜히 소란이 커진 것 같아 죄송한 마음에 은서는 또다시 고개를 꾸벅 숙였다.

"은서 씨가 죄송할 거 없어."

매니저는 사람 좋게 웃으며 그녀의 어깨를 다독여주었다.

"저 손님이 원체 진상이야. 운이 나빠서 잘못 걸린 것뿐이니까 너무 신경 쓰지 말고. 일단 스태프 룸에 가서 좀 쉬고 있어. 나중에 부를게."

"네."

'스태프 룸'은 주방으로 가는 통로 옆에 조그맣게 마련되어 있었다. 종이나 휴지 같은 비품과 유니폼이 걸려 있는, 작은 창고 같은 곳이었다. 문을 열고 들어간 은서는 낡은 소파에 앉아 다리를 툭툭 가볍게 두드렸다. 다리고, 팔이고. 안 아픈 곳이 없었다. 붉은 입술을 비집고 낮은 한숨이 절로 흐른다.

고작 일주일밖에 일을 하지 않았는데 뭐가 이렇게 힘든지. 특별히 저만 힘든 업무를 맡은 것도 아니고. 함께 일하는 다른 직원들은 끄떡없어 보이는데 저 혼자 이렇게 엄살을 부리는 것 같아서 민망하고 속상하기까지 했다.

"누나."

더 이상은 다리를 두드릴 힘도 없어 그냥 축 처져 있을 때였다. 별안간 문이 열리더니 함께 일하는 준호가 얼굴을 빼꼼 내밀었다. 그녀보다 한 살이 어리지만, 아르바이트 경력으로 따지면 하늘 같은 선배나 다름없었다. 이 가게에선 매니저 바로 다음으로 가장 경력자라고 했다.

"왜? 무슨 일 있어?"

"아니. 그건 아닌데……."

멋쩍은 듯 준호가 머리를 긁적이며 그녀의 앞에 다가와 섰다.

"그냥 누나 괜찮나 싶어서 와봤어."

"나? 왜?"

"매니저님한테 다 들었어. 완전 개진상 만났다며."

"아……."

은서는 작게 고개를 끄덕였다. 제가 사고를 쳤다는 소문이 벌써 퍼진 것 같아 조금 민망해졌다.

"괜찮아?"

"응. 괜찮아."

"그 아줌마, 우리 가게에서 엄청 유명해. 단골인데 완전 진상이거든. 누나한테만 그런 게 아니라 우리 다 당했어. 매니저님 빼곤 안 당한 사람이 없을걸."

혹시나 그녀가 상처를 받았을까 봐 위로한답시고 준호는 주절주절 말을 내뱉었다. 선한 눈매엔 그녀를 향한 걱정이 가득이었다. 그 예쁜 마음이 고마워서 은서는 부드럽게 웃어 보였다.

"걱정 안 해도 돼. 나 정말 아무렇지도 않아."

진심이었다. 조금 피곤하기는 하지만 진상 손님 때문에 상처를 받았다거나, 기분이 상했다거나 하지는 않았다. 사실 폭언에는 이미 어릴 때부터 단련이 되어 있는 그녀였다. 그냥 평소처럼 한 귀로 듣고 한 귀로 흘렸더니 정말 아무렇지 않았다. 오히려 황 회장의 폭언에 비하면 애교로 느껴지는 수준이었다.

"그렇다면 다행이고……."

그러나 그런 은서의 속사정을 알 리 없는 준호는 여전히 걱정스럽다는 시선으로 그녀를 바라보았다.

"그 손님 가면 바로 얘기 좀 해줄래? 나만 여기서 쉬고 있기 미안하네."

"미안할 것도 많다. 그냥 이럴 때 좀 쉬지."

"지금 바쁜 시간인데, 어떻게 그래."

"하여튼 누난 너무 성실한 것 같다니까. 아무튼 알겠어."

고개를 끄덕인 준호가 방을 나가려다 말고 문득 걸음을 멈추고 다시 그녀를 돌아보았다.

"근데 누나. 혹시 어디 아픈 거 아냐?"

"응?"

"안색이 많이 안 좋은 것 같은데."

"난 괜찮은데?"

금시초문이라는 듯 은서가 고개를 갸웃한 순간이었다. 준호가 성큼 다가와 손을 뻗어 그녀의 동그란 이마를 짚었다. 그러고는 곧바로 인상을 찌푸린다.

"이거 봐. 괜찮긴 뭐가 괜찮아? 누나 지금 열 엄청 많이 나."

"그래?"

"아니. 진짜로 장난 아니라니까?"

덤덤한 은서의 반응에 답답하다는 듯 준호가 그녀의 손을 직접 들어 이마에 대어 주었다. 준호의 말대로였다. 꽤 높은 열감이 제 손에도 고스란히 전달되었다. 오늘 아침부터 컨디션이 조금 안 좋다고 생각했지만, 이렇게까지 열이 심하게 오른 줄은 몰랐다. 몸살인 걸까.

"매니저님한테는 내가 말씀드릴 테니까, 지금 당장 조퇴하고 병원 가."

괜찮다는 말을 하려고 했다. 하지만 준호는 그녀의 말은 듣지도 않고 방을 빠르게 빠져나가버렸다.

쾅.

닫힌 문을 멍하니 보던 은서는 천천히 소파 등받이에 몸을 기댔다. 아프다는 것을 인지해서 그런 걸까. 조금 전까지는 느끼지 못했던 한기가 훅 끼쳐왔다. 몸이 으슬으슬 떨리는가 싶더니, 머리도 어지럽고 눈앞이 핑 돌기까지 한다.

"아픈 건 싫은데……."

낮은 숨을 토하며 은서는 두 눈을 꾹 감았다.

* * *

반쯤 열린 문 앞에서 불안한 듯 서성이던 그는 마침내 문이 활짝 열고 나타나는 김 박사의 모습에 걸음을 뚝 멈췄다.

"저 사람, 상태는 어떻습니까?"

다급한 목소리가 흘러나왔다. 김 박사는 안경을 추켜올리며 대답했다.

"감기몸살인 것 같구나. 다행히 너무 심각하게 걱정할 정도는 아니야."

다행이라는 생각에 신우가 안도의 한숨을 쉴 때였다. 김 박사가 조금 굳어진 얼굴로 되물었다.

"근데, 네 아내. 혹시 요즘 뭔가 무리를 하는 일이 있었니?"

"무리요? 글쎄요……."

제대로 대답할 수가 없었다. 그도 그럴 것이 저 여자가 평소에 무얼 하는지, 그로서는 전혀 알 길이 없었기 때문이다. 어머니의 주치의였던 김 박사는 그가 태어나는 것부터 지켜본 산증인이었다.

친부인 박 회장보다도 오히려 그를 더 잘 알고 있는 김 박사는 더 듣지 않아도 알만하다는 듯 고개를 끄덕였다.

"아무래도 생활 환경이 바뀌다 보니 적응하기 더 힘들었을 거야. 그러니 네가 조금 더 신경 써주도록 해. 본인 살던 집을 떠나 낯선 곳으로 시집온 여자가 믿을 사람은 남편뿐이라는 거, 너도 알지 않니."

김 박사가 하는 말이 무슨 뜻인지 알 수 있었다. 하지만 어머니와 제 아내가 된 여자는 조금, 아니, 꽤 많이 다르다는 사실을 얘기할까 하던 그는 그냥 입을 다물었다.

현관문 앞에서 김 박사를 배웅한 신우는 곧장 2층으로 향했다. 방문 앞까지 기세 좋게 도착했지만, 어쩐지 들어가기가 망설여진다. 닫힌 문 앞에서 한참을 머뭇거린 후에야 그는 문고리를 돌렸다. 방문을 열자마자 조금 전보다는 나아진 것 같지만 그래도 여전히 뜨거운 열기가 훅 끼쳤다. 그리고 곧바로 풍기는 병원 특유의 알코올 냄새에 그는 절로 눈살을 찌푸렸다.

어머니가 살아계셨을 때, 안방에 늘 가득하던 냄새였다. 어렸을 땐 마치 이것이 어머니의 냄새인 것처럼 포근하고 좋았는데, 어머니가 돌아가신 후로는 질색하게 됐다. 가녀린 왼팔에 커다란 링거 바늘을 꽂은 채 잠들어 있는 여자의 모습이 보였다. 아직 열이 덜 내려서 힘든 건지 숨소리가 불안정했다.

"정말 이대로 둬도 괜찮은 거 맞아?"

김 박사의 실력을 의심하는 건 아니었다. 다만 여자의 상태가 '심각하지 않다'라고 생각하기엔 너무 안 좋아 보일 뿐. 인상을 찌푸린 채 여자의 안색을 살피던 그는 침대 귀퉁이에 천천히 걸터

앉았다.

식은땀 때문에 얼굴에 달라붙어 있는 머리카락이 불편해 보인다. 천천히 손을 뻗어 한 가닥 한 가닥 조심스럽게 떼어내며, 그녀의 얼굴을 물끄러미 내려다보았다. 기다란 속눈썹을 차분하게 내리깐 채 곤히 잠든 말간 얼굴이 꼭 어린아이처럼 보인다.

퇴근 후 현관에 들어섰을 때, 오늘따라 집 안이 고요한 것 같다는 느낌이 문득 들었다. 결혼 후 그녀와 함께 산 이후로 한 번도 느끼지 못한 적막감이었다. 일찍 마친다는 문자에 평소와는 달리 끝까지 답장이 없었던 것도 이상했지만, 밥 냄새가 풍기지 않는 게 가장 이상했다.

원래 그의 성격대로라면 별 신경 쓰지 않았을 것이다. 그녀에게 매일 밥을 해야 하는 의무가 있는 것도 아니고, 또 하루 정도는 쉬고 싶을 수도 있는 거니까. 그런데 오늘따라 왠지 모르게 찜찜한 느낌을 떨칠 수가 없었다. 그는 결국 제 방으로 향하려던 걸음을 틀어 그녀의 방문 앞에 멈춰 섰다.

똑똑.

노크를 하고 기다렸지만 한참이 지나도 안에서는 아무런 반응이 돌아오질 않았다.

……집에 없나? 아니면, 자는 건가?

이쯤에서 돌아서야 마땅했다. 하지만 이번에도 왠지 모를 촉이 두 눈으로 직접 확인을 하라고 얘기하고 있었다.

"송은서. 안에 있어?"

여전한 침묵. 아까보다 더 짙게 느껴지는 어떤 감각에 그는 곧바로 문고리를 잡아 비틀었다.

"잠깐 실례 좀 하지."

여자의 방문을 열자 한증막처럼 뜨거운 열기가 훅 끼쳐왔다.
처음엔 에어컨이 고장 났나 싶었다. 고개를 들어 확인했다. 천장에 설치가 되어 있는 시스템 에어컨은 늘 그랬던 것처럼 적정 온도를 유지하며 잘 돌아가고 있었다. 뭔가 잘못됐음을 확신한 그는 성큼 방 안으로 들어섰다. 그녀는 잠들어 있었다. 아니, 의식을 잃고 쓰러져 있다는 말이 더 정확하리라. 숨쉬기가 힘든 건지 파리한 입술 새로 연신 거친 숨을 내뱉으며, 그렇게 끙끙거리고 있었다.

"송은서!"

놀란 그가 재빨리 손을 뻗어 땀으로 흥건해진 여자의 이마를 짚었다. 뜨겁다는 느낌이 들 정도로 몸이 불덩이였다. 체온계를 꺼내 들 필요도 없었다. 이건 필시 위험 단계였다. 더 망설일 것도 없이 그는 자신의 주치의인 김 박사에게 연락했다. 최대한 빨리 가겠노라 확답을 받은 후에야 전화를 끊었다. 그럼에도 마음은 편하질 않았다. 결국 그는 김 박사가 도착할 때까지 그녀의 곁에서 좀처럼 떨어지지 못했다.

"하는 짓은 꼭 로봇이나 인형같이 굴면서, 안 어울리게 아프기는……."

그가 중얼거리자 여자가 으음, 작게 신음했다. 얼른 그녀의 머리카락에 닿아 있던 손을 떼어냈다. 다행히도 여전히 잠에 취해 있는 듯 고개만 옆으로 움직일 뿐이었다. 천장을 바라보고 있던 그녀의 얼굴이 하필이면 그가 앉아 있는 쪽을 향했다.

그의 시선이 그녀의 고운 옆선에 닿았다. 볼록한 이마, 촘촘하게 들어찬 기다란 속눈썹, 높지도 낮지도 않게 딱 적당한 콧대……. 이목구비 하나하나를 뜯어보던 그의 시선이 마지막으로 닿은 그녀의 붉은 입술에서 뚝 멈췄다.

꼴깍. 저도 모르게 마른침을 삼켰다.

정말이지 이상한 일이 아닐 수 없었다. 분명 고열과 탈수증상 때문에 바짝 마른 입술인데도 왜 이렇게 맛있어 보이는 걸까. 볼품 없는 입술에서 시선이 좀처럼 떨어지질 않는다. 그 날도 그랬던 걸까. 도저히 그냥 지나치기 힘들 정도로 맛있어 보여서. 그래서 저답지 않게 그런 행동을 했던 건가.

그러니까, 바로 저 입술에 키스를 했다는 거지…….

이미 어둠의 저편으로 사라진 기억의 조각을 떠올리려 애쓰던 신우는 저도 모르게 손을 뻗어 여자의 입술을 부드럽게 쓸었다. 까끌까끌한 입술을 한번 훑은 손끝이 입꼬리에 닿았을 때였다. 문득 그는 제 머릿속에서 울리는 위험 신호를 느꼈다. 심지어 그 신호가 낯설게 느껴지지 않는다.

흠칫, 놀라며 손을 뗐다. 손끝이 덴 것처럼 뜨겁다.

미친놈.

주먹을 꽈악 그러쥐며 스스로를 향해 서늘하게 조소했다.

아픈 사람을 앞에 두고 무슨 생각을 하는 거야.

그는 자리에서 일어섰다. 여기에 더 있다가는 제 머리가 어떻게 될지도 모르겠다는 걱정이 들어서였다. 고작 두 걸음을 떼었을 즈음이었다. 여자의 목소리가 그의 발목을 붙들었다.

"……마요."

웅얼거리는 소리에 신우는 깜짝 놀라 뒤를 돌아보았다. 잠에서 깬 건가? 확인하듯 여자의 얼굴을 살폈지만, 꼭 감겨 있는 눈은 여전히 꿈속인 듯했다.

"뭐야, 잠꼬대야?"

저도 모르게 안도의 한숨부터 나왔다. 긴장을 풀고 다시금 돌아서려는데, 이번에는 여자가 이불 가장자리를 꽈악 그러쥐며 울먹이듯 웅얼거린다.

"……가지 마요. 옆에…… 있어줘요……."

귀를 기울여 집중해서 듣지 않으면 잘 들리지 않을 정도로 작은 목소리였다. 그런데 어째서 이토록 귀에 콕콕 박히는 걸까. 알고 있었다. 저를 향한 말이 아니라는 걸. 그저 잠꼬대일 뿐이라는 걸. 하지만 그는 마치 눈에 보이지 않는 줄에 결박되기라도 한듯 자리에 도로 털썩 주저앉았다.

그렇게 애달픈 목소리는 반칙이잖아.

빤히 여자의 얼굴을 바라보던 그는 눈꼬리에 맺힌 눈물을 손끝으로 스윽, 닦아냈다. 그러자 이불자락을 붙들고 있던 손이 힘없이 침대 위로 스르르 떨어진다. 투명한 눈물방울은 금세 스며들었다. 뻗었던 손을 거둬들이려던 그는, 오늘따라 처량맞아 보이는 여자의 조그만 손을 외면하지 못하고 부드럽게 감쌌다.

조금만 힘을 주면 바스러질 듯 작은 손. 이 손으로 지금껏 제 식사를 꼬박꼬박 책임졌다는 게 새삼 대견스럽게 느껴진다. 결혼 전엔 분명 손에 물 한 방울 안 묻히고 살았을 텐데. 작은 손을 물끄러미 내려다보던 그는, 다분히 충동적으로 고개를 숙여 보드라운 손등에 입술을 갖다 댔다. 맞닿은 입술을 통해 그녀의 온도가 고스란히 전해진다.

뜨거웠다.

* * *

황 회장과 새어머니가 함께 외출했던 날, 남매는 신이 나서 정원을 뛰어다녔다. 동생은 그녀를 잡으려고 뛰었고, 그녀는 동생에게 잡히지 않으려고 뛰었다.

꺄르르, 거리는 웃음소리가 오랜만에 커다란 저택에 넓게 멀리 퍼졌다.

술래잡기에 질린 남매는 정원에 널려 있는 흙으로 소꿉장난을 시작했다. 동생은 아들, 그녀는 엄마 역할이었다.

한참 놀이에 물이 올랐을 무렵 옅은 비가 내리기 시작했다. 진숙이 뛰어나와 남매를 집 안으로 잡아끌었지만, 동생은 끝까지 고집을 피웠다. 어린 동생도 알고 있었던 것이다. 이 시간이 누나와 즐겁게 놀 수 있는 유일한 시간이라는 것을.

결국 포기한 진숙이 집으로 들어가고, 남매는 그 뒤로 꽤 오랫동안 비를 맞으며 놀았다. 남매가 자발적으로 집으로 들어온 것은, 옅게 흩날리던 빗방울이 별안간 억수같이 쏟아져서 더 이상 앞이 보이지 않게 된 순간이었다.

다음 날, 결국 남매는 나란히 열감기에 걸렸다. 그러나 대우는 판이하게 달랐다. 새어머니는 온종일 동생을 안고 약을 먹이고, 토닥여주고, 열이 내리도록 부채질을 해주었다. 황 회장도 우리 손주 어떻게 되는 거 아니냐며, 호들갑을 떨며 수시로 들락날락 했다.

그러나 그녀는, 병간호는커녕 동생을 제대로 돌보지 않았다는 이유로 혼쭐이 나야만 했다. 그녀의 방을 찾는 이는 진숙뿐이었다. 그마저도 일을 하다 짬 나는 시간에만 올 수 있었기 때문에 그녀는 하루 종일 혼자 끙끙 앓아야만 했다.

진숙의 차가운 손이 이마에 닿을 때면 기분이 좋았다. 아픈 것도 다 낫는 느낌이었다. 하지만 밖에서 황 회장의 불호령이 떨어지는 순간, 진숙의 손길은 사라졌다. 그리고 그녀는 다시 끙끙 앓기 시작했다. 어두운 방 안에 홀로 남겨진 어린아이는 울부짖었다. 누구도 듣는 이 없는, 외롭고 공허한 외침이었다.

"……가지 마요. 누구라도 좋으니 내 옆에도 있어줘요. 제발……. 나만 혼자 두고 가지 마요……."

아득한 옛 기억에 사로잡혀 허우적거리던 은서는 문득 눈을 번쩍 떴다. 컴컴한 허공으로 어슴푸레 흘러드는 달빛이 보였다. 눈을 느리게 깜빡였다. 어둠 때문인지, 몽롱한 정신에 꽤 오랫동안 꿈과 현실이 구분되지 않았다.

한참 만에야 은서는 아주 오랜만에 지독한 꿈을 꿨다는 걸 깨달았다. 꿈속에서 열 살의 어린 은서가 울던 것처럼 그녀 역시 엉엉 울었던 모양이다. 눈물이 온 얼굴을 다 적시는 것으로도 모자라 베갯잇까지 적신 듯 축축했다.

얼굴을 적신 눈물을 닦으려 양손을 들어 올렸을 때였다. 왼쪽 손에서 은근한 무게감이 느껴졌다. 팔의 감각이 조금 무뎌진 것 같기도 했다. 깜짝 놀란 은서의 고개가 왼쪽으로 휙 돌아갔다. 그와 동시에 눈이 튀어나올 듯 커졌다. 남자가 침대 머리맡에 쭈그리고 앉아 불편한 자세로 매트리스에 고개를 파묻고 있는 게 보인다.

"이게 무슨……."

은서는 멍한 얼굴로 방 안을 살폈다. 아직도 꿈을 꾸고 있는 건지, 지금 보이는 게 정녕 현실인 건지. 상황 파악이 빠르게 되질 않는다. 어둠이 짙게 내려앉은 이곳은 분명 제 방이 맞았다. 하지만 침대 옆에 매달려 있는 빈 수액 팩과 왼쪽 팔에 붙어 있는 반창고, 그리고 잠들어 있는 남자의 모습은 낯설기만 했다.

조퇴하고 곧바로 집으로 와서 비상약으로 구비해 두었던 종합 감기약을 먹고 침대에 누운 것까지는 기억이 난다. 하지만 언제 잠들었는지, 그가 언제 제 방으로 들어온 건지는 전혀 기억에 없다. 게다가 손을 붙들고 있기까지…….

아직도 그의 손과 자신의 손이 겹쳐져 있다는 사실을 깨달은 은서는 조심스럽게 손을 빼내려고 했다. 그 순간, 그녀의 움직임에 잠에서 깬 건지 남자가 감고 있던 눈꺼풀을 느리게 들어 올렸다.

"일어났어?"

나른한 그의 물음에 은서는 얼른 손을 빼내었다. 그러고는 상체를 일으켜 바로 앉으며 대답했다.

"네, 조금 전에요. 근데 어떻게 된 일이에요?"

"그건 내가 묻고 싶은 말인데?"

역시 굽히고 있던 상체를 일으키고 앉아 은서를 똑바로 바라보며, 그가 말했다.

"그 정도로 아프면 병원엘 가야지, 왜 미련하게 집에서 끙끙거리고 있어? 내가 아주 늦거나, 아예 외박이라도 하면 어쩌려고?"

"……."

"당신 아까 열이 몇 도였는지 알아? 39.2도였어. 무려 39.2도. 아주 심각한 수준이었다고."

왜 화를 내는 걸까. 은서는 꿈틀거리는 남자의 눈썹을 바라보며 속으로 의문을 품었다. 뭔가 못마땅한 상황이거나 화가 났을 경우, 눈썹을 꿈틀거리는 게 그의 버릇이라는 건 이미 알고 있었다.

다만, 이게 그가 화날 상황인 건지는 이해가 되질 않았다. 제가 뭔가를 잘못한 것 같지는 않은데 말이다. 혹시 귀찮았던 걸까. 주치의를 부르고, 또 간호를 하는 일. 그래. 그럴 수도 있겠다. 자신은 그의 호적상 아내일 뿐이니까…….

"저, 근데 링거는……."

"내 주치의인 김 박사님이 다녀가셨어. 탈수랑 고열 때문에 해열제랑 수액 놔주셨고. 아, 링거 뺀 건 내가 했어. 어렸을 때 어머니가 하도 자주 아프셔서 그 정도는 웬만한 간호사들보다 나을 거라 자신하니까 걱정할 거 없고."

무뚝뚝하게 설명을 끝낸 남자의 손이 불쑥 그녀의 이마에 닿았다. 놀란 은서의 두 눈이 살짝 커졌다.

"뭐, 열은 많이 내린 거 같네."

그는 아무렇지 않은 표정으로 이마에 닿아 있던 손을 내렸다.

"좀 어때?"

"아까보단 많이 좋아진 것 같아요."

"다행이군. 그럼 따뜻한 물로 샤워부터 하도록 해. 아까 땀 장난 아니게 흘렸으니까 말이야."

그리 말한 남자는, 그녀가 뭐라고 대꾸를 할 새도 없이 자리에서 일어나 방을 나갔다.

"……."

마치 한차례 폭풍이 휘몰아친 듯 얼떨떨하던 은서는 이내 천천히 자리에서 일어났다. 그의 말대로 샤워부터 하는 게 좋을 것 같았다. 온몸이 찝찝했다.

* * *

따뜻한 물로 한 샤워 덕분인지, 아니면 남자가 신경을 써줬던 덕분인지. 확실히 컨디션이 좋아진 게 느껴졌다. 한결 가벼운 걸음으로 은서는 방을 나섰다. 물을 마시기 위해 1층으로 내려가는데, 주방에 환하게 불이 밝혀져 있는 게 보였다. 달그락거리며 요란한 소리도 들렸다.

지금까지 주방은 완전한 자신의 영역이었다. 식사 시간을 제외하면 그가 주방에 들어오는 일은 극히 드물었다. 의아한 생각에 은서는 주방으로 들어섰다. 가장 먼저 눈에 들어오는 건, 가스레인지 앞에 서 있는 남자의 뒷모습이었다.

떡 벌어진 어깨가 분주하게 움직인다. 그 모습이 너무도 이질적이라 은서는 잠깐 마치 그림을 감상하기라도 하는 듯 그의 뒷모습을 바라보았다.

"박신우 씨. 여기서 뭐해요?"

감상을 끝내고 질문을 던졌다. 그제야 그녀의 등장을 인지한 듯 그가 고개를 휙 돌려 이쪽을 바라본다.

"언제 왔어?"

"방금요."

은서의 시선이 남자를 지나쳐 가스레인지 위로 향했다. 넓은 냄비 안에 한가득 담긴 뭔가가 보글보글 끓고 있는 것이 보인다.

"뭘 끓이고 있는 거예요?"

"죽."

"네? 죽이요?"

은서의 두 눈이 휘둥그레 커졌다. 그 반응에 그가 귀찮다는 얼굴로 그녀의 양어깨를 붙들더니 휙 몸을 돌려세웠다.

"아직 덜 됐어. 그러니까 자리에 앉아서 얌전히 기다리도록 해."

툭.

그가 가볍게 그녀의 등을 떠밀었다. 은서는 마치 설계된 로봇처럼 뻣뻣하게 움직여 식탁 앞에 앉았다. 자리에 앉은 은서는 얼떨떨한 얼굴로 남자의 뒷모습을 바라보았다.

죽이라니…….

국자를 들고 열심히 냄비 안을 휘젓고 있는 그의 모습을 두 눈으로 똑똑히 보고 있으면서도 도저히 믿기지 않는다. 혹시 그가 오늘 뭘 잘못 먹은 건 아닌지. 정녕 제가 아는 그 남자와 동일 인물이 맞기는 하는 건지. 의심이 될 정도로.

"박신우 씨."

그는 뒤도 돌아보지 않고 대답했다.

"말해."

"설마 그 죽, 저 주려고 그러는 거예요?"

"그럼 내가 먹으려고 만들겠어?"

"……."

"왜. 내가 못 먹을 음식 줄까 봐 그래? 걱정하지 마. 인터넷에 나온 레시피 그대로 정확하게 요리했으니까."

무뚝뚝하게 대답한 남자가 별안간 획 고개를 돌려 그녀를 바라보았다. 그러고는 심각한 얼굴로 말을 덧붙인다.

"더 이상 말 시키지 마. 지금 집중하고 있으니까."

본인의 말대로 그는 죽을 끓이는 행위에 엄청나게 집중하는 것 같았다. 마치 약품을 만드는 과학자처럼 심오해 보이는 뒷모습에 은서는 저도 모르게 풋, 웃고 말았다. 음식을 만들고 있는 남자의 뒷모습을 보는 건 묘한 느낌이었다. 게다가 나를 위해 하는 요리라니. 진숙을 제외하고는 정말로 처음이었다.

낯설기도 하고 간지럽기도 하고 뭉클하기도 하고…….

딱 꼬집어 한 단어로 표현할 수 없을 만큼 복잡 미묘한 느낌이다.

하지만 확실한 건 절대 나쁜 기분은 아니라는 것.

"다 됐다."

그로부터 5분이 더 지났을 즈음, 남자가 가스레인지의 불을 껐다. 국그릇에 넘칠 듯 한가득 죽을 담고, 종지에 간장을 담아 식탁 위에 차례로 올린 다음 그녀의 맞은편에 앉았다.

"입맛 없더라도 먹도록 해. 김 박사님이 놓고 간 약도 먹어야 하니까."

입맛은 없지만 허기가 지기는 했다. 점심도 굶은 터였다.

"잘 먹을게요."

은서는 사양하는 대신 숟가락을 집어 들며 감사의 인사를 전했다. 남자는 고개를 끄덕였다. 죽을 한술 크게 펐다. 호호 불어 잘 식혀 입으로 가져가자, 지금까지 무심해 보이던 그의 눈이 순간 반짝였다.

"어때?"

입에 넣자마자 어때 라니. 아직 씹지도 않았는데 말이다. 하지만 대답을 기대하는 눈빛을 무시할 수가 없어 은서는 음식이 가득 든 상태로 입을 오물거렸다.

"맛있어요."

"정말이야?"

말은 그렇게 하면서도 기분은 내심 좋은 모양이었다. 남자의 입가가 티 나게 느슨해졌다. 지금 그가 느끼고 있는 감정이 어떤 건지, 그녀도 잘 알고 있었다. 그를 따라 제 입가도 덩달아 느슨해지는 것을 느끼며 은서는 다시 한 번 대답했다.

"네. 정말로요."

사실 흰 쌀과 물만 넣고 끓인 흰죽에 무슨 맛이 있겠는가. 하지만 은서의 말은 진심이었다. 지금까지 먹어본 그 어떤 대단한 죽보다 지금 먹고 있는 흰죽이 제일 맛있게 느껴졌다. 말도 안 되지만 정말로.

은서는 끊임없이 죽을 입으로 퍼다 날랐다. 그렇게 그릇이 반쯤 비었을 무렵이었다. 식탁에 팔을 올려 턱을 괸 채 그녀가 먹는 것을 빤히 바라보던 남자가 문득 말했다.

"혹시 요즘 무리하고 있는 거 있어?"

뜬금없는 질문에 고개를 푹 숙인 채 죽을 먹던 은서가 고개를 천천히 들어 올렸다.

"아, 오해는 하지 마. 사생활에 대해 캐물으려는 건 아니니까."

남자는 변명처럼 얼른 말을 덧붙였다.

"그냥, 김 박사님이 오늘 당신 아픈 이유가 과로 때문인 것 같다고 하시길래."

은서는 작게 고개를 내저었다.

"아뇨. 그런 거 없어요."

"그래?"

"네."

깔끔하게 대답하는 은서를 물끄러미 바라보던 남자가 다시금 말했다.

"혹시라도 불편하거나 힘든 거 있으면, 오늘처럼 몸이 그 지경이 될 때까지 혼자 참지 말고 나한테 얘기해."

"……."

"비록 정략결혼이긴 하지만, 그래도 일단은 내가 송은서 남편이니까."

그는 여전히 무뚝뚝한 얼굴이었다. 말투 역시 무뚝뚝하기 그지없었고. 그런데 어째서 그 무미건조한 말이 이렇게 가슴을 깊게 파고드는 걸까.

송은서 남편.

껍데기뿐이라 생각했던 그 단어가 가슴을 따뜻하게 울린다. 너무 따뜻해서, 저도 모르게 눈물이 나려고 할 정도로. 은서는 다시금 고개를 푹 숙였다. 그러지 않으면 속절없이 눈물이 떨어지는 모습을 그에게 고스란히 보여주게 될 것 같아서였다. 괜스레 죽을 휘저으며 은서는 아까부터 얘기하고 싶었던 진심을 전했다.

"……고마워요."

하지만 왤까.

마땅히 전해야 할 감사 인사를 했을 뿐인데, 이상하게 명치끝이 간질거린다.

* * *

출근 준비를 끝내고 방에서 나온 그는 평소와 다름없이 집 안 가득 퍼진 고소한 밥 냄새에 미간을 좁혔다. 어젯밤, 그는 분명 그녀에게 오늘 아침은 준비하지 않아도 되니까 푹 쉬라고 신신당부했었다. 그런데 또 새벽같이 일어나서 아침을 준비한 모양이었다.

하여튼 말도 더럽게 안 듣지.

혀를 쯧 찬 신우는 정 실장에게 문자를 찍었다. 출근 시 샌드위치를 부탁한다는 문자를 보낸 지 1분 만에 보내는 취소 문자였다.

"식사하세요."

주방으로 어슬렁어슬렁 들어온 그를 발견한 여자가 깔끔하게 말했다. 식탁엔 이미 새로 끓인 국을 비롯해 밑반찬들까지, 그야말로 진수성찬이 차려져 있었다.

"오늘 아침은 됐다니까."

"어제 많이 자서 그런지 아침 일찍 눈이 떠졌어요."

"몸은 좀 어때?"

"덕분에 많이 좋아졌어요."

확실히 통통한 볼살은 오간 데 없고 핼쑥하던 어제의 얼굴보다는 좋아 보인다. 여전히 평소보다 조금은 야위어 보이기는 하지만 말이다.

"그렇담 다행이고."

신우가 자리에 앉자, 그녀가 제 몫의 밥그릇을 들고 그의 맞은편에 앉았다. 밥그릇에 가득 담겨 있는 건 어제 자신이 끓인 죽이었다. 어제까지는 별생각이 없었는데 이제야 민망함이 느껴진다. 천하의 박신우가 여자를 위해 난생처음 주방에서 죽을 끓였다니. 문규나 다른 녀석들이 알면 한 달, 아니, 1년 내도록 우려먹을 게 분명한 흑역사였다. 아니, 어쩌면 아예 믿지 않을지도 몰랐다.

"잘 먹을게."

그는 괜스레 헛기침하며 숟가락을 들었다. 그러자 여자 역시 숟가락을 들며 그를 향해 싱긋 웃어 보였다.

"저도 잘 먹을게요."

……웃었다. 송은서가.

종종 옅은 미소를 보이기는 했지만 이렇게 활짝 웃는 건 처음이었다. 제 눈으로 봐놓고도 믿어지지 않아 신우는 두 눈을 느리게 깜빡였다. 어느덧 그녀의 입가에 걸려 있던 미소는 싹 사라져 있었다. 하지만 조금 전 봤던 그 모습이 너무 강렬해, 지금의 무표정한 얼굴 위로도 여전히 웃는 얼굴이 겹쳐 보이는 듯했다.

"왜요?"

시선을 느낀 듯 여자가 내리깔았던 시선을 들고 그를 바라보았다.

"제 얼굴에 뭐가 묻었어요?"

작은 손으로 발그스름한 뺨을 더듬는다.

"아니야. 아무것도."

그는 아주 자연스럽게 시선을 내렸다. 정말 아무것도 아니라는 듯. 허나 그런 행동과는 달리 머릿속은 혼란스럽기 그지없었다. 쿵쿵 뛰는 심장 소리가 제 귀에까지 들리는 느낌이다. 그는 아랫입술을 지그시 깨물고서 차분하게 호흡을 가다듬었다.

어제는 고맙다는 그 말 한마디에, 마치 사랑 고백이라도 들은 것처럼 심장이 뛰어대더니. 이번엔 그저 웃는 얼굴을 봤을 뿐인데, 또 미친 듯이 심장이 뛰어댄다.

아무래도 뭔가 잘못된 게 틀림없다.

그는 혼란스러운 마음을 애써 감추고 숟가락 한가득 밥을 퍼 담았다. 아무래도 건강검진을 받아봐야 할 것 같다.

Chapter 8

못된 술버릇

　그녀가 일하는 레스토랑은 풀타임으로 근무하는 매니저와 준호
를 제외하고는 두 타임으로 구분되어 있었다. 오전 11시에서 4시
까지 일을 하는 오픈 타임과, 오후 4시에서 10시까지 일을 하는
마감 타임. 그중에서도 은서는 오전 타임이었다.

　오후 4시. 퇴근하자마자 집으로 가서 씻고 저녁 준비를 하면 그
의 퇴근 시간에 딱 맞출 수 있었다. 물론 그보다 더 늦는다고 해
서 그가 제 사생활에 대해 캐물을 리 없다는 건 알고 있지만, 퇴
근 시간이 되면 이상하게 걸음이 절로 바빠졌다.

"누나."

퇴근 시간.

유니폼을 갈아입기 위해 스태프 룸으로 향하려는 은서의 앞을 준호가 대뜸 막아섰다.

"퇴근하려고?"

"응. 왜?"

"오늘 전체 회식한다는 얘기 못 들었어?"

"아……."

준호의 물음에 그제야 은서는 어제 매니저가 했던 얘기를 떠올렸다. 자주 있는 일도 아니니까, 웬만하면 오픈 조와 마감 조 중 한 사람도 빠지는 일이 없었으면 한다고 신신당부를 했었다.

"같이 갈 거지?"

"그게……."

"왜. 또 빠지려고?"

은서가 대답을 머뭇거리자 준호가 섭섭하다는 듯 입술을 불퉁 내밀었다.

"우리끼리 모일 때도 누난 매번 빠졌잖아. 같이 일한 지가 벌써 한 달이 다 되어 가는데, 매번 피하기만 하고. 너무한 거 아니야?"

대학을 다닐 때도 그랬다. 동기들끼리 단합을 위해 자주 모임을 가졌지만, 은서는 단 한 번도 그 모임에 얼굴을 비춘 적이 없었다. 모임이 싫었던 게 아니었다. 집, 학교, 집, 학교. 그 외에는 조금의 일탈도 허락하지 않는 황 회장 때문에 어쩔 수 없었던 거지.

그런 은서의 사정을 전혀 알 길 없는 동기들 사이에서는 저 혼자 비싼 척한다는 등의 나쁜 소문이 빠르게 퍼져나갔다. 결국 그녀는 누구와도 어울리지 못하는 아웃사이더가 되었다. 과는 달 랐지만 같은 대학을 다니던 가현이 아니었다면 4년 내내 혼자 밥 을 먹어야 했을 것이다.

"그러지 말고 오늘은 같이 가자. 응?"

준호의 집요한 재촉에 은서의 미간은 더 좁혀졌다. 명확한 이유 를 대지 않으면 쉽게 놓아줄 것 같지 않았다. 레스토랑에서 그녀 가 유부녀라는 사실을 아는 건, 가현의 삼촌인 사장밖에 없었다. 굳이 비밀로 해야 할 이유는 없었지만, 괜스레 제 사생활에 대해 이러쿵저러쿵 말이 나오는 게 싫어서 굳이 얘기하지 않았다.

그런데 이제 와서 커밍아웃을 할 수도 없는 노릇 아닌가.

"아, 진짜 누나!"

아무리 졸라도 끄떡하지 않는 은서를 보며, 준호가 답답하다는 듯 꽥 소리를 내질렀다.

"가현 누나도 오는데, 빠질 거야? 두 사람 절친이라며!"

"가현이도 온다고?"

"못 들었어?"

금시초문이었다. 은서가 고개를 젓자 준호가 설명했다.

"작년까진 가현 누나도 우리랑 같이 일했었던 건 알지?"

"그건 들었어."

"누나 빼곤 그때 멤버 그대로라 다들 친하거든. 그래서 전체 회 식 땐 늘 빠지지 않고 와."

호랑이도 제 말 하면 나타난다더니. 준호의 말이 끝남과 동시에 불쑥 가현이 등장했다.

"두 사람 여기서 뭐해? 설마 나 오는 거 알고 기다리고 있었을

리는 없고."

가현은 생글거리며 곧장 두 사람 앞으로 다가왔다.

"누나! 마침 잘 왔어!"

"웬일로 네가 날 이렇게 반겨?"

"은서 누나 좀 꼬셔 봐. 내 말은 통하지도 않아."

준호의 앓는 소리에 가현이 알만하다는 듯 피식 웃었다.

"이 무지한 중생아. 10년 지기 친구인 내 말도 잘 안 듣는데, 안지 한 달도 채 안 된 네 말을 듣겠니?"

"은서 누나도 진짜 고집 센 거 같아. 생긴 건 전혀 안 그런데."

"고럼, 고럼. 누구 친군데."

가현은 장난스럽게 웃으며 준호의 어깨를 툭툭 쳤다.

"은서는 내가 맡을 테니까 넌 이만 나가 봐. 홀 바쁜 것 같더라."

"누나만 믿을게!"

준호가 쌩하니 홀로 달려 나가고, 남은 은서가 가현을 바라보았다.

"네가 이 시간에 여긴 어쩐 일이야? 회사는?"

"외근이라 자체적으로 조퇴했어. 그런 김에 너 데려가려고."

"날 데려가다니?"

무슨 뜻이냐는 듯 되묻자 가현이 스태프 룸을 향해 그녀의 등을 밀었다.

"일단 들어가서 얘기하자. 퇴근이지?"

두 사람은 함께 스태프 룸으로 들어왔다. 은서는 라커룸을 열고 옷부터 꺼냈다.

"오늘 회식 같이 가자."

유니폼을 갈아입는 그녀의 뒷모습을 물끄러미 바라보던 가현이 말했다.

"너도 그 얘기야?"

"오랜만에 우리 집 가서 수다도 좀 떨다가, 가게 마감 시간 맞춰서 다시 나오자."

계획이 아주 철저했다. 아까 저를 데려가겠다던 말이 이 뜻이었던 모양이다. 지금까지 준호에게 시달렸던 은서가 지겹다는 듯 낮게 한숨을 내쉬었다.

"너까지 왜 그래. 내 사정 모르는 것도 아니고."

"네 사정이 뭐가 어떤데."

"……."

"신랑 때문에 그래?"

은서는 대답 없이 옷을 마저 갈아입었다. 그런 친구가 답답하다는 듯 가현이 짧게 한숨을 내쉬었다.

"네 신랑이 어린애도 아니고. 꼭 퇴근 시간에 맞춰 네가 집에 있을 필요가 뭐 있어. 매일 놀겠다는 것도 아니고 고작 하룬데. 하루 정도는 본인이 알아서 저녁밥을 챙겨 먹으라고 해."

"……."

"어차피 너희 부부, 서로 사생활에 대해서는 터치 안 하기로 했다며? 아르바이트하는 거 들키는 게 싫은 거면, 회식이라는 얘긴 하지 말고 그냥 친구 만난다는 얘기만 하면 되잖아. 그렇다고 네 신랑이 꼬치꼬치 캐물을 캐릭터도 아니고. 도대체 뭐가 문제야?"

가현은 구구절절 다 맞는 말만 했다. 반박의 여지가 없었다. 은서는 눈을 굴렸다. 솔직히 사람들과 어울려서 놀아보고 싶은 마음도 없지 않았다. 사장님과 매니저, 준호를 비롯해서 함께 일하는 모두가 좋은 사람들이었다.

사실 제가 꿈꾸던 '평범한 삶'에는 이러한 생활도 포함되는 거였다. 이제는 황 회장의 감시에서 벗어나기도 했고.

"그렇긴 한데……."

정말 그래도 될까. 하루 정도라면 괜찮은 걸까?

흔들리는 은서의 마음을 눈치챈 듯 가현이 쐐기를 박았다.

"너도 이젠 사람들하고 어울릴 줄도 알아야지. 언제까지 외톨이로 살아갈래?"

외톨이.

가슴을 쿡 찌르는 단어에 은서는 짧게 한숨을 내쉬었다.

* * *

그는 자신의 방이 아닌 거실 소파에 앉아 있었다.

TV에서는 액션 영화가 한창이었다. 하지만 화면을 바라보고 있는 그의 얼굴은 마치 시사뉴스를 보는 것처럼 경직되어 있다. 등장인물들이 소리를 내지르고, 총성이 오가고, 웅장한 음악이 울려 퍼지고 있었지만, 이상하게도 그의 귀에는 시계 초침 소리가 더 크게 들리는 것만 같았다.

결국 신우는 리모컨을 이용해 TV를 아예 꺼버렸다. 영화는 한창 절정을 향해 달리고 있었지만 눈곱만큼도 미련은 남지 않았다. 애초부터 마음은 콩밭에 가 있었으니까. 사위가 고요해지자 시계 초침 소리가 더욱 크게 들리기 시작했다. 그의 시선이 벽에 걸린 시계를 향했다.

벌써 12시가 훌쩍 넘었다. 고른 눈썹이 씰룩인다.

회사에서 여자의 문자를 받았다. 처음으로 받는 장문의 문자
였다.

『오늘 조금 늦을 것 같아요. 일이 생겨서요. 냉장고 열면 두 번
째 칸에 냄비가 있을 거예요. 아침에 먹은 콩나물국인데, 혹시 오
늘 저녁도 집에서 먹을 계획이었으면 그거 데워서 먹어요. 밑반찬
들은 반찬통에 있어요.』

액정을 빽빽하게 메우고 있는 텍스트에 놀라 글을 찬찬히 읽어
내려갔다. 내용은 별거 없었다. 마치 열 살 아들의 식사를 걱정하
며 엄마가 보낸 듯한 문자였다.

『무슨 일인데?』

답장을 보내려다가 멈칫했다. 사생활에 간섭하지 말자던 그들의
룰에 위반되는 질문이었다. 반대의 상황이었다면 송은서는 분명
네, 하고 대답했을 것이다.

"그래. 분명 그랬을 테지."

그는 썼던 말을 얼른 지우고는 새로 문자를 작성했다.

『알았어.』

그가 답장을 보냈던 건 4시가 조금 넘었을 때였다. 그리고 지금은, 그로부터 8시간이 훌쩍 지나가는 중이었다.

"조금 늦을 거라더니……."

대체 송은서가 생각하는 '조금'은 얼마를 뜻하는 걸까. 아니, '조금'이라는 말의 의미를 알고나 있는 건지 의문이 든다. 신우는 제휴대폰의 검은 액정을 내려다보았다. 늦을 것 같다는 연락을 끝으로 그녀에게서는 단 한 통의 전화도 오지 않았다. 요즘 세상이 어떤 세상인데, 알만한 여자가 겁도 없이 이 시간까지 밖을 돌아다니고 있단 말인가. 그는 영 마음에 들지 않는다는 듯 한껏 찌푸린 얼굴로 혀를 쯧 찼다.

"또 클럽이라도 간 거야, 뭐야."

물론, 진심으로 그리 생각하는 건 아니었다. 사실 결혼 전 클럽에서 봤던 그녀의 모습이 자신의 오해였다는 것을, 그는 이미 알고 있었다. 열 길 물속은 알아도 한 길 사람 속은 모르는 법이라지만, 이번엔 인정하지 않을 수가 없었다. 그럴 수밖에 없는 것이 지금까지 겪어본 바로 송은서는, 그가 처음 오해했던 것과는 정반대의 여자였으니까 말이다.

짙은 화장은커녕 외출할 때마저도 늘 수수한 차림이었으며, 그 모습이 아주 자연스러웠다. 지금껏 밤 외출 역시 단 한 번도 없었다. 그가 일찍 들어오든 늦게 들어오든 그녀는 항상 당연하다는 듯이 집에서 그를 기다리고 있었다. 그 모든 게 가식으로는 할 수 없는 행동들이었다.

오히려 송은서는, 아주 조신한 백 점짜리 아내였다.

아침 일찍 일어나 아침밥을 챙겨주고. 일주일에 한 번 오는 도우미의 입에서 할 일이 너무 없어서 민망하다는 말이 나오게 할 정도로 집안 살림을 꽤 똑 부러지게 하고. 예민하고 까다로운 그의 신경을 건드리는 일도 전혀 없는……

도저히 흠잡을 구석이 없는, 그런 완벽한 아내.

"클럽이 아니면 뭐냐고. 대체."

이럴 줄 알았으면 얼굴에 철판을 깔고 물어볼 걸 그랬다. 무슨 일 때문에 늦는 건지. 얼마나 늦는 건지. 집순이 송은서가 늦어봐야 얼마나 늦겠어, 생각했는데 12시가 넘을 줄이야.

"지금이라도 전화를 해 볼까……."

통화 목록에서 여자의 전화번호를 누르려던 신우는 이내 고개를 내저었다. 그러고는 휴대폰을 소파 저 끝으로 툭, 던졌다. 머리가 나쁜 것도 아니면서 어째서 자꾸만 그녀와 했던 약속을 잊는 걸까. 아니, 애초에 그녀의 사생활이 대체 왜 궁금한 건지, 스스로가 이해되질 않는다.

남이야 클럽을 가든. 남자를 만나든. 대체 자신이 무슨 상관이란 말인가. 설마 진짜 송은서와 내가 '남'이 아니라 '가족'이 됐다고 착각이라도 하는 건가? 고작 몇 달 함께 살았다고?

"하. 정신 차려, 박신우."

헛웃음을 흘리며 그는 스스로를 조소했다.

최근 계속 이런 식이었다. 그 여자에 대해서 생각하다 보면 모두 엉망이 되는 것 같은 느낌이다. 0 아니면 1. 마치 이진법으로만 배열되어 있던 자신의 깔끔한 머릿속에 낯선 숫자 하나가 끼어든 것처럼 혼란스럽기만 했다. 짜증스럽게 얼굴을 구긴 채 소파 끝에 아무렇게나 던져져 있는 휴대폰을 노려보고 있는 그 순간이었다.

삐비빅—

현관문 도어 록의 기계음이 들렸다.

귀가 쫑긋 섰다.

현관문이 닫히는 소리. 도어 록이 다시 잠기는 소리. 신발을 벗는 소리. 슬리퍼가 끌리는 소리. 그 모든 것이 마치 바로 옆에서 들리듯이 생생했다.

"어? 박신우 씨."

걸음을 뚝 멈춘 여자가 거실에 떡하니 앉아 있는 그를 발견하고 고개를 갸웃했다.

"여기서 뭐 하고 있어요?"

이럴 줄 알았으면 시끄럽든 말든 TV를 계속 켜두고 있는 건데 그랬다. 그는 엉거주춤 일어나며 대꾸했다.

"잠깐 물 마시러 나왔어."

입에서 나오는 대로 뱉은 거였다. 당신을 기다리고 있었다는 말을 할 수는 없었으니까.

"아, 네. 물이요."

물을 왜 주방이 아닌 거실에서 찾는 거냐고. 황당해하며 되물을 법도 한데 그녀는 별다른 말없이 고개를 끄덕였다. 그는 스윽, 시선을 내려 여자를 빠르게 스캔했다. 화장기가 거의 없는 얼굴. 평소와 다름없이 수수한 옷차림. 역시나 클럽 같은 밤 나들이를 즐기다 온 건 아닌 듯했다.

"근데, 그건 뭐야?"

신우의 시선이 그녀의 손에 들린 검은 봉지를 향했다.

"아, 이거요? 떡볶이랑 순대요."

"떡볶이랑 순대?"

"오다가 길에서 팔고 있길래, 맛있어 보여서 사 왔어요."

여자는 발그레해진 뺨에 보조개가 깊게 파일 정도로 베실 웃으며 대답했다. 그와 동시에 신우는 살짝 눈살을 찌푸렸다.

"혹시, 술 먹었어?"

"쬐끔요."

"쬐끔?"

"네. 정말로 쬐에끔."

여자는 자신의 엄지와 검지를 접어 보이기까지 하며 '쬐끔'이라는 말을 강조했다. 하지만 신우는 그것이 자신이 생각하는 '조금'의 의미는 절대 아니라고 확신했다. 그렇지 않고서야 무슨 말을 해도 늘 무미건조하던 그녀의 목소리가 저렇게 간드러질 리가 없었다. 아무래도 이 여자에게 '조금'이라는 것은, 보편적으로 사람들이 생각하는 기준과 많이 다른 게 틀림없는 듯했다.

일이 생겼다더니 그게 고작 술 약속이었던 거야? 술은 누구랑 마셨는데?

입술 틈이 벌어지면 집요한 질문들이 와르르 쏟아져 나올 것 같았다. 혀끝에 아슬아슬하게 매달린 말들을 겨우 삼켜내었다. 대신 그저 못마땅하다는 듯 가늘게 뜬 눈으로 바라보았다. 그 시선에 잠깐 고개를 갸웃하던 여자가 이내 검은 봉지를 흔들어 보이며 묻는다.

"박신우 씨도 같이 드실래요?"

아무래도 빤히 저를 바라보는 그의 시선이, 음식을 탐내는 시선이라고 착각한 모양이었다. 완벽한 오해였다. 일단 길거리에서 비위생적으로 파는 음식들은 원래부터 상종도 안 했을뿐더러, 떡볶이는 그렇다 쳐도 순대는 그의 취향이 전혀 아니었다. 돼지는 살코기도 많은데 대체 왜 내장을 먹는 건지 이해를 할 수가 없었다.

"양은 넉넉해요. 각각 1인분씩 사 왔거든요."

양 따위의 문제가 아니었다. 그러나 그런 속마음과는 달리 입이 절로 움직였다.

"그러지."

"잠깐만 기다려요. 얼른 준비해서 가져올게요."

검은 봉지를 달랑달랑 흔들며 주방으로 향하는 그녀의 걸음걸이가 평소와 달리 흥이 넘친다. 그 뒷모습을 바라보던 신우는 픽, 웃음을 흘렸다.

* * *

잠시 후.

그는 고급스러운 거실 테이블 위에 놓여 있는 떡볶이와 순대를 물끄러미 바라보았다. 자신의 집에서 떡볶이와 순대를 마주하게 될 줄이야. 제 두 눈으로 똑똑히 보고 있음에도 좀처럼 실감이 나질 않는다.

"맛있겠죠?"

여자가 눈을 반짝이며 나무젓가락을 건넸다.

"그러네."

받아들며 그는 심드렁하게 대구했다.

나무젓가락을 탁, 반으로 쪼갰을 때였다.

"앗! 깜빡했다."

여자가 별안간 자리에서 벌떡 일어났다.

"뭘 깜빡했는데?"

"하나 더 사 왔는데, 주방에 두고 왔어요."

무슨 말이냐고 되물을 새도 없이 그녀는 빠르게 주방으로 향했다. 잠시 후, 돌아온 여자는 테이블 위에 조그마한 잔 두 개를 내려놓았다. 그리고 이어서 뭔가 하나를 더 내려놓았다. 낯설지 않은 초록색의 병이었다.

"술 마시고 온 거라고 하지 않았나?"

"맞아요."

"그런데 또 마시겠다고?"

그가 미간을 찌푸리며 묻자 그녀가 소주병 뚜껑을 따며 말했다.

"조금 아쉬워서요."

"술 좋아해?"

"좋아하는 건 아닌데 가끔은 당기는 날이 있어요. 가령 오늘 같은 날은."

묘한 표정으로 중얼거리는 여자를 향해, 오늘 같은 날이 대체 어떤 날인데? 묻고 싶었지만 참았다. 그녀에 관해 자꾸만 궁금해지는 건, 분명 좋은 상황이 아니었다.

"내키지 않으면 박신우 씨는 안 먹어도 돼요."

소주잔 하나에 투명한 술을 가득 채운 여자가 나머지 소주잔을 치우려는 순간, 신우가 손을 뻗어 나머지 잔을 낚아챘다.

"됐어. 혼자 먹으면 무슨 맛이야."

그는 그녀의 앞에 놓인 술병을 들어 제 몫의 잔에 술을 따랐다.

"고마워요."

"별말씀을."

여자가 잔을 든 손을 위로 올렸다.

"건배할래요?"

참 가지가지 한다 싶었지만, 기왕 장단 맞춰주기로 한 거 완벽하게 해주겠다는 마음으로 잔을 들었다.

쨍–

유리잔이 부딪치며 맑은 소리가 울렸다. 그녀는 마치 기다렸다는 듯 곧바로 술잔을 입으로 가져갔다.

"있죠. 저는요."

꿀꺽. 단번에 술잔을 비워낸 여자가 빈 술잔을 테이블 위에 내려놓으며 운을 뗐다. 그 역시 한 템포 늦게 잔을 비워내며 흥미롭다는 듯 그녀를 바라보았다. 지금껏 송은서는 자신이 뭔가를 묻지 않으면 먼저 얘기를 꺼내는 경우는 드물었다. 늘 딱 필요한 용건만 얘기했다. 사무적인 관계도 이보다 더하진 않을 것 같다는 생각이 들 정도로 그녀는 늘 적당한 거리를 유지했었다. 그런데 처음으로 그 선을 넘은 것이다.

"사실은 상상도 못 했어요."

그런 그의 시선을 전혀 눈치채지 못한 듯, 그녀는 다시금 자신의 잔에 술을 채워 넣으며 말을 덧붙였다.

"내 인생에 이런 날이 오리라고는. 정말이지 눈곱만큼도."

아까부터 반복되는 이야기. 대체 오늘 무슨 대단한 일이 있었기에 송은서는 저런 표정을 짓는 걸까.

"이런 날이 어떤 날인데?"

결국 궁금증을 참지 못한 그가 물었다.

"그냥요. 별건 아닌데……."

"말해봐."

막상 입으로 뱉어내려니 민망한지 여자는 답지 않게 조금 뜸을 들이다 대답했다.

"소소한 행복이랄까요?"

"소소한 행복?"

"이를테면, 사람들하고 밤늦도록 맘 편하게 술을 마시고, 또 집에 와서 술을 한 잔 더 하는 거요. 지금처럼 이렇게."

제 입으로 말을 하고도 멋쩍었는지 그녀는 말을 덧붙였다.

"할머니가…… 조금 엄하셨거든요."

세운 그룹 황 회장의 보수적인 성향은 업계에서도 이미 소문이 자자할 정도였다. 그렇다고 고작 이런 것에 '행복'이라는 단어를 갖다 붙일 줄이야.

뭔가 대단한 것이 있을 거라고 생각했던 그는 조금 김이 새는 듯싶었다. 그러나 그녀의 표정을 보면 농담하는 것 같지는 않다.

"정말 별거 아니군."

"말했잖아요. 별거 아니라고."

무심한 대답에 멋쩍게 웃은 그녀가 다시 술잔을 비웠다. 신우는 그런 여자를 빤히 응시했다. 술에 취하면 인격이 바뀌는 사람이 있다더니, 송은서가 딱 그 짝인 것 같다. 일단, 그녀는 말도 안 되게 잘 웃었다. 떡볶이를 한 입 먹고는 맛있다며 생긋 웃고, 순대를 집어 먹고는 생각보다 맛이 없다며 또 생긋 웃는다.

지금까지 두 달 동안 매일 얼굴을 마주했지만, 지금 이 모습은 낯설어도 너무 낯설다. 꼭 다른 사람과 있는 기분까지 들 정도로. 평소의 모습이 가짜인 걸까. 아니면 지금 이 모습이 가짜인 걸까. 속으로 쓸데없는 의문을 떠올리고 있는데, 그의 빤한 시선을 느낀 듯 여자가 눈을 늘이며 묻는다.

"왜 그렇게 빤히 봐요? 혹시 제 얼굴에 뭐 묻었어요?"

"아냐. 아무것도."

신우는 고개를 내저었다. 하마터면 저도 모르게 따져 물을 뻔했다. 이렇게 잘 웃으면서 왜 지금껏 제 앞에서는 제대로 웃지 않냐고. 우습게도.

"근데 왜 안 먹어요? 순대는 별론데 떡볶이는 맛있어요."

떡볶이를 집어 먹은 여자가 연신 작은 입술을 오물거리며 묻는다. 마치 해바라기씨를 잔뜩 입에 물고 있는 다람쥐 같다.

"이제 그만 먹는 게 어때?"

대뜸 뱉어진 말에 여자가 떡볶이 접시를 슬그머니 붙들었다. 그러고는 치사하다는 듯 눈을 가늘게 뜨고 그를 바라본다.

"제가 먹는 속도가 너무 빨라요? 그래서 박신우 씨 몫이 안 남을까 봐 걱정되는 거예요?"

늘 저를 볼 땐 무심하게 바라본다고 생각했는데, 이제 보니 본심은 달랐던 모양이다. 송은서의 눈에는 제가 도대체 어떻게 비치는 걸까. 결코 멀쩡한 이미지는 아닌 게 분명했다. 왠지 기가 막혀 신우는 낮게 헛웃음을 흘렸다.

"누가 떡볶이가 탐이 난대?"

"그럼요?"

"술 말이야."

"아, 술이요……?"

"그래. 벌써 바닥을 보이고 있는, 그 술."

말 그대로 소주병은 벌써 바닥을 보이고 있었다. 문제는, 그가 소주를 두 잔도 채 먹지 않았다는 것이었다. 그 말인즉, 거의 소주 한 병을 여자 혼자서 비웠다는 뜻이다.

"아직 멀쩡해요. 더 마실 수도 있어요."

이번에는 떡볶이 그릇이 아닌 술병을 슬그머니 붙든다. 신우가 눈썹을 찌푸렸다.

"지금 주량 자랑하는 거야?"

"그럴 리가요. 주량 자랑하는 게 제일 무식한 일이라고 했어요."

입을 불퉁 내밀고 대꾸하던 여자가 별안간 눈을 치켜뜬다.

"뭐야. 지금 내 욕하는 거예요?"

"……술 마시니까 사람이 완전히 달라지는군."

그가 졌다는 듯 고개를 내젓자 여전히 매서운 시선을 거두지 않은 여자가 불쑥 말했다.

"혹시 내가 술 마시고 박신우 씨처럼 실수할까 봐서 그래요?"

"뭐?"

"걱정 말아요. 박신우 씨처럼 못된 술버릇은 없으니까."

순간, 신우의 눈이 가늘어졌다.

"내 술버릇?"

"……"

"내 술버릇이 어떤데?"

아무래도 술기운에 저도 모르게 뱉은 말인 모양이었다. 아차, 하는 얼굴로 잠깐 멈칫하던 여자는 이내 작게 고개를 내저었다.

"······됐어요. 별로 얘기하고 싶지 않아요."

여자는 소주병을 기울였다. 쪼르르. 투명한 액체는 작은 잔을 반도 채 채우지 못했다. 술병이 완전히 비었다.

"술이 모자라네······."

빈 병을 내려놓은 여자는 자리에서 벌떡 일어났다. 술을 더 가지러 갈 생각인 듯 주방을 향해 몸을 돌렸다.

"왜."

그 모습을 물끄러미 바라보던 그가 닫혀 있던 입술을 달싹였다.

"내가 당신한테 키스라도 했어?"

뚝.

두어 걸음 걷던 몸이 그 자리에서 멈췄다. 여자가 휙, 뒤를 돌며 그를 바라보았다. 동그란 두 눈에 경악이 서려 있는 게 훤히 보인다.

······역시 했구나, 키스.

여자의 표정에서 정답을 읽은 그는 후, 하고 낮게 숨을 뱉어냈다.

그래. 그런 황당한 꿈을 꿀 리가 없지.

물론, 꿈이 아니라 실제로 그런 짓을 했다는 게 더욱더 황당한 일이었지만 말이다.

"기억······ 못하는 거 아니었어요?"

"기억해. 어렴풋이지만."

"그런데 왜 여태 기억 못하는 척했어요?"

"그런 적 없어."

여자는 설명이 필요하다는 듯한 얼굴이었다. 신우는 계속해서 말을 이어갔다.

"처음엔 헷갈렸어. 실제 있었던 일인지, 아니면 꿈인 건지. 술 때문에 기억이 온전하지 않았으니까."

정말이었다. 처음엔 꿈인지 생신지 헷갈렸다. 조금 더 정확하게 말하자면 자신이 그런 짓을 했다고 믿고 싶지 않았다. 하지만 시간이 지날수록 흐릿했던 기억은 점점 선명해져 갔다. 잊고 있던 보드라운 촉감이 생생하게 떠오르던 그 순간, 그는 인정할 수밖에 없었다. 결코 꿈 따위가 아니었음을.

"게다가 당신도 평소처럼 날 대했잖아. 마치 아무 일도 없었다는 것처럼. 내 눈에는 당신이 그날 일에 관해 얘기하고 싶지 않아 하는 것 같았어. 그래서 내가 먼저 말을 꺼내도 되는 건지 망설일 수밖에 없었고."

"……"

"어떤 게 정답인지 도무지 모르겠더라."

솔직하게 얘기했다. 그러자 잠깐 뭔가를 생각하는가 싶던 여자가 이내 고개를 끄덕인다.

"그러네요. 박신우 씨 처지에서는 그럴 수도 있었겠어요."

너무 순순히 납득하는 바람에 오히려 이쪽이 더 민망해졌다. 그는 크흠, 작게 헛기침을 했다.

"그날 일은……"

"……"

"미안해."

느릿하게 뱉어진 말에 여자의 눈이 살짝 커진다. 의외라는 듯. 빤한 그 시선을 피하며 그가 말을 덧붙였다.

"사과가 늦은 것도 미안하고."

그는 사과에 아주 서툰 사람이었다. 지금까지 누군가에게 고개를 숙일 일이 없었으니 당연한 것이었다. 솔직히 말하자면 지금도 어색해서 죽을 맛이었다. 그러나 이번 일은 분명한 제 잘못이었기에, 서툴지만 진심을 담아 사과했다.

"당신이 믿어 줄지는 모르겠지만, 나도 내가 왜 그랬는지 정말로 모르겠어. 스스로도 납득이 안 가. 아무래도 술이 너무 과했던 것 같아."

"……."

"그래도 지금 하나 확실히 하고 싶은 건, 그따위 술버릇은……."

말을 하다 말고 입을 다물었다.

억울한 걸까. 그날의 제 행동이 '술버릇'이라고 치부된다는 것이. 그래서 '원래 그런 놈'쯤으로 여겨진다는 것이.

당신이 생각하는 것만큼 그런 저질은 아니라고. 나는 그 말이 하고 싶었던 걸까.

술버릇이 아니라면? 그렇다면 그날 내 행동은 뭔데?

찌질한 놈.

스스로를 자조했다. 정말이지 구차한 변명이 아닐 수 없었다.

"다른 변명 안 할게."

고개를 저은 그는 다시 한 번 사과했다.

"정말 미안해. 진심이야."

"……."

"당신이 무릎을 꿇으라면 꿇을게. 뺨을 때린다면 맞을……."

말이 채 끝나기도 전에 풋, 하고 웃음소리가 흘러나왔다. 신우가 시선을 들자 여자가 황급히 올라간 입꼬리를 바로 한다.

"아, 미안해요. 잠깐 다른 생각이 들어서."

다른 생각을 했다고? 지금 이 상황에서?

기가 차다는 듯 바라보자 여자는 스스로도 멋쩍었는지 아무튼, 하고 말을 덧붙였다.

"무릎은 꿇을 필요 없어요. 뺨을 때릴 생각도 없고."

"……."

"난 괜찮아요. 그러니까 박신우 씨도 너무 신경 쓰지 말아요."

괜찮다고?

그의 눈이 가늘어졌다.

"진심으로 하는 말이야?"

여자는 고개를 끄덕였다. 매우 덤덤한 얼굴로.

"실수였잖아요. 이렇게 사과도 받았고. 난 벌써 다 잊었어요."

실수라…….

그는 입안에서 느릿하게 단어를 곱씹었다.

여자의 말이 맞았다. 그날 일은 분명 실수였다. 그 행위엔 그 어떤 의미도 없었다. 몸을 가누지 못할 정도로 과하게 술에 취하지 않았더라면, 결코 일어나지 않았을 일이었다. 그렇지만 과연 이 상황이 '실수니까 괜찮다'는 명제가 성립될 수 있는 상황이던가. 제가 할 말은 아니지만, 이번 일은 부부 사이에도 있어서는 안 될 일이었다. 그런데 심지어 자신과 그녀는 쇼윈도 부부가 아니던가.

"……."

그는 물끄러미 여자를 바라보았다. 왠지 뒤통수를 한 대 맞기라도 한 것처럼 멍했다. 이건 분명히 자신의 잘못이었다. 뺨을 한 대 맞는다고 해도 할 말이 없는 상황이었다. 무릎을 꿇으라 한다면 꿇어야 마땅한, 그런 상황.

그런데 송은서는 싫은 소리 한 번 없이 괜찮다고 한다. 경멸의 눈초리로 힐난을 하기는커녕, 오히려 사과하는 자신보다도 훨씬 더 담담해 보인다. 마치 그런 일쯤이야 별 대수롭지 않다는 듯. 키스가 아니라 접촉 사고쯤으로 여기는 걸까. 아니, 접촉사고 수준으로도 생각하지 않는 것 같았다. 저 여자는 지금 자신과의 키스를, 날파리 따위가 잠깐 입술에 앉았다가 떠난 거라 여기는 게 분명했다.

천하의 박신우가 날파리 취급을 받다니. 기가 막히다 못해 코까지 막힐 지경이었다.

"너무 쉽게 용서하는 거 아니야?"

자존심이 상한 탓에 저도 모르게 말이 툭 튀어나왔다. 적반하장도 유분수였다. 여자도 황당하다는 듯 바라보았다.

"아니, 솔직히 그렇잖아."

스멀스멀 올라오는 민망함에 그는 변명하듯 말을 덧붙였다.

"사람이 진지하게 사과하고 있는데, 당신은 너무 가벼운 거 아니야?"

"가볍게 대한 적 없어요. 나도 진지하게 대답한 거예요."

"그래도 이렇게 용서받으니까 오히려 찝찝하다고, 나는……."

"그게 무슨 뜻이에요? 내가 나중에 이 문제로 딴소리라도 할까 봐 걱정된다는 거예요?"

말도 안 되는 생떼에 여자는 황당하다는 얼굴로 되물었다. 그래. 너무도 억지였다. 그도 잘 알고 있었다. 하지만 좀처럼 움직이는 입을 제어할 수가 없었다.

"당신 처지에서는 황당하겠지만, 솔직히 말하자면 나로서는 좀 그래."

고작 소주 두 잔을 마셨을 뿐인데 마치 술을 진탕 마시고 제정신이 아닌 것처럼 입이 제멋대로 움직였다.

"정말로 당신이 용서한 건지, 아니면 그냥 술기운에 괜찮다고 하는 건지 모르겠어. 혹시 알아? 술이 깨고 난 뒤에 다시 나를 원망할지. 그럼 내가 좀 억울해지지 않겠어? 뒤통수 맞은 기분도 들 테고."

도대체 지금 자신이 무슨 개소리를 하고 있는 건지. 이건 정말 아닌데. 입이라도 틀어막아야 하나 싶었지만 정신을 차렸을 땐 이미 엎질러진 물이었다.

"후우."

멋대로 지껄이는 그의 말을 가만히 듣고 있던 여자는 낮게 한숨을 내쉬었다. 그러곤 어쩔 수 없다는 얼굴로 말한다.

"알았어요, 그럼."

대체 뭘 알겠다는 건데?

의미 모를 소리에 그가 반문하려 할 때였다. 여자가 갑자기 그를 향해 다가오기 시작했다.

타박타박.

술기운에 얼굴 근육은 풀어져 있었지만 걸음걸이만은 반듯한 것이, 참으로 송은서답다고 생각하는 그 순간이었다. 어느덧 그의 코앞에 다가온 여자가 허리를 살짝 숙였다.

초옥-

순식간에 일어난 일이었다. 보드랍고 말캉한 뭔가가 그의 입술에 닿았다가 떨어진 것은.

　고작 1초 남짓한 시간이 마치 영원처럼 느껴지는 그때, 여자는
숙였던 허리를 곧게 폈다. 그러고는 상황 파악을 하지 못한 채 얼
떨떨한 얼굴로 저를 바라보는 그를 향해 덤덤하게 말했다.

　"됐죠, 이제?"

Chapter 9

뉴 페이스

"누나."

서빙을 끝내고 돌아오는 길. 준호가 지나치려는 그녀의 팔을 탁, 붙잡았다.

"얼굴이 왜 그래? 어디 아파?"

"아, 속이 조금 안 좋아서……."

"속이 왜? 체했어?"

잠깐 머뭇거리다 고개를 끄덕였다. 걱정 가득한 얼굴을 보고 있자니 그저 숙취 때문이라는 말이 나오질 않았다.

"약은 먹었어?"

"괜찮아. 심한 건 아니야."

"저번에도 괜찮다고 해놓고 쓰러지기 직전까지 갔었잖아."

그때와는 정말로 다른 상황이었지만 설명할 시간은 없었다. 준호가 그녀의 등을 떠밀기 시작한 것이다.

"바쁜 타임 끝났으니까 일단 가서 쉬고 있어. 매니저님한텐 내가 얘기할게."

"나 정말 괜찮아."

"됐네요. 얼른!"

반강제로 스태프 룸에 도착했다. 준호는 그녀를 소파에 앉힌 후 약을 가지고 오겠다며 룸을 나섰다. 말릴 틈 따위는 없었다.

"괜히 거짓말을 해서는……."

닫히는 문을 보며 멍하게 중얼거렸다. 준호의 말대로 바쁜 시간이 지나가기는 했지만, 그래도 혼자 농땡이를 치려니 가시방석에 앉은 듯 마음이 불편했다.

어쩌지. 지금이라도 솔직하게 말을 해야 하려나.

망설이다 이렇게 불편하게 있으니 고해성사를 하는 게 훨씬 더 낫겠다 싶어 자리에서 일어났다. 그런데 순간 아찔한 느낌이 드는가 싶더니 눈앞이 빙 돌았다. 결국 채 한발도 떼지 못하고 다시금 소파 위로 풀썩 엉덩이를 붙였다. 사실 숙취가 심하기는 했다. 서빙을 할 때 음식 냄새에 속이 울렁거려 죽을 맛이었다. 무슨 정신으로 지금까지 버티고 있었는지 스스로도 놀라울 정도였다.

이마를 짚고 길게 한숨을 내쉬었다. 기분 탓일까. 숨에서까지 알코올 냄새가 나는 듯했다.

"……확실히 어제 과하긴 했었지."

지금까지 은서는 술이라고는 맥주밖에 모르고 살았었다. 그마저도 캔 맥주를 몰래 사 와서 황 회장의 눈을 피해 방에서 홀짝이는 게 전부였다. 혹시 술을 마신 걸 들킬까 싶어 마음껏 마시지도 못했다. 많이 마셔봐야 두 캔이었다.

그런데 어제 처음 회식자리에서 소주를 마시게 된 것이다. 다들 소주를 마시는 분위기라 어쩔 수 없이 마신 건데, 웬걸. 쓰기는커녕 달달하게 느껴지는 게 아닌가. 그런 그녀를 보고 가현은 '타고난 술꾼'이라며 엄지를 척 치켜들었다. 그렇다고 과하게 마신 건 결코 아니었다. 제 주량이 얼마인지 알지 못했기에 오히려 더 조심했다.

문제는 회식자리가 파하고 난 뒤였다. 조금 아쉽다는 생각이 드는 찰나 포장마차가 눈에 들어왔다. 몇몇 사람들은 떡볶이와 순대를 안주 삼아 소주병을 기울였다. 저도 모르게 뭔가에 홀린 듯 떡볶이와 순대를 주문했다. 소주도 잊지 않았다.

그러한 행동부터가 이미 취한 상태였다는 걸, 그때는 인지하지 못했다. 취할 때까지 술을 먹은 게 처음이었으니 당연한 일이었다.

"거기서 멈췄어야 했어."

한탄하듯 말하며 은서는 두 눈을 질끈 감았다. 그 후의 일에 대해서는 더 이상 생각하고 싶지 않았다. 차라리 남들처럼 필름이라도 끊겼으면 좋았을 텐데. 어째서 이다지도 생생하단 말인가.

'됐죠, 이제?'

"……!"

불쑥 떠오르는 제 목소리에 감았던 눈을 번쩍 떴다. 이제 와 생각해보면 모든 상황이 그랬지만, 그중에서도 저 질문을 했던 그 순간이 가장 최악이었다.

되긴 뭐가 돼? 응? 송은서. 뭐가 됐다는 거야?

정말이지 다시 떠올려봐도 기가 막혔다.

그때 남자의 표정이 어땠더라…….

황당해하던 남자의 표정을 떠올리는 것만으로도 부끄러워서 얼굴이 터지려다 못해 머리까지 새하얗게 변하는 기분이다. 이제 와서 변명을 해보자면…… 괜찮다고 하는데. 용서해주겠다고 하는데. 저를 믿지 못하고 의심하는 남자가 답답했다. 도대체 이 남자를 어떻게 납득시켜야 할까. 고민하다가 번뜩 아이디어가 떠올랐다. 도저히 믿지 못하겠다고 하니 차라리 똑같은 처지가 되어보면 어떨까, 하고.

그때는 그게 정말로 괜찮은 생각인 줄 알았다. 난생처음 아침에 마른 비명과 함께 '이불킥'이라는 것을 하며 일어나게 될 줄은 꿈에도 모르고서.

"하아아아아……. 미치겠네, 정말……."

시간이 지날수록 머리가 맑아지기는커녕 답답해서 죽을 맛이었다.

도대체 왜 그랬는지. 어째서 그런 황당한 생각을 한 건지. 무슨 정신으로 그딴 걸 실행에 옮긴 건지. 아무리 생각해봐도 납득이 가질 않는다. 누가 시켜서가 아닌, 오직 스스로의 의지에 의해 저지른 일이면서도 말이다.

그 남자도 이런 기분이었을까…….

이 와중에 할 생각은 아니지만, 문득 그런 생각이 든다. 역시 그 날 일을 문제 삼지 않은 건 잘한 일인 것 같다는.

은서는 뒤늦게 다짐했다.

"소주는 절대 마시면 안 되겠어."

그래도 하나 다행인 건, 오늘 아침 마주한 남자가 어젯밤 있었던 그녀의 행동을 문제 삼지 않았다. 그는 마치 아무 일도 없었다는 듯 평소처럼 행동했다. 언젠가 그녀가 그랬던 것처럼.

혹시 제가 그랬던 것처럼, 그도 자신이 어제의 일에 대해 기억을 못 한다고 생각하는 걸까? 그런 거라면 좋겠는데…….

오늘만 벌써 몇 번째인지 모를 한숨과 함께 감았던 눈을 느리게 떴다. 빙글빙글 돌던 눈앞이 멀쩡했다. 역류하던 술기운이 조금 은 가라앉은 모양이었다.

"얼른 일이나 하자. 그래야 다른 생각 안 하지."

양 뺨을 가볍게 톡톡 치며 자리에서 일어나려는데 주머니에 넣 어두었던 휴대폰이 진동했다.

휴대폰을 꺼내 발신인을 확인했다. 가현이었다.

"얘가 무슨 일이지?"

자신은 이제 한숨을 돌릴 수 있는 시간이지만, 회사원인 가현 은 점심시간이 끝나고 이제 한참 일을 할 시간이었다. 의아해하 며 전화를 받았다. 여보세요, 라는 말을 꺼내기도 전에 친구가 소 리쳤다.

─은서야. 제발 나 좀 살려주라!

* * *

"······대표님?"

바로 옆에서 들려오는 정 실장의 목소리에 그는 시선을 들었다. 회의실 안에 모여 있는 사람들의 시선이 일제히 자신에게로 쏠려 있는 게 보인다. 그제야 그는 회의 중에 저도 모르게 잠깐 다른 생각을 하고 있었다는 사실을 깨달았다. 한 1분 전쯤 브리핑을 끝냈을 직원이 긴장한 채 제 대답을 기다리고 있다는 것도.

"잘 들었습니다. 그럼 그렇게 진행하도록 하세요."

그는 턱을 까딱였다. 꽤 유능한 인재였다. 제대로 듣진 못했지만 분명 괜찮은 발표였으리라. 그제야 얼어 있던 직원의 표정이 풀어졌다. 후우, 안도의 한숨을 내쉬기도 했다.

"또 다른 안건 있습니까."

주위를 휘둘러보았다. 긴 테이블에 마주 앉아 있는 사람들은 서로의 눈치를 보기 바쁠 뿐, 돌아오는 대답은 없었다.

"오늘 회의는 여기서 마치죠. 다들 수고하셨습니다."

눈치껏 알아들은 그가 자리에서 일어났다. 그러자 앉아 있던 자리에서 모두 일어나 그를 향해 수고하셨습니다, 하고 고개를 숙였다.

가장 먼저 회의실을 나서는 그의 뒤로 정 실장이 빠르게 따라붙었다.

"······저어, 대표님."

엘리베이터를 기다리던 중 정 실장이 조심스럽게 운을 뗐다.

"말해."

"혹시 무슨 일 있으세요?"

"뭐?"

"최근 며칠, 특히 오늘…… 평소랑 좀 다르신 듯해서요. 무슨 고민거리가 있으신 게 아닐까 해서 여쭤봤습니다."

'고민거리'라는 말에 눈앞에 바로 떠오르는 게 있었다. 제 아내라는 여자의 얼굴이었다. 사실 조금 전에도 송은서를 떠올리느라 회의에 집중하지 못했었다. 말간 여자의 얼굴을 떠올리자 눈썹이 절로 씰룩여진다. 그는 정 실장을 향해 단호하게 대답했다.

"별일 아니야."

물론 별일 아니라고 생각하는 건, 자신이 아니라 송은서였지만 말이다.

오늘 아침 마주한 여자는 역시나 평소와 다름이 없었다. 잘 잤어요? 식사하세요. 잘 다녀와요. 단 세 마디를 했을 뿐이었다. 처음엔 여자가 어제 일을 기억 못하는 건가, 하고 생각했다. 술이 과하긴 했었으니까. 하지만 곧 그건 아닐 거라고 확신했다. 기억을 한다고 해도 분명 저토록 아무렇지 않은 얼굴로 저를 바라볼 여자였다, 송은서는.

'됐죠, 이제?'

그리 묻던 여자의 목소리가, 눈빛이, 숨결이 마치 이제 막 일어난 일처럼 생생했다. 그는 엄지로 자신의 입술을 느릿하게 쓸었다. 1초도 채 머물지 않았던 여자의 온기가 손끝에서 미세하게 느껴지는 듯했다.

그는 입술에서 손을 떼며 낮게 욕설을 읊조렸다.

"빌어먹을."

별안간 입술을 부딪혀왔던 여자의 행동이 무엇을 뜻하는지는, 밤을 꼬박 새우고 맞은 오늘 아침에서야 깨달을 수 있었다. 복잡하게 생각할 것 없이 퉁 치자는 것이었다. 그러고 보면 입술이 떨어진 뒤 됐죠? 묻던 여자의 눈빛은, 그를 한심하게 보는 것 같기도 했다. 별것도 아닌 걸 가지고 왜 그렇게 집착하는 건지, 정말로 이해를 할 수가 없다는 듯. 정말로 여자에겐 자신과의 키스가 별일이 아니었다.

반대로 그는 시간이 지날수록 오히려 이 사태가 '별일'이라고 생각하기 시작했다. 마침표를 찍기 위해 부딪혀온 여자의 그 입술이, 그에겐 오히려 또 다른 시작처럼 느껴졌다. 아니, 사실은 처음부터 그랬다. 제대로 기억도 나지 않는 그 순간이 자꾸만 머릿속에서 멋대로 재생됐다. 마주할 때마다 너무도 자연스레 눈에 들어오는 붉은 입술을 애서 외면하느라 진땀을 빼기도 했다.

이제는 또렷하게 기억나는 그것은, 분명 제대로 된 키스였다. 결혼식 날 그랬던 것처럼, 어젯밤 그녀가 했던 것처럼, 그저 입술만 부딪히는 가벼운 '입맞춤' 따위가 아니라. 그런데 그게 어떻게 별일이 아닐 수가 있단 말인가.

송은서에겐 키스가 별거 아닌 건가? 실수라면 다 괜찮은 거야? 그럼 다른 놈이 술 먹고 키스를 하면? 그것도 괜찮다는 거고?

한번 물꼬를 튼 생각은 꼬리에 꼬리를 물고 길게 늘어졌다. 생각하지 않으려고 할수록 오히려 더욱더 집요하게 머릿속을 파고드는 듯했다. 우스운 일이었다. 본인이 괜찮다는데. 용서해주겠다는

데. 벌써 다 잊었다는데. 왜 자신은 이다지도 이 문제에 집착을 하고 있는 건지. 막말로 송은서가 그런 여자라고 한들, 그게 뭐 어때서? 잠깐 조신한 여자라고 착각했던 게, 그게 그렇게 억울할 일이야? 뭐가 됐든 나랑 무슨 상관인데?

무한 반복이었다. 스스로도 지긋지긋하다는 생각이 들 정도로.

"그만 좀 해라, 박신우."

사무실로 돌아온 그는 스스로를 타박하듯 낮게 읊조린 후 책상에 앉았다. 잡생각을 비우기 위해 서류를 펼쳐 들었다. 이제 막 한 장을 넘겼을 때였다. 휴대폰이 울렸다. 발신인을 확인한 그의 눈이 둥그렇게 커졌다.

송은서, 자신의 아내 전화였다.

"잘못 건 건가?"

울리는 휴대폰을 보며 가장 먼저 든 생각이었다. 그럴 수밖에 없는 것이, 그녀가 먼저 전화를 건 건 딱 두 번째였다. 그중 한 번은 결혼 전이었으니 결혼 이후로는 처음인 것이다.

수 초가 흘렀지만 전화는 끊어지지 않았다. 그제야 그는 전화를 받았다.

ㅡ저예요.

역시나 담담한 목소리. 오늘 하루 종일 제 머릿속을 어지럽히던 그 여자의 것이 확실했다.

"알아."

ㅡ지금 바빠요?

"괜찮아. 말해."

ㅡ……있잖아요.

신우는 잠자코 그녀의 뒷말을 기다렸다. 하지만 쉽게 들을 수는 없었다.

—······그러니까······.

도대체 무슨 말을 하려고 이렇게 뜸을 들이는 걸까.

평소 말수가 적기는 했지만 하고자 하는 말은 당돌하게 뱉어내는 여자였다. 그래서 더 의아했다. 아침엔 시침을 뚝 떼더니 이제 와서 어제의 일에 대해 얘기하려는 건 아닐 테고. 길어지는 침묵에 괜히 조바심이 나서 채근하려고 할 때였다. 수화기 너머에서 여자의 목소리가 불쑥 튀어나왔다.

—박신우 씨는 고양이를 어떻게 생각해요?

* * *

딩동.

벨소리에 은서는 쪼르르 현관으로 달려갔다. 누구세요, 묻지도 않고 벌컥 문을 열었다. 상대가 누구인지 이미 잘 알고 있었기 때문이다. 기다리던 손님이었다.

"송은서어어!"

문이 열리는 것과 동시에 집 안으로 쏙 들어온 가현이 그녀를 와락 끌어안았다.

"아유, 요 이쁜 것! 고마워, 진짜로! 네 덕에 살았어."

감사 인사가 꽤 거칠었지만, 은서는 차마 밀어내지 못하고 얌전히 받아내야만 했다. 지금 가현의 마음을 잘 알 것 같아서였다. 몇 해 전 가현의 모친이 돌아가시고 홀로 남은 부친은 귀농을 선택했다. 그런데 며칠 전 농사를 짓던 부친이 허리를 다치신 것이다. 입원할 정도로 심각한 상태라는 것을, 가현은 오늘 알게 됐다고 했다.

가현은 외동딸이었다. 부친을 돌볼 수 있는 사람은 그녀뿐인지라 바로 내려가 봐야 하는 상황이었다. 그 멀리까지 고양이를 데려갈 수가 없어서 은서에게 급하게 부탁을 한 것이었다. 남자친구에게 부탁하고 싶지만 그는 현재 출장 중이었고, 고양이 호텔은 도저히 믿을 수가 없다고. 늘 씩씩하던 친구는 울먹였다. 부친에 대한 걱정이 커서 그렇다는 걸 모를 리 없었다.

"양이는?"

'양이'는 가현의 고양이 이름이었다. 친구는 '고양이'라서 '양이'라고 지었다고 했다.

"여기!"

가현이 핑크색 이동 가방을 들어 올렸다. 촘촘한 그물망 너머로 흰색 물체가 보인다. 몸을 웅크리고 있는 건지 꼭 털 뭉치처럼 보인다.

"지금 꺼내줘도 돼?"

"……어, 여기선 좀."

곤란해하는 은서의 표정에 가현이 알겠다는 듯 고개를 끄덕였다.

"맞다. 1층은 박신우 대표 공간이랬지, 참?"

친구의 말대로 1층은 남자의 공간이었다. 허락을 받기는 했지만 조건이 있었다. 1층 공간은 침범하지 말 것. 자신에게 적용된 룰은 고양이에게도 똑같았다.

"2층에서 꺼내주면 안 될까?"

"집주인 말인데 당연히 들어야지. 2층으로 가자. 안내해줄게."

가현이 커다란 캐리어와 이동 장을 양손에 들었다. 둘 다 한꺼번에 들기엔 버거울 것 같아 은서는 캐리어를 받아들었다.

"와아, 완전 대박!"

함께 2층으로 향하는 길. 가현은 주위를 두리번거리며 연신 감탄의 말을 뱉어냈다.

"안 그래도 비싼 아파트인 데다가 펜트하우스라서 그런지 장난 아니네. 집이 아니라 꼭 고급 호텔 같아."

"미안해. 제대로 집 구경을 시켜줘야 하는데……."

"미안하긴 뭐가 미안해. 됐어. 그 재수 없는 남자가 어떻게 사는지는 별로 궁금하지도 않아. 나는 네가 어떻게 사는지만 보면 돼."

얼마 전 키스 사건을 얘기한 이후로 가현은 그를 '돈도 많은데 얼굴까지 잘생긴 완벽한 남자'에서 '재수 없는 남자'로 강등시킨 듯했다.

"2층은 마음대로 봐도 되지?"

"그럼. 물론이야."

"일단 '양이'부터 풀어주고 느긋하게 구경해야겠다. 2층도 넓어서 볼 게 많겠어."

앞장선 은서가 방문을 열었다. 그 뒤를 따라 들어온 가현이 방에 들어서기가 무섭게 또 한 번 입을 쩍 벌린다.

"대박! 여기가 네 방이야?""네 방에 비하면 많이 썰렁하지? 인테리어를 잘 몰라서 꾸밀 엄두를 못 냈어."

"내 방에 비하면 당연히 썰렁할 수밖에! 이 방 하나가 내 방이랑 부엌 겸 거실 합친 크기랑 비슷해 보이는데? 이야, 네가 재벌집 딸내미인 게 이제야 제대로 실감이 난다."

턱이 빠질 정도로 감탄하는 친구의 반응에 괜스레 멋쩍어진 은서가 화제를 슬쩍 바꿨다.

"근데 고양이부터 꺼내줘야 하는 거 아니야? 보기에도 답답할 것 같은데."

"아, 맞다!"

그제야 가현은 얼른 가방을 바닥에 내려놓고 지퍼를 열었다.

"양아. 이제 나와도 된대."

말이 끝나기가 무섭게 마치 가현의 말을 알아듣기라도 한 것처럼 웅크리고 있던 흰 털 뭉치가 꼼지락거리며 움직이기 시작했다.

"냐옹―"

가방에서 나온 고양이는 기지개를 켜는 듯 몸을 쭈욱 펼쳤다. 그러고는 아주 느릿하고 여유롭게 주위를 살피기 시작했다. 길고 풍성한 흰 털이 움직일 때마다 천천히 나풀거렸다. 그 자태가 퍽이나 우아하게 보인다.

가현의 휴대폰에 담겨 있는 사진을 자주 봤지만, 실물은 이번이 딱 두 번째였다.

"양아, 안녕."

은서가 자세를 낮춰 고양이와 눈을 맞추고 인사를 건넸다. 그러자 잠깐 그녀를 바라보던 고양이가 이내 휙 고개를 반대편으로 돌린다.

"……얘가 원래 좀 시크해."

무안해진 그녀를 향해 가현이 심심한 위로의 말을 건넸다.

"원래 그런 거 맞는 거지? 내가 싫어서 그런 거 아니지?"

"절대 아니야. 사실 나도 캔 따줄 때 빼곤 매번 무시당해."

친구의 고백에 은서는 어색하게 웃으며 숙이고 있던 허리를 폈다.

"근데 내가 정말로 잘 돌볼 수가 있을까? 네가 부탁해서 맡겠다고 하긴 했는데 걱정이네. 동물 키워본 경험이 한 번도 없는데……"

워낙 친구의 상황이 급했던지라 덜컥 맡겠다고 하기는 했는데 걱정이 되는 건 어쩔 수가 없었다. 게다가 시크한 저 행동을 보니 더더욱 걱정이 된다.

"괜찮아. 걱정하지 마. 다른 동물하고 다르게 고양이는 손 갈 일이 별로 없는 편이거든. 산책도 필요 없고, 알아서 그루밍하니까 목욕도 필요 없고, 대소변도 실수하는 법 없이 자기 화장실에 잘 가려."

"그렇담 다행인데……"

"정말이야. 그냥 화장실 청소 제때 해주고, 밥만 잘 챙겨주면 돼. 화장실 청소하는 법은 조금 이따가 제대로 설명해줄게."

가현이 챙겨온 캐리어를 펼쳤다. 그 안에는 화장실과 모래, 사료, 캔, 장난감들이 가득 들어 있었다. 생각했던 것보다 챙길 게 많아 보여서 은서는 마른침을 꼴깍 삼켰다.

"애가 워낙 얌전해서 사고를 치거나 하지는 않을 거야. 봐서 알겠지만 놀아달라고 귀찮게 굴지도 않을 거고. 다른 고양이들이랑 다르게 외출도 좋아하고 낯선 사람, 낯선 장소에 호기심도 많아서 울거나 보채는 일도 없을 거야. 적응력이 수의사들이 인정했을 정도로 정말 빨라. 대신 전화로 얘기했던 것처럼 털은 꽤 많이 빠질 거야. 미리 사과할게."

원래 모든 주제는 마지막에 등장하는 것이다. 미안하다며 꾸벅, 고개를 숙이는 친구를 보며 은서는 속으로 각오를 다잡았다.

* * *

이제 막 주차를 하고 차에서 내리는 길이었다. 그가 몸을 빙글 돌리는 것과 동시에 아파트 입구에서 나오던 누군가와 시선이 마주쳤다.

"엇!"

입주민이겠거니 생각하고 그냥 지나치려는데 외마디 비명이 들렸다. 도저히 무시할 수 없는 음성이었다. 그는 걸음을 뚝 멈추고 여자를 바라보았다.

"박신우 씨 맞죠?"

"그렇습니다만?"

"저 기억 못하시나 보네요. 결혼식에서 한 번 뵀었는데. 은서 친구 임가현이에요."

자기소개를 듣고서야 그는 눈앞의 여자를 기억해냈다. 정신없는 장소에서 스치듯 본 얼굴이 전부였지만, 모를 수가 없었다. 결혼식에 초대된 송은서의 친구는 단 한 사람뿐이었다.

"아내를 만나셨나 보네요."

"고양이 맡기고 왔어요."

"아, 고양이……."

몇 시간 전 아내에게서 온 전화를 떠올렸다. 친구의 고양이라더니. 그 '친구'라는 게 이 여자였던 모양이다. 정말로 친구가 한 사람밖에 없는 걸까. 결혼식 날에도 잠깐 들었던 의문이 새삼스레 다시 떠오른다. 물론, 자신도 '친구'라고 칭할 이가 몇 없기는 마찬가지였다.

"은서가 고양이 맡아주는 거, 허락해주셔서 감사합니다."

"별말씀을."

고개를 꾸벅 숙이는 여자를 향해 신우는 어깨를 가볍게 으쓱해 보였다. 딱히 감사 인사를 받을 만한 일은 아니었다. 그저 제가 잘못한 일도 있으니 이런 부탁 정도는 들어주는 게 예의라고 생각해서 받아들였을 뿐이다. 지금도 털 뭉치가 제집 안을 휘젓고 다닌다고 생각하면, 여전히 찜찜하고 불쾌했다.

"그런데요."

숙였던 고개를 들어 올린 여자가 그를 똑바로 바라보았다. 조금 전 감사의 인사를 전할 때와는 전혀 다른 눈빛이었다.

"뭐, 할 말 있습니까?"

"……."

"……."

"……아니에요, 아무것도."

아무것도 아니라고 하기에는 침묵이 지나치게 길지 않았던가. 할 말이 그득한 듯 당돌하게 저를 바라보는 그 두 눈은 또 어떻고. 황당했지만 따져 물을 수는 없는 노릇이었다. 아무 말 않고 빤히 바라보자 여자는 그럼 안녕히, 하고 그를 스쳐 지나갔다.

"누가 친구 아니랄까 봐. 사람 찜찜하게 만드는 실력이 아주 월등하군."

마치 도망치듯 빠르게 멀어지는 여자의 뒷모습을 바라보며 그는 헛웃음을 흘렸다.

* * *

 현관문을 열고 안으로 들어섰을 때, 그는 집 안 공기가 평소와
다르다고 느꼈다. 어디가 어떻게 다르다고 딱 꼬집을 순 없었지만,
왠지 느낌이 그랬다.
 "고양이 때문인가."
 그리 생각하는 것과 동시에 복도로 불쑥 흰 털 뭉치가 튀어나왔
다. 고양이었다. 갑작스러운 등장에 놀라 걸음을 뚝 멈췄다. 고양
이의 새파란 눈이 그를 똑바로 응시하고 있었다.
 "냐오옹-"
 눈싸움이라도 하려는 듯 그를 바라보던 고양이가 별안간 낮게
울더니 이쪽으로 다가오기 시작했다. 짧은 다리와 달리 빠른 속
도였다. 피할 새도 없이 바짝 다가온 고양이가 그의 바짓가랑이
에 몸을 비볐다.
 스윽, 스윽.
 몇 번 바지 자락을 스쳤을 뿐인데, 검은 정장 바지에는 흰 털이
듬뿍 묻어났다. 명품 정장이 엉망이 되는 꼴을 실시간으로 지켜
보는 그의 미간이 와락 구겨졌다.
 "저리 가."
 그가 다리를 뒤로 빼려는 순간이었다. 도도도. 빠르게 이쪽으로
달려오는 발걸음 소리가 들렸다. 그 뒤로 꽤 다급하게 느껴지는
여자의 목소리가 이어졌다.

"양아!"

아무래도 이 녀석 이름이 '양이'인 모양이었다. 그는 팔짱을 낀 채 잠자코 서서 여자가 나타나기를 기다렸다. 얼마 지나지 않아 복도 끝에서 기다리던 모습이 나타났다.

"박신우 씨 왔어요?"

고양이를 찾아 헤매던 여자가 그를 발견하곤 인사를 건넸다.

"그래, 왔어."

"식사는요?"

"밖에서 먹고 온다고 내가 말하지 않았나? 전화했을 때 얘기했던 것 같은데."

"맞다, 그랬죠. 정신이 없어서 까먹고 있었어요."

본인 말대로 정신이 없어 보이긴 했다. 고양이를 찾느라 집 안을 뛰어다닌 건지, 하나로 올려 묶은 머리가 느슨하게 풀어져서 여기저기 잔머리가 삐져나와 있었다. 조금의 흐트러짐도 없이 단정하던 평소 모습과는 다른 느낌이었다. 눈길이 절로 움직여 여자의 입술에서 멈췄다. 도톰하고도 새빨간 여자의 입술을 보자 저도 모르게 목울대가 크게 움직였다.

미친놈. 지금 대체 무슨 생각을 하는 거야?

그는 불현듯 눈앞에 떠오르는 영상을 떨쳐내려는 듯 고개를 내젓고는, 일부러 더 딱딱한 음성을 뱉어냈다.

"그것보다도 얘를 좀 내게서 떼어내 줬으면 좋겠는데. 옷이 엉망이 됐어."

"앗, 잠시만요!"

뒤늦게 그의 다리에 붙어 있는 고양이를 발견한 여자가 황급히

다가와서 녀석을 번쩍 안아 들었다. 녀석은 별다른 저항 없이 제법 얌전하게 그녀의 품에 안겼다.

"미안해요. 얘가 갑자기 뛰어 내려가 버리는 바람에 놓쳤어요."

사과의 말부터 뱉은 여자가 이어서 말했다.

"벗어서 줘요."

"뭐……?"

"바지요. 세탁해서 줄게요."

여자의 손은 정확하게 그의 바지 자락을 향해 있었다. 흰 털이 잔뜩 묻어 있는.

"친구한테 들었는데, 고양이 털은 옷에 박히면 잘 안 빠진다고 하더라구요."

……미쳤구나, 진짜.

덧붙여지는 여자의 말에 그는 속으로 조소했다. 상황과 전혀 맞지 않는 생각을 했다는 것이 스스로도 기가 막혔다. 게다가 상대는 다른 사람도 아니고 바로 송은서인데 말이다.

"됐어. 내일 아주머니 오시는 날이니까 세탁 맡기면 돼."

그는 크흠, 하고 작게 헛기침을 한 뒤 말을 이었다.

"아무튼, 약속했던 대로 이 녀석 1층엔 못 내려오게 해. 털 날리는 건 딱 질색이야."

괜히 더 강하게 말했다. 여자는 고양이를 조금 더 품으로 끌어안으며 고개를 끄덕였다.

"네. 조심할게요."

* * *

고양이와 함께 2층으로 돌아온 은서는 제 방에 있는 캐리어 두 개를 질질 끌고 나왔다. 그러고는 그것들로 1층으로 내려가는 계단 입구를 막았다. 제가 내려갈 때 불편할 것 같기는 했지만 급한 상황이라 어쩔 수 없었다.

　"냐아오옹-"

　캐리어를 세우고도 남는 빈틈이 있어 급한 대로 책장에 꽂혀 있던 책까지 꺼내와 쌓고 있는데, 그녀의 뒤쪽으로 고양이가 느릿하게 다가왔다. 유리구슬처럼 투명한 두 눈에 호기심이 그득했다.

　"미안하지만 1층은 안 돼. 제발 2층에서 놀아주라. 응?"

　고양이가 제 말을 알아들을 리 없다는 걸 알면서도 은서는 간곡하게 부탁했다. 그가 내키지 않는데도 불구하고 기껏 허락해 준 거라는 걸, 그녀도 잘 알고 있었다. 괜히 심기를 불편하게 만들고 싶지 않았다. 애초에 2층에서만 케어를 하겠다는 약속을 하기도 했고.

　겨우 캐리어 높이만큼 책을 쌓았을 때였다. 한 치의 틈도 없이 계단 입구를 완벽하게 막았다는 생각에 뿌듯함을 느끼는 것도 잠시. 뒤편에서 그녀의 행동을 주시하고 있던 고양이가 별안간 풀쩍 뛰어오르더니 캐리어 위에 살포시 착지했다.

　"설마…… 아니지……?"

　불길한 예감에 은서는 간절한 눈빛을 보냈다. 그러자 그런 그녀를 비웃기라도 하듯 녀석은 또다시 폴짝 점프를 했다. 이번에 목적지는 캐리어 아래인, 1층으로 내려가는 계단이었다.

　"얌아!"

　총총총. 가볍게 계단을 내려가는 둥그런 뒤통수에 대고 다급하게 소리쳤지만, 녀석은 들은 체도 않고 제 갈 길을 갈 뿐이었다.
그리고 금방 시야에서 사라졌다. 쪼끄만 게 빠르기는 왜 저렇게
빠른 건지.

"하……."

허탈함에 은서는 길게 한숨을 내뱉었다. 왜 가현이는 제게 고양
이의 점프력에 대해서 언질해주지 않은 걸까. 한 치의 흐트러짐
도 없이 고고하게 쌓여 있는 책들과 캐리어를 보고 있자니 원망
마저 든다.

"참, 내가 이럴 때가 아니지."

그에게 들키기 전에 잡아오는 게 급선무였다. 조심하겠다고 말
한 지 고작 몇 분이 채 지났을 뿐이었다. 기껏 세워놓은 캐리어를
뒤로 빼고 계단을 빠르게 내려왔다. 다행히도 한 번에 녀석을 발
견했다. 새하얀 꼬리가 살짝 열린 문틈으로 쏙 사라졌다.

"거긴 안 돼!"

은서는 마른 비명을 내지르며 재빠르게 걸음을 옮겼다. 녀석이
들어간 곳이 하필이면 그의 서재였다. 자신도 한 번도 들어가 보
지 않은 장소였다. 그래도 안방이 아니라 다행이라고 해야 하는
걸까. 방문을 열고 조심스럽게 안으로 들어섰다. 어둠 속에서 종
이 특유의 냄새가 훅 끼쳤다. 형광등부터 켰다. 가장 먼저 눈에 들
어오는 건 양쪽 벽면을 가득 채우고 있는 책장이었다. 높이 솟은
책장엔 가지각색의 책들이 빼곡하게 꽂혀 있었다.

"양아. 어디 있니……?"

눈을 크게 뜨고 방 안을 샅샅이 살폈지만 녀석의 모습은 어디에
도 보이지 않았다.

"분명히 여기로 들어왔는데……."

의아해하며 주위를 둘러보다 문득 고개를 들었다. 설마 했는데 역시나. 책장 가장 높은 칸에 웅크리고 있는 털 뭉치가 보인다. 위에서 아래를 내려다보고 있는 녀석은 퍽이나 편안해 보였다.

"대체 언제 거기까지 올라간 거야?"

눈으로 보고 있는데도 믿을 수가 없었다. 저 높은 곳은 대체 어떻게 올라갔단 말인가. 다리도 짧으면서. 그렇다고 사다리를 꺼내서 밟고 올라갔을 리도 없고.

고양이는 높은 곳을 좋아해. 이것저것 설명해주던 가현이 그 말도 덧붙이기는 했었다. 하지만 말 그대로 '좋아한다'는 것만 들었지. 저렇게까지 높은 곳에 올라갈 수 있는 능력이 있다는 얘기는 전해 듣지 못했다.

"양아, 착하지? 이리 내려와. 거긴 안 돼."

간절한 애원에도 무심한 녀석은 눈 하나 깜빡하지 않았다. 까치발을 하고서 손을 최대한 뻗어봤지만 털끝조차 스칠 수 없었다. 제자리에서 뛰어 봐도 마찬가지였다.

이 와중에도 새하얀 털은 나풀나풀 허공에서 날리고 있었다. 머리 위로 떨어지는 털 가닥들이 형광등 불빛에 비쳐 고스란히 보였다.

'털 날리는 건 딱 질색이야.'

남자의 경고가 절로 떠올랐다. 눈앞이 아찔해지는 기분이다. 안절부절못하는데 엎친 데 덮친 격으로 저 멀리서 인기척이 들려왔다.

움찔. 은서의 어깨가 티 나게 움츠러들었다. 이 집에서 인기척을 낼 수 있는 건 남자와 자신뿐이었다. 자신이 아니었으니 남은 건 한 사람뿐이다. 이쪽으로 오면 어떡하지. 이 광경을 보면 분명 한 소리 할 텐데······.

잔뜩 구겨진 얼굴로 못마땅한 음성을 뱉을 남자의 모습이 눈에 훤했다. 마음이 급해졌다. 은서는 주변을 재빠르게 살폈다. 사람이 죽으라는 법은 없다고 했던가. 두리번거리던 그녀의 시야에 책상 의자가 떡하니 들어왔다.

저거다!

사막에서 오아시스를 찾은 사람처럼 은서의 눈이 반짝였다. 책장 앞으로 끌고 와 의자 위에 올라섰다. 책장이 워낙 높아서 의자를 밟고 섰음에도 아슬아슬했다.

"양아. 제발 얌전하게 내려와주라. 응? 그래야 너도 살고 나도 살아."

최대한 달래며 겨우겨우 손을 뻗었다. 복슬복슬한 털에 손끝이 닿는 그 순간이었다. 별안간 녀석이 웅크리고 있던 몸을 일으키더니 파앗! 하고 그녀의 어깨를 스쳐 지나갔다.

"헉······!"

갑작스러운 녀석의 행동에 놀란 은서가 중심을 잡지 못하고 휘청였다. 그와 동시에 바퀴가 달린 의자도 미끄러졌다. 하필이면 온 집 안의 바닥이 대리석으로 되어 있었다. 만약 가벼운 부상으로 끝난다면 엉덩방아 정도일 것이고, 재수가 없으면 골절을 당하거나, 정말 최악은 머리가 깨질지도 모른다는 생각이 1초 사이에 아주 빠르게 뇌리를 스쳐 지나갔다.

몸을 휘감는 공포감에 두 눈을 질끈 감았다. 그리고 곧 쿠웅! 제법 커다란 마찰음과 함께 그녀의 몸이 바닥으로 추락했다.

"으……."

전신에서 뭉근한 충격이 느껴졌다. 그런데 이상한 일이었다. 귀를 때렸던 엄청난 마찰음과는 달리 생각만큼 아프지가 않다. 뺨에 닿는 바닥의 감촉도 묘했다. 단단하기는 하지만 대리석의 단단함과는 전혀 다른 느낌이랄까. 온기도 느껴지는 것 같고.

……응? 잠깐만. 온기라니?

뒤늦게 뭔가가 잘못됐음을 깨달은 그때였다.

"이봐. 대체 언제까지 이러고 있을 생각이야?"

바로 옆에서 불쑥 들려오는 음성에 은서가 눈을 번쩍 떴다. 그와 동시에 눈앞에 펼쳐진 광경에 입을 쩍 벌렸다.

대체 언제 온 건지 남자가 자신의 아래에 깔려 있었다. 아니, 조금 더 정확하게 말하자면 자신이 그를 깔아뭉개고 있었다. 그의 팔이 제 허리를 감고 있는 걸 보니, 의자에서 떨어지는 저를 받아 주려다가 같이 넘어진 모양이었다.

"헉!"

상황 파악을 끝내자마자 벌떡 몸을 일으켰다. 그제야 아래에 깔려 있던 그도 몸을 일으켰다.

"박신우 씨. 괜찮아요?"

한참 늦은 질문에 그가 미간을 찌푸리며 대꾸했다.

"당신 눈엔 내 꼴이 괜찮은 걸로 보여?"

아무래도 넘어지면서 그의 샤워가운을 벗겼나 보다. 한쪽 어깨는 완전히 흘러내리고 나머지 어깨엔 아슬아슬하게 걸려 있었다. 풀어 헤쳐진 샤워가운 너머로 다부진 가슴 근육과 선명하게 쪼개진 복근이 고스란히 드러나 있었다. 불행 중 다행은, 그가 심각한 부상을 입지 않은 것과 샤워가운 속에 바지를 입었다는 것이었다.

"……정말 죄송해요."

은서는 허리를 90도로 숙이며 사과했다. 떨어지는 저를 받아줘서 감사하다는 인사도 전하고 싶었지만, 엉망진창이 된 그의 몰골을 보고 있자니 입술이 차마 떨어지질 않았다.

죄송하고 또 죄송했다. 정말로.

"당신은?"

송구함에 좀처럼 고개를 들지 못하고 있는데 머리 위로 남자의 음성이 떨어졌다. 짧은 질문의 의미를 파악하지 못하고 고개를 들었다. 시선이 마주치자 그가 다시 한 번 말했다.

"당신은 괜찮냐고."

"아, 네. 전 괜찮아요."

"어디 다친 데 없어?"

"없어요."

없다는 말에도 의심 담긴 남자의 시선이 그녀의 전신을 쓱 한번 훑었다. 자신을 쿠션 삼아 멀쩡한 모습을 두 눈으로 확인한 뒤에야 그는 그건 그렇고, 하며 말을 이었다.

"갑자기 여긴 왜 들어온 거야? 의자는 왜 밟고 올라서 있고?"

그는 이 상황이 무척이나 황당하다는 얼굴이었다.

그래. 어찌 황당하지 않을 수가 있겠는가. 제 스스로 생각해봐도 너무 황당한데.

민망함에 얼굴이 화끈거렸다.

"저어, 그게……. 고양이가 갑자기……."

"고양이?"

무슨 소릴 하느냐는 듯한 목소리에 은서는 더듬더듬 뱉어내던 말을 끊고 주위를 둘러보았다. 그의 말대로 고양이는 그 어디에도 보이지 않았다. 이 사달이 나는 사이 녀석은 이미 빠져나간 모양이었다. 이 또한 불행 중 다행이라고 생각해야 하는 걸까.

그의 시선을 고스란히 받아내던 은서는 잠깐 망설이다 입술을 달싹였다.

"……죄송해요."

지금 이 상황에서 그녀가 할 수 있는 말은 이 한마디뿐이었다.

* * *

고요한 방 안을 울리던 타자 소리가 뚝 멈췄다. 파일을 저장한 뒤 그는 스트레칭을 하기 위해 습관처럼 팔을 들어 올렸다. 아니, 들어 올리려고 했다.

"윽."

찌릿, 하고 근육이 찢기는 듯한 통증이 느껴졌다. 갑작스러운 고통에 반쯤 들어 올렸던 팔이 도로 내려갔다. 앉은 자세에서 몸을 살짝 비틀어봤다. 팔뿐만 아니라 등허리 쪽에서도 뻐근한 통증이 느껴진다. 처음엔 가볍게 느껴지던 통증은 시간이 지날수록 점점 더 짙어지고 있었다.

샤워를 끝낸 뒤 욕실을 나와 확인한 휴대폰에 부재중 전화가 찍혀 있었다. 정 실장이었다. 샤워하는 잠깐 동안 세 통이나 찍혀 있는 것을 보고 바로 전화를 걸었다. 역시나 급한 업무 연락이었다. 일이 꼬여서 그가 당장 자료를 넘겨야만 했다.

젖은 머리 그대로 서재로 향했다. 문이 반쯤 열려 있는 게 보였다. 이게 왜 열려 있지. 의아하게 생각하며 방 안을 들여다보는데 여자의 뒷모습이 보였다. 의자를 밟고 올라선 여자가 길바닥에 세워둔 기다란 풍선 인형처럼 흔들리고 있었다. 그 기괴한 모습이 제법 위험한 상황이라는 것을 인지하는 데는 1초도 채 걸리지 않았다. 다른 생각을 할 틈이 없었다. 곧장 여자를 향해 달려갔다. 물론 넘어지지 않도록 몸을 받쳐줄 생각이었지, 함께 바닥을 나뒹굴 생각은 먼지만큼도 없었지만 말이다.

"이 몸이 얼마짜린데……."

다른 손으로 아픈 팔목을 감싸며 중얼거렸다. 그나마 이 정도라 다행이지, 자칫 잘못했으면 큰 부상으로 이어질 수도 있는 일이었다. 그렇게 되면 그의 회사는 막대한 손해를 입었을 것이다.

그는 후, 낮게 숨을 뱉었다. 제가 저지른 일이지만 황당했다. 어째서 그 순간에 몸이 먼저 나갔을까. 남을 위해 자신을 기꺼이 희생하는 고귀한 성품과는, 분명 거리가 먼 성격이건만. 자신의 아내, 송은서와 관련되면 계속 이런 식이었다. 스스로조차 좀처럼 이해하기 힘든 일 투성이였다.

똑똑.

노크 소리가 그의 상념을 깨웠다.

"저예요. 잠깐 들어가도 돼요?"

당연한 거지만 그 여자의 목소리였다.

"들어와."

허락이 떨어지기가 무섭게 닫혀 있던 문이 조심스럽게 열렸다. 쭈뼛거리며 들어오는 여자의 손에 뭔가가 들려 있었다.

"무슨 일이야?"

"구급상자 가져왔어요."

"구급상자?"

"전 멀쩡한데, 아무래도 박신우 씨는 안 괜찮을 것 같아서요."

여자가 들고 있던 구급상자를 책상 위에 내려놓았다.

"다친 데 없어요?"

"없어."

"정말요?"

걱정이 담긴 눈빛에 그의 입술이 절로 움직였다.

"팔이랑 허리가 조금 뻐근하긴 해."

"뼈요? 근육이요?"

"근육. 아마도?"

"다행이네요."

여자는 작게 안도의 한숨을 내쉬고는 구급상자를 열었다. 뒤적거려 근육통에 붙이는 파스를 꺼내 든 여자가 그를 바라보며 고개를 갸웃했다.

"뭐해요?"

"뭐가?"

"일어나요. 파스 붙여야죠."

자연스러운 그녀의 말에 그의 눈이 살짝 커졌다.

"당신이 붙이겠다는 거야?"

"팔이랑 허리라면서요. 박신우 씨가 직접 붙일 수 있어요?"

붙일 수야 있겠지만 엉망이 될 테였다. 그는 순순히 자리에서 일어났다.

"오른팔이에요, 왼팔이에요?"

"오른팔."

"부위는요?"

"여기쯤."

여자는 꼭 간호사처럼 꼼꼼하게 그의 오른팔을 살피며 파스를 붙였다. 팔뚝 언저리에 붙은 흰 파스가 마치 어떠한 완장 같았다. 이를테면, 제 몸을 바쳐 여자를 구했다는.

"팔은 다 됐고. 이제⋯⋯."

새로운 파스를 꺼내 든 여자가 말끝을 흐렸다. 여자의 시선은 그의 허리를 향해 있었다. 반팔을 입고 있어서 훤히 드러나 있던 팔과는 달리 허리는 옷에 꽁꽁 감춰진 상태였다. 그 시선이 무엇을 뜻하는지 알 듯싶어서 그는 상의를 훌렁 벗었다. 쇼윈도 남편의 옷을 직접 들추는 게 불편할 여자를 위한 일종의 배려였다.

그런데 여자의 눈이 왕방울처럼 커지는가 싶더니 이내 급하게 시선을 내리깐다. 어색한 그 행동에 이어 첫눈처럼 뽀얀 뺨엔 발그스름한 홍조까지 피어났다.

설마, 지금 이 여자가 민망해하는 걸까?

벗은 반팔 티를 한 손에 그러쥔 채 그는 눈을 가늘게 뜨고 여자를 빤히 바라보았다. 하마터면 입술을 비집고 헛웃음이 나올 뻔했다. 그녀의 반응이 너무도 어이가 없었던 탓이다. 그럴 수밖에 없는 것이, 키스마저도 별일 아니라며 무덤덤하게 넘겼던 여자가 아니던가. 퉁 치자며 당돌하게 제 입술을 부딪쳐 오기까지 했던.

이제 와서 쓸데없이 웬 내숭인가 싶었지만, 허리에 파스를 붙이는 손끝의 떨림이 제게까지 고스란히 전해졌다. 내숭만은 아닌 것 같았다. 그래서 더욱더 혼란스러워졌다. 하마터면 여자의 손목을 붙들고서 다그칠 뻔했다.

송은서! 당신, 도대체 정체가 뭐야?!

"다 됐어요."

조심스러운 목소리와 함께 허리에 닿았던 여자의 온기가 증발했다. 그는 벗었던 티를 다시 껴입으며 최근 자신을 집요하게 괴롭히는, 좀처럼 답이 나오지 않는 질문을 다시금 떠올렸다. 정말로 자신의 아내는 도대체 어떤 여자인 걸까……

Chapter 10

Yes or No

주중에는 계속 비가 내렸는데 주말 아침이 되자 거짓말처럼 날씨가 맑게 갰다. 레스토랑 한쪽 벽면을 가득 채우고 있는 통유리 너머에서 햇살이 쏟아져 들어왔다. 뜨겁다 못해 살이 익을 것 같아서 직원에게 요청해 블라인드를 내리기는 했지만, 이미 햇살에 달아오른 팔은 식사를 하는 내내 화끈거렸다.

"잘 먹었어. 은서야."

계산하고 레스토랑을 나서며 가현이 감사의 인사를 전했다. 은서는 대답 대신 싱긋 웃어 보였다.

"근데 정말로 원래 오늘은 내가 사야 하는 건데……."

서로 사겠다고 계산대 앞에서 실랑이를 벌인 참이었다. 결국 카드 두 개를 직원에게 내밀며 뽑아달라는 부탁까지 했다. 직원은 은서의 카드를 골랐다. 어쩔 수 없이 결과에 승복하기는 했지만 가현은 못내 아쉬운 눈치였다.

"안 그래도 된다니까 그러네."

"그래도 어떻게 그래. 우리 양이 맡아주느라 고생했는데 보답은 해야지."

"보답은 됐어. 고생은커녕 오히려 내가 양이 덕분에 며칠 즐거웠거든."

친구의 고양이는 3박 4일 동안의 동고동락을 끝마치고 어젯밤 주인인 가현과 함께 집으로 돌아갔다.

첫날 불미스러운 사고가 있기는 했지만 대체로 괜찮은 날들이었다. 1층에 꿀단지라도 숨겨놓은 것처럼 자꾸 내려가는 행동을 멈추지는 않았지만, 다행히도 남자는 처음 경고를 준 이후로 별다른 말은 하지 않았다. 오히려 또 1층으로 내려와 죄송하다고 말하는 그녀에게 그는 무심한 투로 말했었다. 사람 말을 들으면 짐승이겠어? 라고.

그러다 보니 본의 아니게 은서가 1층으로 내려가는 일이 잦아졌다. 녀석 덕분에 부엌에만 한정돼 있던 동선도 넓어졌으며, 덩달아 아침저녁으로 식사를 할 때만 마주치던 남자와도 꽤 많이 부딪히게 됐다. 자연스럽게 오가는 대화도 늘어났다.

"그 녀석, 또 내려왔어?"

"……네."

"어디로 갔는데?"

"모르겠어요. 벌써 집이 익숙해졌는지 너무 빨라져서 완전히 놓쳐버렸거든요."

"방은 내가 찾아볼 테니 당신은 그 외의 공간을 찾아보도록 해."

"네?"

"뭐하고 있어? 얼른 찾아. 1층 바닥에 털이 더 쌓이기 전에."

"아, 네."

이튿날부턴 그와 함께 1층 곳곳을 누비기도 했다. 그 날 녀석을 찾은 건 그였다. 녀석이 발견된 장소는 이번에도 그의 서재였다. 그 후론 녀석이 사라질 때마다 그의 도움을 받았다. 1층에 내려갔다는 사실조차 인지하지 못하고 있을 때, 그가 먼저 녀석을 찾았다며 그녀에게 넘겨준 적도 있었다.

고향에서 돌아온 가현이 데리러 오기 바로 직전에도 두 사람은 각자의 구역에서 녀석을 찾느라 정신이 없었다. 애완동물을 들이면 집안의 분위기가 바뀐다는 말을 들어본 적이 있다. 은서는 그 말을 이번에 피부로 느낄 수 있었다. 늘 고요하고 삭막하던 집이 덕분에 꽤 소란스러워졌었으니까 말이다. 고작 3박 4일 뿐이기는 했지만.

"가만 보면 우리 양이가 진짜 효녀라니까?"

장난스러운 가현의 말에 은서는 웃음으로 동조했다.

"다음번엔 꼬옥 내가 살게."

"정말로 신경 안 써도 된다니까 그러네. 그리고 사실 나, 월급날

기념으로 한턱내는 거 꼭 한번 해보고 싶었어."

　어제가 바로 첫 월급날이었다. 어찌나 감격스러웠는지 밤잠을 설치면서까지 통장에 찍힌 숫자를 보고 또 봤다. 많은 금액은 아니었지만 처음으로 제 손으로 직접 번 것이라 너무도 소중했다.

　"진짜 별걸 다 해보고 싶었대. 재벌 집 딸내미가 어쩜 이렇게 소박해?"

　"너무 무시하지 마. 이래 봬도 내 버킷리스트였으니까."

　"하긴. 뭐든 처음이라는 게 설레기는 하지."

　이해가 된다는 듯 가현이 고개를 끄덕였다. 그와 동시에 은서는 멈칫, 걸음을 멈췄다. '처음'이라는 단어에 별안간 자신의 첫 키스가 떠오른 탓이었다. 그리고 너무도 자연스럽게 이어지는 건, 술에 취한 자신이 그의 입술을 덮치던 장면이었다.

　내가 지금 무슨 생각을 하는 거야? 미쳤어, 진짜……!

　정말이지 너무도 황당한 연상이 아닐 수 없었다. 재빠르게 머릿속에 떠오른 장면을 지워낸 은서는 양손으로 부채질을 시작했다. 갑자기 얼굴로 열이 솟구치는 듯했다.

　"갑자기 뭐해?"

　"아니, 너무 더워서."

　"덥다고? 난 오히려 좀 쌀쌀한 느낌인데."

　그들이 지금 서 있는 곳은 쇼핑몰 안이었다. 에어컨이 빵빵하게 나와서 가현의 말대로 덥기는커녕 오히려 등골이 서늘할 지경이었다.

　"……아까 식당에서 햇빛을 너무 많이 쬤나 봐."

　말도 안 되는 변명을 뱉은 은서는 눈에 띄는 간판을 가리켰다.

"우리 커피 마실래?"

갑작스러운 화제 전환에 의아해하면서도 가현은 고개를 끄덕였다.

"그래, 그러자. 커피는 내가 살게."

대답을 듣는 것과 동시에 은서는 재빠르게 커피숍으로 걸음을 옮겼다. 눈치 빠른 친구가 더 캐묻기 전에 자리를 피해야만 했다. 창가와 가장 거리가 먼 구석 자리에 자리를 잡고 앉아 친구가 건네주는 아이스 아메리카노를 받아들었다. 꽂혀 있는 스트로를 빼낸 뒤 컵 채 입으로 가져갔다. 한 번에 반을 비워냈다. 차가운 것이 속으로 들어가자 그제야 머릿속도 덩달아 차분해지는 듯했다.

"진짜 더웠나 보네."

급하게 커피를 마시는 그녀를 보며 가현이 말했다. 은서는 그렇다며 고개를 끄덕였다.

"근데 월급으로 뭐할 생각이야?"

"모르겠어."

"첫 월급이라고 그렇게 들떠 하더니. 계획도 안 세우고 뭐했어?"

"너무 들떠서 생각도 못 했어."

"그래. 너답다."

쯧. 혀를 차는 친구의 반응에 은서가 고개를 앞으로 쑥 빼고 물었다.

"너는 월급 받으면 뭐 해?"

"나?"

"응."

"나는……."

자신의 지출을 되짚던 가현의 표정이 급격하게 우울해진다.

"……카드값으로 다 나가지."

힘없는 친구의 목소리에 은서는 내밀었던 고개를 바로 했다. 이럴 땐 뭐라고 위로를 해줘야 하는 걸까. 망설이는데 가현이 언제 그랬냐는 듯 표정을 풀고 말한다.

"근데 원래 첫 월급 받으면 가족한테 선물하는 거라고 들었어."

"가족한테 선물?"

"너무 오래전 일이라 정확하게 기억은 안 나는데, 아마 나도 아빠한테 뭔가 사드렸던 것 같아."

가족이라…….

은서는 낯설게 느껴지는 단어를 속으로 곱씹어보았다.

가장 먼저 떠오르는 얼굴은 재욱이었다. 그리고 그 다음은…….

'정략결혼이긴 하지만, 그래도 일단은 내가 송은서 남편이니까.'

너무도 자연스럽게 그리 말하던 남자의 얼굴을 떠올리던 그때였다. 전화벨이 울렸다. 근원지는 가현의 휴대폰이었다. 가현은 얼른 전화를 받았다.

"응. 왜. 은서랑 같이 있어. 뭐, 지금?"

가현은 흘긋 은서를 바라보았다.

"일단 알겠어. 끊어."

전화를 끝내고 휴대폰을 내려놓는 가현을 향해 은서가 물었다.

"남자친구야?"

"응."

"무슨 일 있대?"

"아니, 별건 아니고. 오늘 너 만난다는 거 얘기 안 했었거든. 그래서 내가 집에 있는 줄 알고 찾아왔대."

"그럼 가야지."

가현은 됐다는 듯 고개를 내저었다.

"됐어. 꼭 안 가도 돼. 어차피 우리 집 비밀번호도 알고 있고……."

"나 때문이라면 괜찮아. 나도 저녁 하려면 이제 집에 들어가 봐야 해."

은서는 미안한 기색이 역력한 친구를 향해 정말이야, 하며 웃어주었다.

* * *

토요일에도 그의 회사는 늦게까지 불이 켜져 있었다. 그중에서도 가장 불빛이 밝은 곳은, '지독한 워커홀릭'이라는 별명을 가진 대표가 있는 층수였다.

똑똑.

노크 소리에도 그는 보고 있던 서류에서 눈을 떼지 않았다. 그의 침묵은 곧 긍정의 뜻이라는 걸 알고 있는 정 실장이 문을 열고 들어왔다.

"……대표님."

목소리가 어쩐지 조심스러웠다. 그제야 신우는 고개 들어 정 실장을 바라보았다. 목소리만큼이나 얼굴에도 곤란함이 깃들어 있었다.

"무슨 일이야?"

"손님이 오셨습니다."

"손님?"

"저, 그게…… 윤예슬 씨입니다."

대답과 동시에 신우의 얼굴이 굳었다.

예슬과 관계를 이어온 지도 햇수로 벌써 4년이었다. 하지만 회사로 찾아온 건 이번이 처음이었다. 물론 알 만한 사람들은 모두 알 정도로 공공연한 사이이기는 했지만, 그래도 회사까지 찾아오는 것은 정도를 지나친 일이 분명했다. 진짜 연인도 아니고 비즈니스 사이에선 더욱이.

"어떻게 할까요?"

내키지는 않지만 그렇다고 문전박대를 할 순 없는 노릇이었다. 안 그래도 별의별 소문이 무성하게 나 있는 상황이라고 하지 않았던가. 자신까지 장작을 제공할 순 없었다.

"들어오라고 해."

"네, 알겠습니다."

정 실장이 나가고 얼마 후 다시금 문이 열리고 예슬이 들어왔다. 제 딴에는 신경을 쓴답시고 얼굴을 다 가리는 선글라스를 쓰고 온 것 같긴 한데, 안타깝게도 대충 봐도 윤예슬이었다.

"연락도 없이 어쩐 일이야?"

선글라스를 벗으며 예슬이 대답했다.

"지나가다가 오빠라면 오늘도 출근했을 것 같아서 들러봤어."

"지나가다?"

기가 막혀 되물었다. 이 회사가 지나가다가 들르고 싶으면 들려도 되는 구멍가게가 아니라는 것을, 계산 빠른 예슬이 모를 리 없었다. 그랬기 때문에 지금껏 이런 일이 없었을 테고. 또 그러했기 때문에 그가 이 관계를 계속 이어온 것이기도 했다.

"……오빠 시간 괜찮으면 저녁이나 할까 해서."

그의 심기가 불편해졌음을 눈치챈 듯 한껏 끌어올린 예슬의 입매가 미세하게 떨렸다.

"그런 용건이었으면 전화로 해도 충분했을 텐데."

"내가 갑자기 찾아와서 많이 곤란한 거야?"

"그 생각을 미처 못 했던 거라면, 더욱 곤란하고."

한겨울 서릿발보다도 더 차가운 목소리에 예슬이 고개를 숙였다.

"미안해, 오빠."

빠르게 사과한 예슬은 변명하듯 말을 이었다.

"내가 너무 경솔했어. 소문은 일파만파 퍼져서 기정사실화되어 버렸고, 방송 일도 벌써 예전만 못하고……. 그래서 내가 마음이 조급해졌던 것 같아. 주말이라 출근한 직원도 별로 없을 것 같아서 가볍게 생각하기도 했고……."

떨리는 목소리만큼이나 어깨도 덜덜 떨리고 있었다. 그 모습을 보고 있자니 절로 한숨이 흘러나왔다. 사실 그녀의 조급함을 아예 이해 못 하는 건 아니었다. 그리고 자신에겐 이 일에 대해 일말의 책임이 있었다.

"우리 관계도 비즈니스의 일종이긴 하지만, 회사 업무와는 결이 다르다는 건 너도 잘 알 거라고 생각해. 공과 사, 그 어디쯤이지.

그러니 구분할 건 해줬으면 좋겠는데.”

한층 누그러진 목소리에 예슬은 얼른 고개를 끄덕였다.

“응. 그럴게.”

그는 초조한 기색으로 제 앞에 서 있는 예슬을 빤히 바라보다가
이내 무심한 투로 덧붙였다.

“저녁은 네가 먹고 싶은 걸로 예약해.”

순간 예슬의 얼굴이 활짝 핀다.

“정말 그래도 돼?”

“당장은 안 되고, 한 시간 후쯤.”

“알겠어. 그리고 이해해줘서 정말 고마워, 오빠.”

눈을 반달로 접으며 예쁘게 웃는 예슬을 외면한 채 서류로 시선
을 옮기며 그는 생각했다. 그녀에게는 미안하지만, 아무래도 이
관계를 슬슬 정리할 때가 온 것 같다고.

* * *

가현과 헤어지고 집으로 가려는데, 택시를 타기 직전 남자에게
서 온 전화를 받았다. 저녁 약속이 생겼다는 연락이었다. 알겠다
는 대답을 끝으로 전화를 끊은 은서는 택시를 그냥 보내고 쇼핑
몰 근처에 있는 백화점으로 향했다.

그와 함께 하는 식사를 제외하고는 대충 챙겨 먹기 때문에 굳이
밥을 새로 할 필요는 없었다. 아침에 먹던 찌개가 남아 있으니 그
걸로 대충 한 끼를 때우면 될 일이었다. 어차피 혼자 먹는 밥은 진
수성찬을 먹는다 해도 별로였다.

백화점에 들어선 은서는 곧장 재욱이 가장 좋아하는 의류 브랜드 매장으로 향했다. 첫 월급을 타면 가족에게 선물하는 거라던 가현의 말대로 재욱에게도 뭔가를 선물해주고 싶다는 생각이 들어서였다.

"어떤 걸 찾으세요?"

다가서는 직원에게 괜찮다고 말한 후 매장을 한번 빙 둘러봤다. 마침 동생의 취향에 딱 맞는 옷이 눈에 띄었다. 더 고민할 것도 없이 옷을 고르고 결제를 했다.

"감사합니다, 고객님."

"많이 파세요."

은서는 기분 좋게 답인사를 하며 매장을 나섰다. 지금까지 수많은 쇼핑을 해왔지만 오늘처럼 결제하는 순간이 기뻤던 적은 없었다. 좋아할 재욱의 모습을 떠올리자 입가가 절로 느슨해졌다. 아직 선물을 건네주지도 않았는데 벌써 뿌듯했다.

"저기요."

기분 좋게 쇼핑백을 달랑 들고 걷는데 문득 정장 차림의 남자가 그녀를 향해 다가왔다. 그는 들고 있던 바구니에서 꽃 한 송이를 꺼내 은서에게 건넸다.

"시향 한번 해보세요."

친절한 미소에 은서는 사양하는 대신 꽃을 받아들었다. 가까이에서 보니 종이로 만들어진 꽃이었다. 손에 쥐기가 무섭게 시원한 향기가 코끝을 자극했다. 남자가 다른 고객에게로 향하는 모습을 보며 은서는 꽃을 조금 더 가까이 가져갔다. 시원한 향이 사라지자 은은한 꽃향기가 아주 미세하게 느껴졌다. 흔한 향은 아니었다.

종이 꽃잎에 가만히 코를 대고 있자니 문득 한 남자의 얼굴이 떠오른다. 시원함으로 시작해서 따뜻함으로 끝나는, 묘한 이 향기가 어쩐지 그 남자를 닮았다는 생각이 들었다. 들고 있던 꽃을 내리고는 고개를 들어 정면을 바라보았다. 바로 코앞에 향수 매장이 떡하니 보인다.

"쓰는 향수가 따로 있겠지……."

재욱의 선물은 고민하지 않고 곧바로 골랐는데, 이상하게 그를 생각하자 괜히 망설여진다. 재욱과는 달리 그에 대해서는 아는 게 없었으니 당연한 일이었다. '부부'라는 이름으로 한집에서 생활한 지 벌써 두 달이 넘어가고 있었다. 제 착각일지도 모르겠지만 처음보다는 꽤 가까워진 느낌이기도 했다.

하지만 그럼에도 불구하고 그는 여전히 어려운 존재였다. 나쁜 사람. 착한 사람. 차가운 사람. 따뜻한 사람. 매정한 사람. 다정한 사람. 어느 한 단어로는 정의할 수가 없는…….

머뭇거리며 향수 매장을 바라보는데, 별안간 가방 안에 넣어두었던 휴대폰이 울렸다. 휴대폰을 꺼내 들고 액정에 뜬 이름을 확인하는 순간, 은서의 눈이 둥그렇게 커졌다.

시어머니인 미경에게서 온 전화였다.

* * *

예슬이 예약한 이탈리안 레스토랑은 이삼십 대를 타깃으로 마케팅을 하는 곳인 듯했다. 인테리어가 젊은 감각으로 독특했다.

공간이 그리 크지도 않아 룸은 따로 없고, 사방이 뻥 뚫려 있는 공간에 테이블이 촘촘하게 놓여 있었다. 굳이 용쓰지 않는다 해도 서로의 얼굴 정도는 정확하게 알아볼 수 있을 정도의 거리였다. 귀를 기울인다면 대화도 다 들릴지 몰랐다.

"저번에 친구들하고 한번 왔었는데, 음식이 맛있더라고. 오빠 입에도 맞을 것 같아서 여기로 골랐어."

굳어 있는 그의 표정을 읽은 듯 예슬은 묻지도 않은 얘기를 변명하듯 말했다. 그때 직원이 다가와 두 사람을 예약석으로 안내했다. 그나마 구석진 자리이기는 했지만, 예슬을 알아본 사람들의 시선에서 자유로울 순 없었다. 게다가 하필이면 주말 저녁이라 사람이 미어터질 듯 많았다. 식사를 하고 있는 사람들뿐만 아니라 입구에 놓인 의자에서 대기를 하고 있는 사람들도 꽤 많았다.

"장사가 잘되나 보네."

"여기 요즘 엄청 핫한 곳이거든."

"바로 예약하기 쉽지 않았을 것 같은데?"

"아⋯⋯."

그의 질문에 예슬은 잠깐 멈칫, 하더니 대답했다.

"응, 맞아. 원래는 당일 예약이 어려운 곳이긴 한데, 나는 운이 좋았어."

예슬은 싱긋 웃으며 물잔을 입으로 가져갔다. 그녀의 손에 들린 유리잔만큼이나 투명한 속내가 눈에 훤히 보이는 듯했지만, 그는 그녀를 타박하는 대신 주위를 스윽 둘러보았다. 흘끗거리는 시선들 중에는 카메라를 든 이도 몇 보였다. 대부분 예슬을 알아봤겠지만, 그중엔 자신을 알아보는 이가 섞여 있을지도 몰랐다.

벌써부터 귀찮아질 앞날이 뻔히 그려지는 듯했다. 물론 이 일의 수습은 자신이 아닌 오롯이 정 실장의 몫이었지만 말이다.

"혹시 많이 불편해? 다른 장소로 옮길까?"

이제 와서 생각해주는 척 나온 질문에 그는 가볍게 고개를 저었다.

"됐어."

그녀를 위해 해줄 수 있는 마지막 배려였다.

* * *

나무 한 그루, 꽃 한 송이 모두 정성 들인 티가 나는 정원을 가로지르는 동안 콩닥콩닥 불안정하게 뛰던 가슴이 현관 앞에 멈춰서자 한층 더 거세게 뛰기 시작했다.

"후우……!"

은서는 크게 심호흡을 한 번 한 다음 조심스럽게 현관문을 열었다.

"어서 오렴."

미경이 문 앞까지 그녀를 마중 나와 있었다.

"안녕하세요, 어머님."

은서는 얼른 고개를 꾸벅 숙였다.

"결혼식 이후로 처음 보는 거니까 두 달 만인가? 그동안 잘 지냈지?"

"죄송해요. 제가 먼저 연락드리고 찾아뵀었어야 했는데……."

"누가 먼저 하면 어떠니. 다들 바쁜 사람인 거 뻔히 아는데. 조금 더 한가한 사람이 연락하면 되지."

전혀 개의치 않는다는 듯 미경은 호호, 가볍게 웃었다.

"이해해주셔서 감사합니다."

은서는 다시 한 번 고개를 꾸벅 숙였다. 그러고는 들고 있던 쇼핑백을 건넸다.

"그리고 이거……."

"이게 뭐니?"

"허브티예요. 뭘 좋아하시는지 몰라서 직원에게 추천받은 걸로 사 왔는데, 입에 맞으실지 모르겠어요."

"뭘 이런 걸 다 사 왔어? 우리가 남도 아닌데 빈손으로 오면 좀 어때서. 어쨌든 기왕 사 온 거니 잘 먹을게. 고마워."

미경은 쇼핑백을 집안일을 돕는 아주머니에게 건넨 후 은서를 거실로 안내했다.

"곧 식사 준비 끝난다고 하니까, 우린 기다리면서 잠깐 수다나 떨자."

두 사람은 거실 소파에 나란히 앉았다.

미경이 먼저 운을 뗐다.

"어때. 결혼 생활은 할 만하니?"

"네, 어머님."

"낯설어서 정신없지?"

"조금요."

"이해해. 나도 이 집에 처음 들어왔을 땐 그랬으니까."

위로하듯 그녀의 어깨를 가볍게 두드렸다.

"그보다 신우는 어때. 잘해주니?"

"……네. 잘해줘요."

한 템포 느리게 나온 말에 미경이 알만하다는 듯 피식, 웃었다.

"억지로 그렇게 말할 필요 없어. 신우가 무심한 거야 내가 더 잘 아는걸. 하물며 제 아버지에게 등 떠밀려 한 정략결혼인데 더하겠지."

"……."

"내 앞에서는 편하게 얘기해도 돼. 사실 나도 신우한테 대접받는 처지가 아니라서 도움이 되진 않겠지만, 같이 험담 정도는 해줄 수 있어."

미경이 온화하게 웃으며 그녀를 바라보았다. 멍석을 깔아줬으니 마음 편히 속에 있는 말을 해보라는 듯이.

"원래 고부 사이가 이런 얘기 하면서 친해지는 거 아니겠니?"

본인의 말대로 여기서 남자의 험담을 하면 고부 사이가 좋아질 것 같기는 했다. 남자가 미경에게 별로 호의적이지 않았던 것처럼, 미경 역시 남자에게 그다지 호의적이지 않은 것 같았으니까. 하지만 은서는 고개를 내저었다.

"정말이에요, 어머님. 신우 씨가 정말로 잘 해줘요."

미경이 기다란 인조 눈썹을 느리게 치떴다.

"세상만사 무심한 애가 너한텐 잘한다고?"

"저도 처음엔 오해를 조금 했었어요. 무심한 성격이라고. 그런데 함께 지내다 보니까 다정한 면도 꽤 있더라고요."

"……그러니?"

그럴 리가 없을 텐데. 못마땅하다는 듯 바라보는 미경을 똑바로 마주 보며 은서는 눈을 살짝 접으며 말을 덧붙였다.

"어머님이랑 친해질 기회인데, 신우 씨에 대한 험담 거리가 없어서 너무 아쉬워요."

양심이 조금 찔리기는 했지만, 그렇다고 해서 딱히 거짓말도 아니었다.

* * *

레스토랑을 나왔을 때는 하늘이 제법 어두워져 있었다. 그의 고급세단은 어둑한 거리를 부드럽게 내달렸다.

식사는 엉망이었다.

예슬의 말과는 달리 주문한 음식들은 하나같이 그의 입에 맞지 않았다. 차라리 자신의 아내가 만든 음식을 돈 주고 사 먹는 게 훨씬 더 낫겠다는 생각이 들었다. 게다가 동물원 원숭이 취급을 받으며 식사를 이어가려니, 제가 씹고 있는 것이 고기인지 고무인지 헷갈릴 지경이었다.

그래서였다. 디저트가 나오기도 전에 자리에서 먼저 일어섰던 건. 예슬이 당황하며 뒤를 따라 나왔지만, 그는 그녀를 뒤로한 채 차에 올라탔다. 그러고는 다음을 기약하는 말도 없이 곧바로 차를 출발시켰다. 그녀에게 휘둘리는 건 이쯤 하면 충분하다 싶었다. 지금까지 예슬과의 관계를 굳이 끊어내지 않았던 이유는, 단하나였다.

딱히 귀찮지 않아서.

그런데 오늘 식사를 하며 확실하게 깨달아버렸다. 이제는 이 관계가 꽤 귀찮게 여겨진다는 것을. 분명히 예전과 다른 느낌이었다. 특히나 다른 여자와 달라서 편하던 예슬이었는데, 오늘은 다른 여자와 다름없는 모습을 보여준 점이 실망스러웠다. 그게 오로지 그녀의 탓인 건지, 자신 때문인 건지, 아니면 둘 다인 건지는 모르겠지만 말이다.

"……확실히 정리하긴 해야겠군."

신호에 걸린 그는 검지로 툭툭 핸들을 건드리며 마음을 굳혔다.

그때였다. 문득 그의 시야에 차창 밖의 풍경이 들어왔다. 조금 더 정확하게 말하자면 길가에 세워진 포장마차에 시선이 고정됐다. 떡볶이와 어묵, 튀김 등을 파는 듯했다. 그것을 보고 있자니 자연스럽게 여자의 얼굴이 떠오른다. 술기운 때문에 발갛게 달아오른 얼굴로 열심히 떡볶이를 입에 나르던 그 모습이…….

마치 어제의 일인 양 생생하게 떠오르는 장면 때문에 설핏 웃음이 난다.

"저녁은 먹었으려나?"

고양이를 주인에게 돌려보낸 뒤로 조금 침울해 보이던 여자였다. 저와 함께 있을 땐 어쩔 수 없이 꼬박 밥을 챙겨 먹고 있기는 했지만, 혼자 있을 땐 어떨지 모를 일이었다. 신호가 바뀌고 그는 차를 갓길에 세웠다. 포장마차를 다시금 확인한 후 휴대폰을 들었다. 가장 최근 통화 목록에 찍혀 있는 여자의 전화번호를 눌렀다. 통화음이 몇 번 이어지다가 이내 여자의 목소리가 들렸다.

─네, 박신우 씨.

이제는 너무도 익숙해진 무미건조한 목소리에 신우의 입가가 저도 모르게 슬쩍 느슨해졌을 때였다. 수화기 너머에서 또 다른 목소리 하나가 흘러나왔다.

－신우 전화니?

목소리가 낯설지 않았다. 순간 그의 입가가 언제 그랬냐는 듯 딱딱하게 굳어갔다.

"송은서."

그는 전화기를 붙들고 낮은 음성을 뱉어냈다.

"당신 지금 어디야?"

* * *

남자가 들이닥친 건, 식사를 끝낸 후 미경과 함께 거실 소파에 앉아 그녀가 사 온 허브티를 마시고 있을 때였다. 그는 은서에겐 시선도 주지 않고 곧장 미경을 향해 말했다.

"누구 멋대로 이 사람을 오라 가라 하시는 겁니까."

지금껏 봤던 중 가장 무서운 얼굴이었다. 목소리 역시 너무도 낮아 섬뜩할 정도였지만, 미경은 일상이라는 듯 덤덤하게 대꾸했다.

"왔니? 왔으면 앉으렴."

"……."

"아줌마. 신우 차도 한 잔 내와 줘요."

너무도 여유로운 미경의 반응에 그의 입에서는 결국 큰 소리가 나왔다.

"이봐요!"

매서운 화가 잔뜩 실린 음성이었다. 은서의 어깨가 흠칫 떨렸다. 그러나 이번에도 미경은 덤덤한 얼굴로 차를 홀짝일 뿐이었다.

"지금 내 말이 말 같지가 않습니까?"

"말 같은 말을 해야 대꾸를 하지. 결혼한 며느리를 시댁으로 부른 게 무슨 잘못이니?"

"며느리라고 했습니까, 지금?"

"내가 뭐 틀린 말 했어?"

"누가 당신 며느리라는 겁니까. 대체 누가!"

은서는 숨을 참았다. 두 사람의 사이가 좋지는 않겠거니, 하고 생각하긴 했었다. 그런데 이 정도였을 줄이야.

"내가 분명 착각하지 말라고 경고했을 텐데요. 이 집에 당신 자리는 없다고."

"호적엔 그럴지 몰라도 이 집은 아니야. 이 집엔, 분명 내 자리가 있어. 지금 내가 앉아 있는 곳이 바로 그 자리야."

하! 그가 코웃음을 쳤다.

"이젠 아주 막 나가겠다는 겁니까?"

"그럼 내가 언제까지 네 눈치를 봐야 해? 이러나저러나, 너는 날 끝까지 인정하지 않을 텐데."

둘 중 누구도 호락호락하게 져줄 생각이 없다는 듯 분위기는 팽팽했다. 마치 호랑이와 사자가 으르렁대는 걸 지켜보는 느낌이었다. 공기 중에 흩어져 있는 은은한 허브향이 너무도 이질적으로 느껴졌다.

맹수들의 싸움이었다. 초식동물인 제가 낄 자리가 아니라는 것도 잘 알고 있었다. 하지만 차마 모르는 척할 수는 없었다. 남자의 아내이자, 미경의 며느리인 제 처지 때문만은 아니었다. 지금 미경의 배 속에는 아이가 있었다. 미경은 덤덤한 듯 보였지만 이런 소란이 아이에게 좋을 리가 없었다.

"······박신우 씨, 잠깐만요."

어깨를 움츠리고 있던 은서가 조심스럽게 목소리를 냈다. 그제야 남자의 시선이 그녀에게 향했다.

넌 대체 여기서 뭘 하는 거야?

여전히 매서운 그의 눈빛이 저를 타박하는 것처럼 느껴져서 은서는 마른침을 꼴깍 삼켰다.

그때였다. 그가 성큼성큼 그녀를 향해 다가오더니 가느다란 손목을 턱, 붙들었다.

"이리 나와, 송은서."

뭐라고 말을 할 새도 없이 그는 그녀의 손목을 잡아끌고 집을 나섰다.

* * *

여자와의 전화에서 불순물 같은 미경의 목소리를 들었던 그 순간부터, 그의 심장은 빠르게 뜀박질을 시작했다. 미경과 함께 평온하게 차를 마시는 여자의 모습을 보는 순간엔, 눈에서 불이 나는 느낌이었다. 이 감정이 미경을 향한 분노인지, 송은서를 향한 분노인지 헷갈렸다. 그래서 더 짜증이 치밀어 올랐다.

단 하나 분명하게 알 수 있는 건, 두 여자가 함께 있는 모습이 못 견디게 끔찍하다는 것이었다. 아니, 자신이 여자에게 분노할 이유는 없었다. 이건 분노가 아닌······ 서운함. 그래, 일종의 서운함이었다. 스스로 생각해봐도 말도 안 되는 일이지만, 여자를 향해서 이유 모를 서운한 감정이 왈칵 들었다.

끼이이익–

핸들을 꺾자 듣기 싫은 마찰음과 함께 차가 갓길에 섰다. 그는 정면만을 향하고 있던 고개를 틀어 옆을 바라보았다. 그러자 안전벨트를 꽈악 그러쥔 여자 역시 고개를 틀어 그를 바라보았다.

"도대체 거긴 왜 간 거야?"

"어머님께서 여자끼리 식사나 하자고 연락 주셨어요."

"언제?"

"오늘이요."

"정확하게."

"박신우 씨가 저녁 약속이 생겼다고 전화를 한 직후요."

여자에게도 갑작스러운 연락이었던 모양이다. 신우는 후, 하고 크게 심호흡을 했다.

"왜 나한테 말을 안 했어?"

"이 일이 박신우 씨한테 말해야 되는 일인지, 미처 생각하지 못했어요."

너무도 깔끔한 여자의 대답에 기껏 삼켰던 뜨거운 감정이 다시금 울컥 치솟았다. 그는 주먹을 꽈악 그러쥔 채 아주 낮게 으르렁거렸다.

"다른 것도 아니고 우리 집안일이야. 아무리 사생활에 대해서는 터치 않기로 했지만, 이런 얘긴 당연히 해야지!"

"미안해요. 제 생각이 짧았어요. 앞으로 이런 일이 생기면 꼭 말할게요."

여자는 곧바로 사과했지만 그는 좀처럼 화를 억누를 수가 없었다.

"또 이런 일을 만들겠단 얘기야?"

"어머님께서 또 부르시면 저는 어쩔 수 없으니까요."

"무시하면 될 일이야. 그리고 그 어머님이라는 말 좀 그만할 수 없어?"

"그럼 뭐라고 해요?"

"뭐?"

"아주머니라고 부를 순 없잖아요. 박신우 씨처럼 '이봐요'라고 부를 수도 없는 일이고요."

"……."

"박신우 씨와 내 경우는 달라요. 제 처지도 생각을 해줬으면 좋겠어요."

똑 부러지는 말에 그는 하, 숨을 뱉었다. 맥이 풀리는 느낌이었다. 여자의 입에서 나오는 말은 하나도 틀린 게 없었다. 속에서 들끓는 감정과는 달리 입 밖으로는 그 어떤 말도 내뱉을 수가 없었다. 내가 싫으니 너도 싫어해. 내가 막 나갈 테니 너도 막 나가. 강요할 수는 없는 노릇이었다. 그건 분명한 월권이었다. 그저 쇼윈도 부부인 주제에. 고작 호적상 남편일 뿐인 주제에.

"뭣 때문에 부른 거래?"

한층 누그러진 목소리로 물었다.

"저녁 같이하자고 하셨어요. 오늘 아버님 늦으시는데 혼자 드시기 외롭다고요."

"그래서?"

"네?"

"무슨 대화를 나눴냐고. 그 여자랑."

"그냥 이런저런 얘기요."

"이를테면?"

"결혼식 얘기도 했고. 집에 관한 얘기도 했어요. 집이 꽤 넓은데 혼자 관리가 되는지. 입주 도우미를 쓰는 건 어떻겠는지. 밥은 사 먹는지, 해 먹는지……."

"그게 전부야?"

고집스러운 그의 질문에 달싹이던 여자의 입이 한일자로 다물어졌다.

"……."

그는 다시 한번 재촉했다.

"들은 얘기 있으면 다 해."

여자는 결국 실토했다.

"……아기, 가지셨다고요."

그럼 그렇지.

그는 피식, 입술을 비틀었다.

미경의 속셈은 뻔했다. 송은서를 제 편으로 만들고 싶었던 걸 테다. 내 처지가 이렇게 비참하다고. 네 남편이 이렇게나 비정하고 매정하다고. 그를 악역으로 몰아세우며 본인은 피해자인 양 손수건에 눈물방울을 찍어댔겠지. 그동안 맹한 척하더니, 이제 슬슬 꼬리 아홉 달린 여우의 본색을 보이려는 모양이었다.

"비난하고 싶어?"

툭 내뱉어진 그의 질문에 여자가 눈을 늘였다.

"그게 무슨 말이에요?"

"다 들었을 거 아니야."

그제야 여자는 아, 하며 고개를 끄덕였다.

"그런데, 그게 누군가에게 비난받을 행동인가요?"

이번에는 그의 눈이 살짝 커졌다.

"그럼 당신은 아니라고 생각한다는 건가?"

"네. 저는 박신우 씨가 비난받을 이유 없다고 생각해요."

"……어째서?"

"본인 감정이잖아요. 그 누구도 강요할 수 없는 거 아닌가요?"

예상치 못한 반문에 그는 뒤통수라도 한 대 맞은 듯 멍해졌다. 하지만 여자의 눈엔 정말로 자신을 향한 비난 따위는 먼지만큼도 담겨 있지 않은 것 같았다. 그런 여자를 마주 보고 있자니 문득 그의 안에서 비틀린 감정이 고개를 쳐드는 것이었다. 이게 정말 여자의 진심인 건지. 아니면 그저 입바른 소리로 억지 위로를 하는 것인지. 괜스레 확인하고 싶은, 그런 유치한 감정이.

"정말로 그렇게 생각해?"

여자는 한 치의 망설임도 없이 고개를 끄덕였다.

"네."

그는 다시 한번 물었다.

"반쪽이지만 피가 섞인 동생인데, 그래도?"

"그래도요."

"상대는 아직 태어나기도 전인 생명인데, 그래도?"

"네. 그래도."

끝까지 단호하게 대답한 여자는 잠깐 그를 빤히 바라보다가 이내 정면으로 시선을 옮겼다.

"여섯 살 때였어요."

차창 밖으로 보이는 풍경을 바라보며 그녀는 느릿하게 입술을 달싹였다.

"동생이 태어났어요."

"……."

"아, 동생과 제가 배다른 남매인 건 알고 있죠?"

확인하듯 그를 흘끗 바라본 여자는 이내 다시금 창밖을 바라보며 말을 이었다.

"동생이 태어났다는 사실을 인정하기가 싫었어요. 말은커녕 옹알이도 못 하는 갓난아이가 못 견디게 미웠어요. 동생에겐 아무런 죄가 없다는 건, 나도 알고 있었는데. 그런데도 너무 미워서 동생이 사라졌으면, 하고 끔찍한 기도를 한 적도 있었어요. 이제 와서 생각해보면 하느님이 안 들어주셔서 천만다행이지만요."

그녀답게 고해성사마저 담백하고 깔끔했다. 말을 끝마친 여자가 다시금 고개를 돌려 그와 시선을 마주했다.

"박신우 씨는 절 비난하고 싶어요?"

멍하니 그녀를 바라보던 신우의 눈썹이 찌푸려졌다.

"지금 여섯 살짜리랑 나를 동급으로 보라는 거야?"

"다르지 않다고 생각해요."

"뭐?"

지금 여자가 하려던 게 위로가 아니라 조롱인가 싶어서 기가 막혔다. 도대체 무슨 소리를 하는 거냐고, 따져 물으려는 찰나 여자의 목소리가 덧붙여졌다.

"나이를 먹었다고 해서 상처를 받지 않는 건, 결코 아니니까요."

"……."

순간 달싹이던 입술이 강력 본드 칠이라도 된 듯 딱 붙었다. 여자를 바라보는 그의 두 눈이 흔들렸다. 정말이지 이상한 일이었다. 여자의 단조롭기 그지없는 저 목소리가 어째서 나긋하게 제 귀를 휘어 감아 오는 걸까. 무감한 저 표정은 또 어째서 저토록 예쁘게 보이는 거고?

그는 두 눈을 질끈 감았다 떴다. 하지만 변하는 건 없었다. 현실을 직시하자마자 울컥, 속에서부터 뭔가가 치솟아 오른다. 수화기 너머에서 흘러나오는 미경의 목소리를 들었을 때보다도, 제 속도 모르고 평온하게 미경과 티타임을 갖고 있던 송은서를 봤을 때보다도, 훨씬 더 뜨겁고 무거운 감정.

그건 바로, 저조차도 당황스러울 정도로 짙은 충동이었다.

"송은서."

"네."

"내가 키스했을 때 어땠어?"

"네?"

여자의 눈이 둥그렇게 커졌다.

"싫었어?"

"……."

"아니면 끔찍했나?"

뜬금없는 질문의 연속에 여자는 당황한 듯 눈을 껌뻑였다. 마치 길 가다가 뒤통수라도 한 대 얻어맞은 듯한 얼굴이었다.

"갑자기…… 왜 그런 걸 물어요?"

"갑자기 그런 생각이 들어서. 당신이 그 일을 그냥 넘어간 게, 다른 이유 때문이 아니라 나와 한 키스가 싫지 않기 때문이었으면 좋겠다는.”

“그게 무슨…….”

너무도 잘 알고 있었다. 지금 제가 하는 말이 얼마나 황당하고도 뻔뻔한 것인지. 여자의 눈에는 분명 제가 미친놈처럼 보일 테다.

“대답해봐.”

그런데 다 알면서도 도저히 말을 멈출 수가 없었다.

“싫었어?”

그래. 나는 지금 미친 게 분명했다.

“…….”

얼굴에 철판을 수십 장 덧댄 것처럼 뻔뻔하게 구는 그를 바라보던 여자는 난감한 듯 아랫입술을 물었다. 하지만 그는 집요하게 바라보는 시선을 거둘 생각이 없었다. 한참 만에야 여자는 원하는 대답을 듣기 전까지는 그가 절대 물러서지 않으리라는 걸 깨달은 듯 천천히 입술을 열었다.

“솔직히…… 지금 박신우 씨가 무슨 말을 하고 있는 건지 모르겠어요.”

아래로 내리깐 여자의 두 눈에는 혼란스러움이 그득 담겨 있었다.

“어려운 질문은 아니었을 텐데?”

“…….”

“하나만 골라. ‘Yes’야, ‘No’야?”

미저리와 비교한다 해도 결코 꿀리지 않을 만큼 집요한 물음에 여자는 작게 한숨을 내쉬고는 느릿하게 대답했다.

“……싫지는…… 않았어요.”

그러다 문득 뭔가가 떠올랐는지 그와 시선을 마주치며 재빠르게 말을 덧붙였다.

"아, 혹시나 해서 하는 말인데 오해는 말아요."

여자는 쭈뼛대며 말을 이었다.

"그렇다고 좋았다는…… 읍!"

말을 끝마치기도 전에 그가 상체를 숙여 달싹이는 새빨간 입술을 집어삼켰다. 놀라 동그랗게 커진 여자의 눈이 보였지만, 그는 무자비하게 도톰한 입술을 가르듯 혀를 밀어 넣었다. 아마도 여자는 착각하지 말라는 말을 하고 싶었을 것이다. 말 그대로 '싫지 않았을 뿐'이지 결코 좋았던 건 아니라고. 당신과의 키스는 실수였을 뿐이라고. 그러니 좋고 싫고 할 게 어디 있겠느냐고. 별 감정 없었다고.

그러나 더는 듣고 싶지 않았다. 더 이상 여자가 자신을 부정하게 두고 싶지 않았다.

"흐읍……!"

뒤로 밀리는 허리를 바싹 끌어당기며 보다 깊숙이 그 안을 헤집었다. 채 밖으로 나오지 못한 그녀의 뒷말이 뜨거운 열기가 되어 그의 입안에서 흩어졌다. 매끄럽게 입안 점막을 훑던 혀가 당황해서 굳은 여자의 것을 톡톡 건드렸다. 달다. 움찔거리는 그것을 망설임 없이 빨아 당겼다. 별다른 저항 없이 딸려오는 살점에선 단내가 폴폴 풍겼다.

순간 머리가 아찔해질 정도였다. 아랫배가 뻐근해져 온다. 여자의 허리를 감은 팔에 힘이 바싹 들어갔다. 타액이 섞이는 소리와 살점이 뒤엉키는 소리가 적막한 차 안을 울렸다. 간간이 맞붙은 입술을 비집고 여자의 희미한 숨소리도 흘러나왔다. 그게 못 견딜 만큼 야릇하게 그를 자극해댔다.

당황스러울 것이다. 제가 생각해도 이 상황은 너무나 갑작스럽고 충동적이었으니까. 허나 그 역시도 당황스러운 건 마찬가지였다. 고작 키스 따위에 이성을 잃은 적은 정말이지 처음이었으니까. 역시나 이 여자와 관련되면 제 모든 것이 엉망이다. 늘 그래왔듯이.

마치 잡아먹기라도 할 듯 거침없이 그녀를 희롱하다가 뒤늦게 입술을 떼어낸 건, 여자의 숨소리가 거칠어지다 못해 헐떡이기 시작했을 무렵이었다.

"하아……!"

입술이 떨어지기가 무섭게 여자가 크게 숨을 몰아쉬었다. 그는 아쉬운 듯 아랫입술을 할짝 핥았다. 그녀의 흔적이 듬뿍 묻은 제 입술 역시 달게 느껴진다. 느릿하게 시선을 들어 여자의 얼굴을 마주했다. 안 그래도 뽀얗던 얼굴에 핏기가 싹 가셔 창백해 보인다. 뒤늦게 아차, 싶었다. 겨우 브레이크를 걸었기에 망정이지. 무시하고 제 욕심껏 탐했으면 그녀가 혼절했을지도 모를 일이었다.

"이게 대체……."

숨을 고른 여자가 눈을 늘이며 그를 빤히 바라보았다. 마치 지금 일어난 이 사태가 도대체 어떻게 된 것인지 이해할 수 있게 설명해보라는 듯.

예상했던 반응인지라 당황스럽지는 않았다. 그는 그런 여자의 시선을 피하지 않고 똑바로 마주했다. 그러고는 그녀의 것을 물고 빠느라 붉어진 입술을 엄지로 슥 훑었다.

흠칫, 여자의 어깨가 작게 떨리는 것을 직시하며 그가 단호하게 말했다.

"확실히 해두지."

이제 그만 인정해야 했다.

"나, 술 한 방울도 하지 않았어."

이 여자에게, 송은서에게, 자신의 아내에게.

"실수 따위가 아니라는 말이야."

더 이상 그저 허울뿐인 남편으로 남고 싶지 않다는 것을.

Chapter *11*

위험 수위

　주위 공기가 푸르게 물들어가기 시작했다. 은서는 고개를 돌려 창문 너머를 바라보았다. 캄캄하던 하늘이 조금씩 밝아지고 있었다. 곧 해가 뜨려는 모양이다. 때마침 휴대폰 액정에 불이 들어오며 알람이 울렸다. 모닝콜이었다.

　"벌써……?"

　은서는 뻑뻑한 눈을 비비며 자리에서 일어났다. 침대를 벗어나다 순간 다리에 힘이 풀려 비틀거렸다. 겨우 균형을 잡고 바로 섰다. 밤을 꼴딱 새운 탓인지 머리가 어질했다. 정신을 차리기 위해 일부러 냉수를 틀어 세수했다. 양치까지 한 뒤 부스스한 머리를 하나로 질끈 묶고 주방으로 향했다. 쌀을 씻어 밥을 안치고 냉장고에서 재료를 꺼내 국과 반찬을 준비했다. 이제는 제법 익숙해진 하루의 시작이었다.

탁탁탁.

날카로운 칼날이 나무 도마에 부딪히는 소리가 꽤 경쾌하게 들렸다. 역시 인생은 실전이라고 했던가. 요리하는 횟수가 거듭될수록 제 실력도 향상되는 듯했다. 가장 빨리 는 건 칼질이었다. 이제 애호박 정도는 눈 감고 썰 수 있을지도 모른다.

'원래 입맛이 좀 까다로운 편이야. 그러니까 괜히 내 입맛까지 신경 쓰면서 요리할 필요 없다는 말이야. 그건 정식 셰프들도 힘든 일이니까.'

두 번째였나, 세 번째였나. 함께 식사를 시작한 지 얼마 안 됐을 즈음 남자는 그렇게 말했었다. 아마도 저를 배려하려고 한 말인 것 같았다. 하지만 은서는 좀처럼 동의할 수 없었다. 남자는, 특별히 더 선호하는 음식은 있었지만 가리는 음식은 없었다. 뭘 만들어줘도 늘 밥 한 공기를 깨끗하게 비워냈다.

덕분에 학원에서 배운 요리들을 차근차근 선보일 수 있었다. 완성된 음식을 볼 때마다, 그리고 그가 맛있게 먹어줄 때마다, 쓸모없을 줄 알았던 배움을 써먹을 수 있게 됐음에 뿌듯했다.

생각해보면 요즘은 하루하루가 꽤 즐거웠다. 집에선 제가 만든 음식을 맛있게 먹어주는 사람이 있고, 밖으로 나가면 색안경 끼지 않고 저를 대해주는 동료들이 있다. 예전 같았으면 상상도 못 했을 일상.

　그래서일까. 제가 원래 가져선 안 될 것을 가진 것 같아서 늘 한 편으론 불안했다. 언젠간 깨져버릴 살얼음판을 걷고 있는 것처럼.

　'확실히 해두지.'
　'나, 술 한 방울도 하지 않았어.'
　'실수 따위가 아니라는 말이야.'

　어쩌면…… 이미 제 발밑엔 금이 가고 있었는지도 모르겠지만.
　"잘 잤어?"
　불쑥, 뒤에서 나타난 목소리에 은서가 놀라 어깨를 흠칫 떨었다. 그와 동시에 애호박을 썰던 칼날이 그녀의 검지를 스쳐 지나갔다.
　"아!"
　살을 베는 날카로운 감각에 그녀의 입에서 옅은 신음이 터져 나왔다.
　"괜찮아?!"
　"괜찮…… 앗!"
　말이 채 끝나기도 전에 손이 허공으로 들렸다. 그는 망설임 없이 그것을 자신의 입으로 가져갔다. 순식간에 뜨거운 입김이 그녀의 손끝을 휘감아왔다. 뭉툭한 혀끝이 손마디를 눅진하게 훑어낸다. 예민한 감각에 등줄기를 타고 소름이 오소소 돋아났다.
　당황한 은서는 멍하니 선 채로 남자를, 정확하게는 제 손가락을 입에 물고 있는 남자의 입술을 바라보았다. 매끈한 붉은 입술이

미약하게 움찔거리는 것이 어쩐지 외설적으로 보인다. 문득 머릿속에 어제의 장면이 스쳐 지나갔다. 밤새도록 몇 번이나 반복되던 그 영상이. 그러자 손가락이 아닌 제 입술에 닿았던 그 촉감이 또다시 떠오른다. 손마디가 아닌 혀를 옭아매던 열기까지, 아주 생생하게.

 그때였다. 쪼옥- 별안간 제 손가락을 빨아 당기는 질척한 소음이 귓속을 파고들었다. 순간, 은서는 온몸의 핏기가 가시는 듯했다. 뱀파이어에게 피를 빨린다면 이런 느낌일까. 멍하던 정신이 번쩍 든다.

"저, 정말로 괜찮아요."

 은서는 뒤늦게야 황급히 손가락을 빼내었다. 맺혀 있던 새빨간 핏방울은 어느새 말끔히 사라져 있었다. 그 자리를 대신하는 건 그에게서 딸려 나온 타액이었다.

"응급 처치, 고마워요."

 형광등 불빛 아래에서 번들거리는 검지를 재빠르게 등 뒤로 숨겼다. 그러자 남자의 눈매가 살짝 휜다.

"감사 인사는 됐어. 오롯이 순수한 마음만 있었던 건 아니었으니까."

 그게 무슨 말이냐고 되묻기가 겁이 났다. 은서는 제 얼굴로 뜨겁게 쏟아지는 그의 시선을 피해 몸을 돌렸다.

"식사 준비가 아직 덜 끝났어요. 10분만 더……."

 내려놨던 칼을 다시금 집어 들려 했지만 그의 손에 턱, 막혔다. 그는 붙잡은 팔을 가볍게 자신의 쪽으로 끌어당겼다. 자연스럽게 그녀의 몸이 다시금 그와 마주했다. 두 사람의 시선이 가까이에

서 딱 마주쳤다. 저를 잡아먹을 듯 뜨거운 저 눈빛을 피해야겠다
고 생각하기도 전에 남자의 입술이 열렸다.

"혹시 이번에도 모르는 척 넘어갈 생각이야?"

"……"

"아무 일 없었던 것처럼?"

아무 말도 하지 못하는 그녀를 보며 남자는 그럴 줄 알았다는
한숨을 작게 내쉬었다.

"당신이 먼저 말 꺼낼 때까지 얌전히 기다리려고 했어. 근데 그
랬다간 저번 꼴 날 것 같아서 말이야."

그는 정확하게 그녀의 속을 꿰뚫어 봤다.

토요일 밤, 그와 두 번째 키스를 했다. 결혼식 날 했던 입맞춤이
나 그녀가 술에 취해 저질렀던 입맞춤처럼 가벼운 것이 아닌, 짙
은 키스였다. 그 밤, 집으로 돌아오는 차 안에는 적막이 가득했다.
그리고 다음 날인 일요일에도 마찬가지였다.

하필이면 일이 없는 건지 출근하지 않는 남자와 세 끼를 함께 먹
어야 했다. 식사하는 동안 별다른 얘기는 나오지 않았다. 그저 젓
가락과 식기가 부딪치는 소리만이 울릴 뿐이었다. 마음은 조금 불
편했지만 평소와 다름없는 일상이었다.

두 달이라는 시간을 지내오면서 이제 겨우 안정권에 접어든 결
혼 생활이었다. 전날의 일이 마치 생선 가시처럼 목구멍에 박힌
느낌이었지만, 그냥 이렇게 지나가길 바랐다. 가시를 빼려면 분명
더 큰 상처를 내야 할 테니까.

"이번에는 실수가 아니라고 했잖아."

그런데 아무래도 남자는 자신과 생각이 전혀 다른 모양이었다.

자신을 외면하는 것을 허락하지 않겠다는 듯 집요하게 시선을 마주쳐온다.

"그럼 당신도 피드백을 줘야지."

"……피드백이요?"

남자가 가볍게 어깨를 으쓱였다.

"좋았다거나. 환상적이었다거나. 혹은 둘 다라거나?"

"……."

은서는 대답 대신 멍하니 그를 바라보았다. 지금 이게 진심으로 하는 말인지, 저를 놀리는 건지 도통 가늠이 되지 않았다. 그럴 수밖에 없는 것이, 그는 평소에 장난을 곧잘 치는 가벼운 남자가 아니지 않았던가. 그렇게 영원 같던 몇 초가 흘렀을까. 굳어 있는 그녀를 물끄러미 내려다보던 남자가 별안간 피식, 입술 끝을 비틀었다.

"농담이야. 그러니까 그런 표정 하지 말고, 얼른 손에 약이나 바르고 와. 덧나면 고생해."

슬그머니 올려다본 남자의 얼굴엔 미소가 만연해 있었다. 저를 놀리는 게 퍽이나 재미있는 모양이었다. 반대로 은서는 퍽이나 기분이 상했다. 뒤늦게 그의 장난에 놀아났다는 걸 깨닫자 얼굴로 홧홧하게 열이 올라왔다. 미간이 절로 그러모아진다.

"하나도 재미없어요. 박신우 씨 농담."

여유만만인 남자를 향해 새침하게 쏘아붙이고는 휙 몸을 돌렸다. 푸훗, 하고 조금 전보다 더 큰 웃음소리가 뒤통수에 꽂혔지만 모르는 척 걸음을 옮겼다.

출근 시간. 엘리베이터를 기다리던 직원들의 시선이 일제히 한 곳으로 쏠렸다. 회사 대표인 그를 단번에 알아본 직원들이 얼른 고개를 꾸벅 숙였다.

"안녕하세요, 대표님."

"좋은 아침입니다, 대표님."

다소 경직된 인사들을 기꺼이 받은 그는 가볍게 손을 들었다.

"좋은 아침입니다, 여러분들도."

직원들의 눈이 동시에 휘둥그레 커졌다. 모두 마치 마른하늘에 날벼락이라도 맞은 듯한 얼굴이었다. 그럴 수밖에 없는 것이, 그가 이렇게 상냥하게 인사를 받아준 건 처음이었다. 눈이나 턱짓으로 가볍게 까딱이는 게 전부였는데 말이다. 그러나 그는 자신의 행동이 직원들을 당황하게 했다는 사실은 까맣게 모르는 채로 임원 전용 엘리베이터에 올라탔다.

숫자가 바뀌는 LED 화면을 물끄러미 바라보던 그는 피식, 웃음을 흘렸다. 갑자기 오늘 아침에 마주했던 여자의 얼굴이 떠오른 까닭이었다. 저를 바라보던 여자의 표정이 어쩐지 낯설지가 않았다. 언젠가 그도 그런 표정을 지은 적이 있었다. 거울을 보지 못했으니 알 수는 없지만, 그래도 확신할 수 있었다. 그래서 괜히 더 놀리고 싶어지는 것이었다.

문득 여자를 처음 봤던 날이 떠오른다. 레스토랑에 마주 앉아 네, 네. 고장 난 라디오처럼 같은 말을 반복하던. 그땐 표정 없는 그 여자에게, 설마하니 제가 이런 감정을 갖게 되리라고는 눈곱만큼도 예상하지 못했었다.

'피차 사랑해서 하는 결혼 아니잖아?'

'나한테 '호적상의 남편' 그 이상은 바라지 않는 게 좋을 거란 얘기야.'

'물론, 나 역시도 그쪽에게 '호적상의 아내' 그 이상으로 바라는 건 없을 거고.'

방심했었다. 결코 이런 일이 생기지는 않을 거라고 자만했었다. 그랬기에 여자에게 끌리는 제 감정을 부정할 수밖에 없었다. 실수였을 뿐이라고 스스로를 속였다. 미련하게도 저 답지 않은 실수를 했던 것 자체가 이미 자신은 그녀에게 끌리고 있던 반증이었음을 뒤늦게야 깨달았다. 이제 와 보니 이미 엎질러진 물이었다. 손을 쓰기에는 늦어도 너무 늦어버렸다. 여자는 벌써 자신의 마음 한편을 떡하니 차지하고 있었다.

"좋은 아침."

사무실로 들어선 그가 먼저 와 있던 정 실장을 향해 인사를 건넸다.

"안녕하세요, 대표님."

정 실장이 자리에서 벌떡 일어나며 그에게 고개를 숙였다.

"오늘따라 기분이 좋아 보이시네요?"

"그렇게 보여?"

"네. 그렇게 보입니다. 아, 제가 지금 무척이나 우울해서 그런지 대표님의 표정이 상대적으로 더 밝아 보이는 걸 수도 있겠네요."

어쩐지 정 실장의 뉘앙스가 묘했다. 말속에 뼈가 있는 느낌이랄까.

"무슨 일 있어?"

"어제 한은일보 김 기자에게서 연락이 왔습니다."

"기자?"

"여가수의 스캔들 제보가 들어왔는데, 아무래도 상대방 얼굴이 낯이 익은 것 같다고요."

무슨 말인지 단번에 알아들을 수 있었다.

"빠르기도 하군."

그는 진심으로 감탄했다.

"당연한 일이죠. 대표님과 저는 지금 4G를 넘어선 5G 시대에 살고 있으니까요."

정 실장은 방긋 웃으며 대꾸했다. 그러나 억지 미소는 금세 사라졌다. 정 실장은 후, 하고 낮게 숨을 내쉬고는 새삼 진지한 얼굴로 운을 뗐다.

"대표님도 잘 아시겠지만, 전 정말로 대표님의 사생활에는 간섭하고 싶지 않습니다. 궁금하지도 않을뿐더러 당연히 궁금해서도 안 되고요."

"나도 알고 있어."

"그런데 저한테 왜 이러세요. 네?"

정 실장은 더 이상 표정 관리할 힘도 없다는 듯 울상이 된 얼굴로 호소하듯 말했다.

"제발 조심 좀 해주세요, 대표님. 제가 지금, 주말 저녁에 김 기자의 전화를 받고 예정에도 없던 야근을 하게 된 게 억울해서 이런 말씀드리는 게 아닙니다. 지금이야 막을 수 있었지만, 이보다 더 일이 커지면 그때는 저희 선에서 수습이 불가능해질 수도 있기 때문에 드리는 말씀입니다."

"……."

"업계에서 암암리에 도는 소문이야 솔직히 별로 상관없다지만, 일반인들까지 알게 되는 건 분명 엄청난 타격이 있을 겁니다. 대표님께선 더 이상 홀몸이 아니시니까요."

정 실장의 절절한 호소에 신우의 입술이 삐딱하게 말려 올라갔다. 만약 다른 직원이었다면 건방지게 상사에게 대드는 거냐고 화를 냈을지도 모른다. 그러나 상대는 정 실장이었다. 평소 제 심기를 거스르는 법이 절대 없던 충성심 강한 정 실장이 이렇게까지 말을 하는 건, 그만한 이유가 있기 때문이라는 걸 잘 알고 있었다. 물론 틀린 말도 없었다.

정 실장의 말대로 어쨌거나 자신은 이제 홀몸이 아닌 유부남이었다. 제아무리 떳떳하다고 해도 남들이 오해할 만한 불건전한 만남은 진작 그만뒀어야 하는 것이었다. 훗날 이 관계가 필요로 해지는 상황이 닥친다 할지라도.

"그래. 회사와 나를 끔찍하게 위하는 정 실장의 마음은 잘 알겠어."

그는 위로하듯 정 실장의 어깨를 살짝 붙들었다.

"역시 자네는 유능한 인재야."

"……."

"물론 그런 자네를 한눈에 알아본 나는 조금 더 유능할 테지. 안 그래?"

"……대표님임……."

분위기에 맞지 않는 말장난에 정 실장의 눈에 눈물이 그렁 차오른다. 여기서 더 놀리면 정말로 곧 눈물방울이 후두둑 쏟아질 것만 같았다.

"이번까지만 고생해줘."

그제야 그는 장난스레 말아 올렸던 입술을 바로 하고 진지하게 말했다.

"다음부턴 이런 일 없을 거야."

"……정말이십니까?"

"정 실장이 원한다면 각서를 써줄 수도 있어. 원해?"

자신만만한 그의 반응에 정 실장은 바로 아니요, 믿습니다. 하고 꼬리를 내렸다.

"잘 생각했어."

가볍게 대꾸하고 자신의 방으로 들어가려던 그는, 문득 떠오르는 생각에 걸음을 멈추고 다시금 정 실장을 돌아봤다.

"참, 정 실장. 여자 친구 생겼다고 했지?"

순간 정 실장의 얼굴에 난감한 기색이 빠르게 스쳐 지나갔다.

"글쎄요. 이걸 생겼다고 해야 할지……."

"설마 벌써 헤어졌어?"

"그게 아니라, 저번 주말이 일 주년이었습니다."

생각지도 못한 대답에 그는 금시초문이라며 눈을 크게 떴다.

"일 주년? 언제 그렇게 됐대?"

"그러게 말입니다."

"역시 정 실장 말대로 지금이 5G 시대가 맞긴 한가 보군."

정 실장은 뻔뻔하게 대꾸하는 그를 어이없다는 듯 바라보았다.

"그런데 갑자기 그건 왜 물으세요?"

"아, 별건 아니고. 그냥, 요즘 연인들은 데이트를 어떻게 하는지 궁금해서."

"네? 데이트요?"

"정 실장네는 어때?"

도대체 어디에 쓰려고 이런 질문을 하는 걸까. 부하 직원의 사생활에 관해 관심 있는 편도 아니면서……. 의아한 마음이 들기는 했지만 정 실장은 성실하게 상사의 질문에 대답했다.

"보통은 같이 맛있는 거 먹고 커피숍 가서 수다 떨고 하죠. 영화도 많이 보고요."

"그게 전부야?"

"네?"

"너무 평범하잖아. 다른 건 없어?"

왜인지 모르겠지만 자신의 보스는 퍽이나 실망한 얼굴이었다. 정 실장은 으음, 하며 고민하다 대답했다.

"조금 신경 써서 데이트를 하는 날엔 전시회도 관람하고 놀이동산도 가끔 갑니다. 여유 있는 주말이나 휴가 시즌엔 여행도 가고요."

"그중에 여자 친구가 가장 좋아했던 건 어떤 데이트였지?"

"여행이요. 그중에서도 해외여행을 가장 좋아했습니다."

"그건 불가능한데……."

낮은 중얼거림에 정 실장은 네? 하고 그를 바라보았다. 하지만 그는 무심하게 제 할 말을 이어갔다.

"그다음으로 좋아했던 건?"

정 실장은 움찔했다. 어쩐지 죄인처럼 경찰서에서 취조를 당하고 있는 듯한 느낌이 들었기 때문이다. 사업에 관련한 브리핑을 할 때보다 더 긴장이 된다.

"그다음은…… 아, 크루즈요. 크루즈 타는 것도 좋아했습니다."

왠지 모르게 찝찝하고 불편했지만, 그는 이번에도 성실하게 대답할 수밖에 없었다. 그는 갑이었고 자신은 을이었기에.

"크루즈? 세계여행 말이야?"

"아뇨. 한강에서 타는 크루즈요."

"한강에서 크루즈를 탄다고?"

"네. 요즘 데이트 장소로 뜨고 있는 추세입니다. 식사도 할 수 있고, 야경도 볼 수 있고, 불꽃놀이도 관람할 수 있거든요. 인기가 많아서 사람이 좀 많기는 한데 그래도 분위기가 진짜 좋아요."

그제야 정 실장을 향해 쏟아지던 질문 공세가 뚝 끊겼다.

"흐음……."

그는 뭔가를 고민하는 듯 턱을 매만졌다.

* * *

버스에 올라탄 은서는 제법 자연스럽게 카드를 단말기에 가져다 댔다. 결제가 완료됐다는 기계음에 카드를 떼고 버스 안을 바라보았다. 빈자리가 몇 군데 눈에 띈다. 은서는 적당한 자리에 엉덩이를 붙였다. 원래는 출퇴근할 때에도 평소처럼 택시를 이용했었다. 그럴 수밖에 없는 것이, 평생 살아오면서 지하철이나 버스 등

대중교통을 이용해본 적이 단 한 번도 없었다.

처음 버스에 도전했을 때는 겁을 먹었었다. 긴장해서 내릴 정류장 한참 전부터 내리는 문 앞에서 대기를 하고 서 있기도 했었다. 그렇게 보름이 지난 지금은 제법 익숙해졌다. 대형차 특유의 덜컹거리는 승차감도, 사람 구경을 하는 것도 모두 재미있다.

"하, 참나. 재미있다고?"

그녀가 그렇게 말했을 때 가현은 은서 혼자 꽃밭이라며 혀를 쯧 찼다.

"네가 보통 직장인들의 출퇴근 시간이랑 겹치지 않기 때문에 그런 여유를 부릴 수 있는 거야. 너도 지옥버스를 한 번쯤 경험해봐야 아, 돈을 번다는 게 정말 만만한 게 아니구나. 말 그대로 지옥이구나. 할 텐데."

가현의 한탄에 그녀는 지옥버스라는 것도 경험해보고 싶다는 말까진 차마 하지 못했다. 그러면 하나밖에 없는 친구를 영영 잃게 될 것 같아서. 은서는 창틀에 턱을 괸 채 창밖을 바라보았다. 쨍한 햇살은 눈이 부셨지만, 머리 위에서 연신 뿜어 나오는 에어컨 바람에 달아올랐던 피부의 온도는 점차적으로 낮아져 갔다. 시원한 바람과 눈부신 햇살을 동시에 받아내고 있자니 절로 눈이 감겼다. 노곤한 졸음이 불청객처럼 몰려든다.

간밤에 잠을 제대로 자지 못했다. 아니, 사실은 이틀째 뜬눈으로 지새우고 있었다. 침대에 누워서 눈을 감으면 그 장면이 떠올랐기 때문이다. 두 번째 키스는 처음과는 완전히 달랐다. 예고도 없이 그가 멋대로 다가온 건 여전했지만 어딘가 모르게 부드럽다는 생각이 들었다. 알코올의 쓴맛도 없었다. 달콤했다. 마치 뜨거운 여름빛에 녹은 아이스크림을 핥아먹는 것처럼······.

그러다 정신을 차리고 그 장면을 애써 떨쳐내면, 다음으로 의문이 드는 것이다.

도대체 왜?

처음은 오히려 명확했다. 술김에 한 실수라고.

과하게 술을 마시면 본인의 의지와는 상관없는 일도 할 수 있다고 알고 있었다. 자신도 경험이 있었으니까. 당황스럽긴 했지만 이해 못 할 것도 없다 생각했다. 그런데 이번엔 실수가 아니라고 했다. 실수가 아니라는 건 자의로 한 행동이라는 것이었다. 그에 오히려 그녀의 의문은 더 커질 수밖에 없었다.

키스라는 건 원래 사랑하는 연인들끼리 나누는 인사가 아니던가. 남녀 사이의 정에 대해 눈곱만큼도 모르는 자신도 그 뜻을 알고 있는데 그가 과연 모를까. 아니면 내가 모르는 다른 뜻이 또 있기라도 하는 걸까.

그것도 아니라면, 설마······.

고운 미간이 절로 찌푸려졌다. 이틀 내도록 괴롭히던 물음표가 또다시 그녀의 머리를 어지럽히기 시작한다. 잡생각이 졸음을 밀어냈다. 은서는 감았던 눈을 뜨고 휴대폰을 만지작거렸다.

"가현이한테 말해볼까······."

혼자서는 절대 명쾌한 답을 내릴 수 없을 것 같았다. 연애 경험이 많고, 또 지금 연애를 하고 있는 가현이라면 명쾌한 해답을 내려줄 수 있을지도 몰랐다. 망설이다 가현의 전화번호를 입력했을 때였다. 별안간 휴대폰이 진동하며 액정에 떠 있던 친구의 이름이 사라지고 새로운 이름이 떴다. 액정에 깜빡이는 이름을 확인한 은서는 깜짝 놀라 하마터면 휴대폰을 바닥에 떨어트릴 뻔했다. 아슬아슬하게 붙든 휴대폰을 바로 쥐었다. 남자의 전화였다.

남자의 이름 석 자를 빤히 내려다보던 은서는 한참 만에야 전화를 받았다.

―나야. 할 말 있어서 전화했어.

전화를 받기가 무섭게 남자가 대뜸 말했다.

"네. 말해요."

―오늘 저녁 안 해도 돼.

"저녁 먹고 들어오는 거예요?"

안 그래도 얼굴 보기가 껄끄러웠는데 마침 잘 됐다는 생각이 먼저 들었다. 그녀가 저도 모르게 속으로 안도할 무렵이었다. 수화기 너머에서 남자의 담담한 목소리가 이어졌다.

―아니. 당신이랑 외식할 예정이야.

* * *

아파트 입구에서 익숙한 모습이 나타났다. 그는 핸들을 톡톡 건드리며 여자를 빤히 주시했다. 평소와 다름없는 차림이었다. 청바지에 면 티, 캐주얼한 검은색 크로스백, 단화. 헐렁하게 묶어 올린 머리. 게다가 화장기마저 거의 없는 탓에 많이 봐줘 봐야 대학 신입생 정도로 보인다.

"이럴 줄 알았어."

그는 혀를 쯧 찼다. 제 아내의 취향은 너무도 확고했다. 물론 걸치고 있는 모든 것은 명품인 데다가 나름 매칭하는 센스가 있어 누군가에게 지적받을 만한 차림새는 결코 아니었지만, 아쉽게도 그의 취향과는 거리가 멀었다.

빵―

클랙슨을 울리자 여자의 시선이 이쪽으로 향했다. 그를 발견한 여자가 총총 걸어왔다.

문을 열어줘야 하나.

어디선가 들었던 매너를 떠올리며 고민하는 사이 여자는 이미 조수석 문을 열고 있었다. 자리에 앉은 여자는 야무지게 안전벨트까지 맨 뒤 그를 바라보았다.

"오늘 무슨 일 있어요?"

"무슨 일?"

"아뇨, 그냥. 갑자기 외식하자고 해서 무슨 일 있나 하고요……."

외식하자는 말이 이 여자의 귀에는 말 그대로 '외식하자'라는 것으로 들린 모양이었다.

보통은 데이트로 받아들이지 않나?

황당함에 여자를 바라보는데 문득 떠올랐다. 제 아내는 처음부터 보통과는 거리가 매우 먼 여자였다는 것을. 그러니 데이트 신청입니다, 하고 친절하게 설명하지 못한 제 탓일지도 모르겠다.

"매번 집밥만 먹으면 지겹잖아."

'데이트'라는 말을 대놓고 입에 올리자니 왠지 낯간지러워서 대충 입에서 나오는 대로 뱉어낸 그는, 저를 바라보는 여자의 빤한 눈빛에 얼른 말을 덧붙였다.

"아, 그렇다고 당신이 해준 밥이 지겹다는 건 아니니까 오해는 말고."

수습하듯 급하게 뱉어진 말에 여자는 개의치 않는다는 듯 고개를 끄덕였다.

"오해 안 해요."

하긴. 오해할 리가 없었다. 자신은 늘 여자가 차려주는 밥 한 공기를 뚝딱 비워냈으니까 말이다.

"그럼 다행이고."

대꾸한 그는 차를 출발시켰다. 고급 세단이 유려하게 아파트를 빠져나갔다.

* * *

도로 위를 부드럽게 내달리던 차가 멈춘 곳은, 태한 그룹이 소유하고 있는 백화점 앞이었다. 직원에게 발레파킹을 맡기고 돌아오는 남자를 보며 은서가 물었다.

"외식 장소가 여기예요?"

그녀의 생각으로는 너무도 당연한 질문이었는데, 그는 마치 아주 황당하고 엉뚱한 소리를 다 듣는다는 듯 되물었다.

"설마 내가 첫 외식을 백화점 안에 있는 푸드 코트에서 하자고 데려왔을까 봐?"

"푸드 코트 말고도 입점된 식당이 꽤 있는 걸로 아는데."

"그거나 그거나."

심드렁한 남자의 대꾸에 은서는 고개를 갸웃했다.

"그럼 여긴 왜……?"

"아무래도 옷을 갈아입는 게 좋을 것 같아서."

"옷이요?"

남자는 대답 대신 그녀를 머리끝부터 발끝까지 스윽, 눈으로 훑어 내려갔다. 노골적인 시선에 은서는 저를 손으로 가리켰다.

"설마, 저 말하는 거예요?"

"누가 봐도 당신이지 않겠어? 내 차림은 완벽하잖아."

뻔뻔한 남자의 대답에 은서의 미간이 살짝 좁아졌다. 그러나 반박할 수는 없었다. 본인의 말대로 그의 슈트 차림은 완벽했다. 아마 지금 당장 런웨이에 세운다 해도 위화감이 전혀 없지 않을까.

"저 옷 필요 없어요."

"옷을 누가 필요해서 사? 많을수록 좋은 건데."

"많이 있어요."

"그래, 많겠지. 면 티랑 청바지만 가득."

하마터면 제 옷장을 봤어요? 되물을 뻔했다. 아니라는 말은 차마 하지 못하는 은서를 보며 그는 그럴 줄 알았다는 듯 말했다.

"편한 옷도 좋지만 가끔은 다른 유형의 옷도 입어야 할 거 아니야. 앞으로 이런저런 자리에 나갈 일 종종 있을 텐데."

"그런 자리에 입고 나갈 옷 정도는 있어요."

"힘든 일을 시키겠다는 것도 아닌데 왜 이렇게 쓸데없이 고집을 부려? 기왕 백화점에 왔으니까 적당한 걸로 몇 벌 골라."

지금 고집을 부리는 게 누군데. 은서가 황당하다는 듯 바라봤지만, 남자는 더 이상 입씨름을 하기 싫다는 듯 백화점 안으로 걸음을 옮겼다. 결국 그녀 역시 그의 뒤를 따를 수밖에 없었다. 이제 막 백화점 회전문을 통과했을 때였다. 저 멀리서 누군가가 이쪽을 향해 빠른 걸음으로 달려오는 게 보였다.

"대표님! 연락도 없이 어쩐 일이십니까."

몇 가닥 남지 않은 머리카락을 휘날리며 달려온 중년의 남성은 그를 향해 허리를 90도로 꾸벅 숙였다.

"아, 최 점장. 이번엔 개인적인 일로 온 거라 연락 안 했습니다."

"개인적인 일이요? 혹시 쇼핑하러 오셨습니까?"

"그래요. 그러니까 난 신경 쓰지 말고 가서 일하세요."

남자가 됐다는 듯 손을 휘휘 내저었지만, 최 점장은 쉽게 물러나지 않고 되물었다.

"어떤 걸 보러 오셨습니까? 바로 매장에 연락 취하겠습니다."

1분 1초도 지체하지 않겠다는 듯 최 점장은 무전기를 들어 자신의 입으로 가져갔다. 그런 열정적인 최 점장의 모습에 귀찮다는 듯 살짝 눈살을 찌푸리던 남자는 이내 정 그렇다면, 하고 말을 이었다.

"내 아내에게 어울릴 만한 옷을 추천받았으면 좋겠는데."

"네?!"

남자의 입에서 나온 '아내'라는 단어에 최 점장의 두 눈이 휘둥그레 커졌다. 머리카락 몇 가닥도 살짝 들썩였다. 그러나 지금 이 순간 놀란 건 비단 최 점장만이 아니었다. 은서의 눈 역시 동그랗게 커졌다. 결혼식 이후 누군가에게 '그의 아내'로 소개되는 건 처음이었다. 당연한 소개임에도 불구하고 왠지 어울리지도 않는 남의 옷을 빌려 입은 것처럼 머쓱해졌다.

"세상에나! 사모님이셨군요!"

뒤늦게야 그녀의 정체를 알게 된 최 점장이 남자에게 그랬던 것처럼 그녀를 향해 90도로 허리를 꾸벅 숙였다.

"몰라봬서 정말 죄송합니다, 사모님! 점장 최현철입니다!"

'사모님'하고 외치는 최 점장의 목소리가 어찌나 컸는지, 백화점 1층에 있는 직원들의 시선이 죄다 이쪽으로 쏠리는 게 느껴졌다. 매장 안쪽에 있던 직원들은 아예 복도로 나오기까지 했다. 꼭 동물원의 원숭이가 된 기분이었다. 그러나 당황하는 것도 잠시, 은서는 최 점장을 따라 90도로 허리를 꾸벅 숙이며 인사했다.

"안녕하세요, 송은서입니다."

그런데 차마 숙인 허리를 들 자신이 없었다. 등 뒤로 꽂히는 수십 개의 시선이 너무도 따가웠던 탓이다.

* * *

두 사람은 최 점장이 추천해준 매장으로 향했다. 직원이 여자를 스캔하더니 금방 어울릴 것 같은 옷이라며 몇 벌을 골라왔다.

"이건 어떠세요? 이번 시즌 신상품인데, 한정판으로……."

"기장이 너무 짧은 것 같아요."

"그럼 이건요?"

"그건 너무 타이트해서 불편할 것 같네요."

"그럼 이쪽……."

"그것도요."

거듭되는 여자의 거절에 직원은 난감한 얼굴로 신우를 바라보았다. 어떻게 하죠? 묻는 것 같았다. 그 어떤 고객을 대할 때보다 성심성의껏 골라왔을 텐데 열 벌의 옷을 제각각의 이유로 모두 퇴짜 맞았으니, 직원의 처지에선 난감한 게 당연했다.

"가서 일 봐요. 내가 할 테니."

"네, 대표님."

그의 말에 직원은 안도하는 얼굴로 돌아섰다.

"당신, 이렇게 나올 거야?"

"일부러 그런 거 아니에요. 정말로 저 옷들은 제 취향이 너무 아니에요."

여자는 단호했다. 가만 보면 평소엔 세상만사 다 무심한 것처럼 굴다가도 정작 제 고집을 부릴 땐 확실히 부릴 줄 알았다. 그는 흔들림 없는 여자의 연갈색 눈동자를 바라보다 후, 하고 낮게 한숨을 내쉬었다. 제 눈에도 행거에 걸려 있는 열 벌의 옷들은 모두 제 아내와는 거리가 멀어 보이긴 했다. 사실 직원이 가져온 옷은 모두 그의 취향이었다. 굳이 언급하지 않았음에도 경력 있는 직원이 눈치껏 골라온 것이다.

"그럼 당신이 직접 골라."

"이 매장엔 제 취향의 옷이 없어요."

"그 와중에도 당신의 취향에 조금 더 가까운 옷을 고르라는 말이야."

"박신우 씨."

"이 이상은 양보 못 해."

그는 눈썹을 씰룩였다.

"만약 백화점 안에 있는 모든 원피스를 다 당신 앞에 대령하길 원하는 거면, 마음대로 해도 좋아."

고집이라면 그도 만만치 않았다. 재고의 여지 따위는 없다는 뜻을 확실하게 전하자, 그제야 여자는 졌다는 듯 자리에서 일어났다. 여자는 매장을 한번 눈으로 쓱 훑더니 금방 옷 하나를 골라 들었다. 허리 쪽만 잘록하게 잡혀 있는, 나풀거리는 재질의 분홍색 민소매 원피스였다. 여자는 옷을 들고 컨펌을 기다리듯 그를 바라보았다. 그는 옷과 여자를 번갈아 보다 고개를 끄덕였다. 몸매를 완전히 드러내는 타이트한 원피스 차림을 원했던 그의 취향과는 거리가 매우 멀었지만, 면 티와 청바지보단 이쪽이 훨씬 나았다.

"피팅룸으로 안내해드리겠습니다."

한발 물러나 기다리고 있던 직원이 여자를 데리고 VIP 전용 피팅룸으로 향했다. 여자가 옷을 갈아입는 사이 그는 매장을 돌며 옷을 몇 벌 더 골랐다. 기본적으로 자신의 취향에 가까우면서 여자의 취향과도 어느 정도 맞아 보이는 옷들이었다.

"집으로 배송해줘."

"네, 대표님."

직원이 그가 건네는 옷을 품에 한 아름 안아 들고 자리를 비키자, 여자가 들어갔던 피팅룸의 문이 열렸다. 반도 채 열리지 않은 문틈 새로 빼꼼 고개를 내민 여자가 눈을 굴렸다.

"왜 그래? 무슨 문제 있어?"

"아뇨⋯⋯."

"그럼 얼른 나와. 시간 별로 없어."

흘긋, 시계를 확인한 그가 재촉하자 여자가 쭈뼛거리며 걸어 나왔다. 동시에 그의 눈이 살짝 늘어졌다. 하늘거리는 원피스가 여리여리한 여자의 몸 선을 더욱 돋보이게끔 만들어주고 있었다. 분홍색 원단은 새하얀 여자의 피부를 강조했다. 걸음을 옮길 때마다 우아하게 날리는 치맛자락 아래로 가녀린 종아리와 발목이 드러나는 게, 오히려 다 드러낸 것보다 훨씬 섹시하게 보인다.

"이런 옷은 잘 안 입어봐서……."

그의 따가운 시선에 여자가 민망한 듯 양팔로 제 몸을 감쌌다.

"거봐요. 안 어울리죠?"

"누가 안 어울린대?"

긴 다리로 성큼 다가선 그가 여자의 바로 앞에서 걸음을 멈춰 섰다.

"굉장히 잘 어울려."

뜨거운 시선이 여자의 굴곡진 몸을 노골적으로 훑어 내렸다.

"당신이 매일 입고 다니는 그 망할 면 티와 청바지보다 훨씬."

빤한 시선에 볼이 발개진 여자가 주춤 뒤로 물러섰다. 하지만 거리는 조금도 넓혀지지 않았다. 그가 곧바로 여자의 손을 덥석 붙잡았기 때문이다.

"무슨……."

"이러면 더 완벽할 것 같아서."

불현듯 뻗어 나간 손이 고무줄에 묶인 뒷머리에 닿았다. 툭, 풀려나간 고무줄에서 해방된 머리카락이 가녀린 어깨 위로 굵게 웨이브지며 떨어졌다. 은은한 샴푸 향이 여자와의 간극을 짙게 메운다. 순간, 저도 모르게 여자를 붙든 손아귀에 힘을 주고 말았다. 힘 조절이 안 됐는지, 여자의 고개가 살짝 위로 들렸다. 시선이 마주쳤다. 동그란 여자의 눈은 마치 맑은 유리구슬 같았다. 그 속에 제 시커먼 속내가 고스란히 내비치는 듯해 속이 더 뜨거워졌다.

"……."

그는 주먹을 꽈악 그러쥐었다가 이내 힘을 풀었다. 여자의 결 좋은 머리카락이 절제심을 갖고 쓸어 넘기는 손가락 사이로 부드럽게 빠져나갔다. 코끝에 진동하며 그를 허물어트리려 들던 은은한 향기도 조금씩 허공으로 흩어졌다.

"역시 푼 게 더 낫네."

잇새로 겨우 뱉은 한마디를 끝으로 여자에게서 고개를 휙 돌렸다. 그러고는 뒤늦게 나타난 직원을 향해 말했다.

"이 옷에 어울리는 구두랑 핸드백도 준비해줘."

갑작스러운 추가 주문에 여자는 당황한 듯 눈을 크게 떴다. 하지만 그는 짐짓 모르는 체 여자를 남겨두고 매장을 나섰다.

"미치겠네."

매장을 나오자마자 그는 걸음을 뚝 멈춘 채로 거칠게 마른세수를 했다. 오가는 사람들의 시선이 흘긋흘긋 그를 향했지만, 지금은 그딴 것에 일일이 신경 쓸 여유가 없었다. 심장이 쿵쾅쿵쾅 뛰어댔다. 호흡 역시 불안정하긴 마찬가지였다.

하마터면 여자의 작은 머리통을 붙들고 새빨간 입술을 집어삼킬 뻔했다. 입술을 빨고, 혀를 옭아매며, 여자가 풍기는 단내를 모조리 삼켜버리고 싶었다. 아니, 그 순간엔 분명 더한 것도 할 수 있을 것 같았다.

잠깐이지만 제가 이런 충동을 느꼈다는 것이 기가 막혔다. 그러

나 더 기가 막힌 건, 만약 이 장소가 자신의 백화점이 아니라 둘
만 있는 공간이었다면 분명 참지 못했으리라는 것이었다. 그동안
은 저도 모르게 참고 있었던 걸까. 마음을 인정하기가 무섭게 둑
이 무너져 내린 것처럼 감정이 쏟아진다. 감당하기 힘들 정도로
짙은 욕망까지.

"발정 난 짐승새끼도 아니고, 이게 무슨."

하, 입술을 비집고 서늘한 실소가 흘러나온다.

이건 분명 위험 수위였다.

* * *

"여기가 진짜 목적지야."

그를 따라 차에서 내린 은서는, 그제야 그가 왜 저를 상대로 인
형 옷 갈아입히기 놀이 같은 쇼핑을 했는지 알 수 있었다.

한강 크루즈.

커다란 간판에 떡하니 적혀 있는 글자에서 시선을 떼고 그를 바
라보았다.

"외식하는 거 아니었어요?"

"맞아."

"그런데 여긴 왜……."

"할 거야. 저 위에서."

남자가 턱 끝으로 어딘가를 가리켰다. 시선을 따라 옮기자 선착
장에 정박해 있는 커다란 크루즈가 보인다. 꼭 유럽 어느 곳의 푸
른 바다 위에서나 볼법한 고급스러운 외형이었다. 주위에 보이는

다른 선박들 중에서도 단연 눈에 띄었다.

"식사도 할 수 있고, 야경도 볼 수 있고, 불꽃놀이도 볼 수 있다더군."

간단하게 설명을 끝낸 그가 그녀의 두 눈을 똑바로 바라보며 물었다.

"여기 와 본 적 있어?"

"아뇨. 처음이에요."

"잘됐네. 나도 처음이거든."

둘 다 처음이라는 게 어째서 잘된 일인 건지는 알 수 없었지만 묻지 못했다. 그가 먼저 긴 다리로 크루즈를 향해 성큼성큼 걸음을 옮겼기 때문이다. 잠깐 머뭇거리던 은서는 이내 그의 뒤를 따라 걸음을 옮겼다. 한 발을 뗄 때마다 치맛자락이 나풀거리며 다리에 감겨들었다. 게다가 백화점 직원이 추천해준 구두 역시 굽이 너무 높아 걷는 게 영 불편했다.

열심히 뒤를 따르고 있음에도 남자와의 거리는 점점 더 멀어져 갔다. 그녀가 겨우 선착장에 도착했을 때, 먼저 도착한 남자는 깔끔한 유니폼을 입은 직원과 대화를 나누고 있었다. 그녀가 남자의 뒤쪽으로 가서 서자 직원이 활짝 웃으며 인사를 건넸다.

"환영합니다, 고객님."

환한 인사에 은서 역시 덩달아 고개를 꾸벅 숙였다. 그녀 또래로 보이는 직원은 방긋방긋 웃으며 크루즈 입구까지 두 사람을 안내했다.

"1층은 보시는 대로 편안하게 즐기실 수 있는 공간입니다. 2층은 선미 쪽의 계단을 이용하셔서 올라가실 수 있습니다. 출발은

5분 후고, 저녁 식사는 말씀하신 2층에 준비해드리겠습니다. 불꽃놀이는 출항 후 30분쯤 뒤에 있을 예정입니다. 이외에 더 궁금한 점 있으시거나 필요한 게 있으시면 언제든 저를 찾아주세요.”

직원의 친절한 설명이 끝나기가 무섭게 남자는 크루즈 안으로 걸음을 옮겼다.

“설명 감사합니다.”

직원을 향해 감사의 인사를 전한 후 은서 역시 안으로 향하려고 할 때였다. 직원이 그녀를 향해 작은 목소리로 속삭였다.

“멋진 남편을 두셔서 정말 좋겠어요.”

“네?”

“너무 부러워요.”

찡긋, 윙크를 건네는 직원의 얼굴엔 정말로 그녀를 향한 부러움이 가득해 보였다. 은서는 어색하게 웃어 보인 후 직원을 뒤로 한 채 실내로 들어섰다. ‘멋진 남편’이라는 말이 왠지 낯설게 느껴지지 않았다. 그러고 보면 가현도 처음엔 그렇게 말하지 않았던가. 아무래도 다른 사람들의 눈에는 그가 멋진 남편으로 보이는 모양이었다.

은서는 새삼스러운 눈으로 자신의 남편을 바라보았다. 확실히 그는 흔치 않은 외모였다. 매일 봐도 질리기는커녕 매일이 새로울 정도로. 장인이 공들여서 빚은 것처럼 보이는 조각 같은 얼굴뿐만이 아니라, 몸매 역시 키가 큰 데다가 탄탄하면서도 슬림해서 어떤 옷을 입어도 태가 났다. 그중에서도 특히나 빳빳한 흰 셔츠가 유독 잘 어울렸다. 게다가 특유의 날카로우면서도 카리스마 있는 분위기까지.

태생부터 세상의 주류인 그는 언제나 어디에서나 눈에 띌 수밖에 없는 남자였다.

"거기서 뭐해?"

별안간 남자가 이쪽을 돌아봤다. 은서는 황급히 그에게 고정돼 있던 시선을 거두며 고개를 내저었다.

"아뇨. 아무것도."

"바로 2층으로 가는 게 좋겠어. 1층은 딱히 볼 것도 없군."

볼 게 없다는 그의 말과는 달리 널찍한 내부엔 여러 가지 놀 거리가 즐비해 있었다. 하지만 노래를 부를 것도, 당구를 칠 것도 아니었기에 은서는 동의한다는 듯 고개를 끄덕였다.

"그런데 5분 뒤 출발이라고 하지 않았어요?"

"맞아."

"그런데 다른 사람들이 안 보이네요."

그녀가 주위를 둘러보자 그가 당연하다는 듯 대꾸했다.

"그거야 내가 빌렸으니까."

"빌렸다고요? 이 큰 배를요?"

저도 모르게 놀라서 되물었다. 못해도 50명의 인원은 기꺼이 수용할 수 있을 만한 크기였다. 달랑 둘을 태우고 출발하기에는 기름 한 방울 나지 않는 나라에서 엄청난 낭비가 아닐 수 없었다.

"뭐든 작은 것보단 큰 게 낫지 않아?"

그는 대수롭지 않다는 듯 어깨를 으쓱였다. 마치 피자를 주문할 때 M사이즈보단 L사이즈가 더 낫지 않아? 하고 얘기하는 것 같았다. 하긴. 그도 그럴 것이 그는 보통 사람이 아닌 한 기업의 수장이었다. 그것도 대한민국에서 손꼽히는 대기업인 태한 그룹의 대표. 그에게 일반 상식을 기대한다는 것부터가 어불성설이었다. 사실 태한보다는 아래인 그녀의 친정 세운가 역시도, 배포가 남다른 건 마찬가지이긴 했다.

당연히 자신과는 다를 수밖에 없었다. 그는 저처럼 '반쪽짜리'가 아닌 '진짜'였으니까. 왠지 입이 썼다. 은서는 애써 덤덤한 척 쓴맛을 삼키며 계단을 올랐다. 하지만 그런 생각은 2층에 도착하는 순간, 언제 그랬냐는 듯 싹 사라졌다.

"와아……."

저도 모르게 입이 벌어지며 감탄사가 흘러나왔다.

언젠가 가현이 한강의 야경이 그림처럼 멋지더라, 하고 말한 적이 있었다. 그때는 그냥 그렇구나, 하고 넘겼는데 이제야 알 것 같았다. 어슴푸레 어두워져 오는 하늘과 하나둘 불이 들어오기 시작한 빌딩 숲. 정말로 꼭 그림 속으로 걸어 들어온 느낌이었다. 풍경에서 시선을 떼고 주위를 둘러보았다. 인공 잔디가 깔린 바닥의 정중앙에 테이블 하나가 놓여 있다. 레이스가 달린 흰 테이블보 위로는 새빨간 장미꽃 바구니가 놓여 있었고, 테이블 주위로는 반짝이는 작은 조명들이 불을 밝히고 있었는데, 자세히 보니 하트 모양이었다.

하트라니…….

형체를 인지하자마자 저도 모르게 눈살을 찌푸렸다. 그럴 수밖에 없는 것이, 이건 너무 노골적으로 로맨틱한 분위기이지 않은가. 왠지 남자와 자신과는 너무 동떨어져 있는 분위기라는 생각이 들어 배 속이 다 간질거린다.

─저희 한왕 크루즈를 이용해주셔서 감사합니다. 지금 출발합

니다.

약속한 5분이 지난 모양이었다. 안내 음성과 함께 배가 천천히 움직이기 시작했다. 불어오는 강바람이 선선해서 기분이 좋았다. 은서는 뺨을 간지럽히는 머리카락을 귀 뒤로 꽂으며 크루즈 주위로 갈라지는 물결을 내려다보았다.

"뭐, 나쁘지는 않네."

그녀의 옆에서 짤막하게 감상을 끝낸 그가 먼저 테이블로 향했다. 이번에도 은서는 그의 뒤를 따랐다. 그때였다. 높은 굽에 익숙하지 않은 발목이 삐끗했다. 몸이 휘청였다. 꼼짝없이 넘어지겠구나 생각하는 순간, 남자의 팔이 그녀의 허리를 재빠르게 감았다.

"보기랑 다르게 꽤 덜렁대는군."

툭 뱉어진 남자의 말이 마치 민폐 좀 그만 끼치라는 타박처럼 들렸다. 예전에 있었던 일이 떠올라 민망해진 은서는 얼른 그에게서 떨어지며 자세를 바로 했다.

"구두가 익숙지 않아서 그래요."

"그건 새 구두를 사 준 내 탓이라는 건가?"

"아니라는 말은 못하겠네요."

멋대로 저를 백화점으로 끌고 가 곤란하게 만들었던 일에 대한 복수로 톡 쏘아붙인 은서는 그를 지나쳐 테이블로 향했다. 황당하다는 듯한 남자의 얼굴을 언뜻 본 것도 같았지만 짐짓 모르는 척 자리에 앉았다.

"기껏 선물해주고도 욕먹는 건 처음이군."

털썩. 그녀의 맞은편에 앉으며 그가 헛웃음을 흘렸다.

"애초에 고맙다는 말까지는 바라지도 않았지만 말이야."

"저한텐 너무 부담스러운 선물이라서요."

"이번엔 원하지 않는 걸 선물했으니 쓸데없이 생색내지 말라는 말로 들리는데. 내가 제대로 해석한 게 맞아?"

은서는 대답 대신 묵묵히 빈 잔에 물을 채워 그의 앞으로 건넸다. 물 잔을 받은 그는 못마땅하다는 듯 눈썹을 씰룩였다.

"직설적인 말만 잘하는 줄 알았는데. 이제 보니 은유법도 제법이야?"

빈정거리는 그를 끝까지 외면한 채 물을 한 모금 마셨을 때였다. 직원들이 식사를 가지고 올라왔다. 테이블 위에는 금방 먹음직스러운 음식들이 세팅됐다. 메인 메뉴는 스테이크였다. 고급 레스토랑에서나 볼 법한 비주얼이었다.

"그럼 두 분, 좋은 시간 보내세요."

직원들이 물러간 뒤에 그가 텅 빈 주위를 둘러보며 말했다.

"원래 식사하는 동안 연주 팀이 음악을 켜준다고 했는데, 됐다고 했어. 조용히 먹는 게 나을 것 같아서. 괜찮지?"

"네. 저도 같은 생각이에요."

오늘 처음으로 두 사람의 마음이 딱 맞는 순간이었다. 덕분에 식사는 비교적 유한 분위기 속에서 시작할 수 있었다.

"와인 한잔할래?"

"좋아요."

"많이는 안 돼. 딱 한잔만 해."

손수 따른 와인잔을 건네며 그가 경고했다. 지은 죄가 있었던지라 은서는 얌전히 알았어요. 했다.

"근데 박신우 씨는요?"

"운전해야 해. 김 기사 오늘 일이 있다고 해서."

"대리기사 부르면 되잖아요."

"내 차를 어떻게 아무한테나 맡겨. 안 돼."

하긴. 웬만한 집 한 채 값일 텐데 당연한 걸지도 모르겠다. 은서는 납득이 된다는 듯 고개를 끄덕였다. 와인을 한 모금 마시고 칼질을 시작했을 때였다. 그가 문득 운을 뗐다.

"당신한테 제안하고 싶은 게 있는데."

그녀는 고개를 들었다. 남자는 꽤 우아한 동작으로 칼질을 하고 있었다.

"무슨 제안이요?"

여전히 시선을 스테이크에 고정한 채로 남자가 대답했다.

"어설픈 부부 놀이는 이제 끝냈으면 해."

"……그게 무슨 뜻이에요?"

"말 그대로."

탁. 그의 손에 들려 있던 칼이 테이블 위에 가지런히 놓였다. 그는 고깃덩어리를 향하고 있던 시선을 들어 그녀를 똑바로 바라보았다.

"어설픈 놀이는 끝내고 현실을 직시해보자고, 우리."

은서는 저도 모르게 마른침을 꼴깍 삼켰다. 순식간에 나름 분위기 있던 식사 자리가 딱딱한 협상 테이블로 변해버린 느낌이었다.

"당신, 혹시 나랑 한 몇 년 살다가 이혼할 생각이야?"

이혼이라니.

꿈에도 생각한 적 없던 단어에 은서의 두 눈이 살짝 커졌다.

"무슨 질문이 그래요?"

"먼저 질문한 건 나야. 대답은?"

"그런 생각, 해본 적 없어요."

덤덤한 척 대답했지만 가슴이 두근거리는 건 어쩔 수 없었다. 왜 갑자기 이런 말을 하는 걸까. 남자의 입에서 나올 다음 말이 걱정됐다. 그러나 다행히도 이어지는 그의 말은 그녀의 걱정과는 거리가 멀었다.

"나도 마찬가지야."

속으로 짧게 안도하는 순간이었다. 그가 무심한 투로 말을 덧붙였다.

"큰 이변이 생기지 않는 한 우리는 평생 함께하게 되겠지. 그런데 당신은 얼마가 될지 모르는 그 기약 없는 시간을 계속 이렇게 지내고 싶어?"

질문이 어려웠다. 은서는 느릿하게 되물었다.

"이렇게…… 지내는 게 어떤 건데요?"

"쇼윈도 부부."

"……."

"참고로 말하자면 나는 그러고 싶지 않아."

툭툭, 남자는 분명 가볍게 말을 내뱉고 있는 것 같았다. 하지만 은서에게 그의 말은 하나같이 어려웠다. 마치 하나의 지문을 주고 그 안에 담겨 있는 여러 가지의 주제를 찾아내던 수능 문제 같았다. 아니, 수능 문제보다도 오히려 조금 더 어렵게 느껴진다.

"내가 제멋대로 굴고 있다는 거 알아. 당신이 지금 혼란스러울 거라는 것도 알고."

혼란스러워하는 그녀의 눈빛을 읽은 듯 그가 말했다.

"당연한 일이야. 먼저 쇼윈도 부부로 지내기를 원했던 내가 대뜸 이런 얘길 해서 당황스럽겠지. 황당하기도 할 거고."

"……."

"그럼에도 불구하고 나는 당신이 협조해주길 바라. 더 나빠지자는 게 아니라 어긋난 걸 이제라도 바로 잡겠다는 거니까."

남자는 지금 이 순간 그녀가 느끼는 감정을 완전히 이해하고 있는 듯했다. 그러나 안타깝게도 은서는 여전히 그가 무슨 말을 하는 건지, 어떤 생각을 하고 있는 건지 이해할 수 없었다.

"미안해요."

그녀는 정말 미안한 얼굴로 운을 뗐다.

"박신우 씨가 무슨 말을 하는 건지 모르겠어요."

"간단하잖아? 쇼윈도 부부 생활을 정리했으면 좋겠다고."

"정리하면요……?"

"진짜 부부가 되는 거지."

쇼윈도 부부가 아닌 진짜 부부…….

단순명쾌한 듯하면서도 또 어찌 보면 난해한 설명이었다. 은서의 눈썹이 찌푸려졌다. 마치 단 한 번도 배워보지 못한 나라의 언어를 듣는 것처럼 머리가 어지러웠다. 공부를 못하는 편도 아니었건만, 그의 말이 왜 이렇게 정리가 되질 않는 걸까.

"……그게 뭐가 다르다는 건지 모르겠어요."

왜 이렇게 말귀를 못 알아듣냐고. 그가 짜증을 내도 할 말이 없다고 생각했다. 그런데 이번에도 그는 그녀의 걱정과 달리 눈썹 하나 구기지 않고 친절하게 대답한다.

"내 마음."

비록 내용은 다시 물어야 할 정도로 전혀 불친절했지만 말이다.

"네? 그게 무슨……."

"당신을 생각하는 내 마음이 다르다고."

지금까지 귓바퀴에서 빙빙 겉돌기만 하던 남자의 말이 귓속으로 쏙 들어오는 듯했다.

설마…….

흔들리는 눈으로 바라보는 그녀를 향해 그는 덤덤하게 폭탄을 내던졌다. 그것도 핵폭탄을.

"송은서가 여자로 보인다는 뜻이야."

그 순간이었다. 퍼엉- 커다란 소리와 함께 그의 뒤편으로 불꽃이 튀어 올랐다.

새카만 밤하늘을 반짝이는 형형색색의 불꽃들이 아름답게 수놓았다.

유난히도 눈부신 밤이었다.

Chapter 12

남편의 고백

"대표님. 쾌통 담당자, 샤오린의 정보입니다."

차가 출발하자 조수석의 정 실장이 그에게 태블릿을 건넸다.

"특별히 더 조심해야 할 부분은 따로 체크해 뒀습니다."

그는 자료를 눈으로 스윽 훑었다. 대충 봐도 따로 체크해 두었다는 부분이 전체 분량의 반이 넘어 보인다.

"조심해야 할 게 뭐 이렇게 많아?"

"성격이 많이 예민한 편이라고 합니다."

"쾌통 회장의 막내아들이라고?"

"네."

"이 정도면 개복치 수준이잖아. 전에 언뜻 봤을 때 회장은 배포가 꽤 큰 타입으로 보이던데, 아들은 외탁을 했나?"

"그래도 사업 수완은 제법 괜찮게 평가되고 있는 것 같습니다. 벌써 회장이 세 아들 중 그를 차기 회장으로 점찍어뒀다는 소문도 왕왕 돌더라고요."

중국기업 '쾌통'은 현지인들의 충성도가 꽤 높은 유통회사였다. 현재 다른 국가들에 비해 중국 쪽 사업이 약하다고 평가받는 태한으로서는 꼭 필요한 파트너였다. 이번 계약은 꼭 성사를 시켜야만 했다. 그는 못마땅하다는 듯 쯧, 혀를 찼다. 하지만 시선은 활자들을 꼼꼼히 읽어 내려가기 시작했다. 모든 미팅이 그렇지만 이번 미팅은 특히나 더 조심해야 했다.

중국인들은 대부분 무엇보다도 체면을 가장 중요하게 생각했다. 아무리 조건을 잘 맞춰줘도 자칫 잘못해 말실수로 심기를 건드리게 되면 단번에 엎어지기 십상이었다. 이동하면서 빽빽한 활자를 읽는 건 피곤한 일이었다. 그가 눈가를 매만지자 조수석의 정 실장이 재빠르게 그에게 인공 눈물을 건넸다. 자연스럽게 받아들고 인공 눈물을 넣었다. 시원한 액체가 눈을 적시자 뻐근함이 조금은 가시는 느낌이다.

"얼마나 더 남았어?"

"20분 정도 남았습니다."

그는 태블릿을 정 실장에게 돌려줬다.

"벌써 다 숙지하셨습니까?"

"뭐 그리 당연한 걸 묻고 그래? 새삼스럽게."

시큰둥하게 대답한 그는 등받이에 몸을 깊숙이 기대며 눈을 감았다. 감은 눈 위로 곧장 여자의 얼굴이 떠오른다. 이제는 놀랍지도 않았다. 오히려 자연스럽게 느껴질 정도였다.

'송은서가 여자로 보인다는 뜻이야.'

태어나서 처음으로 고백이라는 걸 했다. 그것도 무려 제 아내인 여자에게.

세상 사람들이 들으면 비웃을 얘기가 아니던가. 스스로가 생각해봐도 이 상황이 우습기는 마찬가지였다. 평생을 고고하게만 살아왔던 그였으니, 딴에는 꽤 큰 용기를 낸 것이었다. 제 마음을 인정하는 것도 힘들었지만, 자존심을 접고 그 마음을 표현하는 건 더 힘든 일이었다. 그러나 이번에도 돌아오는 피드백은 전혀 없었다.

갑작스러운 제 고백에 당황했을 여자의 처지는 충분히 알고 있었다. 더 늦기 전에 바로 잡아야 할 것 같아서 급하게 고백을 하기는 했지만 바로 대답을 듣고자 하는 건 아니었다. 그래도 설마 이번에도 이렇게 개무시를 당할 거라곤 미처 예상하지 못했다. 제 고백을 듣던 여자의 연갈색 눈동자는 미동도 없이 담담해 보였다. 크루즈에서 내려 집으로 돌아오는 길에도 그랬고, 오늘 아침에도 마찬가지였다. 정말이지 소름 끼칠 정도로 평소와 똑같은 모습이었다. 일련의 사건들이 일어났을 때 그랬던 것처럼.

당신, 설마 답답증으로 날 살해할 생각이야?!

당장이라도 따져 묻고 싶은 말이 목구멍 끝까지 차올랐지만 엄청난 인내로 참아냈다. 티끌만큼 남은 마지막 자존심이었다.

"이건 뭐, 스펀지도 아니고⋯⋯."

여자를 떠올리며 질린다는 듯 고개를 내저었다.

자신의 아내는 무엇이든 없던 일로 만들어버리는 능력이 아주 대단했다. 어찌나 깔끔하게 흡수를 해버리는지 돌아버릴 지경이었다. 아니, 스펀지보다는 '버뮤다 삼각지'라는 표현이 더 어울릴지도 모르겠다.

"정 실장."

"네. 대표님."

"남자가 고백을 했는데 여자가 대답은커녕 마치 못 들은 것처럼 행동하는 건 어떤 뜻이야?"

눈을 감고 있었지만 정 실장의 놀란 얼굴이 훤히 보이는 듯했다.

"고백이라뇨? 혹시 사랑 고백 말씀하시는 겁니까?"

역시나. 평소보다 높아진 정 실장의 목소리가 귓속을 파고들었다. 그는 대답 대신 턱을 가볍게 까딱였다.

"누가 고백을⋯⋯."

"친구."

"네? 친구분이요?"

"그래. 친구."

덤덤하게 뱉어지는 그의 말에 정 실장은 고개를 갸웃했다. 자신의 보스에게 '친구'라고 친근하게 부를 인맥 따위 없다는 걸 너무도 잘 알고 있었기 때문이다. 보통 본인 얘기를 할 때 이렇게 초석을 깔긴 하는데⋯⋯.

정 실장은 눈을 가늘게 뜨고 그를 바라보았다. 그러나 곧 고개를 내저었다. 천하의 박신우가 여자에게 고백을 했다는 것도 말이 안 됐지만, 고백을 들은 여자의 반응이 무시라는 건 더더욱 말이 안 되는 일이었다. 그가 아는 한 보스를 거절할 만한 여자는 온 세상을 다 뒤진다고 해도 찾기 힘들 것이었다. 성격이 조금 까칠하다는 것 외에는 완벽한 남자였다. 장점에 비해서는 먼지만큼 느껴지는 그 단점마저도 '카리스마'라며 하트 눈이 되는 여자가 절반 이상이었다.

"고백에 대답이 없다는 건, 거절이죠."

대답이 끝나기가 무섭게 그가 감고 있던 눈을 번쩍 떴다.

"거절이라고?"

어쩐지 서늘하게 느껴지는 눈빛과 목소리에 정 실장은 흠칫, 어깨를 떨었다.

"……보통은요? 일반적인 상황이라면…….."

"일반적인 상황이 어떤 상황인데?"

"그러니까…… 가령 썸을 타는 관계였다던가, 미묘한 감정이 오가던 친구 사이였다던가, 하는……?"

"그런 사이에서도 거절이 있어?"

"물론이죠. 여자의 마음은 갈대니까요."

정 실장의 명쾌한 대답에, 그는 미간을 잔뜩 그러모은 채 자신과 아내와의 관계에 대해 되짚어봤다. 남녀가 단둘이 한집에서 생활하고 있기는 했지만, 그들의 분위기는 월세를 아끼기 위해 함께 생활한다는 하우스 메이트나 다름없었다.

물론, 하우스 메이트끼리는 키스 따위 하지 않겠지. 그것도 두 번이나. 하지만 그마저도 모두 일방적이었다. 싫지 않다는 대답은 들었지만 좋았다는 대답도 듣지 못했다.

"그런 관계가 아니었다면?"

"그런 관계가 아니었……. 그 말씀은, 설마 친구분께서 뜬금없이 고백을 했다는 뜻인가요?"

그는 잠깐 생각하다 대답했다.

"여자의 처지에서는, 아마도."

정 실장의 입에서 저런……, 하고 낮은 탄식이 흘러나온다.

"친구분이 너무 성급하셨네요. 그런 상황에 처한 여자로서는 당연히 대답할 수가 없죠. 고백 자체가 당황스러웠을 텐데요."

"그럼 다른 건가?"

"네?"

"일반적인 관계에서는 여자의 침묵이 거절이라며. 그럼 이 관계에서는 어때? 거절은 아니라는 건가?"

제 대답을 기다리는 보스의 눈빛이 반짝이는 것처럼 느껴지는 건 기분 탓인 걸까. 정 실장은 잠깐 머뭇거리다 이내 대답했다.

"……아무래도 확률이 조금 낮긴 하겠죠?"

"그래?"

"순전히 제 생각이지만요."

그것도 100퍼센트는 아니고 한 99퍼센트의 확률이랄까요. 정 실장은 눈치껏 뒷말을 삼켰다.

"후."

그가 낮게 한숨을 내쉬었다.

"친구가 지금 답답해서 죽을 것 같대."

"그러시겠네요."

"여자한테 다시 한 번 얘기를 해봐야 하는 걸까?"

말이 끝나기가 무섭게 영혼 없이 동조하던 정 실장이 빽 소리를 내질렀다.

"아놋!!!! 절대요!!!!"

마치 곧 세상이 무너지기라도 하는 듯 다급한 목소리였다. 어찌나 소리가 컸는지 태한에서 '베스트 드라이버'라고 불리는 김 기사가 핸들을 삐끗했을 정도였다.

"대표님. 친구분께 꼭 말씀 전해주세요! 대답은 절대로 재촉하면 안 된다고요. 그럼 될 일도 안 되는 법입니다!"

"그럼?"

"여자가 먼저 얘기를 꺼낼 때까지 기다리라고 하세요."

이거 아주 큰일 날 사람이네! 하는 얼굴로 정 실장은 진지하게 말을 덧붙였다.

"얌전히."

* * *

"고백이네!"

잔잔한 음악을 비집고 가현의 목소리가 경쾌하게 울렸다. 혹시, 설마, 하던 그녀의 머릿속도 덩달아 명쾌해졌다. 하지만 그렇다고 해서 마음까지 편해지는 건 아니었다. 아니, 오히려 한층 더 복잡해져 버렸다.

"……의심의 여지는 없어?"

"응. 전혀."

단호한 가현의 말에 그녀는 저도 모르게 미간을 그러모았다.

"표정이 왜 그래? 얼굴만 보면 네가 받은 게 고백이 아니라 사형 선고라도 되는 줄 알겠다."

사형 선고라…….

가만히 말을 곱씹던 은서는 어쩌면 지금의 상황이 사형 선고를 받은 것과 별반 다르지 않을지도 모르겠다고 생각했다.

"그럼 말이야."

가현이 눈을 반짝였다.

"그때 술 먹고 키스했다는 것도 계획적이었던 거네?"

"그건 아닌 것 같아."

은서는 고개를 내저었다.

"본인이 아니래?"

"아니. 그건 아닌데……."

"그치? 그냥 네 생각이지?"

가현은 그럴 줄 알았다는 듯 제 의견을 피력했다.

"내 생각엔 분명해. 네 남편이 그때부터 널 마음에 뒀던 거. 원래 아무 여자나 붙잡고 키스하는 쓰레기 같은 술버릇이 있는 게 아니라면, 아마도 끌렸기 때문에 본능적으로 저지른 거겠지."

"……."

"너도 네 남편이 그런 쓰레기는 아닌 것 같아서, 정말로 실수를 했다고 생각해서, 그래서 그냥 넘어갔던 거 아니야?"

한 달도 훨씬 지난 일이었다. 가현의 말대로라면 그가 저를 다르게 본 시간이 너무 길다. 그 말인즉 어제의 고백이 충동이 아니라 진심이라는 말이 된다.

"······말 그대로 실수였겠지."

은서는 부정했다. 어제의 그것이 고백이라는 건 부정할 수 없었지만, 그게 그의 진심이 아니기를 간절히 바라고 있었다. 그저 충동적으로 나온 말이기를. 아주 간절하게.

"으휴. 이 둔탱아. 그러니까 그 말이 그 뜻이라니까?"

가현은 답답하다는 듯 혀를 쯧 찼다.

"근데 아까부터 대체 왜 그러는 거야? 고백 자체를 부정하고 싶어 하는 것처럼 보이는데?"

"······."

"정말이야?"

은서는 대답 대신 한숨을 짧게 내쉬었다.

"어째서?"

가현의 눈이 둥그렇게 커졌다.

"너도 네 남편한테 마음 있는 거 아니었어?"

"내가?"

은서는 금시초문이라는 듯 눈을 껌뻑였다. 가현은 황당해졌다.

"아니, 이걸 고민한다는 것 자체가 네 남편한테 마음이 갔다는 뜻 아니야? 너 원래 남자들한테 고백받으면 고민도 안 해보고 단칼에 거절했었잖아. 그 상대가 누가 됐든 간에."

"이번엔 상황 자체가 다르잖아. 그 사람들은 남이지만······."

"······박신우는 네 남편이지."

은서의 말을 받아 마무리를 지은 가현은 그제야 납득이 된다는 듯 고개를 끄덕였다.

"네 말이 맞네. 지금 상황이 조금 묘하긴 하다."

거봐. 한숨처럼 대꾸한 은서가 낮게 중얼거렸다.

"거절하면 어떻게 되는 걸까?"

"상처받겠지. 지금까지 네게 거절당한 수많은 남자가 그랬던 것처럼."

"……이혼하게 되려나?"

이혼이라는 단어에 가현은 얼른 손사래를 쳤다.

"에이, 설마! 그렇게까지 극단적으로 치달으려고."

"그런가…….."

"물론이지. 결혼이 무슨 장난도 아니고. 특히나 너희는 애초에 사랑해서 결혼한 것도 아니잖아."

걱정하는 친구를 달래듯 말하기는 했지만 가현 역시 장담할 수는 없었다. 부부나 연인 관계는 원래 한 사람이라도 마음이 변하면 깨어지기 마련이다. 물론 일반적인 상황과 반대되기는 하지만 두 사람의 마음이 어긋나면 함께 가기 힘들 수밖에 없다.

"그런데 은서야. 넌 정말로 아무런 감정도 없어?"

"감정?"

"네 남편에 대한 네 생각 말이야."

잠깐 생각하는가 싶더니 이내 대답한다.

"책임감이 강한 사람인 것 같아."

"그게 전부야?"

"워커홀릭인 것 같기도 하고."

"그런 거 말고!"

"그럼?"

"왜 있잖아. 좀 더 주관적인 거."

주관적인 거…….

잠깐 생각하던 은서가 대답했다.

"겉보기랑 다르게 꽤 따뜻한 사람인 것 같아."

이번에도 가현이 원하는 대답은 아니었다. 이대로 가다간 남의 다리만 계속 긁어댈 것 같아 아예 대놓고 물었다.

"남자로는?"

은서는 난감한 듯 입술을 오므렸다.

"글쎄. 그런 생각은 해본 적 없는데……."

"어떻게 그럴 수가 있어? 네 남편이 남자로 안 느껴지면, 대체 이 세상 어느 누가 너한테 남자로 느껴질 수 있다는 말이야?"

가현은 정말이지 그녀를 이해할 수 없다는 듯 흥분했다.

"누가 봐도 환상적인 외모의 남자잖아! 스펙도 좋고! 몸매도 좋고! 목소리도 섹시하던데! 심지어 너는 키스도 두 번이나 해놓고!"

은서는 쭈뼛거리며 대답했다.

"그거야, 사고였으니까……."

"첫 번째는 그렇다 치고. 두 번째는?"

"……."

"싫지 않았다며, 너도."

"그건 맞아."

찌릿, 가현이 노려보자 은서는 금방 수긍했다.

"잘은 모르겠지만 싫지는 않았던 것 같아. 네 말처럼 그 사람의 뺨을 때리고 싶다거나 하는 생각은 안 들었거든."

가현은 고개를 갸웃했다.

"그런데?"

"응?"

"그런데 뭐가 문제냐고. 싫지 않았다며."

이번엔 은서가 고개를 갸웃했다.

"그게 무슨 뜻이야?"

다시 가현이 갸웃.

"정말 몰라서 묻는 건 아니지?"

"……."

은서는 두 눈을 느리게 깜빡였다. 말간 그 눈을 보고 있자니 장난이 아니라 진심으로 모르는 듯했다. 하. 가현의 입술을 비집고 한숨이 절로 흘렀다.

"내가 졌다, 졌어. 이런 쪽으론 곰보다 네가 더 미련한 줄은 알았지만, 지금 보니 내가 생각했던 것보다 훨씬 강적이었네."

가현은 고개를 절레절레 내저었다.

"왜? 뭐가? 무슨 뜻인데?"

"그러니까……."

상대방에게 연애 감정이 아예 없는데 일방적으로 키스를 당하게 됐을 경우, 보통은 싫어하는 게 정상적인 반응이다. 아니, 저라면 분명 싫은 걸 넘어서서 끔찍한 기분까지 들었을 것이다. 아무리 호적상 남편이라도 먼저 뺨부터 한 대 날리고 112에 전화를 했을지도 모른다.

그런데 은서는 싫지 않았다고 했다. 그렇다고 해서 아무 남자와 즐기는 발라당 까진 타입도 아니었다. 오히려 북극과 남극처럼 거리가 매우 멀었다. 그러니 싫지 않았다는 건, 은서도 자신의 남편에게 어느 정도 마음이 있다는 뜻이 아니겠는가. 그 남자도 그걸 아니까 두 번째 키스를 감행하고 고백까지 한 걸 테고. 하지만 가현은 벌렸던 입을 이내 다시 닫았다. 굳이 이 이야기를 알려줘야 할 필요성을 느끼지 못해서였다.

알은 스스로 깨고 나와야 하는 법이다.

또한 딱히 그 남자에게만 좋은 어떤 일을 해주고 싶지 않다는 것도 이유 중 하나였다. 오늘로써 반감이 조금 사라지기는 했지만 그렇다고 호감으로 바뀌지는 않았다. 어디 한 번 둔탱이 송은서 때문에 속 좀 더 끓여보라지.

흥, 속으로 콧방귀를 뀐 가현은 이내 싱긋 웃으며 고개를 내저었다.

"아니야. 아무것도."

원래 강 건너 불구경이 제일 재미있는 법이니까.

* * *

'나 너 좋아해.'

첫 고백은 중학교 1학년, 열네 살 때였다. 상대는 당시 친하게 지내던 친구였다. 아니, 이제 와 생각해보면 친구라고 생각한 건 그녀뿐이었을지도 모르겠다. 그녀의 삶은 늘 비슷한 패턴대로 흘러갔다. 유치원 2년, 초등학교 6년, 중학교 3년, 고등학교 3년, 대학교 4년. 18년이 그랬다.

늘 그랬던 것처럼 중학교 입학과 동시에 그녀는 아주 자연스럽게 유명인이 되었고, 사소한 언행 하나에도 호기심 어린 시선들이 집요하게 따라붙었다. 이미 익숙하긴 하지만 결코 편해질 순 없는 시선들이었다.

남학생들은 선뜻 다가오지 못하고 그녀를 동경하듯 바라보기만 했고, 여학생들은 비교되기 싫고 불편하다며 아예 근처에도 오지 않으려 했다. 결국 그녀는 늘 그랬던 것처럼 어디에도 섞이지 못하고 혼자 남게 되었다. 그런 그녀에게 유일하게 다가와 준 게, 반장이었던 그 친구였다.

그는 그녀가 혼자 있는 걸 보지 못했다. 조별 과제가 있을 땐 자신의 조에 끼워주고, 점심시간엔 자신의 무리에서 벗어나 그녀와 함께 급식소를 향해주었으며, 체육 시간엔 나서서 짝이 되어주었다. 처음에는 겪어보지 못한 친절이 부담스러워서 피했었다. 담임 선생님이 부탁해서 그런 줄로만 알았다.

하지만 그의 친절이 꼭 책임감 때문만은 아니라는 건, 곧 깨달을 수 있었다. 그는 진심으로 그녀를 대해주었다. 정말이지 처음 겪는 일이었다. 그녀는 그게 우정인 줄로만 알았다. 처음으로 제게도 친구가 생겼음에 기뻐했다. 별안간 그에게서 고백을 듣기 전까지는.

'너도 이미 눈치챘을지도 모르겠지만, 진심이야.'

눈치챘을 거라고 생각하는 그의 예상과는 다르게 그녀는 너무도 당황스러웠다. 저를 향한 그의 감정이 우정이 아니라는 것도 그랬지만, 대놓고 고백을 들은 것이 처음이라 더 그랬다. 난생처음 듣는 고백에 설레기는커녕 엄청난 부담감만 느껴졌다.

'……미안해.'

고민할 것도 없었다. 그를 다르게 본 적은 단 한 번도 없었으니까. 그러나 그 거절이 지금까지의 관계를 완전히 깨트리게 되리라고는 미처 생각하지 못했었다. 다음 날부터 그는 대놓고 피하기 시작했다. 그가 더 상처받은 눈을 하고 있어서 은서는 섭섭하다는 생각도 할 수가 없었다.

그렇게 그녀는 다시 외톨이가 되었다.

그 후로도 마찬가지였다. 꽤 가깝다고 생각했던 친구였든, 몇 번 마주치는 게 전부인 선후배 관계였든, 난생처음 보는 사람이었든. 고백을 거절하고 나면 그 후로는 당연하다는 듯 처음보다 관계가 더 악화되었다. 제 감정에 대해서는 조금도 고려하지 않고 멋대로 고백해버린 그들이 원망스러워질 정도였다.

그녀에게 '고백'이라는 건 그랬다. 어떤 관계라도 종지부를 찍게 되는 거라고.

—Rrrrr. Rrrrr.

울리는 전화벨 소리에 은서는 눈을 떴다. 검푸르던 하늘은 어느덧 새까맣게 물들어 있었다. 저도 모르게 잠들었던 모양이었다. 대충 시간을 가늠해보며 머리맡에 있는 휴대폰을 집어 들었다. 액정에 떠 있는 건 남자의 이름이었다. 재빠르게 시간부터 확인했다. 이제 막 10시가 넘어가고 있었다. 오늘 늦는다고 하더니 아직 집에 들어오지 않았나 보다.

"크흠."

꽉 잠긴 목을 가다듬고 전화를 받으려 하는데 뚝, 벨소리가 끊어졌다. 그와 동시에 그녀의 얼굴에 바짝 서려 있던 긴장도 탁, 맥이 풀렸다.

"끊어졌네……."

은서는 남자의 번호가 찍혀 있는 액정을 물끄러미 내려 보았다. 통화 버튼 위에서 손가락이 길 잃은 것처럼 머뭇거렸다. 지금까지 남자와 통화하는 것이 편하다고 생각해본 적은 단 한 번도 없었지만, 이렇게까지 불편하게 느껴지는 것도 처음이었다.

'아니, 이걸 고민한다는 것 자체가 네 남편한테 마음이 갔다는 뜻 아니야? 너 원래 남자들한테 고백받으면 고민도 안 해보고 단칼에 거절했었잖아. 그 상대가 누가 됐든 간에.'

사실은 아까 가현이 그렇게 말했을 때 티 내지 않았지만, 속으로는 꽤 당황했었다. 저도 모르고 있던 제 마음을 들킨 것 같아서였다. 아예 몰랐다고 한다면 거짓말일 것이다. 어설프게나마 느끼고 있었다. 그의 고백을 듣고 지금까지와 달리 단칼에 거절하지 못했던 이유가 무엇인지. 가현에게 말했던 것처럼 '남'과 '남편'의 차이 때문만은 아니었다.

솔직하게 말하자면 남자를 향한 제 감정이 지금까지와는 달리 매우 아리송했다. 호불호 중 고르라면 당연히 '호'였다. 지난 두 달간 남자가 보여준 모습은, 첫인상과는 달리 꽤 따뜻했으니까. 어쩌면 저보다도 훨씬 더.

하지만 이 감정이 과연 연애 감정인 건지는 모르겠다. 아니, 그녀는 애초에 연애 감정이라는 게 무엇인지조차 알지 못했다. 그래서 도무지 대답을 할 수가 없는 것이다. 거절도, 승낙도.

거절을 하게 되면 이 결혼은 어떻게 되는 걸까…… 승낙을 한다면 그건 또 어떻게 되는 거고……? 너무도 어려운 문제였다. 다시금 그 일을 떠올리자니 멀미라도 날 것처럼 속이 울렁거린다.

"하아……"

미간을 잔뜩 찌푸린 채 길게 숨을 내뱉었을 때였다. 또다시 벨소리가 울렸다. 이번에도 남자의 전화였다. 다시금 은서의 얼굴에 바짝 긴장이 서린다. 잠깐 머뭇거리다가 이번에는 너무 늦어지지 않게 전화를 받았다.

"여보세요."

그런데 돌아오는 건 남자가 아닌 다른 이의 목소리였다.

─사모님. 정 실장입니다.

은서의 눈이 둥글게 커졌다.

"네, 안녕하세요, 정 실장님. 그런데 왜 이 번호로……"

─아, 저 그게…….

정 실장은 잠깐 머뭇거리더니 이내 되물었다.

─사모님. 혹시 지금 댁에 계십니까?

"네. 집이에요."

아, 하고 이번에도 정 실장은 또다시 머뭇거렸다.

도대체 무슨 일이기에……?

은서가 고개를 갸웃하는데 정 실장의 조심스러운 목소리가 이어진다.

－정말 죄송한데, 잠깐 아래로 내려와 주실 수 있으실까요?

* * *

아파트 입구를 나오자 늘 같은 자리에 주차되어 있는 남자의 차가 보인다.

"사모님!"

차 바로 앞에서 안절부절못하고 있던 정 실장이 그녀를 발견하곤 달려왔다.

"어떻게 된 일이에요?"

"대표님께서 꼭 좀 사모님을 불러달라고 고집을……."

은서는 슬쩍 차 안을 바라보았다. 선팅이 짙게 돼 있어서 내부가 잘 보이지는 않지만 남자는 아마도 차 안에 있는 듯했다.

"많이 취했나 보네요."

"오늘 중요한 중국 바이어와 미팅이 있었는데, 도수가 꽤 높은 고량주를 많이 드셨거든요."

성실하게 대답한 정 실장은 이내 은서를 향해 고개를 꾸벅 숙였다.

"정말 죄송합니다. 원래 정말 이런 일은 1년에 한 번 있을까 말까 한 일인데, 어쩌다 보니 또 이렇게……."

얼마 전에 또 이런 비슷한 일이 있었기에 민망해하는 눈치였다. 은서는 고개를 내저었다.

"괜찮아요. 정 실장님이 사과하실 일이 아닌데요, 뭘."

"이해해주셔서 감사합니다."

당연한 일이건만 마치 대단한 은혜라도 입은 것처럼 진심으로 고마워하는 정 실장을 향해 은서는 어색하게 웃어 보였다.

"그런데 미팅은 잘 끝났나요?"

"네. 미팅은 무사히 잘 끝났습니다."

"다행이네요."

뒷좌석으로 다가간 정 실장이 허락을 구하듯 그녀를 바라보았다. 은서가 고개를 끄덕이자 곧바로 뒷좌석 문을 열었다. 문이 열리면서 지독한 알코올 냄새가 공기 중으로 흩어졌다. 은서는 저도 모르게 인상을 찌푸렸다. 정 실장의 어깨너머로 차 안을 살폈다. 남자는 뒷좌석 등받이에 편히 기대앉아 팔짱을 낀 채 눈을 감고 있었다.

"대표님. 사모님 오셨습니다."

정 실장이 조심스럽게 어깨를 흔들어 깨우자 남자가 감고 있던 눈을 느릿하게 떴다.

"사모님도 오셨으니 이제 댁으로 가시죠, 대표님."

그는 게슴츠레하게 뜬 눈으로 그녀를 확인하듯 바라보더니 이내 말했다.

"정 실장은 그만 가봐."

"네?"

"이제 그만 퇴근해도 된다고."

고집스러운 말에 정 실장이 은서를 돌아봤다. 어떡하죠? 울먹이는 듯한 시선에 은서는 대답했다.

"그만 가보세요, 정 실장님."

정 실장은 그녀와 남자를 번갈아 보다가 이내 한숨을 내쉬며 자리를 비켰다. 남자의 고집을 꺾을 수 없다는 사실을 누구보다 잘 알고 있기 때문이리라.

"그럼 부탁 좀 드리겠습니다. 혹시 도저히 안 되겠다 싶으시면 저한테 꼭 연락해주시고요."

"네. 그럴게요."

그들을 등지고 떠나면서도 정 실장은 안심이 안 되는지 몇 번이고 뒤를 돌아봤다. 은서는 그런 정 실장을 향해 괜찮아요, 입 모양으로 말해주었다. 남자는 정 실장의 모습이 시야에서 완전히 사라졌을 때에야 차에서 발을 내렸다.

"괜찮아요?"

비틀거리는 남자의 팔을 재빠르게 붙들었다.

"……"

남자는 잠깐 그녀를 내려다보다가 이내 똑바로 섰다. 그녀의 손길을 가볍게 뿌리친 채 걷기 시작했다. 조금씩 흔들리는 걸음이 아슬아슬하지만 그래도 앞을 향해 나아가긴 했다.

이럴 거면 대체 왜 저를 부른 걸까.

고집스럽게 혼자 걷는 남자의 뒤를 따르며 은서는 한숨을 내쉬었다.

* * *

여자를 보는 순간 정신을 지배하고 있던 술이 단번에 깨버렸다. 그리고 민망해졌다. 술기운에 정 실장 앞에서 그녀를 찾아댔던 것이. 그래서였다. 저를 부축하려 드는 여자의 팔을 뿌리치고 혼자 앞서 걸은 것은.

분명 정신은 또렷하건만 이상하게 걸음은 비틀거렸다. 더 이상 추한 모습을 보여서는 안 된다는 생각에 턱을 악다물고 걸었지만, 집에 들어오자 긴장이 풀렸는지 다리에 힘마저 풀려버렸다.

"박신우 씨!"

여자가 다급하게 그의 옆구리로 파고들었다. 덕분에 볼썽사납게 넘어지는 불상사는 피할 수 있었다.

"저한테 기대요."

제법 단단하게 그의 허리를 받쳐 들며 여자가 말했다.

"바닥이 대리석이라 밖에서 넘어지는 것보다 집 안에서 넘어지는 게 훨씬 더 위험해요."

틀린 말은 아니었다. 그리고 좀 더 솔직히 말하자면 제게 딱 붙어 있는 여자의 몸을 뿌리치고 싶지도 않았다. 그는 얌전히 그녀의 부축을 받으며 방으로 걸음을 옮겼다. 덕분에 무사히 침대까지 도착했다. 털썩, 엉덩이를 붙이기가 무섭게 몸이 뒤로 기울었다. 등에 닿는 폭신한 이불의 촉감이 꽤 좋다.

그는 갑갑한 넥타이부터 풀어냈다. 해방감과 동시에 얕은 신음이 절로 흐른다. 본의 아니게 술이 너무 일찍 깨버렸다. 슬슬 속이 쓰려오기 시작했다. 저도 모르게 이맛살을 찌푸리자 옆에서 지켜보던 여자가 걱정스럽다는 듯 묻는다.

"괜찮아요?"

"당신 눈엔 이 꼴이 괜찮아 보여?"

"……꿀물 타올게요."

빤히 그를 내려다보던 여자가 빙글 돌아섰다. 그 순간이었다. 생각이라는 걸 할 겨를도 없이 여자를 향해 불쑥 손이 먼저 나갔다.

탁. 가녀린 손목은 한 손안에 거뜬히 붙잡혔다.

동시에 놀란 눈을 한 여자가 반사적으로 손을 들어 자신의 입부터 가린다. 지금까지 여자를 봐온 중에 가장 빠른 반응이었다.

"왜. 내가 또 키스라도 할까 겁나?"

"……."

돌아오는 대답은 없었다. 노골적인 긍정의 반응에 그는 피식, 입술을 비틀어 삐딱하게 웃었다.

하긴. 두 번이나 그랬으니 겁먹을 만도 한가.

"겁먹을 거 없어. 안 해. 그 정도 이성은 남아 있어."

그제야 여자는 슬그머니 손을 내렸다. 말간 얼굴에 안심하는 기색이 역력하게 떠오른다. 여자를 바라보던 그의 눈매가 가늘어졌다. 그 모습을 보고 있자니 속에서 불쑥 검은 속내가 고개를 쳐드는 것이다. 비틀린 감정이었다. 감정을 인지하기가 무섭게 그대로 손에 잡혀 있던 팔을 잡아당겼다. 방심하고 있던 여자의 몸이 속절없이 풀썩 침대 위로 쓰러졌다.

"앗!"

여자의 입에서 마른 비명이 터져 나왔다.

그는 벗어나기 위해 바르작거리는 몸을 단단하게 끌어안았다. 여자의 작은 머리통이 그의 가슴팍에 닿았다.

"이 정도는 괜찮잖아."

"대체……."

"그래도 명색이 부부인데."

"……."

'부부'라는 말에 뭔가를 따지려던 여자의 입이 딱 다물어졌다. 벗어나려던 움직임 역시 잠잠해졌다.

역시나. 통할 줄 알았다.

고요해진 여자의 등을 조금 더 바짝 끌어안으며 그는 입가를 늘였다. 무려 결혼 생활 두 달 만에 드디어 송은서의 약점을 알아챈 것이다. 왜 그런지 모르겠지만 그녀는 이 결혼을 필사적으로 유지하고 싶어 했다. 처음엔 저와 같은 이유일 거라 생각했지만 가만 지켜보니 꼭 그런 것 같지도 않다.

뭐, 이유야 뭐가 됐든 상관없었다. 그에겐 절대적으로 유리한 상황이었으니까. 너무 비열한가 싶기도 하지만 지금 제가 체면을 따질 상황은 아니었다. 자신의 아내가 '갑'이라면 자신은 철저하게 '을'이었다.

"박신우 씨는 술버릇이 너무 고약한 것 같아요."

품에 갇힌 채 여자가 불퉁 말했다. 어쩔 수 없이 얌전히 안겨 있기는 하지만 이 상황이 매우 유감이라고. 여자의 감정이 목소리에 고스란히 배어 있는 것 같아서 그는 작게 웃었다.

"이미 얘기했던 것 같은데? 나한테 이따위 같지 않은 술버릇은 없다고."

"너무 뻔뻔하단 생각 안 들어요?"

"전혀."

여전히 뻔뻔한 대답에 여자가 반항하듯 자신을 결박하고 있는 그의 팔을 있는 힘껏 툭 친다.

"그럼 이건 뭔데요?"

"당신 탓이야."

"제 탓이라고요?"

황당했는지 여자는 고개까지 획 들어 올리며 반문했다. 덕분에 그녀의 정수리를 내려다보고 있던 그와 시선이 딱 마주쳤다. 동그란 눈 속에는 오롯이 그만이 담겨 있었다. 그는 여자의 두 눈을 바라보며 마른침을 삼켰다. 목울대가 크게 일렁였다.

큰일이었다. 술기운 탓일까. 가까이에서 마주한 여자의 얼굴이 마치 특수효과를 입힌 것처럼 반짝거렸다. 그 얼굴을 마주하고 있자니 잠깐 잊고 있던 욕망이 아랫배를 뻐근하게 만들어온다.

이번에도 역시 제 실수였고 자만이었다. 사람들 보는 앞에서도 겨우 참았으면서 침대 위에서 괜찮을 거라고 생각했다니. 아까 했던 말을 다시 주워 담을 순 없을까. 제 이성이 눈 깜짝할 새에 휘발될 정도로 가벼울 줄 진작 알았다면, 절대 그런 장담 따위 하지 않았을 테다.

"아……."

묘한 분위기를 감지한 듯 여자가 먼저 시선을 피했다. 하지만 그가 조금 더 빨랐다. 고개를 숙이려는 여자의 턱을 가볍게 붙잡아 다시금 자신을 바라보게 했다.

"나는 지금까지 살면서 여자를 원해본 적이 없어."

미약하게 흔들리는 여자의 두 눈을 똑바로 바라보며 그가 말을 이었다.

"그럴 필요가 없었거든. 가만히 있어도 늘 그쪽에서 먼저 다가왔으니까."

"……."

"그러니 지금 내가 이러는 건 다 당신 탓이지."

무슨 소릴 하나 싶어서 경청하던 여자는 엉뚱한 결말의 도출에 어이가 없다는 듯 한숨을 작게 내쉬었다.

"그런 걸 보고 도끼병이라고 한다던데."

"병은 아니야. 한 치의 거짓도 없는 팩트니까."

여자는 포기했다는 듯 그래요, 그렇다 쳐요. 꿍얼거린다.

"그래서 말인데."

자꾸만 오물거리는 입술로 향하는 시선을 애써 끌어당기며 그는 느릿하게 운을 뗐다. 갑작스러운 화제 전환에 여자가 시선을 다시금 들어 올려 그를 바라보았다. 뭘요? 되묻는 것 같은 여자를 빤히 바라보며 그는 질문했다.

"당신은 내가 왜 싫다는 거야?"

내가 언제 어떻게 죽을지보다도 이게 더 궁금하다고 하면, 과연 당신은 믿어줄까.

* * *

은서는 눈을 느리게 감았다가 떴다.

바짝 쳐들고 있는 고개가 뻐근해져 왔다. 그러나 저를 향해 있는 시선을 어쩐지 피할 수가 없었다.

'당신은 내가 왜 싫다는 거야?'

귓가에 방금 전 들은 남자의 목소리가 이명처럼 울려온다.

마냥 피할 수만은 없는 문제라는 걸 알고는 있었다. 그래도 이렇게 맞닥뜨리자 심장이 철렁하는 건 어쩔 수가 없다.

지금 대답을 해야 하는 걸까. 뭐라고 해야 하는 거지. 아직 마음의 정리를 하지 못했는데⋯⋯.

이제 막 스푼으로 저은 커피잔 속처럼 머릿속이 빙빙 돌았다. 술을 먹은 건 자신이 아니라 남자건만, 꼭 제가 술에 취한 것처럼 속이 메스꺼웠다.

"어려운 질문이었나?"

이미 알고는 있었지만 이 남자에겐 정말이지 참을성이라고는 눈곱만큼도 없는 모양이다. 당장 대답을 내놓지 않으면 안 될 것처럼 느껴지는 짙은 눈빛에 은서는 하는 수 없이 입을 열었다.

"솔직하게, 말해도 돼요?"

"내가 상처받지 않는 선에서."

이 와중에도 조건이 붙는다. 은서는 제 입안에서 맴도는 말이 그가 말하는 조건에 부합하는 건지 잠깐 생각하다 이내 조심스럽게 대답했다.

"⋯⋯싫어한 적 없어요."

대단하진 않지만 그래도 나름대로 많은 고민 끝에 내린 답이었다. 그런데 남자의 성에는 전혀 차지 않았는지, 그녀를 바라보던 눈매가 가늘어진다.

"어디서 많이 들어본 대답이네. 뒷말은 아마 그렇다고 해서 좋은 것도 아니다, 일 테지?"

은서가 아무런 대답도 하지 못하고 입을 다물자, 못마땅한 기색을 숨기지 않고 그녀를 빤히 바라보던 남자가 삐딱하게 되묻는다.

"당신, 혹시 내 앞으로 보험 들어놨어?"

뜬금없는 질문에 내리깔았던 시선을 들어 올리자 남자가 어깨를 으쓱한다.

"아무리 봐도 나를 애태워 죽게 만들 계획인 것 같아서 말이야."

말에 담긴 가시가 그녀의 양심을 쿡 찔렀다.

연애에 대해 쥐뿔도 모르지만 그래도 고백을 들었으면 뭐가 됐든 대답을 해줘야 하는 게 예의라는 것쯤은 잘 알고 있었다. 그런데 지금 자신은 스스로의 감정조차 확신하지 못해 대답을 질질 끌고 있었다. 남자로서는 이런 반응을 보이는 게 당연한 걸지도 모른다.

은서는 잠깐 머뭇거리다 입을 열었다.

"시간이, 조금 더 필요해요."

"얼마나?"

"네?"

"얼마나 필요하냐고. 시간이."

은서는 눈을 동그랗게 떴다. 설마 이렇게 돌직구로 물어올 줄은 몰랐던 것이다.

"당신도 이미 알겠지만 내가 참을성이 그리 많지 않아. 길게는 못 기다려."

그녀가 선뜻 대답하지 못하자 그가 적당히 선을 그어준다.

"아, 그리고 얌전히 기다릴 자신은 더욱더 없다는 것도 알아두라고."

당연하다는 듯 덧붙여진 말에 은서는 여전히 아무 말 못 하고 멍하니 남자를 바라보았다. 마치 사채업자에게 돈을 꾼 빚쟁이가 된 느낌이었다. 원래 이런 건가. 고백을 한 사람은 당당하고, 고백을 받은 사람은 눈치를 봐야 하는…….

왠지 모르게 혼란스러워서 눈만 깜빡이는데, 남자가 그녀의 머리통을 자신의 품으로 끌어안았다. 잠깐 가려졌다 또렷해진 시야로 남자의 단단한 가슴팍이 가득 들어온다. 쿵쿵쿵. 불안정하게 뛰는 심장 소리도.

인간은 적응하는 동물이라고 했던가. 불과 몇 분이 지났을 뿐인데, 제 몸을 감싸고 있는 남자의 온기가 더는 어색하게 느껴지지 않는다. 물론 제가 벗어나고자 한들 순순히 놓아줄 남자가 아니었지만 말이다.

가만히 멈춰 있는 머리 위로 남자의 목소리가 떨어졌다.

"계약 성사된 걸로 알고 있을게."

계약이라니. 성사라니.

순 제멋대로라는 생각이 들었지만 어쨌든 시간을 번 건 사실이었다. 잘은 모르겠지만 아마도 제 처지에선 이게 최선이리라. 나름대로 계산기를 두드려본 은서는 대답 대신 고개를 끄덕였다.

"그럼 기념으로 자장가나 불러줘."

"네?"

"자장가 몰라? 잘 자라 우리 남편. 앞뜰과 뒷동산이 어쩌고 하는 거 있잖아."

고집스러운 목소리에 은서는 뒤늦게 번쩍 정신이 드는 듯했다. 그리고 보니 이 남자, 불과 몇 분 전까지만 해도 술에 제법 취해 있는 상태가 아니었던가. 너무 말을 잘해서 완전히 잊고 있었다. 설마 지금까지 했던 말이 모두 술주정이었던 건 아니겠지. 갑자기 엄습해오는 불안감에 은서는 낮게 그를 불렀다.

"박신우 씨."

"말해."

"혹시 지금 술주정 하는 거예요?"

"아니. 진심이야."

단호하게 대답한 그는 다시 한 번 재촉했다.

"얼른 불러줘, 자장가."

맙소사. 정말로 잘 자라 우리 남편, 소리를 들어야 직성이 풀릴 모양이다.

"내일 분명히 후회할 거예요."

은서는 씨알도 먹히지 않을 걸 알면서도 경고했다.

"괜찮아."

그리고 역시나, 그녀의 경고는 남자에게 씨알도 먹히지 않았다. 그는 덤덤하게 말을 이었다.

"어차피 내일이 되면 당신은 또 모르는 척할 거잖아."

"……."

은서는 대답 대신 입을 다물었다. 이번에도 아니라는 말은 할 수 없었다.

Chapter 13

버킷리스트

"대표님! 큰일 났습니다."

정 실장의 다급한 목소리에 그는 태블릿에 고정돼 있던 시선을 들었다. 곧 출장에서 만나기로 한 거래처 측과 통화를 하고 온 정 실장의 얼굴이 하얗게 질려 있었다.

"왜. 무슨 일이야?"

"크림슨 회장이 교통사고를 당했다고 합니다."

"뭐? 교통사고?"

그의 눈썹이 추켜 올라갔다.

"심각한 거야?"

"다행히도 인명피해는 없었다고 합니다."

"크림슨 회장 상태는?"

"간단한 타박상 정도인데, 연세가 있으시다 보니 아무래도 주치의가 절대 안정을 권하나 봅니다."

동요하던 눈빛이 언제 그랬냐는 듯 차분하게 가라앉았다.

"그래. 그 연세에 심장마비 안 온 것만으로도 천만다행이지."

크림슨 회장의 나이는 올해 여든이었다. 아직 일선에서 물러나지 않은 채 모든 결정권을 가지고 있을 정도로 정정하긴 했지만, 일보단 본인의 건강을 더 챙겨야 할 나이임은 분명했다.

"……어떻게 할까요?"

"이쪽은 괜찮으니 몸부터 잘 추스르시라고 해. 그쪽 병실로 적당한 거 보내고."

"네, 알겠습니다."

정 실장이 휴대폰을 손에 쥔 채 라운지를 빠져나갔다. 그 모습을 응시하던 그는 다시금 태블릿으로 시선을 옮겼다. 당장 비행기 표를 날리고 일정까지 꼬인 상황이었음에도 꽤 여유로운 모습이었다.

사실 이쪽에서도 딱히 손해는 아니었다. 아니, 크림슨 회장에겐 미안한 말이지만 그로서는 오히려 잘된 일인지도 몰랐다. 이번 미팅을 위해 대표인 그가 직접 출장 자리에 올라야 했을 정도로 태한이 아쉬운 소리를 해야 할 처지였다. 그런데 상황이 이렇게 됐으니, 아마도 다음 미팅에선 나름 유리한 고지를 선점할 수 있으리라. 정 실장이 라운지로 돌아온 건 약 20분 후였다.

"크림슨 회장님이 대표님께 죄송하고 감사하다는 말씀 꼭 전해 달라고 하셨답니다."

"감사 인사는 다음 미팅 때 받는 걸로 하고."

들고 있던 태블릿을 내려놓고 정 실장을 바라보았다.

"상황 정리는 했어?"

"공항 측에 짐 반송 요청했습니다. 내일 오전에 도착하는 비행기로 받을 수 있을 것 같습니다. 그리고 김 기사님께도 연락드렸습니다. 한 시간 내외로 도착할 수 있다고 합니다."

제가 굳이 입을 떼지 않았음에도 정리가 아주 완벽했다. 그는 만족스럽다는 듯 턱을 까딱거린 후 다리를 꼰 채 커피를 한 모금 마셨다. 다 식어빠진 커피였지만 맛은 나쁘지 않았다.

"바로 회사로 복귀하실 거죠?"

그는 흘긋 손목시계를 바라보았다.

오전 열 시였다. 김 기사가 오는 데까지 한 시간이 걸린다고 했으니 서울에 도착하면 얼추 점심시간일 것이다. 머릿속으로 간단하게 계산을 하던 그는 이내 손목시계에서 시선을 떼고 대답했다.

"아니. 집으로 갈 거야."

정 실장의 눈이 휘둥그레졌다. 크림슨 회장의 교통사고 소식을 전해 들었을 때보다도 더 놀란 눈치였다.

"기왕 이렇게 된 거, 정 실장도 오늘은 하루 휴가받았다 생각하고 푹 쉬어. 최근에 풀 야근하느라 고생 많았잖아."

덧붙여지는 그의 말에 정 실장의 눈이 조금 더 커졌다. 아니, 놀라움보다는 경악에 조금 더 가까워 보인다.

워커홀릭인 대표가 웬일로?!

그럴 수밖에 없는 것이, 그는 이동하는 시간마저 아깝다며 차 안에서도 태블릿을 손에서 놓지 않는 남자였다. 심지어는 결혼식 바로 다음 날도 아침 일찍 출근해서는 밤늦게 퇴근하지 않았던 가. 오늘은 해가 서쪽에서 떴나 싶을 정도로 의아했지만, 혹시라 도 그의 마음이 바뀔세라 정 실장은 냉큼 대답했다.

"네, 알겠습니다!"

자신의 보스 상태가 조금 이상한 것 같긴 하지만 일단 저부터 살아야 했다. 그의 말대로 최근에 풀 야근을 하느라 고생했으니 까 말이다.

"참, 대표님."

모처럼 얼굴에 생기가 돈 정 실장이 그를 향해 질문했다.

"그때 말씀하셨던 친구분은 어떻게 되셨어요?"

멈칫.

입술에 닿기 직전 커피잔이 허공에서 멈췄다. 그는 그대로 커피 잔을 테이블 위에 내려놓았다. 미간이 절로 그러모아졌다. 갑자기 입안에 맴도는 커피 향이 너무도 쓰게 느껴지는 탓이었다.

"정 실장."

"네?"

"아직은 업무시간이야. 공과 사는 구분하도록."

불과 30초 만에 냉담해진 그의 반응에 정 실장의 얼굴에 얼떨 떨한 기색이 역력하게 떠올랐다. 그도 그럴 것이, 최근 들어 사 적인 이야기를 먼저 꺼냈던 건 그가 아니던가. 그렇다고 따져 물 을 수 있는 상태도 아니었다. 사실 사적인 얘기를 하던 보스보다 는 지금 이 모습이 오히려 정상이기도 했고. 정 실장은 고개를 꾸

벽 숙였다.

"……죄송합니다."

억울함이 그득한 정 실장의 속내가 또렷이 보였지만, 그는 짐짓 모르는 척 고개를 돌렸다. 통유리 너머로 새파란 하늘이 보인다. 먹구름이 잔뜩 낀 제 기분과는 정반대였다. 오늘로부터 딱 일주일 전, 술 먹고 또 사고를 쳤다. 다행히도 이번에는 키스 같은 대형 사고는 아니었다. 하지만 이제 와 생각해보면 그게 과연 정말로 다행인 건지는 모르겠다.

'내일 분명히 후회할 거예요.'

여자의 경고대로 그는 다음 날 눈을 뜨자마자 후회했다.

마지못해 들려주던 여자의 음정 박자 무시한 자장가를 들으며 잠들었기 때문은 아니었다. 단지 그가 후회하는 건, 대답을 기다리겠다고 했다는 것이었다. 그 후로 당연하게도 두 사람의 관계는 제자리걸음이었다. 이제나 대답하려나, 저제나 대답하려나. 어울리지도 않게 여자의 눈치를 살폈지만 아무래도 당장 원하는 대답을 들을 순 없을 것 같았다.

덕분에 요 며칠은 정말이지 답답해서 미쳐버릴 지경이었다. 차라리 포기하면 마음이라도 편하겠지만 그것마저도 쉽지 않았다. 저를 싫어한 적 없다던 여자의 말이 희망 고문을 시키는 탓이다.

일주일이라는 건, 그에게 억 단위의 돈이 걸린 프로젝트도 방향을 결정할 수도 있는 시간이었다. 그런데 여자의 마음 하나 얻는 게 그보다 더 힘든 일일 줄이야. 감히 상상이나 할 수 있었겠는가.

이쯤 되니 자신의 오류를 인정하지 않을 수가 없었다. 자신의 인내심을 너무도 과대평가했다는 것을. 또한 여자의 느긋함을 너무도 과소평가했다는 것을.

"후."

낮게 한숨을 내뱉은 그는 미간을 잔뜩 좁힌 채 남은 커피를 입안에 모두 털어 넣었다. 입이 썼다.

* * *

"누나는 왜 연애 안 해?"

불쑥, 들려온 질문에 은서는 하마터면 닦고 있던 접시를 놓칠 뻔했다. 가까스로 접시 끝을 붙든 채로 천천히 고개를 돌렸다. 호기심이 그득 담긴 준호의 눈동자가 반짝이고 있었다.

"갑자기 그건 왜?"

"아, 어제 가현 누나랑 통화했는데 어쩌다 보니 누나 얘기가 나왔거든. 그때 들었어. 누나 남자친구 없다는 거. 얘기 듣고 보니 갑자기 궁금해져서."

"아……."

준호의 설명을 들으며 은서는 멍하니 입을 벌렸다.

두 사람의 통화에서 제 얘기가, 심지어 남자친구와 관련된 이야기도 당황스럽긴 했지만, 지금 그녀를 더욱더 당황스럽게 만드는 건 가현의 대답이었다. 물론 가현이 틀린 말을 한 건 아니었다. 남자친구가 아니라 남편이 있다는 게 함정이었지만 말이다.

"응? 뭐야. 이 반응은?"

떨떠름한 그녀의 반응에 준호가 눈을 크게 떴다.

"혹시 누나 남자친구 있는데 가현 누나가 잘못 알고 있었던 거야?"

"아니, 그건 아닌데……."

거짓말이 거짓말을 낳는다더니. 양치기 소년이 이런 기분이었을까. 그렇다고 이제 와서 솔직히 말을 할 수도 없어서 은서는 그저 어색하게 말끝만 흐릴 뿐이었다. 다행히도 준호는 이상함을 눈치채지 못한 듯했다. 다시금 생글 웃으며 질문해왔다.

"누나는 이상형이 어떻게 돼?"

"이상형?"

"남자를 볼 때 특별히 중요하게 생각하는 부분이라든지. 호감을 느끼는 외모라든지. 연상이 좋다거나, 반대로 연하가……."

설명하던 준호가 문득 그녀의 눈치를 보더니 이내 변명이라도 하듯 손을 휘저었다.

"아, 다른 뜻이 있어서 묻는 건 절대 아니야! 혹시 누나 이상형에 부합하는 사람이 내 주변에 있으면 소개를 해줄까 해서 물은 거야. 누나 괜찮은 사람이니까 좋은 남자 만났으면 해서. 절대, 절대, 다른 마음이 있는 건 아니니까 오해하지 마!"

쓸데없이 과한 부정이었다. 은서는 고개를 끄덕였다.

"걱정 마. 오해 안 해. 그리고 좋게 봐준 건 고마운데 소개팅은 사양할게."

"왜?"

"관심 없어. 그런 거."

단호한 그녀의 대답에 어쩐지 실망한 얼굴이다. 준호는 뭔가 이 주제에 관해 더 이야기 나누고 싶은 마음 같았지만, 은서는 무심하게 시선을 돌려 접시를 닦는 것에 집중하기 시작했다.

그렇게 몇 분이나 지났을까.

"누나. 혹시나 해서 묻는 건데……."

접시를 닦던 준호가 다시금 조심스레 운을 뗐다.

"따로 좋아하는 사람이 있는 거야?"

흠칫.

은서의 움직임이 뚝 멈췄다.

이번에는 손에 든 게 마른행주밖에 없어서 다행이었다. 손에서 이탈한 행주가 팔랑거리며 그녀의 발치에 떨어졌다.

"누나, 뭐해?"

"응?"

"행주 떨어졌어."

준호가 멍하게 서 있는 그녀를 의아하다는 듯 바라보며 손끝으로 떨어진 행주를 가리켰다. 뒤늦게 정신을 차린 은서는 얼른 허리를 숙여 그것을 주워들었다.

"괜찮아?"

"아, 응. 괜찮아. 잠깐 딴생각을 하느라……."

행주를 반듯하게 접어두며 은서는 느리게 눈을 깜빡였다. 어쩐지 멍했다. 정신을 차렸다고 생각했는데 아닌 모양이었다.

"준호야. 미안한데, 마무리는 네가 좀 해줄래? 나 화장실 좀 다녀올게."

얼떨떨한 얼굴로 고개를 끄덕이는 준호를 등지고 서둘러 서빙존을 빠져나온 은서는 곧장 화장실로 향했다.

쏴아아, 쏟아지는 물줄기에 손부터 집어넣었다. 손끝이 얼얼해질 정도로 물 온도가 낮았지만, 그녀의 멍한 정신을 완전히 일깨워주기엔 부족했다. 더 이상은 물 낭비라 판단하고 수도꼭지를 잠갔다. 그러면서 아까부터 눈앞에 아른거리는 얼굴 하나를 애써 지워내려 노력했다. 남편의 얼굴이었다.

스스로도 당황스러웠다. 왜 갑자기 그 남자의 얼굴이 떠오른 걸까. 다른 것도 아니고 '좋아하는 사람'이 있느냐는 질문이었는데. 최근 저도 모르게 남자를 지나치게 의식하고 있다는 걸 인지하고는 있었다. 사실 의식하지 않으려야 않을 수가 없는 상황이었다.

그날 이후로 그는 맡겨놓은 걸 찾기라도 하듯 은근히 대답을 강요해왔으니까 말이다. 물론 대놓고 말하는 건 아니었지만, 제 뒤통수에 집요하게 따라붙는 눈빛이 어찌나 따가운지. 차라리 대놓고 물어봐 줬으면 싶을 정도였다.

하지만 이건…….

은서는 아랫입술을 질끈 깨물고서 정면을 바라보았다. 거울 속 여자의 얼굴은 새빨갛게 익어 있었다.

* * *

그는 손목시계를 흘긋 바라보았다. 오후 한 시가 다 되어가고 있었다. 혹시 몰라 거실 벽면에 걸려 있는 벽걸이시계도 확인했지만 달라지는 건 없었다.

재깍재깍. 움직이는 초침을 노려보던 그는 이내 휴대폰을 들어 가장 최근 통화목록으로 전화를 걸었다. 상대방은 금방 전화를 받았다.

　－어디쯤이야?

　기다렸다는 듯 튀어나온 종훈의 질문에 그는 엄지로 구겨진 미간을 문지르며 대꾸했다.

　"아무래도 오늘 못 갈 것 같아."

　－뭐? 왜?

　"그냥. 그렇게 됐어."

　－무슨 일 생긴 건 아니지?

　되묻는 종훈의 목소리에 걱정이 묻어났다.

　그가 두 시간 전 불쑥 전화를 걸어 오늘 식사 가능해? 물었던 종훈의 레스토랑은, 원래 평일 점심이라도 한 달 전에는 예약을 해야만 이용할 수 있는 곳이었다. 일에 관련된 것이 아닌 이상, 그가 사사로운 일엔 절대 인맥을 이용하는 법이 없는 성격이라는 걸 종훈도 잘 알고 있었다. 알고 지낸 세월이 꽤 되지만 그에게서 개인적인 부탁을 받은 건 이번이 처음이었다.

　아내와 식사를 할 거라고 설명하긴 했지만 종훈의 처지에서는 못내 중요한 일이지 않을까, 하고 생각할 수밖에 없었을 테다.

　"어. 그런 건 아니고. 아무튼 정말 미안하게 됐다. 기껏 신경 써줬는데."

　－신경 써줘야지, 당연히. 누구 부탁인데.

　"계좌 보내."

　－계좌는 무슨.

　종훈은 재미있는 얘기라도 들은 것처럼 피식, 웃었다.

　－됐어. 어차피 예약 대기 손님 많아서 이쪽도 손해는 전혀 없어.

"그렇담 다행이고. 오늘 일은 체크해놔. 다음에 제대로 갚을 테니까."

ㅡ그럼. 벌써 체크했지. 박 대표님의 통이 얼마나 클지 기대하고 있겠습니다.

종훈의 농담에 그가 진지하게 그러겠노라 약속하는 것으로 통화는 끝이 났다. 귀에서 떼어낸 휴대폰을 내려놓으며 소파에 깊숙이 몸을 기댔다. 그의 시선은 자연스럽게 여전히 고요한 복도를 향했다. 슬그머니 좁혀지는 미간엔 불편한 그의 심기가 역력하게 드러나 있었다.

기왕 일이 이렇게 된 김에, 그는 자신의 아내와 함께 분위기 좋은 곳에서 식사하고 서울 근교로 드라이브를 할 계획이었다. 이런 날이 아니면 결코 할 수 없는 데이트 코스였기에 나름대로 들뜨기까지 했었다.

그런데 당연히 집에 있을 거라는 그의 예상과 달리 여자의 모습은 그 어디에도 보이지 않았다. 집은 마치 절간처럼 고요했다. 처음에는 잠깐 외출했을지도 모른다고 생각했다. 그러나 한 시간이 넘도록 열릴 생각을 않는 현관문에 그는 이제 그만 기대를 접기로 했다.

장을 보는 걸까.

아니, 그건 가능성이 조금 낮았다. 늘 오후 느직이 장을 보던 여자가 오늘 갑자기 시간을 당겨서 장을 볼 확률이 얼마나 될까. 장을 보는 시간 역시 이렇게 긴 편이 아니었다.

친구와의 약속인 걸까.

가능성이 제일 높았다. 그렇다면 그 친구는 누구일까. 가현이라는 친구의 얼굴이 떠오르지만 확신할 순 없었다. 제가 모르는 다른 친구일 수도 있었다. 그리고 그게 남자가 아니라는 보장 역시 없다.

"남자라……."

그가 저도 모르게 이를 으득 갈았다. 제멋대로 가설을 세우고, 상상하고, 실체도 없는 형상을 떠올리는데, 어째선지 기분이 이루 말할 수 없을 정도로 더러워졌다. 마치 제 인내심의 한계를 두 눈으로 직접 확인한 기분이었다. 그는 여전히 고요한 현관 복도를 노려보며 속으로 다짐했다. 오늘은 기필코 여자에게서 대답을 들어야겠다고. 설사 그 대답이 거절이라 할지라도.

* * *

현관에 들어선 은서는 멈칫했다. 아침에 집을 나갈 땐 보지 못했던 남자의 구두 한 켤레가 가지런히 놓여 있었다.

"내가 못 본 건가……?"

고개를 갸웃하며 집 안으로 들어섰다. 복도를 지나 2층으로 가려는 순간, 은서는 걸음을 뚝 멈췄다. 있어선 안 될 남자가 거실 소파에 여유롭게 앉아 저를 바라보고 있는 것이 아닌가.

"뭘 그렇게 놀라? 귀신이라도 본 것처럼."

경직된 귓가로 특유의 중저음이 귓속을 파고들었다. 헛것을 본 건 아니었던 모양이다.

"오늘, 출장 간다고 하지 않았어요?"

"취소됐어."

"아, 취소요……."

그럴 수도 있는 거구나.

멍하니 대꾸하자 그의 한쪽 입꼬리가 삐딱하게 말려 올라간다.

"꽤 실망한 얼굴이네? 나 없는 1박 2일 동안 나쁜 짓이라도 하려고 했나 보지?"

은서는 뜨끔했다. 오늘 아침 그가 1박 2일로 출장을 떠난다고 말했을 때, 그가 없는 시간 동안 편히 지낼 수 있겠다고 생각하긴 했었다. 최근 그와 함께 있을 때면 빚쟁이가 된 것처럼 마음이 초조해졌으니까 말이다.

"내가 당신 속마음을 너무 정확하게 맞춘 건가?"

은서는 일단 부인했다.

"그런 거 아니에요."

"뭐, 그래. 일단 그렇다고 치자."

물론, 그는 전혀 믿지 않는 눈치였다.

"그런데 어디 다녀오는 길이야?"

그녀의 차림새를 쓱 훑는 남자의 눈매가 어딘지 모르게 날카로웠다. 아니, 평소와 같은 눈빛인데 유독 더 그렇게 느껴지는 건지도 몰랐다. 찔리는 게 있었으니까.

"장 보러 간 건 줄 알았는데, 빈손이네."

은서는 슬그머니 주먹을 말아 쥐었다. 입안이 바싹 말라왔다.

적당히 둘러대면 될 일이었다. 이 남자가 평일 이 시간에 집에 있는 건 결코 흔한 일이 아니었다. 눈 딱 감고 거짓말 한번 하면 아무 문제 없이 끝날 것이다. 그런데 그렇게 생각하는 머리와 달리 입은 좀처럼 떨어지질 않는다. 거짓말이 또 다른 거짓말을 낳는다는 걸, 거짓말을 하는 게 꽤 힘들다는 걸, 이미 너무도 잘 알아버린 탓이었다. 게다가 이 남자는, 앞으로도 매일 얼굴을 마주해야 하는 남편이 아니던가.

잠깐 동안 망설이던 은서는 이내 느릿하게 말했다.

"……아르바이트요."

남자의 눈이 둥그렇게 커졌다.

"아르바이트?"

"네."

"설마, 내가 아는 그 아르바이트?"

"아마도요."

순순한 대꾸에 남자가 눈썹을 찌푸린다.

"어디서?"

"친구 삼촌이 하는 레스토랑이에요. 강남에 있는."

"친구라면 그때 고양이 주인?"

"맞아요."

남자는 흐음, 하더니 이내 다시 질문을 던졌다.

"거기서 무슨 일을 하는데?"

"서빙해요."

"뭐? 서빙?!"

남자의 목소리가 한 톤 높아졌다. 아르바이트한다는 말을 들었을 때보다 더 어이없어하는 것처럼 보인다.

"그러니까, 식당에서 음식을 나른다는 말이야?"

도저히 납득할 수 없다는 얼굴로 남자가 되물었다. 은서는 대답 대신 고개를 끄덕였다.

"그 친구가 당신한테 도와달래? 일할 사람이 도저히 안 구해진 다고?"

"그 반대예요. 제가 친구한테 부탁했어요."

"대체 왜?"

"하고 싶었으니까요."

더도 말고 덜도 말고, 있는 그대로 솔직하게 대답했지만 남자의 성에는 차지 않는 모양이었다. 그는 눈썹까지 꿈틀거리며 따지듯 되물었다.

"그 레스토랑 서빙이 청탁까지 하면서 들어가야 할 정도로 대단한 자리야? 아니면, 당신 레스토랑 사장이 목표였어? 그래서 경영수업인 셈 치고 실습하는 건가?"

그렇다고 해도 여전히 납득할 순 없지만, 그래도 이해해보려고 노력은 해보겠다는 눈빛이었다.

은서는 고개를 작게 내저었다. 실망시키는 것 같아 미안한 마음이 들 정도였다.

"그런 거 아니에요. 말 그대로, 그냥 하고 싶어서 그런 거예요."

"이유가 아주 심플하네."

히, 그는 어이없다는 듯 코웃음 쳤다.

"내 상식으로는 도저히 이해를 할 수가 없군. 아무리 젊어서 고생은 사서 한다지만, 하필이면 뭐 그런……."

"버킷리스트였어요."

제가 하는 일에 대해 또다시 부정의 말이 나오기 전에 은서는 재빨리 대답했다.

"뭐, 리스트?"

남자가 삐딱하게 되물었다.

"죽기 전에 꼭 하고 싶은 거요."

그가 정말로 몰라서 되물은 게 아니라는 걸 알지만 은서는 또박 또박 대답했다. 그러고는 이내 말을 덧붙였다.

"처음에 약속했었잖아요. 제 사생활에 간섭하지 않겠다고."

아주 못마땅해 죽겠다는 듯 남자의 눈썹이 다시금 씰룩이는 게 보였지만, 은서는 못 본 척 끝까지 제 할 말을 마무리 지었다.

"반대하지 않았으면 좋겠어요."

* * *

모니터 화면을 노려보고 있던 그는 문득 떠오르는 기억에 하, 하고 입술을 비틀었다.

"약속…… 꼭 지켜주세요."

"약속?"

"제 사생활에 간섭하지 않겠다는, 그 약속이요."

그때 말했던 송은서의 사생활이 고작 아르바이트였다니. 기가 막히다 못해 코까지 막힐 지경이었다. 물론 대단한 것이 있을 거란 생각을 하진 않았지만, 이건 제 예상보다도 훨씬 더 허무했다.

'버킷리스트였어요.'

'반대하지 않았으면 좋겠어요.'

조금 전 그리 말하는 여자의 눈빛이 너무도 간절해 보여서 그는 저도 모르게 그래, 하고 대답했다. 그제야 여자는 경직된 표정을 풀며 고마워요, 했다. 사실 고맙다는 얘기를 들을 일은 아니었다. 제가 무슨 수로 반대를 할 수가 있겠는가. 나쁜 짓을 하겠다는 것도 아니고 고작 레스토랑에서 서빙한다는 건데.

"아르바이트라……."

사실 평소 제가 봐왔던 여자에 관해 생각해보면 이해가 쉬웠다. 유흥이나 사치를 즐기는 타입이 전혀 아닌데 지금껏 온실 속 화초로 갇혀 살아왔으니 답답했을 만도 하다 싶다. 특히나 세운의 황 회장은 그 누구보다 체면을 중시하는 타입이었다. 손녀가 자신이 만든 온실을 벗어나는 것을 허락했을 리가 없다.

"……아니, 그건 그렇다 치고."

아까 일을 곱씹던 그가 문득 떠오르는 생각에 미간을 좁혔다.

"너무 당황해서 정작 하려던 말은 꺼내지도 못했네."

지금 아르바이트 따위가 중요한 게 아닌데 말이다.

그는 다시 한 번 입술을 비집고 나오는 헛웃음을 흘려보내며 탁상 위 시계를 확인했다. 평소 저녁을 먹던 시간에 가까워지고 있었다. 슬슬 허기가 느껴진다. 잠깐 동안 시계를 노려보던 그는 이내 모니터 창을 끄고 자리에서 일어났다. 방을 나서자 맛있는 냄새가 후각을 자극해왔다. 그는 곧장 주방으로 걸음을 옮겼다. 저녁 준비로 바쁜 여자의 뒷모습이 보인다.

"얼마나 걸려?"

목소리를 뱉어냈을 때서야 여자가 뒤를 돌아봤다.

"벌써 나왔어요? 조금만 더 기다려줘요. 다 돼가요."

"도와줄 건 없어?"

"괜찮아요."

토씨 하나 틀리지 않고 그가 예상했던 대답 그대로였다. 아무래도 괜찮다는 말은 여자의 말버릇인 모양이다.

"그래, 그럼."

더 말을 한다 해도 들을 여자가 아니었다. 그는 얌전히 자리에 앉았다. 아직 텅 비어 있는 식탁 위엔 뭔가가 놓여 있었다. 포장된 작은 상자였다. 시선이 절로 갔다. 그럴 수밖에 없는 게, 반짝반짝하는 보라색 포장지를 입고 있는 그것은 엄청난 존재감을 자랑하고 있었다.

"이건 뭐야?"

결국 외면하지 못하고 질문했다. 가스불 앞에 서 있던 여자가 다시금 뒤를 돌아보았다. 그가 눈짓으로 식탁 위에 놓여 있는 상자를 가리켰다.

"아……."

여자의 표정이 미묘하게 변했다.

대체 뭐기에?

호기심이 한층 더 짙어진 시선으로 바라보자, 잠깐 머뭇거리던 여자가 이내 입을 열었다.

"향수예요."

기대와 달리 별 게 아니었다. 삽시간에 호기심을 지워내고 심드렁하니 바라보는데 여자의 말이 이어졌다.

"마음에 들진 모르겠지만, 박신우 씨 선물이에요."

"내 선물이라고?"

저도 모르게 놀라서 되물었다. 지금 내가 뭘 들은 거지. 잘못 들은 건 아닌지 헷갈렸던 탓이다.

"지난달에 첫 월급 받았거든요."

"그래서 내 선물을 샀다는 거야?"

여자가 멋쩍은 듯 시선을 내리깔며 대답한다.

"첫 월급 받으면 원래 가족한테 선물하는 거라고 해서……."

가족.

여자의 입에서 처음 나온 단어가 빠르게 귓속을 파고들었다. 흔하게 쓰이는 단어건만 어쩐지 낯설게 느껴진다.

"아, 그래."

그는 손을 뻗어 상자를 집어 들며 최대한 덤덤하게 말했다. 그러나 제 의지와는 상관없이 입술이 씰룩대는 건 어쩔 수 없다. 여자가 이쪽을 보지 않아서 다행이었다.

Chapter 14

질투의 화신

팔랑-

서류를 한 장씩 넘길 때마다 달큰한 향이 코끝을 스쳤다. 그는 서류에서 시선을 떼고 제 손목을 내려다봤다. 셔츠 소매 너머로 돋아난 핏줄이 갓 잡은 생선처럼 팔딱팔딱 뛰는 것 같았다.

기필코 여자에게서 대답을 듣고야 말겠다고 다짐했음에도 불구하고, 어제 그는 결국 '대답'의 '대' 자도 꺼내지 못했다. 굳이 이유를 붙이자면, 이 향 때문이었다.

"근데 왜 향수야?"

그의 질문에 여자의 눈이 둥그렇게 커졌다.

"혹시 향수 안 써요?"
"그게 아니라, 이유가 궁금해서."
"아, 이유요."

여자는 잠깐 대답을 고민하는 듯하다 이내 말했다.

"뭘 선물해야 할지 생각해봤는데, 아무래도 박신우 씨한테 다른 건 필요 없을 것 같아서요. 웬만한 건 다 있을 테니까."

맞는 말이었다. 그가 갖지 못한 건 없었다. 심지어 모두 최고급이기까지 했다. 레스토랑 서빙 월급으로는 절대 감당하지 못할. 하지만 그가 원하는 대답은 아니었다. 그저 그런 이유였다니. 왠지 심술이 나서 삐딱하게 되물었다.

"그냥 만만한 게 향수라 골랐다?"
"꼭 그렇다는 말은 아니에요. 우연히 향을 맡았는데, 박신우 씨한테 잘 어울리는 것 같아서 샀어요."

이번 대답은 퍽이나 만족스러웠다. 그제야 그는 표정을 풀며 감사의 인사를 전했다.

"고마워. 잘 쓸게."

사실 그는 향수를 사용하지 않았다. 후각이 남들보다 예민한 탓에 어쩔 수 없이 사용해야만 하는 향수나 보디클렌저 향만으로도 충분히 골이 아팠다. 인위적인 향은 딱 질색이었다. 여자들의 지독한 화장품 냄새 역시도 마찬가지였다.

그래도 선물이라고 받은 건데 한 번은 사용해야 예의일 것 같아, 오늘 아침 그는 처음으로 향수를 뿌려봤다. 다행히도 생각보다 향이 강한 편은 아니었다. 게다가 시간이 지날수록 옅어지는 은은한 잔향은 썩 괜찮게까지 느껴져서 저도 모르게 계속 향을 의식하게 된다.

그리고 그는 향을 맡을 때마다, 그는 이 향이 자신과 어울릴 것 같았다고 말하던 여자의 얼굴을 떠올렸다. 바쁜 와중에도 몇 번씩이나.

송은서, 송은서, 송은서…….

머릿속을 어지럽히던 여자의 이름을 곱씹어보던 그는 낮게 중얼거렸다.

"……이 정도면 기대해봐도 되는 건가?"

어쩌면 여자가 제게 끌리고 있으면서도 인정하지 못하고 있는 걸 수도 있다는 생각이 들었다. 언젠가 자신이 그랬던 것처럼. 그렇다면 굳이 조급하게 굴 필요 없지 않을까. 밥도 설익으면 맛없고, 다 됐다고 해도 뜸을 들여야 맛있는 법일진대.

톡톡톡.

검지로 책상 위를 가볍게 두드리던 그의 입가에 문득 조소가 맺혔다. 스스로가 생각해도 민망할 정도로 엄청난 자기합리화를 필사적으로 하고 있었음을 뒤늦게 깨달은 탓이었다. 제 마음을 인정하고 난 후부터 계속 이런 식이었다. 여자의 사소한 행동 하나에도 기분이 널을 뛰어댔다. 혼자 기대했다 또 혼자 실망했다. 머저리가 된 것 같았다.

더 기가 막힌 건, 이런 와중에도 여자에게로 향하는 제 마음을 멈출 수가 없다는 것이다.

"뭔가에 홀린 게 분명하다니까."

그렇지 않고서야 이 나이에 짝사랑이 말이 된단 말인가. 다른 사람도 아니고 박신우가, 다른 사람도 아니고 송은서를.

자신의 상태에 대해 제법 객관적인 평가를 내린 그는 탁상시계를 바라보았다. 곧 점심시간이었다. 책상 위에서 굴러다니는 만년필을 들어 서류의 마지막 장에 사인을 휘갈겨 넣은 후 방을 나섰다. 갑작스러운 그의 등장에 정 실장이 자리에서 벌떡 일어났다.

"지금 바쁜가?"

"아뇨. 괜찮습니다."

"그럼 따라 나오도록."

앞뒤 다 잘라먹은 명령에 정 실장은 어리둥절하면서도 급하게 그의 뒤를 따랐다.

"그런데 지금 어디 가시는 겁니까? 곧 점심시간인데."

그는 엘리베이터 버튼을 누르며 대답했다.

"점심 먹으러."

* * *

곧 있으면 점심시간이었다. 정신없이 바빠질 것을 대비해 은서는 서빙 존에서 접시와 컵, 수저 등을 서빙하기 편하게 세팅하고 있었다.

"언니! 완전 대박!"

티슈를 챙겨오겠다며 스태프 룸으로 향했던 윤주가 돌아오며 호들갑을 떨었다. 윤주는 레스토랑에서 가장 막내였다. 스물이라는 나이도 그랬지만, 그녀가 이제 막 한 달 차에 접어들었을 때 입사해서 경력으로도 마찬가지였다.

"왜. 무슨 일 있어?"

"지금 지이이인짜 잘생긴 손님 왔어요! 2층에!"

난 또 뭐라고.

"아, 그래?"

은서는 윤주를 향했던 시선을 거두며 다시금 정리에 집중하기 시작했다. 그러거나 말거나 윤주는 이른 아침 나뭇가지 위에 자리한 참새처럼 조잘조잘 잘도 떠들어댔다.

"저 진짜로 태어나서 저렇게 잘생긴 사람 처음 봐요. 키도 완전 크고 딱 벌어진 어깨며, 몸매도 대박! 첨엔 영화배우인 줄 알았다니까요?"

"……."

"제가 서빙하고 싶었는데, 말도 꺼내기 전에 준호 오빠가 쌩하니 올라간 거 있죠? 정말 너무한 것 같아요. 자기가 잘생긴 남자 봐서 뭐한다고."

"……."

"안 그래요, 언니?"

제 대답을 원하는 듯 윤주가 재차 질문해왔을 때서야 은서는 고
개를 끄덕였다.

"그러게."

그런데 그녀의 반응이 영 마음에 들지 않은 모양이었다. 윤주가
눈을 세모로 뜨고 빽 소리를 내질렀다.

"언니! 제 말 제대로 듣고 있는 거 맞아요?"

"응? 듣고 있었어."

"그런데 반응이 왜 그래요?"

시종일관 무심한 그녀의 반응이 꽤 섭섭했던 모양이었다. 윤주
의 눈빛이 제법 매서웠다. 윤주가 원하는 반응이 뭔지 모르는 건
아니었다. 하지만 안타깝게도 그녀는 마음에도 없는 호들갑을 함
께 떨 수 있는 성격이 못됐다.

가현은 이런 성격이 인간관계를 망치는 거라며 당장 고치라고
닦달을 하기도 했었다. 그녀 역시 인정했기에 한때는 고쳐보려 노
력하기도 했었다. 결과는 당연히 실패였다. 그 덕에 얻은 건, 타고
난 성격은 노력으로 고칠 수 있는 문제가 아니라는 깨달음이었다.

"내 반응이 이상했어? 접시 닦느라 너무 집중했나……."

오늘도 은서가 할 수 있는 최선은 어색하게 웃어 보이는 것뿐이
었다. 얼토당토않는 변명에 윤주의 미간이 좁아지는 걸 애써 외면
하며, 그녀는 다시금 하던 일에 몰두하기 시작했다.

"은서 씨."

옆얼굴에 닿는 윤주의 눈총이 매섭다 못해 따갑게까지 느껴지
기 시작했을 때였다. 마침 서빙 존으로 들어온 매니저가 그녀를
불렀다.

"2층에 꽃병 정리 좀 부탁해. 이번에 들여온 꽃 상태가 좀 별로였나 봐. 방금 언뜻 보니까 시든 게 꽤 보이더라. 내가 하려고 했는데 주방에 급하게 볼 일이 있어서."

"네."

마침 수저까지 세팅을 끝낸 은서가 대답하는 순간, 옆에 있던 윤주가 손을 번쩍 들었다.

"잠깐만요, 매니저님! 그거 제가 하면 안 돼요?"

"윤주 씨가 하겠다고?"

"네! 저 잘할 수 있습니다!"

씩씩한 대답에 매니저의 얼굴에 난감한 기색이 서렸다.

"윤주 씨. 꽃 알레르기 있잖아……?"

"괜찮아요. 저 할 수 있어요!"

"무슨 소릴 하는 거야. 꽃병 근처에 지나가는 것도 힘들어하면서 어떻게 꽃을 만지겠다고."

"마스크 끼면……."

"억지 부리지 말고 하던 일이나 해줘."

매니저는 평소엔 온화한 편이었지만 일에 있어서는 누구보다도 단호했다. 그녀는 더 이상 윤주가 헛소리하는 걸 들어줄 여유가 없다는 듯 빠르게 주방으로 사라졌다.

"나 다녀올게."

윤주의 화살이 제게로 오기 전에 은서는 빠르게 서빙 존을 빠져나왔다. 2층으로 올라간 은서는 곧장 창가로 향했다. 창가 바로 앞에 놓여 있는 원목 선반 위에는 아기자기한 장식품들과 생화가 담겨 있는 커다란 꽃병 두 개가 놓여 있었다.

"진짜로 꽃 상태가 별로네."

많은 양이 필요 없는지라 가게 근처 꽃집을 이용하는데, 거래를 한 지가 오래되다 보니 편해진 건지 종종 이런 일이 있었다. 전체적으로 좀 시들한 느낌이었지만 그렇다고 다 뺄 순 없어 눈에 띄는 몇 송이만 뽑아냈다. 그러고는 꽃을 이리저리 섞어 구멍이 난 듯 허전해 보이는 틈을 메웠다.

신부 수업이랍시고 취미에도 없는 꽃꽂이를 배워둔 게 이렇게 요긴하게 쓰일 줄이야. 사람 일은 정말 모르는 거라며 피식 웃는데, 문득 실내에 흐르고 있던 음악이 바뀌며 그 틈을 비집고 대화 소리가 들려왔다.

"네? 누구요?"

"송은서 말입니다. 여기에서 아르바이트한다고 들었는데."

준호의 목소리보다 상대방의 목소리가 더 귀에 익었다. 게다가 그 익숙한 목소리가 제 이름을 부르기까지 했다.

설마…….

등줄기를 스치고 지나가는 불길한 예감에 은서가 재빠르게 몸을 돌렸다. 등지고 앉아 있어서 얼굴은 보이지 않지만 실루엣이 어쩐지 익숙했다.

딱 벌어진 어깨, 길고 깨끗한 목선, 결 좋은 검은 머리카락…….

분명 목소리만큼이나 너무도 익숙한 뒷모습이었다.

'지금 지이이인짜 잘생긴 손님 왔어요! 2층에!'

지금 이 순간 윤주가 했던 말이 새삼 떠오르는 건, 아마 우연이 아닐 것이다.

"은서 누나요? 그런데 누나랑은 어떤 관계세요?"

준호가 의심 가득한 눈으로 되묻자 상대방이 대답했다.

"가족, 입니다."

이제 더는 의심할 여지가 없었다. 얼굴을 보지 않아도 확신할 수 있었다. 자신의 남편이 분명했다.

"아! 오빠셨구나. 안녕하세요. 저는 은서 누나랑 같이 일하는 이준호라고 합니다."

"오빠가 아니……."

"준호야!"

정정하려던 남자의 말 위로 그녀의 새된 목소리가 겹쳤다. 동시에 두 남자의 시선이 이쪽으로 향했다. 은서는 너무 당황한 기색을 드러내지 않기 위해 의식하며 재빠르게 그들에게 다가갔다.

"아, 누나. 마침 잘 왔어."

준호가 웃으며 제 앞에 앉아 있는 남자를 가리켰다.

"여기 누나 오빠분 오셨어."

잘못된 소개에 남자의 눈썹이 씰룩였다. 그의 눈치를 보며 은서는 재빨리 준호의 팔뚝을 붙들었다.

"지금 매니저님이 부르셔."

"나를?"

"응."

"왜?"

"그건 나도 모르겠어."

지금 막 지어낸 말이니까. 속으로 대꾸한 은서는 어색하게 입매를 끌어올리며 말을 덧붙였다.

"얼른 가봐. 여기 주문은 내가 받을게."

"알겠어."

대답한 준호가 고개를 휙 돌려 그를 보더니 윙크를 찡긋해 보인다.

"형님. 나중에 제가 따로 서비스 챙겨 드릴게요!"

맙소사. 은서의 입이 절로 벌어졌다.

준호가 넉살이 좋은 편이라고 생각하기는 했지만 이렇게 눈치가 없을 줄은 미처 몰랐다. 지금 이 남자가 풍기고 있는 살벌한 냉기가 정녕 준호의 눈에는 느껴지지 않는 걸까. 당황한 기색을 숨기지 못하고 은서가 흘긋 남자의 얼굴을 살폈다. 아니나 다를까, 조금 전보다 훨씬 더 일그러진 남자의 얼굴은 보기 힘들 정도로 참담했다.

덩달아 참담해진 은서는 재빨리 준호의 등을 떠밀었다. 얼른 가, 얼른. 속으로 애원하면서.

"송은서."

준호의 모습이 보이지 않을 즈음, 남자의 서늘한 음성이 그녀의 귓속을 파고들었다.

"설명 좀 해주겠어?"

그녀의 피부에 닿는 눈빛마저 서늘했다.

"내가 어째서 지 녀석에게 형님이라는 소리를 듣고 있어야 하는 건지."

"……."

"어째서 송은서의 오빠로 소개된 건지."

"……."

점점 더 목소리의 온도가 낮아지는 것처럼 들리는 건 기분 탓인 걸까.

등골까지 서늘하게 만드는 남자의 음성과 눈빛에 얼어붙은 입술이 좀처럼 움직일 생각을 않는다. 딱히 잘못한 건 없는데도 이상하게 중죄라도 지은 죄인처럼 어깨가 움츠러들었다. 아니다. 죄가 없는 건 아닐지도 모르겠다. 유부녀라는 걸 숨긴 건, 그래서 이 남자를 '남편'이 아닌 '오빠'로 소개하게 된 건, 모두 제 탓이었으니까.

"엇! 안녕하세요, 사모님."

별안간 뒤에서 들리는 인사말에 은서가 재빠르게 고개를 돌렸다. 화장실에서 나오던 정 실장이 그녀를 발견하곤 허리를 꾸벅 숙였다.

"안녕하세요. 정 실장님."

은서 역시 고개를 꾸벅 숙였다. 마치 사막에서 오아시스라도 만난 것처럼 정 실장이 반갑고 또 고마웠다.

"정말로 여기서 일을 하고 계셨네요? 대표님이 농담하시는 줄 알았는데……."

정 실장이 그녀의 유니폼 차림을 훑으며 놀랍다는 듯 눈을 크게 떴다. 상황이 이렇게 될 줄 알았으면 아르바이트는 끝까지 숨길 걸 그랬다. 아니, 하다못해 레스토랑 위치만이라도 숨겨볼걸. 뒤늦게 후회하며 은서는 대답 대신 멋쩍게 웃어 보였다.

"일은 안 힘드세요? 서빙 일이 꽤 고강도 노동일 텐데."

"보기보단 꽤 할 만해요."

은서는 흘끗 남자의 눈치를 보다 정 실장에게 물었다.

"그보다 여긴 무슨 일……."

질문이 채 끝나기도 전에 삐딱한 음성이 날아들었다.

"레스토랑에 뭐 때문에 왔겠어?"

정 실장이 아닌 남자의 것이었다.

"아, 네! 맞습니다. 점심 먹으러 왔습니다."

뒤늦게 그의 심기가 불편하다는 것을 눈치챈 정 실장이 재빨리 자리에 앉으며 메뉴판을 들었다.

"어디 보자. 이 가게는 어떤 게 맛있을까요."

"메뉴 추천해드릴까요?"

"네, 감사……."

"됐어."

이번엔 정 실장의 말을 뚝 자른 그가 메뉴판엔 시선도 두지 않고 무뚝뚝하게 말했다.

"그냥 이 가게에서 제일 잘나가는 걸로 2인분 가져와."

단단하게 굳은 입매가 그의 불편한 심기를 여실히 드러내고 있었다.

* * *

점심 식사는 30분 만에 끝났다. 음식이 나오기까지 20분이 조금 더 걸렸으니, 정작 식사는 10분도 채 걸리지 않고 끝난 셈이었다.

"정 실장."

식사를 끝마치고 가게를 나서며 그가 정 실장을 불렀다.

"소화제 좀 사다주겠나?"

"체하셨어요?"

"그런 것 같아."

어쩐지 급하게 먹는다 싶었는데, 결국…….

마치 빨리 먹기 대회라도 출전한 듯 빠르게 음식들을 씹어 삼키던 신우의 모습을 떠올리며 속으로 혀를 쯧, 찬 정 실장은 얼른 대답했다.

"다녀오겠습니다."

정 실장이 빠르게 건너편의 편의점으로 달려가는 사이 그는 곧장 주차장으로 향했다. 차에 올라탄 그는 등받이에 몸을 기대며 눈을 감았다. 제대로 체한 건지 속이 답답하고 영 불편했다.

"최악이군."

기껏 없는 시간을 쪼개서 만든 오늘 점심 식사는, 말 그대로 최악이었다. 가게의 고급스러운 분위기나 음식은 나쁘지 않은 편이었지만, 그 두 가지 외의 모든 상황이 그를 불쾌하게 만든 탓이었다.

"아! 오빠셨구나. 안녕하세요. 저는 은서 누나랑 같이 일하는 이준호라고 합니다."

"오빠가 아니……."

"준호야!"

녀석의 말 중 틀린 부분을 손수 정정해주려던 순간에 겹쳐진 여자의 목소리는, 평소 조곤조곤 말을 내뱉는 송은서답지 않게 크고 높았다. 제 고백을 받았을 때도 덤덤하던 두 눈이 바람 앞의 등불처럼 흔들리기까지 했다.

아주 작정하고 유부녀라는 사실을 숨기려 했던 것이다. 본인의 남편이 시퍼렇게 두 눈을 뜨고 있는 걸 보면서도, 아주 뻔뻔하게.

"하."

조금 전의 장면을 다시금 떠올리자 입술을 비집고 실소가 절로 나온다. 그는 턱을 악다물고 잇새로 말을 씹듯이 뱉어냈다.

"아무리 사생활은 터치 않겠다고 했지만 결혼 사실 자체를 숨기고 다녔을 줄이야."

기가 막혔다. 뒤통수를 아주 세게 얻어맞은 듯 정신이 얼얼하다. 하지만 그보다도 더욱더 그의 심기를 건드린 건, 말끝마다 '형님'이라고 살갑게 그를 부르던 꼬맹이였다. 필요 없다는 말에도 녀석은 제멋대로 그들의 테이블에 서비스를 내왔다. 은서 누나가 어쩌고, 은서 누나가 저쩌고. 묻지도 않은 얘기를 혼자 잘도 떠들어댔다. 어디 나사 하나 빠진 사람처럼 헤헤헤, 웃으면서.

웃는 얼굴에 침 못 뱉는다는 옛말은 틀렸다고 본다. 할 수만 있다면 그는 웃는 녀석의 얼굴에 침이 아니라 더한 것도 뱉었을지도 모를 일이었다.

"다시 들어가서 오빠가 아니라 남편이라고 소리칠 수도 없고……."

그는 답답한 가슴을 주먹으로 퍽 내리쳤다. 이쯤 되니 체한 게 아니라 화병이 생긴 건 아닌지 헷갈릴 지경이다.

* * *

　샤워를 끝내고 젖은 머리를 대충 말린 은서는 곧장 주방으로 내려갔다. 식탁 위에는 오늘 장을 봐온 재료들이 수북이 쌓여 있다. 평소에도 손이 큰 편이기는 했지만 오늘은 유독 더 엄청난 양을 자랑했다. 불편한 심기를 고스란히 드러내던 남자의 얼굴을 떠올리며 이것저것 집어 들었더니, 정신을 차렸을 땐 어느덧 가지각색의 재료들이 카트에 넘칠 듯 담겨 있었던 것이다. 혼자서 들 수 있는 양이 아닌지라 처음으로 마트의 배달서비스까지 이용해야 했다.

　"자아, 시작해볼까."

　소매까지 걷어붙이며 본격적으로 장 봐온 재료들을 식탁 위에 펼쳤다. 마음이 급한 탓일까 움직이는 손길 역시 더없이 급했다. 오늘은 조리가 제법 까다로운 탓에 평소엔 엄두도 내지 않았던, 해물찜과 해물누룽지탕을 해볼 계획이었다. 오직 부담스러운 육류보단 깔끔한 해산물을 좋아하는 남자를 위한 메뉴 선정이었다.

　물론, 자신의 남편이 고작 음식 하나로 기분을 풀 수 있을 정도로 단순한 남자가 아니라는 건 알고 있었다. 그가 오늘 낮의 일에 대해 절대로 그냥 넘어갈 리가 없다는 것까지도. 그래도 조금이나마 도움이 되지는 않을까. 맛있는 음식을 먹으면 기분이 좋아지니까. 먼지 한 톨만큼이나 작은 희망을 품고서 은서는 열심히 재료 손질을 시작했다.

　"그러고 보니까 본인 말대로 입맛이 까다로운 편인 게 맞긴 한 것 같네. 육류보다 해산물이 손질하기 몇 배는 더 까다로우니까."

재료 손질을 끝낸 은서는 문득 떠오른 생각에 작게 웃었다. 요리는 시작도 못 했는데 벌써부터 손끝이 아려왔다. 남자가 집에 도착한 건, 어느 정도 요리가 완성되어갈 즈음이었다. 평소보다는 조금 이른 귀가였다. 평소와 달리 곧장 주방으로 들어온 남자가 싱크대에 삐딱하게 기대서 그녀를 내려다봤다.

"왔어요? 오늘은 일찍······."

"그런 인사는 됐고."

말허리를 끊어낸 남자의 음성에서는 냉기가 뚝뚝 떨어졌다.

"따로 할 말이 있지 않나? 난 오늘 그 부분에 대해서 꼭 들어야겠는데."

지금이구나. 깨달은 은서는 저도 모르게 마른침을 삼켜냈다.

기껏 준비한 음식들은 선보이지도 못했건만. 나름 야심 차게 세운 계획이 어그러졌다는 것에 못내 억울한 마음이 들었지만, 마지막으로 본 것과 전혀 달라지지 않은 그의 매서운 눈빛에 은서는 입도 벙긋할 수가 없었다. 피할 수 없으면 즐기라고 했는데. 자신은 이 상황을 도저히 즐길 수 없을 것 같다고 생각하며, 그녀는 젖은 손을 앞치마에 닦아내고는 남자와 시선을 마주했다.

"······아까 일은, 미안해요."

"사과보단 설명이 더 필요한 상황 같은데."

남자는 호락호락 넘어갈 생각이 전혀 없는 것처럼 보였다. 고집스러운 시선에 은서는 머릿속으로 재빠르게 적당한 말을 고민하기 시작했다. 하지만 무슨 말을 한다 해도 남자의 표정을 누그러뜨릴 순 없을 것 같았다. 더 큰 문제는 도대체 무슨 설명을 어디서부터 어떻게 해야 할지 모르겠다는 것이었다.

결국 포기한 그녀는 느릿하게 대답했다.

"어쩌다 보니까…… 그렇게 됐어요."

순간, 남자의 눈썹이 사납게 추켜 올라간다.

"어쩌다 보니까? 변명이 너무 성의 없다는 생각 안 들어? 대체 뭐가 어떻게 되면 유부녀라는 사실을 숨기게 되는 건데?"

남자는 기가 막혔다. 그리고 그녀 역시 그 부분에 대해서는 인정하는 바였다. 할 말이 없어진 은서는 그의 시선을 피해 눈을 내리깔았다.

"거기에 남자라도 숨겨 뒀나?"

툭, 하고 삐딱하게 뱉어진 질문의 의도를 채 파악하기도 전에 남자가 말을 덧붙였다.

"거기 꼬맹이랑 지나치게 친해 보이던데. 직장 동료치고는 말이야."

꼬맹이?

고개를 갸웃하던 은서는 준호의 얼굴을 떠올리고 뒤늦게 경악했다. 지금 이 남자, 설마 저와 준호랑 불건전한 관계인 거냐고 묻는 걸까. 당혹감과 불쾌감이 동시에 올라 얼굴이 화끈거렸다.

"박신우 씨!"

고개를 바로 하며 소리를 높이자 남자가 미간을 좁혔다.

"아니면 아니라고 하면 되지. 소리는 왜 높여?"

"박신우 씨가 말도 안 되는 소릴 하니까 그렇잖아요."

"그러니까, 내가 오해를 한 거다?"

그는 전혀 잘못한 게 없다는 듯 당당한 얼굴이었다. 후우. 짧게 심호흡을 한 은서는 이내 한층 누그러진 목소리를 내뱉었다.

"처음부터 결혼한 거 숨길 생각은 없었어요."

"없었는데?"

"굳이 개인적인 일까지 알릴 필요가 없어서 말하지 않았을 뿐이에요."

먼지 한 톨만큼의 거짓도 섞이지 않은 순도 100퍼센트 사실이었건만, 그럼에도 남자의 성에는 차지 않은 모양이었다. 그는 한 치도 양보할 생각이 없다는 듯 무뚝뚝하게 되물었다.

"그럼 오늘 당신 태도는 뭔데? 누가 봐도 숨기려는 태도였던 것 같은데. 내 착각이라는 건가?"

"그건, 좀 당황해서……"

말을 채 끝마치지 못한 은서가 아랫입술을 물었다. 결국 그게 그건가.

"당신이 생각해도 말이 앞뒤가 안 맞는다 싶지?"

정곡을 찔렸다. 은서는 고개를 푹 숙였다.

"……기분 나빴다면 미안해요. 진심이에요."

순순한 사과에 그는 더욱더 못마땅하다는 듯 눈을 가늘게 떴다. 은서는 보란 듯이 조금 더 미안한 표정을 지어 보였다. 안 그래도 처음부터 솔직하게 오픈할걸, 하고 진심으로 후회하는 중이었다.

레스토랑에 영화배우 뺨칠 정도로 잘생긴 손님이 그녀의 오빠라는 엉뚱한 소문이 나버렸다. 물론 경제면을 유심히 보는 사람이 없었던 덕에 태한 그룹의 대표라는 그의 정체에 대해 들키지는 않았다는 것이 천만다행이기는 했으나, 그렇다고 마냥 마음을 놓을 수만은 없었다.

그 덕분에 오늘 일을 하는 내내 윤주에게 시달렸다. 몇 살이에요. 직업은요. 여자 친구는 있어요. 대기업 면접관보다 더 깐깐한 호구조사의 끝은 역시나 소개시켜줘요, 였다.

오늘은 퇴근 시간과 겹쳐 대답을 미루며 줄행랑을 칠 수 있었지만 당장 내일이 문제였다. 쉽게 포기할 것 같지는 않던데……. 맹렬하게 호구조사를 하던 윤주의 기세를 떠올리며 속으로 무거운 한숨을 집어삼키는 순간이었다. 그녀를 빤히 바라보고 있던 그가 불쑥 물어왔다.

"반지는 어디 갔어?"

"반지요?"

무슨 말이냐는 듯 되묻자 남자가 팔을 뻗어 그녀의 왼손을 낚아채듯 잡았다.

"결혼반지."

그가 텅 비어 있는 그녀의 왼손 약지를 구멍이라도 낼 듯한 기세로 노려보았다.

"이건……."

"그러고 보니까 당신이 결혼반지 끼는 걸 한 번도 못 본 것 같은데. 처음부터 유부녀라는 걸 속일 생각이 없었다는 건 맞아? 작정하고 반지까지 빼고 다닌 게 아니라?"

제게 대답할 시간도 주지 않고 매섭게 따져 묻는 남자를 보며 은서는 하, 숨을 삼켰다. 이번엔 그녀가 기가 막혀야 할 차례였다.

"정말로 기억 안 나요?"

"뭘."

"결혼반지를 끼지 말라고 했던 건 박신우 씨였잖아요."

그는 금시초문이라는 듯한 얼굴로 자신을 가리켰다.

"내가?"

"네. 박신우 씨가요."

당당하게 대꾸하자 그는 미간을 찡그렸다. 자신이 정말로 그런 발언을 했었는지 과거를 되짚어보는 것 같았다. 그렇게 몇 초나 지났을까. 되감기를 끝낸 듯 그가 대꾸했다.

"기억 안 나."

이보다 더 당당할 수 없는 모습이었다. 덕분에 은서는 뻐근해지는 뒷목을 붙잡아야만 했다.

〈2권에 계속〉